钢丝上的舞蹈

王伏成　著

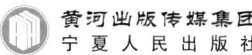
黄河出版传媒集团
宁夏人民出版社

图书在版编目（CIP）数据

钢丝上的舞蹈 / 王伏成著 . —银川：宁夏人民出
版社，2016.12
ISBN 978-7-227-06599-9

Ⅰ.①钢… Ⅱ.①王… Ⅲ.①散文集—中国—当代
Ⅳ.①I267

中国版本图书馆 CIP 数据核字（2017）第 000139 号

钢丝上的舞蹈

王伏成 著

责任编辑 贺飞雁
封面设计 万明华
责任印制 肖 艳

 黄河出版传媒集团 出版发行
宁夏人民出版社

出 版 人 王杨宝
地 址 宁夏银川市北京东路 139 号出版大厦（750001）
网 址 http://www.nxpph.com   http://www.yrpubm.com
网上书店 http://shop126547358.taobao.com   http://www.hh-book.com
电子信箱 nxrmcbs@126.com   renminshe@yrpubm.com
邮购电话 0951-5019391 5052104
经 销 全国新华书店
印刷装订 宁夏凤鸣彩印广告有限公司
印刷委托书号 （宁）0003984

开本 889mm×1194mm 1/16
印张 22.75 字数 350 千字
版次 2017 年 1 月第 1 版
印次 2017 年 1 月第 1 次印刷
书号 ISBN 978-7-227-06599-9
定价 48.00 元

序　朴素的温暖

方　陆

我与王伏成老师结缘于"银川景博"，虽接触不多，但有一件事让我印象深刻。听说在他决定任教景博以后，在原单位的日子并不好过，景博校方也明确表态他随时可以过来上班，但他咬紧牙关坚持到自己这届学生毕业。他说："我自己的事小，学生的事大，我要是中途撂挑子走了，良心会不安的。"正是他这种基于责任心的坚守，让我由衷地敬佩。在随后的几次接触中，我发现他不但品行刚正，而且踏实、认真、细致，肯动脑筋，爱思考问题。

后来听说，他在银川市外国语实验学校任教时，曾被誉为"王铁嘴"，口才了得。及至他结稿成书，请我作序，又发现他文笔也极佳。随手翻来，风趣幽默有之，博雅深厚有之，朴素真诚有之，都是他人生中的所见，所感，所思，所悟。

读他的书，就像他书中的一篇文章的题目，有种"朴素的温暖"，在他并不一帆风顺的生活里，王伏成老师心怀温柔，充满慈

悲，真诚地感念"一饭之恩"，笃定地坚守"信念的力量"，无论风雨四季，都能"枕书安眠"，实在是难得的人生态度。也推荐大家一起开卷有益，阅读"美好"。

　　是为序。

2016年11月

目 录

谜一样的生日

一

　　拎着一把明晃晃的钢刀，我谨慎地走在草木丛生的渠堋上。一条蛇仰头吐着带叉的蛇信，冷冰冰地挡住去路。汗刷地流了下来，蜇得眼睛生疼。可我不敢眨眼，更不敢擦拭汗水，直到，蛇闪电般暴起，我迅疾挥刀，蛇头飞向一边。

　　我喘口气，擦汗，揉眼。渠水哗哗流淌，浑浊的水中，一群绿色的蛇缠绕着一具尸体，尸体浮肿，漂浮在水面，面朝水中。透过蛇身的空隙，可以看到尸体穿着鲜红的衣服。四周一片死寂，风儿保持着沉默，只有我的心在怦怦、怦怦怦地狂跳着。忽然，尸体翻转，一张大团白脸露出水面，他睁开了眼，朝我看了过来。我啊了一声。

　　醒来，大汗淋漓，原来，只是一梦。

　　半晌，我才反应过来，心里怅然若失，怎么是这样一个梦啊，预示着什么事的发生吗？是福还是祸？

　　虽然我并不迷信，可心里却忐忑不安。

二

　　起床，梳洗，头晕，腿软。

到校，刷脸，早点，早读。

心不在焉。

觉得会有不祥之事发生。手机信息提示音响起，心倏忽提至嗓子眼——莫非应验？

有些手抖，打开，是基金公司发来的祝福：尊敬的欧阳立荣先生，在您生日到来之际，我公司衷心祝您生日快乐！

我愕然。我的生日还早着呢。但紧张的心情总算缓解了许多。生日？我摇摇头，苦笑一番，连我都还没弄明白我是何时生人，你们倒是门儿清？

正漫无边际任思绪飘荡，又是一条短信，内容同上，只是落款变成了另一家基金公司。一时间，我就纳了闷了，今天又不是愚人节，何至于开这等玩笑？

短信又来，是保险公司的；短信接着来，是朋友的。我看着短信，脑子里一片空白。今天到底怎么了？

无暇多想，上课铃声大作，匆匆进入教室。看着课代表走上讲台，在黑板上写下"经历"二字，她问大家，看到这两个字，你们想到了什么？然后提问，答案五花八门。她还将经历分为两种：一种是好的，一种是不好的，并分别用蓝色和红色代表。她讲起了从前，讲起了父母，讲起了她的乖巧和叛逆，讲起了父母对她百般的好，尤其是父亲对她学业的关心。而我，在她的娓娓道来中，往事种种，万千情形涌上心头。父母的溺爱，外出求学，寄人篱下，遭受白眼；还有童年的淘气，少年的饥饿，青年的苦闷，中年的惶惑；还有自卑，自尊，打拼，奋斗；还有羞辱，得意，情感，理智交织在一起，剪不断理还乱，眼睛看着孩子，眼神空荡荡的无边无际，直到，掌声响起来，我才明白，该点评了。

我定了定神，看着台下70多个可爱的孩子，感慨万千，但出口却只有两句，一是所有经历都是好的，二是心胸越大，即使当时觉得大得过不去的事也会变成小事。

之后上课，内容是《沙漠里的奇怪现象》，上到玄奘和法显单枪匹马在茫茫沙漠中孤单、恐惧之时，自然觉得沙漠可怕，沙漠中光线和声音带来的奇怪现象会让他们敬畏。讲到这里，我突然说道，人在沙漠里的渺小至少比沙粒伟大，但在沙漠中的沙粒呢，在数以亿万计的个体中谁会分辨出它，正如我们在茫茫人海中渺小得像颗沙粒，从母亲生下我们开始，我们经历着大家都经历的生老病死，生活在大家都生活的喜怒哀乐，成长着大家都成长的情感理智，而当我们离开这个世界时，也许我们的后代还能记得我们。别人呢，谁会记得一粒沙子的随风而去，即使我们的后代，过了三代谁还知道我们曾经的历史？比如，我的爷爷，我甚至没有任何关于他生存过的些许记忆，没有些许证据能证明过他的存在。同学们，我说，我现在努力写些东西努力做些事情，就是想做一粒不一样的沙子，让我们的子孙后代还有看过我们某篇文章或者一句打动他的话的人知道我们来过这个美丽的星球，以此来报答父母让我们来到这个世界和在这个世界走一遭，你们觉得呢？我希望你们通过奋斗，做一粒不同寻常的沙子。

一口气说完，我突然想到今天，今天是我身份证上的生日，几年前我用它开基金户头，办理保险，自然就会留下信息。

我顿感轻松，原来如此。

问题是这个不是我的生日的生日怎么写到我的身份证上去了呢？

三

盘桓在我身份证上，号称是我生日的那组数字是怎么成为我来到这世界的代言人的，又是谁决定把它登记在户口本上的，为什么是这组数字，这些都让我迷茫。

我知道，那个时候户籍管理很宽松，特别是农村的蓝皮户口本，可以随意更改；那时候没有电脑，更不必谈上网，无论是给孩子上个户口，还是高考报名，基本上都是无法验证的，家长说你哪

天出生的，就是哪天出生的，而家长往往在孩子好几岁了才想起给娃娃上户口，孩子生的又稠，难免张冠李戴。

我有一个极好的朋友，他个头不高，偏瘦，肤色较黑，我们在同一个班里上完初中，又在一个班里上完高中，因为家庭状况相似——农村，贫穷，孩子多，父母顾不上管，所以很快朝夕相处，情同手足。他家离学校略近，我经常会去他家，挤同一张床，吃同一锅饭，喝同一杯水，聊乌七八糟的话题。那时候秦渠公园还没有建成，我们骑车走在高低不平的秦渠埂上，路旁是沙枣树、柳树和白杨树，路下是一望无际的庄稼。风吹过，作物们笑弯了腰，树叶应和着哗哗作响，秦渠里的水却没有声响，只是默默地流淌。夏天时就有游泳的人在水里划动着、扑腾着。有些人在扑腾里失去了生命，但游泳者依然前赴后继。

有时候，有小孩子调皮，精着尻子，露出小鸡鸡，冲着水里呲尿，见有人来，匆匆忙忙地跳进水里去了，半天之后在好远的地方露出水面，小脑袋还扭来扭去的，我和他看着这些场景，也会谈及我们的童年，我们的生命，和我们该怎样度过这段历程。

有一次，我们聊起不管怎样艰难，我们都要从农村走出来。我们那时都明白只有考上大学一条路，这是一条多么要命的路啊，千军万马过独木桥，坠落桥底摔得粉身碎骨的比比皆是。我试探地问，要是过不去呢？他一脸悲壮，考不上，宁愿死。我无声叹息，我们的出身，早期的教育，家庭的支持，自己的天赋，都注定这是一场无比凶险的路程。我想想说，不要走那条不归路。他笑了起来，笑得哈哈的。我也笑，问，那要真的考不上呢？他说复读吧。要是复读还考不上呢？那就接着复读。要是年龄超了呢？他一愣，过了会儿说，那就改户口。我拍一下脑袋，说，对呀，改户口。我问，要是改，你准备改小多少岁？他说，3岁。为啥是3岁？复读三年都考不上，就只好认命。说完，他一脸黯淡。气氛压抑得喘不过气来，我故作轻松，要是改户口，我就改大3岁。他一脸茫然，为什么？我说一是终于可以给你当大哥了，二是可以早分些地，早结婚，老婆孩子热炕头啊。我们哈哈大笑起来。

后来，他真的改了户口，改小了3岁。复读3年，我毕业那年，他考上大学。

后来，我真的改了户口，改大了3岁，他毕业那年，我的孩子两岁，老婆孩子热炕头。

只是，至今回忆起来，我还是迷失，迷失在几个数字里。为什么是把那组数字作为我出生的年月日，而不是其他，它和我真实的年月日有什么关系吗？

四

院子里静悄悄的，一只花猫眼睛盯着我看一下就眯成一条缝，继续它的午睡了。暮春时节，谁都是懒洋洋的，一条狗卧在我坐着的亭子边上，任凭一股小小的风吹动它脑门上黄色的几根细毛，它甩甩耳朵连眼睛都没有张开一下，它在这个大院——乡政府办公场所自然是见过世面的，对于坐在亭子里十七八岁的农村小子当然不屑正眼瞧了，更不用说摇尾乞怜了。

亭子边上有两棵树，一棵是槐树，另一棵还是槐树。

正是槐花含苞欲放的时刻，幽幽的香气在鼻子周围飘浮，闭了眼，扁平的花蕾犹抱琵琶半遮面遮遮掩掩地露出花蕊，有蜜蜂嗡嗡地闹着，阳光清澈天空蔚蓝，在天地之间充斥着飘飘扬扬的柳絮，它们自由自在地翻飞，好风凭借力，送我上青天。无风就晃晃悠悠，缓缓下沉，触地时滚上几滚，卸下坠地的撞击，原来它们也怕疼啊。到了地面它们还要跳啊、跑啊、玩啊，追着小伙伴在朝墙角下、台阶前聚拢，然后在一起摆出一字长蛇阵，将睡在角落的花猫、黄狗包围得严严实实，还挑衅地在它们身上跳起来踩下去。可惜，分量太轻，花猫、黄狗无知无觉。它们觉着无趣了，才飘了下来继续它们的游戏去了。

我坐在亭子里，世界寂静极了，连风都听不到一丝丝。

我眯着眼，有柳絮飘了落在头上、眉毛上、鼻子上、嘴巴上，稍作短暂的逗留，就匆匆离开了。我不能离开，只好四下里张望着，院子里依然静得瘆人，若不是花猫和黄狗，我会在这静寂里疑惑——我是否身处这个喧嚣的世界，而此刻，我却梦寐那份充斥在天地之间的静谧。

不知过了多久，透过树枝的阳光温暖着我的脚，我的手，我的半边身子还有我的脸。我在暖洋洋里懒洋洋，微醺，晕乎乎的，眼皮渐渐沉重，意识慢慢消失。

我睡着了。

我醒了。正趴在电脑桌上，侧面老式台灯正将辉煌温暖的光洒在我的脸上、身上、手上，脚微微发胀，摇摇头，绿萝正垂下瀑布般的叶片，电脑正发出嗡嗡的声响，窗外的天在城市亮闪闪的灯火下无奈地幽暗着，听得到车声、工地上的机器声，却听不到风声。场景里的小花猫和小黄狗，场景里的柳絮和亭子，场景里的院子和槐花在我渐渐清晰的眼前瞬间消失得无影无踪，但我似乎觉得它不是一场梦，更像昔日生活的回放，而在从前的经历中仿佛有过那么一个日子——我去了乡政府大院，在柳絮飘飞的时节去改动了我户籍，改动了我的年龄。

只是，我无法肯定，那个场景是否真的存在过，或者，仅仅是刚才梦里情景刺激了我，以致让我产生了错觉？

我，迷失在梦里，梦，迷失在心里。这组生日的数字依然在那里，不远也不近，但，我还是可望而不可即。

五

谁的户口本还没交呢？班长高喉咙大嗓门喉结一上一下，声音嗡嗡作响，在嘈杂的桌椅搬动声中、同学口音各异的说笑声中、来来往往杂沓的脚步声中依然震耳欲聋。我抬头看时，讲桌上已摆放了两摞户口本：一摞是牛皮纸做封皮，很低、很矮小的一摞。在城市的高中上学，能考进来的农村学生少之又少，代表他们身份、地位的户口本无法和城市户口本分庭抗礼。它们屏声静气地龟缩在褐红色的讲桌的一角上，畏畏缩缩的，想把自己的身躯躲到板擦和粉笔盒高大的阴影里。它们有的卷了角，有的磨了边，有的扯成两半，有的渗入了一堆杂乱无章、斑驳的油点，还有污损得看不出原有的模样，片片散散的，显然在家中的遭遇是漫不经心的乱扔，随随便便的保存。可有可无的生存，当然就没个可供观赏的气象，全不如与之相对的、整整齐齐码得认真和庄严的另一摞——它们都罩了红色的塑料皮，皮上正中印着"户口本"的烫金大字，底下一行"吴忠县人民政府印制"的字样，红彤彤地透着喜气和洋气，与灰头土脸、色泽昏暗、模样寒碜的另一摞惊心动魄地对比着，正如我们这一小撮，有着单薄矮小的身量，穿着破旧灰黑的衣裳，长着五官模糊的脸庞，低着发型死板的脑袋，潜着内心的敏感、自卑，混迹在有着高大魁梧的身材，衣着干净整洁的服装，长着眉清目秀的面容，飘着乌黑亮泽的长发，纵着青春张扬的、个性的城市孩子中间，恨不得将自己深藏成大家眼里的虚无。但是，我们还是无法逃避，这是我们的宿命。

我细声细气地应了一声，我的没交。声音淹没在无边的喧嚣中，班长没有听到。他又叫喊，谁的没交？我只好站了起来，将声音放大，我没交。班长不耐烦地看了我一眼，喝道，快点交过来。他长满青春痘的脸上带着恼羞成怒，都说了多久了，你是怎么回事？班里静了下来，有戏可看，在高考前夕的沉闷压抑的氛围中仿佛照进了欢乐的阳光，大家期盼着更有戏剧性的情节上演；这份预期让班长的情绪高涨，痘痘激烈地跳动起来。你要是不赶紧交上来，耽误了高考审核，责任自负。"责任自负"这几个字从他的嘴里张牙舞爪地向我扑来，我下意识地一缩脖子，嗫嚅着，我，我改户口，户口本还没拿来，下午行吗？班长嘿嘿一乐，下午，都迟了八辈子了，说这话时，眼睛却洋洋自得地看着一个漂亮的女同学。有了权威的男人大抵都是这般形象，那女生并没有抬眼。班长似乎

觉得无趣了，仿佛想到了什么，眼睛突然一亮，小眼睛瞬间炯炯有神，你刚说啥改户口，户口也是你随便改的吗？女生依然没看他，他怏怏了，说，谁管你改不改户口之类的乌七八糟的事，下午带过来。说完，他快速下了讲台，经过我旁边时，他的眼光又停留在那个女生——我的同桌身上。我的同桌拽拽我的衣角，声若蚊蝇，坐下吧，别出洋相，改什么户口。我有些急，并没有想到坐下，涨红了脸，脖子上的青筋条条绽出，我没出洋相，我真的要改户口。声音很大，班长也停下了脚步，全班同学的目光都聚焦到这里，同桌刹那耳根红透了。

幸好，早读铃声响了起来。老师迈着方正的步子踱了进来。

同桌的耳根的红渐渐退了，咕咕哝哝地疑惑了一句，户口能随便改？

<h1 style="text-align:center">六</h1>

"我不快乐"，这是我同桌的口头禅，她怏怏不乐的神情也时刻印证着她的言行一致，她成天吊着个苦瓜脸，不说不笑，除了深深的叹息，整日听不到她的一句话。所以，即使她有修长的身材，端庄的仪态，长着红扑扑的清秀的瓜子脸，皮肤白洁细腻，眼睛大大的，忽闪忽闪的睫毛浓密卷曲，张开眼，黑眼珠多白眼仁少，看过去，神秘深邃，简直美得令人目眩，但班里并没有人愿意和她做同桌，就算是时刻觊觎着她的美丽的班长，也不敢直视她的眼睛——那双漂亮的丹凤眼啊，仿佛是无底深渊。有几次班长情感炽热得接近了燃烧着的火焰，但被她莽莽苍苍的眼神轻轻巧巧地抓过来，转瞬就熄灭在这无底的深渊里了。当然，班长对我同桌的心思早已可昭日月，路人皆知了。大家也就视而不见了。而我，也因为脆弱纠结着敏感，自卑掺杂着骄傲，用厚厚的铠甲武装了自己，冷漠而超然，独来独往，除了三两个出身卑微境况相似的伙伴外，几乎不和他人交流。因此，我们就坐到了一起。

我很喜欢她啊，她是那么超凡脱俗，从侧面看过去，她笔挺的鼻子、小巧的嘴巴和耳朵边沿上在晨曦中放射着光芒的、细细的绒毛，都令我意乱神迷。我小心翼翼地和她坐在一张桌子上，痴迷而敬若神祇，不敢稍有亵渎。因此，当她拽我衣角，劝我别出洋相时，我真的急了，我宁可得罪大权在握的班长也不想让她以为我在说假话。

你们城里人自然不明白乡下的事，就像我不理解你——不缺吃不缺穿，有着姣好的容颜，有着体面的家长，还拥有万千宠爱处处呵护，就连下场雨都有母亲打了伞在风雨飘摇中守候，晚回家一阵儿，就有家人找到学校，寒冬怕天黑了你害怕，夏天怕路上遇着坏人了。在我眼中，你活在人间天堂，你怎么还会不快乐？换作是我，下雨了，我只会奔跑在凄风冷雨中，伞，是不可能有的，那在乡下人眼里是奢侈品；刮风了，我只有逆风前行，弯着腰弓着背顶着寒冷，冬天黑灯瞎火磕磕绊绊回到所寄篱下，夏天被成群结队的土狗追逐，有时还会被咬上一口。即使一周，甚至两周没有回家，也不会有人找到学校问一声。

我们坐在一张桌子边，我们是同桌，可是，我们生活在两个世界里，对于你的世界，我只能仰慕罢了。

当然，这只是我当时的心里想法，说不出口的。但对于她的质疑我耿耿于怀。下午，我如期拿了户口本，我翻开登载我信息的那一页，上面笔墨新鲜，赫然写着我的出生年月日，按正常上学年龄做个简单推算，我比班里最大的都大着3岁。看看我虽然丑陋却掩不住的青春年少，她瞪大了眼睛，半晌，才用细若蚊蝇的声音说道，户口真的能改啊！

我撇撇嘴，那当然。

她看着我，眼神清澈，幽暗的看不到底的眼眸让我心神俱醉。她脸上显出急切的表情，甚至有些兴奋，你给我讲讲你是怎么改的？我一时还没从深渊里脱身出来，哦了一声就没了下文。她看着我的样子，突然脸色绯红，连耳根都红透了，扯扯我的袖口，有些

撒娇的模样，你就给我说说嘛，甚至，她脸上出现了笑容。我好似大梦初醒，又好似如梦如幻。她笑了，她真的笑了，我的天空霞光万道，我的天空祥云朵朵，我的天空纯净蔚蓝，我的天空微风吹拂，我的天空百鸟欢唱……你笑了，你真的笑了，你笑得多好看啊，你笑得好美啊。一向不善言辞的我突然像是被打开了泄洪闸，夸人的话犹如长江之水滔滔不绝。

她仿佛被吓着了，又好像被惊呆了，怔怔地盯着我，目不转睛。我也仿佛被自己吓着了，又好像被自己惊呆了，两人四目相对，面面相觑。

她突然笑了起来，笑出了声音，咯咯咯，如银铃般曼妙。

轮到我目瞪口呆了，她抬起胳膊露出如藕如玉的胳膊，伸出一根纤细修长的手指，点了我脑袋一下，你就给我说说怎么改户口的事嘛。

行不行？

七

当然，这只是我暧昧而美好的遐想罢了。

只是，想得如此美好和逼真，连我也相信了，处在荷尔蒙极度爆发时期的毛头小子，哪天没个桃色的梦幻呢？何况同桌是那样的 beautiful。

我生性木讷，即使内心天崩地裂，脸上也是一潭死水，涟漪都荡不起一个，更别说口吐莲花、妙语连珠了。所以，只是春梦一场罢了，怎么能说出那么美妙的甜言蜜语呢？

但，那天下午我还真是把户口本拿到学校了，我同桌并没有翻看，甚至没有问一句，她耷拉着脑袋，无精打采，想必她还沉溺在自己不快乐的世界里。我默默地将卷了边、窝了角的户口本捋平，来来回回，专心弄了几十回，结果依然无法抚平。我烦躁了起来，心中恶狠狠地咒骂，这个仗势欺人的班长，这个故意给我安排死气沉沉同桌的班主任，我对这个环境充满了厌恶，我期待着早日打碎桎梏，冲破羁绊，展翅高飞，赢得一片自己的天空。这么想着，心里充满了斗志，但我一抬手，边角顽固地恢复了原来的模样。正愣怔间，"交来"，一个雄浑且凶恶的声音蛮横地刺入耳底。我抬头，班长已经来到跟前，伸出一只布满茧子的大手，手指粗短，手掌肥厚，我看着它，仿佛看穿了他所有的秘密，心里哼了一声，本是同根生，相煎何太急？人却平静如常，拿了户口本，一声不吭地递了过去。同桌好像受到惊吓似的抬起头，美丽的大眼睛睁得大大的，脸上写满了疑惑，她迅速地看一眼班长，收回了目光，看看我，看看户口本，再将目光定在我脸上，她抬起胳膊露出如藕如玉的胳膊，伸出一个纤细修长的手指，点了我脑袋一下，轻声地问，户口真的能改？你就给我说说你怎么改户口的事嘛，行不行？

她这一举动让班长瞬间瓷化，呆若木鸡地立在我们眼前，手依然伸着，模样怪异而可笑，他的眼睛扫过我同桌的脸，头顶，转向了我，目光里是怨恨，还是惊讶，是迷惘，还是空洞，谁也读不出来。就那样站着，站着，布满痘痘的黑脸上有着说不出的失望，落寞，还有悲伤。许久，才垂下手臂，转身，慢慢地走了，我喊，班长，班长并没有回头，只是顿了一下，以往敦实的身形好像小了一圈。我长长吁了口气，身子却不由自主地抖了起来，我不敢看我同桌，她刚才的几句话，就是那几句话，已让我脊背发冷，还差点让我魂飞魄散，我不敢抬头，心怦怦地跳个不停，手心里全是汗——那几句话，只是我在心里编造出来，藏在心底深处，从没有打算告诉任何人的美丽瞎话啊，她竟然问了出来，竟然和我编的不差分毫，竟然动作神态如出一辙。我大脑一片空白，怎么可能？怎么可能？

不知过了多久，仿佛一个世纪，又仿佛只是须臾，我用眼角余光看她，她也正看我，两人目光交汇，我的心跳得更厉害了。我赶紧低了头，手攥着衣角，搓了一遍又一遍，脑海里回放着我看她时的情景：她的目光柔和，满是浓情蜜意，她的脸色绯红，是白皙的

肤色上飞起的两朵红云，她嘴唇饱满润泽，她皓齿微启，声音甜美悦耳，你就给我说说你怎么改户口的事嘛，行不行？

再抬头，她已经低下了脑袋，恢复了先前的状态，她又沉溺在自己不快乐的世界里，对于周遭熙熙攘攘的热闹，沸反盈天的嘈杂，生机勃勃的青春，挑灯夜战的勤奋，她是视而不见，充耳不闻。一时间，我恍恍惚惚，不知身在何处？梦耶？非耶？化作蝴蝶。……庄生晓梦迷蝴蝶，望帝春心托杜鹃……此情可待成追忆，只是当时已惘然。

其实，我抬头之时，已经决定告诉她，农村户口也不是随便可以改的，这里面有曲曲折折的通道，又有若隐若现的迷离。

八

在乡村，这个更加熟人化的社会里，办事更需要朝里有人。幸好，我们的亲戚里有这样的人。

我有两个姑妈、一个叔叔。叔叔和我们在一个村子，经常见面，但我并不待见他（我们家除了母亲，大家都见不得他）。他长得其貌不扬，但和我们也是半斤八两，这不是我们讨厌他的理由啊。还有他娶过两任婆姨，前任是因为难产去世，才从陕北娶回了第二任。第二任来的时候拖家带口，两儿一女一起进了门，看他们可怜的样子，大家只是叹气。这当然也不是我们厌烦他的理由。后来，他做主把我们称之为二妈的女儿嫁给了他的儿子，那简直就是一朵鲜花插在牛粪上了。我的这个堂哥啊，怎么说呢，出生就害死了他妈，长大又霸占了美色，因为这个原因，村里的年轻小伙子都对他有意见。但这也不关乎我叔叔的事啊，穷得娶不起儿媳，只好出此下策喽。那到底为啥呢？

叔叔爱来我家，特别是吃饭的时候。那时候穷，很难吃饱肚子，每顿饭都是有哈数（定量）的，家里弟兄姐妹多，谁多吃一口，其他人都会急红了眼。家里人都饿啊，半大小子吃死老子，一个个跟饿狼似的。父母只好边叹气边断官司，多数都是母亲偷偷地把自己的饭给我们吃。而叔叔的到来使得局面雪上加霜，我们都不吭声，连二爸也不叫一声。哥哥有时还视之以金刚怒目，但叔叔熟视无睹，哥哥恨得牙根都痒痒了，碍于父母的目光只好气哼哼地出去了。母亲看叔叔进来，说，来桌边坐，叔叔不客气地跐拉着就过去了。母亲喊姐姐，给你二爸盛碗饭来，姐姐不情愿地答应一声，磨磨蹭蹭地端了碗饭过来，重重地朝八仙桌上一跺，转身就走，母亲叹口气说，他二爸，吃吧。父亲在旁边默不作声。二爸吃完了，抹抹嘴，什么也不说就走了。母亲收拾碗，到灶台上盛些汤汁，吸溜吸溜喝完就上工去了，有几次母亲都晕倒在地里。所以，每次母亲教训哥哥姐姐，不让他们那样对待叔叔时，哥哥脖子上青筋条条绽出，脸憋得通红，姐姐红了眼睛，妈，他再这么老来，您可怎么办呢，说着眼泪就下来了。

叔叔依然来。

长大些，听大哥说，"文化大革命"时，家里被定性为地主，爷爷奶奶去世的早，作为长子的父亲经常被批斗，差点被打死，叔叔则早已与父亲划清界限，甚至还揭发过父亲，好像还在批斗会上打过父亲。听完后，我咬牙切齿，但那时候，家境好多了，叔叔的几个子女都不孝顺，二妈也去世了。看他恓恓惶惶，我们都不再作声，有好吃的东西，我还去叫叔叔过来，没几年叔叔就去世了。

两个姑妈中，大姑妈被我们称为贺家姑妈。她早年守寡，一生没有生养，过继来了个侄子和她闹不和，所以经常来家里。记忆里，她来就哭，哭啊说啊，母亲百般安慰，临走拿了许多物品，她一步三回头地走了。母亲去世时，比母亲大几岁的她哭得死去活来，让我们的心都碎了。

二姑妈被我们称为李家姑妈，她四子两女，女儿特别出息，大女儿嫁给了一个当官的，我们最早见的小轿车就是她回乡省亲时坐的，还开到我家门口，带了她的父母来看望我父母。当时，我暗下决心，将来一定要坐一回它。二女儿是高考恢复后考上师范，当了

小学老师，后来嫁给了一个军人，随军进了城，并把她弟弟给弄进了军队。那时候，能进军队的人就是万众敬仰的能人啊。

就是这个进了军队，复员回来当乡上的武装干事的表哥给我改的户口。

九

我的家乡景色优美，三面环河，土地肥沃，旱涝保收，现在已经成为黄河金岸最值得游玩的地方。但那时候只是一座孤岛，极其闭塞，隔山不算远，隔水万重山，出或者进都困难重重，尤其外面的女子并不愿嫁进来，婚丧嫁娶只有在小圈子里循环了，它的恶果之一，就是鲜有帅哥靓女，所以，我叔叔的儿子娶了他的妹妹时，遭受的非议可想而知。

但，我表哥就不同了，他长得很俊朗，浓眉大眼，个头高挑，头发卷曲，肤色白皙，和姑姑、姑父都不相像，加上是家中老小，万千宠爱集于一身。表哥自小就穿得干干净净，收拾得利利整整，完全和乡村的孩子不一样，上学时老师们的喜爱，同学们的羡慕，还有家里两个姐姐的光环，都让他的生活与众不同。女生们扭捏着悄悄地靠近他、围着他，他的明目善睐、唇红齿白都是大家喜爱的因素。

虽然表哥没有考上高中，甚至有些弱不禁风，但他还是顺利入伍，他穿着没有徽章的军装在乡下行走时，路旁聚集了很多人，他们指指点点，女孩们都显得心事重重。那时候是冬季，农闲时刻，他一路前行，留下了一路芬芳。

入伍不久，表哥穿了正式军装出现在乡上，那天是赶集的日子，他的到来引起了骚动和围观。那天，集市上丢东西的可真不少，有的鞋被踩掉了，有的耳环、耳坠不见了，也有卖东西的忘记收钱的。他走到哪儿，哪里就是人头攒动，他挤出人群快步移动时，后面还跟了一堆人，说万人空巷一点也不夸张。

姐姐后来给我讲了这个场景，我表示怀疑，表哥英俊潇洒，这是没得说的，但让乡亲为了看他而丢了东西，那是不可能的，要知道那时候东西比人都少，金贵着呢。还有就是刚参军不久就能回来，肯定是当逃兵了，那是要被开除的，姐姐拍拍我的脑袋，惊奇坏了，你怎么知道的？怪不得大家都说你是秀才，是化学脑子。我说看书看到的。姐姐笑了，说，他是逃兵，差点被开，还不亏了他有个好姐姐。我哦了一声，算作回应。后来，看《鹿鼎记》有讲陈圆圆在昆明城里出现时的场面，和姐姐讲的情形大同小异，我不由得叹一句，高手在民间，再后来学习汉乐府民歌《陌上桑》，才更是惊讶于我们民族文化基因传承得如此完美。

　　表哥在军队上的事在我记忆里是一片空白，大家也讳莫如深，绝口不提。等他复员回来，就成了乡上的干事，亲戚们张罗着给他介绍对象，他多数直接就拒绝了，个别去见面，他低头不语，一脸漠然，女方只好怏怏而退；也有他的同学给引见的，他倒是很给面子，但桌上只跟男同学聊得热火朝天，把人家女孩晾在一边。曾经同学聚会时，他喝多了，哭得上气不接下气，嘶喊着说，奈何生我为男儿身。还有几次，他还扑倒在一个男生怀里，哭哭啼啼。这些传闻出来后，大家看他走路像是女人，大家听他说话，觉得是娘娘腔，但我很是怀疑，因为等我大学回来，他已经结婚了，有了一对漂亮的子女。只是，表嫂，容貌丑陋，身材粗壮，家里里里外外都是她在忙乎，表哥是很少下地的。

　　在乡政府，表哥女人缘简直好到极点，凡是有女干事、女领导的地方，表哥就是焦点。

　　只是我很惶惑，我并没有见过表哥，更没有提过我和同学的约定，改大3岁，也没有和哥哥——和表哥走得最近、最密切的哥哥要求过改大3岁啊。

同桌用胳膊肘捅了我一下，我从迷惘中回过神了，才知道上课了，老师正让课代表发卷子。天天如此，仿佛生活就是这样，单调循环，不知其发端也不知其终了。

关于改户口的胡思乱想就这样被中断了，我拿到试卷开始奋笔疾书。天气炎热，世界似乎要被烤化，除了知了声声，此起彼伏，就剩下钢笔在纸上书写的沙沙声和翻卷子的哗哗声，除此以外就是寂静。题并不难，我做得很快，做完，反复检查，对于改变我命运的唯一途径，我是极其慎重的，确定答案无误才起身，从同桌身边挤出。当我身体触碰到她温热的身体，我的身子微微颤抖了一下，心里涌上说不清、道不明的种种感觉，有电流穿体而过的震颤，有血液奔流的激荡，有生理触动的兴奋，有羞愧于卑劣念头的难受。我慢慢地出去，感觉她的身子也在微微颤抖，看她脖颈汗津津的，一层茸茸的细毛将皮肤映衬得光滑白皙，耳朵小巧，轮廓美妙。那一瞬间，我真想轻轻搂住她的肩头，贴近她的耳鬓，深情地说一句，何必不快乐呢，有什么事我都可以帮你。我知道，这个世界是由无数封闭的堡垒构成，每个堡垒都是外表冷漠，内心狂热；神情木讷，心底脆弱；举止缓慢，内心敏感；表情单一，情感丰富。只要彼此坦诚相待，摒弃偏见，填平沟壑，美好就会徐徐铺开它的画卷。

也许是同桌太久了，又像是有心灵感应，她停下书写，慢慢点点了头，侧脸微微一笑。那一刻，我眼前一片灿烂，她的笑是那样让人幸福和温暖，我的心脏激昂地跳跃着，血液在身体里燃烧，我要全力以赴，争取在几年后能和你一起坐在咖啡馆里回忆同桌时微妙的时光，我加快了脚步，把试卷交到了讲台上。讲台一角，赫然躺着班长收上去的户口本，我的就在最上边。老师按惯例要给先交的同学面批，我恭敬地候在讲台下，等待老师的批阅。老师是位中年男人，头发稀疏，满身烟味，他透过眼镜片的上方看看试卷，又看看我，脸上有了些许微笑，那微笑我至今记得，他低头批卷，我百无聊赖，伸手，翻开我的户口本，从第一页到第十一页，漫无边际地看着，看到我的那一页，笔墨似乎并不新鲜，出生年月日：1967年5月2日。这个数字熟悉而又陌生，仿佛只是初相见，又仿佛如影随形。我看着它，它也看着我，这似乎注定，我们要纠缠一生，至死方休。想着，心里一片迷茫。合上户口本，又看看下面那本，出生年月日：1973年10月1日，我愣了一下，他才15岁，马上高考了，厉害，看一眼人名——李峰，我忍不住笑了起来，无声的，但克制不住地笑了起来：好小子，还真改小了3岁。讲桌被我身体碰撞后摇了一下，老师抬头看看我，说，值得开心，你一道题都没有错。

我微微向老师鞠了一躬，真诚地说了句：谢谢您。

返回座位途中，我脑子里又闪现出那组数字：1967年5月2日。只是一闪而已，我匆匆走到座位边，从我同桌的身后挤了进去，那种奇异的感觉又一次蔓延至我全身。

坐下，看一眼同桌，她还在写着试卷。

那组数字又出现在脑海里：1967年5月2日。它和我经常给大家报的日期1970年6月4日之间有没有什么关联？

十一

那天是我的幸运日。

老师在收齐了全班的试卷之后郑重地表扬了我，让大家学习我默默努力的精神，我心头热浪涌起，老师说到我心坎上了，我在寒苦的生活中，在奇差的基础上，在被人忽略的背景里，在无人喝彩的状态里，咬牙苦熬，慢慢爬上了山腰，看到了一线希望，终于又慢慢登上了顶峰，看到了旭日东升，我以我自己起誓，为了改变自己卑微的人生，艰苦奋斗，永不退缩。我真心谢谢老师的鼓舞，并心里承诺，继续保持，直到终点。

下午放学，班长向我这里张望了几次，我不知道他是不是还在为户口本引起的风波而不快，我只专心地收拾我的书包，书包破旧不堪，但装得鼓鼓囊囊、洗得干干净净。我的同桌也在收拾书包，我们总是同步和默契，我的胳膊偶尔会碰到她的手背，她的手偶尔会碰到我的胳膊，我们都按部就班不慌不忙，虽然已是傍晚，天色还早，也是一天中最美的时刻。我看看她，仿佛在期待着什么发生，她看看我，又看看我，突然说了一句，你送我回家吧。

声音入耳，不啻平地惊雷，我愣了会儿，点点头。我起身，从她身后挤出去，回头看看她，我的脸上红扑扑、热腾腾的，好在我脸黑，没人能发现。走了几步，我回头，她也起身了，背起了书包。她的书包那么新颖，色彩艳丽，我目光扫过书包，扫过她的前胸，扫过她的脸庞，她近乎完美的形象在那个回眸里永恒。我又点点头，她也点点头；我出了教室，她出了教室；我下了楼，她下了楼；我去车棚推我那辆老式的28自行车，她在校门口的垂柳下等我。金黄的夕阳照着她，也照亮了我的眼睛。她左手抚摸着树干，右手摆弄着柔软的枝条，半垂着脑袋，在学生们熙熙攘攘热热闹闹的流动中静静地站立着，形影相吊，孤孤单单，我见犹怜。一种想爱护她、陪伴她的冲动在体内激荡。我快走了几步，到她跟前，说，走吧，声音干巴巴的。

她点点头，在自行车一旁和我并排前行，夕阳把我们的影子拉得好长好长，它们陪伴着我俩，仿佛要到地久天长。每到路口，她会快走两步，我跟在后面。我们走啊走啊，路上人越来越少了，我说，你上来吧，我带你，她不吭声，但我抬腿上车之后又单脚着地，她就落到后面，踩着马路牙子，坐上了车。我稳稳地启动、稳稳地骑行、稳稳地向前，要转向时她会扽我衣服，扽哪边我就朝哪边拐。渐渐看到了穿城而过的秦渠，渠里的水金黄而黏稠，平缓地向东边流淌，没有波澜，甚至没有涟漪。过了渠上的桥，有些冷清了，在她的指引下，我们到了几排平房跟前，房子还比较新，砖墙上贴了门牌号，乡下的房子是没有门牌的，它们散布在田野之中，杂乱无章，全不像城里这般整齐划一。

门铃声叮叮咚咚地响起来时，我说，我走了。她摇摇头，说，跟我进来。我看她，她也正看我，互相笑笑，什么也没说，心里却有什么都明白的感觉。门开了，一个精致的妇女，眼睛很大，皮肤很白，收拾得素雅端庄，她略带吃惊地看了一眼我，对同桌说，回来了？让你同学进来吧。

我推车进入，院子很大，葡萄架遮住了炎热，一院清凉、一院幽香，还有几垄蔬菜，绿油油在黄昏里摇曳；还有花池，有花朵在怒放。我停下车，手足无措，这么奢华的院落在城里是十分罕见的。毕竟，在城里读书这么多年了，这点常识还是有的。我的心里疑惑着，这么优越的条件，同桌为何还是不快乐？在同桌后面亦步亦趋，不敢出一声，如同林黛玉进贾府的心思。寂静里，突然有嘟嘟囔囔的声音从一间屋子里传来，小幅度地扭头看时，一个穿老头衫、大短裤，梳着大背头的老人正在背对窗户，以立正的姿势面墙站着，声音就是他发出来的。我心里狠狠吃了一惊，脸上却是平静如常，眼角余光瞧去，那妇人正从侧前方看了过来，见我神情，微微颔首，似乎比较满意我没有大惊小怪，脸上比刚见我时神态柔和了许多。又走过一间屋子，刚才老人的声音已经似有若无，隐隐约约了。这时，同桌掀开由一串一串珠子串成的门帘，微笑着让妇女先进，又对我调皮地眨了眨眼睛。我规规矩矩地进了屋，屋里摆着沙发，很气派，沙发前有茶几，是玻璃钢制作的，那时候非常少见。沙发靠墙，墙上挂横幅，用镜框装裱，书写"淡泊宁静"4个大字，字体圆润流畅，沙发对面有台大屏幕的电视机，这显然是客厅了，妇女说，坐。我看看同桌，同桌点头，我才坐在沙发沿上，挺立着身子，浑身紧绷，后背湿透，脑门汗水浸出。妇女说，我去倒茶。说毕，她转身出去，我才突然泄气般地松懈下来。同桌进了套间，出来时，已是另一身打扮，比在学校清纯、活泼多了，别是一番韵味。她看看我，说，到我家了，别紧张，她这么一说，我肌肉立马僵硬起来，汗，又下来了。她看着我的窘样，突然咯咯地笑

了起来，手里变魔术似的拿出一块手绢来，递给我。我接过来，手绢上有淡淡的洗衣粉的味道，我擦擦汗，她却问道，你给我说说你的户口是怎么改的？

我一时反应不过来，不由得大声啊了一声。

十二

如同多米诺骨牌，我的粗声大气，惊吓了我的同桌，她也啊了一声，我们的声音未落，窗外一嗓子：怎么啦？声音又糯又甜，口音不同于本地，听声音，年龄大于我同桌，但肯定不是那个妇女，循着声音我朝窗外瞧去，窗户不高且光线尚可，但无人经过，正惊疑不定，门帘哗哗响起，我的同桌站起，叫一声姐姐，声音里透着亲热，我定睛看时，心里更觉诧异：活脱脱一个七八岁小女孩走了进来，只是着装打扮完全是一副成人的样子，走路袅袅婷婷，很有韵味，长得很标致，身体比例很协调，就是脸面也是七八岁的容貌，而我同桌清清楚楚喊的是姐。一时间，我有些发懵。我们那个时代，无所谓优生优育，侏儒我见的多了，多数都是大头娃娃，比例失调，但像同桌姐姐这样，我是头一次遇见，我跟着同桌一起站了起来，嘴里嗫嚅着，表情一如既往，也无风雨也无晴。

她姐姐抬头看了看我，迅疾转头，对着她妹妹笑逐颜开，看，我给你买什么啦？这时，我才注意到，她双手拎的满满两大袋子，我同桌赶紧迎着她走去，咱们拿到外面吧，说着，接过了她姐姐手中的物品。这时看过去，感觉比刚才少了许多。我也跟着，院子里的葡萄架下，那个妇女已经支好了圆桌，是那种可折叠起来的，她的姐姐进了厨房，我同学把东西放在了桌子上，冲那妇女说：妈，你看姐姐，买这么多东西。那妇女，此刻，我心里已经改口称为阿姨了。阿姨笑了一下，眼角有细细的鱼尾纹，人马上显得柔和了，只是，一瞬就恢复了惯有的端庄和严肃，说，哦，妈也给你准备了好多。

我又一次吃惊。

从进这小院到现在，每个人，每一句话，每一个场景，每一件事情都超出了我的生活经验，我不知道城里人是不是都是这种状况，我也不清楚城里人的生活是不是都是这样的内容。

正走神，我同桌的妈妈冲我同桌说道，你先把东西拿到厨房，把我刚泡的茶端出来。对我说，你先坐，一会儿喝口茶。表情比先前又温和了许多。

我落座，见我同桌用托盘端了两杯热菜，在天际还有一缕光线的背景下，一步一步地向我走来，轮廓美丽，神色专注，面貌秀美，皮肤泛光，宛若仙女下凡，又如玉女凌波，我目瞪口呆，大脑一片空白。就那样看着她，看着她，目不转睛，我不明白，她怎么就不快乐呢？一直到她到我跟前，说，劳驾，帮下忙。我才慌慌张张站起来，接下茶杯，杯里水汽氤氲，在暮光里慢慢飘散。杯子中正有嫩芽缓缓落下，颜色碧绿，叶片向上，如一朵朵小花，在清水里油油地招摇。我捧茶在手，浅浅地嘬了一口，唇齿留香，全不像我在乡下喝的那样，乡下往往会用一个陶罐，放在火上烧，待水沸腾，掰一块砖茶扔进去，继续煮，等茶叶散开，将茶水倒进碗里，茶色乌黑，入口苦涩，和现在喝的简直天差地别。也许，那次就是我喝茶的起源吧，但再也没有喝到过那么好喝的茶。同桌也在喝茶，脸上带着妩媚的笑意，和平时判若两人。

过了一会儿，就听我同桌的姐姐好听的声音传来：开饭喽。我赶紧起身，对我同桌说，我回去吧。我同桌立马站起，猛摇头，我只好坐下，心里忐忑不安，我长这么大，还没有在城里人家里吃过一次饭呢。接着听到同桌妈妈的话，去把你爸喊来，同桌看看我，脸上现出难为情的样子，最终还是磨磨蹭蹭地去了，我忽然明白，那个念念有词的老人竟然是同桌的父亲啊！

心里反倒没有了惊讶。

饭菜陆续上桌，我却不知该做些什么，只好捧着杯子喝茶，好在天色已暗，我不知所措的状况并没有人发现。正庆幸，突然眼前一片光明，然后就有人笑得上气不接下气，不用看，听声音就知道是同桌的姐姐，我一时不明所以，东瞅西瞧，才发现她正在圆桌的另一头站着，小小的手，细细的手指，正指着我笑个不停，我看自己，没什么可笑的啊，她还在笑，我又巡检了一遍，自己也笑了起来，原来，杯子里一点水都没有了，我还举着杯子在那滋溜滋溜地喝着呢，嘴角还沾着一枚茶叶——因为茶太好喝，我还嚼了好几根茶叶呢。我赶紧放下杯子，满脸通红，满头大汗。多亏同桌的妈妈及时为我解围，去去去，还不去准备生日蛋糕。

我一惊。谁的生日？

十三

还不及细细思量，同桌领来她父亲，她父亲此时已是安安静静、乖乖地按照同桌的要求入座了，嘴里没有发出任何声响。他正坐在圆桌的另一边，和我处在线段的两端，我看他，他也看我，我看同桌，同桌低头不语，他也看着同桌，眼里如潭水般深邃，我看不到丝毫波澜。他的头发雪白，理得长短合适，眼角皱纹丝丝缕缕，明明暗暗，在灯光下并不明显，脸色红润，肤色白皙，面相俊朗，年轻时必然是美男子一名，只是身体瘦小，和北方人牛高马大形成强烈的反差。他双手规规矩矩地放在桌面上，身子略显佝偻，看我看他，他也朝我看来，只是目光不和我对接，颇有些战战兢兢的神色。我扭头看我同桌，她和她父亲外形如出一辙，抬眼看我时，目光依然躲躲闪闪，我脸上一如既往，波澜不兴，她仿佛感受到了些什么，轻轻地舒了口气。

二丫，别坐着啦，去拿生日蜡烛，同桌看一眼我，一脸解放似的离开了圆桌，这让我百思不得其解，在自己的家里，她怎会如此的状况？

哎，我说你也动弹一下啊，把中间的盘子都挪开些，虽然含着嗔怪的意思，声音却煞是好听。我慌慌张张地站了起来，不小心带倒了凳子，等我手忙脚乱地去扶凳子时，才发现手里还捧着茶杯。我的脑子里一片空白，汗水顺着两只耳垂边上流到脖子里，脸上更是如水洗一般，耳朵里偏偏又是那好听的笑声，哈哈哈、哈哈哈，连续不断，还有些上气不接下气。我一时间恨不得找个地洞钻进去，慢慢立起腰时，眼角余光看到了一个场景，一个永生永世都无法忘怀的场景——同桌正急着去捂那张笑开的口，蜡烛正紧贴在那张嘴上，站直时，就看到同桌急得满头大汗，眼里泪光晶莹。我的心怦怦、怦怦怦、怦怦怦地狂跳了起来，那笑声早已离我远去，脑海中只有一个念头，她会急成这样！她会为我急成这样！她竟然为我急成这样！旋即，另一个念头涌上心头，她怎会为我急成这样？难道……

好啦，好啦，我不欺负他了。你小心蛋糕。我看他俩时，我同桌也正看向我，她脸色绯红，娇艳欲滴，眼光流转，清新可人，我的心又怦怦怦地跳了起来，赶紧偏转目光看看她的姐姐，她姐姐手里端着蛋糕，那是我从未真真切切地见过的蛋糕——除了在香港录像片里看到过，有奶油，有图案，有一圈漂亮的包装盒围着它，包装盒画面温馨浪漫，再端得近些时，我看到了一行用奶油绘制的句子：Happy birthday to you!

我心里渐渐平息下来，放下了茶杯，扶起了凳子，将桌子中间的菜肴向周围移了移，同桌的父亲依旧安安静静地坐着，眼睛也没有随着我的动作而移动，中间地方足够大时，同桌的姐姐双手尽力向前伸直，踮起脚尖，身子尽力向前够，终于把蛋糕摆在了合适的位置，她站直了身子，吁了口气，仿佛很轻松似的，同桌麻溜地插上了蜡烛，细细的，五颜六色的，18根蜡烛，没错，我知道了，是同桌的生日。

同桌的姐姐冲厨房里喊道，妈，你先别下长寿面呢，快来看他们吹蜡烛。

看他们吹蜡烛。

看他们吹蜡烛？

他们？

他们是？

十四

正惊疑不定之时，同桌的母亲面带微笑，快步走了过来，同桌看看她的父亲，又看看她母亲。她母亲说，你许愿之后吹吧。我又一次在真实的世界中看到了电影里的场景，不由心里暗暗憧憬，希望有朝一日，我也能过这样的生日。

正想着，院里的电灯突然被拉灭，只剩烛光摇曳，在微风轻拂中跳跃不止，同桌闭了眼，双手合十。片刻，睁开那双清澈的眼睛，脸上飘起两朵火烧云，她看看我，鼓起腮帮子，噗的一声吹灭了蜡烛，我眼前一黑，马上又是灯火通明。

我看同桌，眼里的意思是，你许了个什么愿？同桌却低下了头，耳根通红。再看，同桌的姐姐却不在桌上。

这时，同桌的母亲走到了同桌的父亲跟前，在他耳边低语了几句，就见同桌的父亲站了起来，与此同时，同桌的姐姐又端出了一个蛋糕，这次是个小许多的，样子像个寿桃，没有英语祝福语，上面插了5根蜡烛，同桌的妈妈拿起火柴，嗞啦一声，一粒豆大的火焰跳跃起来，电灯又被拉灭了，接着，5粒火焰跳跃了起来，照亮了同桌的父亲的脸——一张比实际年龄年轻许多的脸；也照亮了同桌的母亲的脸——一张素面朝天端庄美丽的脸；也照亮了我同桌姐姐的脸——一张稚气未退，清秀可人的脸；也照亮我同桌的脸——一张面若桃花、靓丽纯洁的脸；当然，也照亮了我的脸——一张未老先衰、肤色黝黑的脸。同桌的父亲看着蜡烛，脸上现出欢喜的颜色，还透出一丝调皮的神态，他看看我同桌，将腮帮子鼓得圆圆的，大大的。突然，他好像想起了什么，快快地呼出了一口气，迅速闭上了眼，双手合十，嘴里念念有词。这回，离得近我听得清清楚楚：伟大领袖教导我们，一切反动派都是纸老虎。他的口音学着毛主席。片刻，他睁开眼，鼓起腮帮子，噗的一声，蜡烛全灭。黑暗中，就听他的掌声啪啪地拍了起来。

眼前再亮起来的时候，大家都面含微笑，一派快乐祥和的气氛蔓延在我周围。我也微微笑了起来，衷心祝福这对同月同日生日的父女天天幸福安康。

吃蛋糕喽，那个甜美的声音传来，小手端着一摞小盘子，盘子上放着塑料质地的刀叉，妈，你来分吧。她话还未落，我同桌站了起来，说，等等，口气急切而羞涩。怎么啦？同桌的母亲有些惊愕，但，依然口气平和。

哦，我知道了，甜美稚嫩的声音再次响起，这里还有一个人也是今天生日，他还没许愿，没吹蜡烛呢。

所有一切都停滞了，时间，知了叫声，微风，星空，葡萄叶片，还有远处偶尔传来的犬吠。在我的脑海中全停止了，大脑一片空荡、空洞、空白。

巧得不真实，3个同一天生日的人，刚才同桌的姐姐说他们吹蜡烛的时候，我已是心惊肉跳，恨不得赶紧躲了出去，怎能在别人家过生日呢？可是，当他们父女吹完蜡烛，我心里衷心祝福，伴着自怨自艾。谁，会，在乎，我呢！

我知道，以前所有报名册上登记的出生日期都是今天，对，今天也是我的生日，写在所有报名册上的生日。

她是怎么知道的无须推测就明明白白的，这个世界上还有比同桌更近的距离吗？还有比同桌更耳鬓厮磨的人吗？还有比同桌更知根知底的人吗？

哦，同桌！

同桌看着我，我脸上发烫，出生到今天，从没有人在我面前提过我的生日，即使是父母，也从未有过，我心里热浪滚滚，眼眶发酸，在这个现实里，竟然是这个不快乐的同桌记得我的生日，而我，也在此刻，才明白生日原来可以这样过，过出个仪式，过出个刻骨铭心。

同桌的母亲率先反应了过来，太难得了，你们3个人同一天生日，真让我太开心了，二丫，你怎么不早说啊？同桌脸还是红红的，刚才的冲动仿佛耗尽了她的全部勇气，她站在那里手足无措。坐吧，她母亲说道，大丫，还有蜡烛吗？有。

好的，点起来。

我缓缓站了起来，眼睛一片湿润，双手合十，心里默念……

十五

后来，气氛很融洽，同桌的母亲拿来了两瓶酒，一瓶是酒鬼酒，说是家乡酒，看商标是湖南的产品，还拿出了一瓶红酒，上面印制的不是中文、日文、韩文，也不是英语，具体是哪国文字，我是看不出来了。同桌的姐姐拿来了高脚杯和小酒杯，同桌的母亲面上现出高兴的样子，说，难得3个人生日同一天，我们就好好庆祝一下，欧阳同学，你也别见外，别拘谨，我女儿经常说起你，我们对你是久闻大名了，大丫，把酒倒上。同桌的姐姐应了一声，起身斟酒，而我，却沉浸在意外中无法自拔，同桌经常在家里提起我，平时静默的同学竟然在家里常常提起我，这几十分钟的经历颠覆了十几年的人生经验，我想不明白，也无法理解，贫穷如我，其貌不扬，扔到沙滩上，我是毫不起眼的一粒；投入星空中我是渺茫黯淡的一颗；掉进黄河里，我是微不足道的一滴；撒在草丛中，我是随风摇摆的一穗；放在人海中，我是微乎其微的一个，我何德何能，竟能让同桌如此牵肠挂肚？

好啦，别发愣了！这是好听的声音。咱们一起端杯，祝你们生日快乐！这是平和的口吻。我默默地举起杯，看着站立在对面和身边的她们，心里有一个声音响起：难忘今宵，不负此情！

酒入口，绵、柔、香、醇；下咽，一股热流蔓延全身；落肚，浑身燥热不堪，面红耳赤。

坐坐，吃菜啊，好听的声音在耳边回荡，我晕晕乎乎，飘飘荡荡，舒服得无以言表，摸到筷子，夹菜入口，妈呀，辣死我了，只好忍着，但脑子激灵一下清晰了，看我身边的同桌，也是眉如远黛，眼似流波，唇红齿白，肤如凝脂，一派娇艳欲滴。同桌的姐姐面若桃花，同桌的父亲脸如关公，同桌的母亲却是面不改色。

菜过五味，一弯新月斜挂天际，夜空如水，星光生辉，草虫叽叽，微风习习。再举酒杯，已无隔阂，三举酒杯，宛如一家，几年漂泊，至此有了家的感觉。于是，主宾尽兴，兴尽欲归，起身告辞，再三挽留，盛情难却，欲走还留，酒渐渐多了，好听的声音在耳旁，平和的声音也有了变化，习惯的沉默也话语渐多，沧桑的背诗声也高亢：宜将剩勇追穷寇，不可沽名学霸王。于是，再喝。

突然，嘤嘤的哭声响起，大家愕然。

妈，你怎么啦？

没什么，我高兴的。

妈，高兴了该笑啊。

好，妈笑，笑比哭好。

但笑声比哭声还勉强。

妈，想哭就哭吧，我们知道您不容易，自从爸爸这个样子之后，我自己偏偏长成这副模样，再加上妹妹以前的同桌转学离开，妹妹性情大变，我们这个家就苦了您啊！

妈，您要哭索性就放开了哭吧，没有外人，您看妹妹的同学多像她以前那个同桌啊，他跟妹妹青梅竹马，您就别介意了。

哭声顿起。撕心裂肺、肝肠寸断、压抑的抽泣。

我的泪也来了。

家家有本难念的经，谁都不容易啊！

我也不容易啊。

只是个影子，一个同桌前同桌的替身而已。

同情，难堪，自责，羞愧！

一瞬间，悲从中来，不可断绝。

我的泪来了。

我写在报名册上的生日，我的18岁生日啊！

不过是个替身，不过是个影子！

汗也下来了。

十六

即使充斥着被掀开了一厢情愿、自作多情的一角之后的羞耻、愤怒、绝望的情绪，我依然克制着发抖的身体等待她们渐渐平息的情绪，只有同桌的父亲不被她们的情绪所感染，直到，我坚决要离开，他仍然亢奋地背诵着毛主席的词：俱往矣，数风流人物，还看今朝！

同桌在母亲和姐姐的默许后，起身送我，我知道看到这一幕后，大家都需要一个心理调适，斜挎了黄色的帆布书包，推了我的28型永久牌自行车，我们出了院门，静静地走在，走在狭长的巷道，月影清幽，星光惨淡，她和我并肩。

快到小巷尽头，同桌的肩头颤抖，抽噎的鼻息在寂静里格外惊心，我手足无措，不知如何是好，她停住了脚步，我停住了脚步，我一手扶着车把，一手揽了揽她的肩头，她猛然侧身，我身子被碰得趔趄，车子顺墙边倒了过去，我的手狠狠地蹭在砖墙上，一股热流涌出，车子倒地，我呆若木鸡，她扑了过来，哭出了声音。她头靠在我的胸膛之上，身子剧烈抖动，手却搂住了我的脖子，我一动不动，任凭她靠着、搂着，她火热的身体在战栗中传递着疯狂，她的气息喷射着我的心脏，我身体剧烈地反应起来。

我犹犹豫豫地张开双臂，再围成一个圈，圈子一点点聚合，她就在我怀中了。她的战栗更加剧烈，头慢慢仰起，在微弱的星月光辉下，梨花带雨，泪眼婆娑，眼光迷离狂热，口中喃喃有声，我心激荡，难以自已，我缓缓地低头，她的唇饱满红润，在无数个梦里我曾经亲吻过她，现在它残酷而真实地散发着魅惑的气息，我的头越垂越低，我的心越来越狂野，我的意识越来越模糊，我的理智越来越微弱，老天爷呀，你救救我吧，我不能，不可以，我绝不能，绝不可以，在此时此刻、此情此景下趁火打劫、乘人之危，但，她滚烫的身体，美丽的面庞，迷离的眼神，都让我无法抵挡。

二丫，一声甜美的召唤，一切戛然而止。

一丝恼怒、一丝庆幸。若有所失。如释重负。

那夜，我辗转反侧。

十七

第二天我没有上学，我的一厢情愿、自作多情和影子身份都让我无法面对昨晚将一缕情思错误地牵挂在我身上的同桌，我翻来覆去，脑海里全是她的一颦一笑，全是她的楚楚可怜，全是她的癫狂娇痴，可惜，她惦念的不是我。

直到小院里的光线明亮得无以复加，我还是躺在炕上，没有人叫我起床，多少年了，一直都是这样。窗户外面的树枝上麻雀在叽叽喳喳吵个不停，狗却无声无息。地里忙，我寄住的人家都下地了，我躺着，看着屋顶，屋子是土木结构的，几根大梁横担在土墙上，檩条架在大梁上，相互支持，才构成了这间遮风避雨的房子，我突然释然，昨晚的恼怒羞耻慢慢消失了，我竟有些担心起我的同桌来，她是那样的敏感和脆弱，一旦想起自己酒后种种，岂不十分难堪？我面对她尚且缺乏勇气，那她又如何面对我？

想到这些，我一骨碌爬起来，草草洗漱，蹬着我的28式坐骑，风驰电掣地行驶在乡间小路上，路的两旁是即将成熟的麦田，再过一个月就到了收割的时节，还有水稻，绿油油的，充满了生机和活力，路旁的垂柳叶片墨绿，叶子深处有小鸟在欢歌笑语，在这个炎热的夏季，一切都是那么欣欣向荣，而我，一个即将奔赴没有硝烟的战场的高三学生，竟然还沉迷于这点儿女情长里不能自拔。

更大的自责扑面而来。

我停下车，去学校还是不去？这是一个问题。

去，见了，徒增尴尬，不去，见不到，难免牵挂。

唉，我的优柔寡断啊。

终于，心静如水，我拿了书，坐在田埂上，微风吹动着麦浪，渠水倒映着蓝天，书香缭绕着绿草——那个时代，天空是多么蔚蓝，少年的心是多么的单纯啊。

一会儿，人就浸泡在书中，物我两忘。

天渐渐热的时候，肚子也咕咕叫了起来，地头耕作的人已经拿着农具慢慢朝家走了，有赶着牛车唱着歌的，有骑着自行车戴草帽的，有三三两两说说笑笑的，劳作后的幸福显现在他们的歌声里，显现在他们的车轮里，显现在他们的笑声里。

我伸伸懒腰，结束了一上午的学习，心情是多么欢愉。

去好友家蹭饭吧，就这么愉快地决定了。

你俩怎么回事嘛！

咋了？我心咯噔一下。

说不来，都不来。昨天下午放学想找你到我家吃长面呢，结果上了趟厕所回来，你就没了踪影，老实交代，干吗去了？看着那张自来旧的脸，想想他户口本上才15岁，想笑，再听他的话，居然也记得请我去吃生日长面，温暖，感受他话语中因我不来而产生的焦急，感动，还有一丝对我和同桌的胡思乱想，可笑。

她没上学？我没理他的问话，语速明显快了很多。

没有啊！我以为你俩私奔了呢？

说啥呢，咱配吗？

话一出，气氛立刻陷入了沉闷。

我和同桌之间，我们和城里人之间，还有一条难以逾越的鸿沟，即使爱了，又如何呢？

饭后，我们挤在一间土坯房子的单人床上，看着还糊着窗纸的"卍"字图案的窗棂，任凭风儿吹了进来，吹来热乎乎的空气，吹动我老长的头发。闭上眼，脑海里全是昨晚上的情形，同桌激烈的情绪，同桌姐姐开朗的性格，同桌父亲的疯疯癫癫，同桌母亲的勉力支撑，徘徊在脑海中最多的是同桌，多么纠结的缠绕啊。我叹口气。

你怎么了？

我忍了忍，昨天的事情都讲给了他。毕竟，他是我最要好的朋友，在这个班里。

你呀，听完后，他转过头，我们几乎脸挤着脸了。你真是两耳不闻窗外事，一心只读圣贤书的书呆子啊。她们家的事班里尽人皆知。你竟然两眼一抹黑啊。

十八

你同桌家人的命真苦，父亲是支宁来的干部，都做到县委副书记了，却被迫害发疯，他是文疯，不打不闹、不折腾、不疯跑，就是按时按点到墙角背认罪书和毛主席语录，大段大段的，其余时间也是口里咕咕哝哝，但是听不清楚说些什么，稍稍清醒的时候就给中央写信，后来落实了政策，待遇是有了，可是疯病治不了了。

我听着，长长叹口气。

你同桌的母亲比她父亲小将近20岁，是个能干的女人，她一个人维系一个家——四口人，一个疯、一个侏儒，还有你同桌。唉，她那个性子，将来也是够呛。

我默默地听着，连气都没有叹一声，心里想，这世上，各有各的苦，我们不也一样吗？看看这破败的院落，想想你家弟兄7个，即使把你父母油水榨干，恐怕给每个儿子娶上婆姨也几乎没有可能，谁还能顾及他人呢。自己，若不是同桌和好友，谁还记得自己的生日呢？这份情感自然会铭记在心，只是大家都苦焦了，也只是为了有口饭吃，有件衣穿。我们上学，都不知拖累了家里多少，生日这种奢靡和无用的虚头，过不过又能如何呢？但，想起同桌，心里还是沉沉的、酸酸的，要不是造化弄人，如同焦大和林妹妹，自己和她永远走不到一条道上。唉，多好的女孩子啊，你为什么不快

乐些呢?

那个生日之后,同桌再也没有来过学校,我也没有去寻过她。人的命,天注定,她会有自己的生活,我有我的生存,我们注定绝不会走到一起。何况高考已经到了紧要关头,考不上,今生今世只有面朝黄土背朝天,捣一辈子牛的后半截,我不想这么活。我只想父母生我养我,给了我上学的机会,我必须光宗耀祖,衣锦还乡。

那时候的高考,比起现在已不啻天壤之别。

高考让我跳出了农门,成了乡民口中别人家的孩子,成了榜样。

但毕业之后,我发现要和你一起坐在星巴克里喝咖啡,还需要几十年,我们命运的差距就是这么大。

我辛苦地工作,不断地钻研,不断地向先进发达的地方跳槽,没有闲情,没有余力,也从没有过生日的念头。但孩子和妻子的生日却从没有遗落,我的生日只存于身份证和口头,直到学生们和各种银行、基金公司发来祝福,我才意识到生日我也到了能够过、可以过的时候了。

但,我该过哪一天呢?

这个念想让我寝食难安,我开始寻亲访友想找到我生日的真实日子。

先是确定了身份证上的日期是哥哥的,哥哥上面还有个姐姐,姐姐夭折,改户口之时,我们顺次顶上。那么没改之时的日期,是我真实的生日吗?

答案:不是。

就这个日子,我问了父母、哥哥和姐姐,众说纷纭,莫衷一是。父亲一脸迷茫,说他不记得了,问你妈去。妈说,你是那年发大水的时候生的,好像是五月初二,哥哥们摇头,说谁知道呢?姐姐说,你是属鸡的,初几记不清了。再细细打问,依然各执一词。

托亲访友,找到县志,发大水,是1968年。属鸡是1969年,农历五月初二,折算成公历,在1968年里是5月28日,在1969年里是6

月4日。我看着这一串数字，再想想没改前是1970年，心里更是迷惑不解，到底哪个数字才是我真正的生日呢？

但随着年龄增大，遇到人问我年龄，我总拣最小的说，别人再问，你身份证上是怎么回事呢？我呵呵一笑，改的。

为什么不直接认可身份证上的年龄呢？是虚荣作祟吗？好像是又好像不是。

为什么不说那两个最接近真实的年龄呢？难道是装嫩？好像是又好像不是。

那么，我是出自什么心理？

连我都觉得迷惘！

三月的喜剧

一、楔子

三月的帷幕缓缓降落在即将开启的愚人节的狂欢里。

那一刻，肖乐正像蜘蛛般挂在网上。

网上有副对联，上联：马云马航马伊琍；下联：失意失联失文章。横批：老马失蹄。还有一横批：且行且珍惜。肖乐看完，舒眉一笑，点赞。

然后，关机，睡觉。一夜多梦。

醒来，三月了无痕迹。

洗脸的时候，看着镜子里肥头小耳，鼻大眼小，眼袋堆积，脸色蜡黄，两鬓斑白的中年男人，一句话突然就撞入大脑里：老马失蹄。身子瞬间石化，脑里却千思万想波涛汹涌，三月里的一桩桩一件件一幕幕轮番上演，故事环环相扣，浑然天成，情节起伏跌宕，惊险刺激，表演羚羊挂角，无迹可寻。只是，自己在这场戏里，是否算作老马失蹄，委实难作评判，只好把这个月的事情一一从实道来，供各位看官不吝赐教。

二、序幕

开头无趣得紧，甚至可以用平庸来概括。

肖乐作为北方偏远小城市的一名教师，学校在当地算是小有名气，肖乐在学校也算是个人物，至少肖乐自己是这样认为的。刚开学没多久，一切都忙忙乱乱，肖乐忙前忙后，一直不得消停，这天批完作业，肖乐伸个懒腰，打完哈欠，觉得舒服多了，但朝窗外瞧了瞧，就赶紧收回了目光。天公不作美，黄沙飞舞，携带校园里的纸屑四处飘荡，大风摇动树木光秃秃的枝条，发出凄厉的怪声，和文章中描述的"一切都像刚睡醒的样子，欣欣然，张开了眼。山朗润起来了，水涨起来了，太阳的脸红起来了"简直就是两个世界。正胡思乱想，电话响了起来，拿起话筒，肖乐没有好声气，连平时的"你好"都省了，只是喂了一声。对方很平静，声音熟得不能再熟，是校长。校长说声肖主任到我办公室来一趟，就挂了电话。肖乐心里有些忐忑——校长招呼，貌似没有过好事。

　　校长办公室很是阔绰，足足有一间教室那么大，面南背北，偌大的实木老板桌背东向西占据在房间正中，高背真皮转椅的后面是一排红色书柜，靠窗户养着各种高大的花卉，墙角有鱼缸，里边各色观赏鱼生龙活虎，对着办公桌的墙壁悬挂名家字幅，上书：求真务实。字体圆润娟秀，颇有赵孟頫的风格。下边一溜真皮沙发，配深红茶几一条。几上茶具一套。办公桌跟前有椅子两把，作为和属下谈论工作时所给的一种待遇。

　　敲门，校长只应句进来，连头也没有抬起，走至桌前，看校长在一张便笺上写了几行文字，字是龙飞凤舞，很大很潦草，校长没有让座，肖乐只好站着。片刻，校长抬起头来，一张保养得很好的圆脸，鼻梁上架副无框眼镜，头发向后梳理，一丝不苟，嘴略显小，有些樱桃小口的感觉。他终于开口，高二（3）班有家长投诉班主任，你去了解一下。肖乐心里咯噔一下，怎么是她班里呢，平时很好的班级啊，几个朋友的孩子都放在这个班，和朋友聊起来都说很好、很满意，怎么会……他思忖着，等看到校长樱桃小口一张一合，牙齿错落，不禁想笑。答应一声，转身离开。走至门外，有几个气宇轩昂的人正走向校长办公室，然后，隐约听到校长热情洋

溢的声音，李局啊，您怎么亲自来啦？之后就听不真切了。肖乐回到办公室，坐了下来，对于这类事情早已司空见惯，也就没有当回事。

接下来是自习课，肖乐惦记着几个孩子《琵琶行》还没背会，还有批作业时发现有不动脑子应付差事的学生，都得去处理，就拿了书本去了班里。等返回时，已经是下班时间，但办公室门口却站着一个人，见肖乐过来，那人热情地迎了上来，问，您是肖主任吧？肖乐唯觉意外，您是？对方咕哝几句，肖乐没听清楚，也没再询问，开门，那人跟了进来，肖乐问，你有什么事吗？那人掏出烟来，给肖乐递过来，腕上的黄梨木的手串很是显眼，他满脸堆笑，说，我想咨询一下孩子转到贵校上学的事，肖乐一一作答。之后说，想转进来，非得校长点头不可。那人谢过肖乐，走了。肖乐看他背影，仿佛真的在哪见过，苦笑了一下，想转学，谈何容易，朋友多次拜托，自己反复找校长恳请，不也无法解决吗？

一夜无话。

第二日，肖乐只顾自己上课，批作业，处理了几个在厕所里抽烟的高三学生，等闲下来时，简直口干舌燥，偏偏几个高一的又打了起来，好在不严重，批评了几句，请班主任带回了班里。开春，燥，可以理解，但为什么要打架呢。坐定，他喝了口水，没来由地就想起校长布置的工作，于是起身向高一办公室走去，楼道里无人走动，各班都关紧门窗，透过玻璃能看到老师和学生们上课的样子，细细看去，真是挺有意思的，形态各异，五花八门，有老师在手舞足蹈，有老师在指手画脚，还有双手按着讲桌，脚在底下向后蹬黑板下的墙根的，有慷慨激昂的，有纡徐舒缓的，有神采奕奕的，也有无精打采的；学生也是各自不同，心不在焉的有之，专心致志的有之，身板笔直的有之，趴在桌上的有之，奋笔疾书的有之，东张西望的有之，一路看过去，仿佛默片一样，师生们都用肢体和表情演绎着学校的喜怒哀乐和酸甜苦辣。路过高二（3）班的时候，肖乐还刻意地停留了片刻，透过窗户，班内情况一目了然，没有老师，学生们都静静地写着作业，这让肖乐心里踏实了不少。

办公室里老师不多，高二（3）班的班主任安三月正在埋头批作业，作业堆积，将人半遮半掩。肖乐咳嗽一声，安三月抬起头，30多岁的年龄，面容姣好，只是一脸憔悴。

见主任站在自己桌前，安三月有些许慌乱，只一瞬间，她站起身来，轻声问，主任有事吗？肖乐心里很受用这种感觉，毕竟办公室里还有其他的老师，但对他的提示性的咳嗽，大家基本上是置若罔闻，而安三月就大不相同。这又让肖乐不知怎样启齿询问，只好说，你忙吧，没什么事。

安三月有些疑惑，忽闪着大眼睛看着肖乐，而肖乐最受不了的也是她清澈的眼神。

记得4年多以前，教高三语文的柳老师因身体原因无法继续工作，学校一时慌了手脚，只好让原本只带一个班的肖乐接手，但毕业班的语文，谁都明白只能应急。于是，找人成了当务之急。于是，从小县城来的安三月过来试讲，作为中层，又是同学科的，肖乐自然做了评委，那时安三月的名字和清澈的眼神就给肖乐留下了深刻的印象，特别是试讲快结束时她胆怯地朝台下看来，清澈的眼里充满了无助还有很多的期盼，等7个老师都试讲完毕，对于到底用哪一个，评委有了很大分歧。征求肖乐意见时，肖乐脑中全是那个挥之不去的眼神，于是不遗余力地推荐了安三月。由于没有编制指标，安三月就这样一年一年被裹挟着朝下走，回去是不可能了，留下来就得指望学校争取指标，所以苦活累活自己抢着干，大大小小的领导都得陪着小心。肖乐对她这种状况也是心知肚明，苦于有心杀贼无力回天，也只能叹息同情而已。有时候，肖乐甚至后悔当时的极力争取，现在想想真不知是对是错。

看着肖乐心不在焉的样子，安三月不知所措。她明显感觉肖乐是来找她的，只是不知是祸是福，心里格外忐忑，想问又不知怎么问，不问心里又不踏实。她低头看着脚尖，跟受气的小媳妇似的。等了一会儿，不见肖乐说话，抬头，肖乐已经转身离开。

安三月欲言又止，只得重新坐了下来。拿起笔，心神却怎么也拢不起来。往事浮现在眼前。

安三月来这座城市其实是一次安娜式的逃离。

安三月所在的小县城风景宜人，尤其从暮春到深秋，景致可圈可点。黄河在小城西边缓缓流淌，秦渠将小城分为南北两个部分，沿着秦渠一路向东，骑车约30分钟就抵达了县城，如歌里唱"一条大河波浪宽，风吹稻花香两岸，我家就在岸上住……"安家就在秦渠边和黄河交叉的岸上住。安家子女不少，但最终读书成功的就只有安三月了，拿到高中录取通知书的时候哥哥和姐姐都强烈反对，理由是路远，早出晚归安全无法保障，父母不置可否，安三月心里很纠结，直到听说邻村有个和她上同一所学校的男生，而且她们村是他的必经之路，她才踏实了，告诉了父母家人，大家才沉默了。她去找了那个男生，男生家有院子的房子，围成四合院的模样，院子里有农用车和各样工具，正中栽着几棵杏树，桃树枝繁叶茂，果实累累。安三月站在桃树底下，阳光斑驳，照在安三月青春洋溢的脸上，明暗交替，绒绒的汗毛若隐若现。等了片刻，就见一个个子不高，身体壮实，脸色红黑的十五六岁的学生从外面快步走了进来，标准的乡下孩子，见了面安三月鼓足勇气报上名来，并说了此行的目的，声音小得像蚊子叫，话毕，安三月静静地看他，他腼腆拘谨的样子让安三月安心了，她冲他笑了笑，问了他的名字，忽闪着大眼睛又看了他一眼，就低头看着脚背，那个叫马峰的学生心怦怦直跳，脸热得能烫熟鸡蛋，手心里湿漉漉的，他结结巴巴说，以后我天天和你一起上学。

说完，两人都低了头，忽然，马峰说，我给你摘桃子吃。桃子还未熟透，口感生硬。

从此，3年里这条路就被他们走出了世间最美的景致，春天柳枝泛青，柔梢披风，嫩叶鹅黄，柳丝拂面，迎着朝阳是他们上学的身影；夏天枝繁叶茂，绿树成荫，喜鹊欢唱，沙枣开花，香味四溢，伴着落日余晖，是他们缓缓滚动的车轮；秋日天高云淡，白杨飒飒，大雁南飞，黄叶遍地，逆风前行，是他们勇往直前的脚步；冬天西风凛冽，残叶落尽，星斗漫天，飞雪弥漫，是他们求学艰辛的见证。

其实，这只是安三月最美的回忆罢了，现实远没有这么浪漫，春天黄沙阵阵，眼睛难以睁开；夏天天气炎热，汗流浃背；秋天阴雨绵绵，道路泥泞；冬天寒风呼啸，大雪封路。其间辛苦更与何人说？但马峰真是很难得的，他每天都会准时在路口等待，有时候安三月起晚了，来后不好意思地笑笑，马峰也不多言，只是点点头，算是默认了三月的歉意。有时候遇着雨，三月的自行车轮被泥巴裹个严严实实，寸步难行，马峰会把自己的车立在树边，找了树枝来，把三月车轮的泥全部刮掉，一路缓慢前行，如是再三；有时遇水坑，马峰会把三月的自行车扛过去，想背三月过水坑时，三月已拎了鞋、挽了裤腿，一脚深一脚浅地走进了水里，看三月露出藕般白皙、圆润的小腿，马峰呆立不语。直到三月喊，哎，走啦，他才回过神来，慌乱地嗯嗯几声；冬天遇到雪化时，地面结冰，骑车稍不小心就会滑倒，这时候马峰就会坚决推车前行。三月无奈，只得相跟着，或者并排或者错后，路虽变长，但两人各怀心事，一路慢慢悠悠，倒也没有觉得。

马峰话少，三月又不好意思主动，就这样3年加起来也没有太多交流，但仿佛也不需要说什么，千言万语也抵不上两人的默契。记得那年夏天，秦渠里一拨裸泳的半大小子，见三月骑车前来，几个没羞没臊的家伙爬上岸来，站在路边哈哈大笑。三月羞红了脸，眼睛都不知朝哪里放了。马峰见状，跳下车来，折下一根手指粗的树枝，势若疯虎，向着那伙小子冲了过去。那些家伙一看情势不妙，纷纷跳入水中，最慢的那个，被马峰一下子撞在后背上，向前跌跌撞撞，也落入了水中。到了水中，他们边凫水边乱喊，婆姨汉子逛县城等，满嘴的胡言乱语。马峰气急，捡起路边的土坷垃向水里砸了过去。水里人早一个猛子扎到了水底，在下游老远处露出脑

袋，还是边喊边笑，只是离得远了，也听不真切了，马峰这才骑上车，撵上三月，问了句，你不咋吧？三月脸红扑扑的，没说话，点点头，马峰还在大口大口出着粗气。三月说，擦下汗吧，说着递过去手绢，马峰单手接了，擦完却没有还给三月，三月也不吱声。

自那以后，两个人的目光都有些变化，三月是闪闪烁烁，不好意思直视；马峰是目光炽热，直盯着三月，每逢此时，三月的脸就更红了。有时马峰还会在不经意间触碰她的手，一旦碰到，闪电般的移开，三月的心就怦怦地跳了起来，额头也渗出细密的汗珠。那种感觉，美好而又刺激。

高考结束，三月上了师范大学，马峰落榜。三月又去马峰家，院落依旧，桃子成熟，站在桃树下，三月说，别气馁，复读，我在大学等着你。马峰不语点头。许久抬头，脸色涨红，说，我想亲亲你。三月脸上飞红，四周看看，低下头，马峰看她颈项弯曲，微闭了双目，身子微微颤抖，胸脯起伏，呼吸急促，就向后退了一步，深深吸了口气，说，等我考上，再亲。三月睁眼，两汪秋水，似怨似嗔，似喜似悲，看一下马峰，又低头看着脚背，嗯了一声。

复读，高考，马峰落榜。

再复读，再高考，马峰落榜。

马峰不再复读，告诉三月，自己不是读书的料，也读不起了，哥哥弟弟都有意见了。三月说，没关系，你干啥都行，你等我。马峰说，好。

这座县城历史上就有经商的习惯，改革开放后，风气日渐浓厚，家人让马峰经商，马峰起初不肯，但打工一段时间后，看看得到的工资，想想三月，就改变了主意。每天，马峰都到市场去转悠，一个月后，他开始行动，拿着他打工的工资，他在市场东头买了狗，牵到西头，加上三五块钱卖掉，再从西头买了猪娃，到东头和买主在袖筒里捏手指，就这样持续了一年，他突然改行，到兰州去学拉面。8个月后，返回小城，在离市场不远的地方租了个小门脸，开了马老四拉面，让他的弟弟来帮手，等三月毕业分配回来之时，拉面馆还在试营业当中。

三月来到拉面馆，告诉马峰，我们结婚吧。马峰搓手，说，怕你家里不同意。

果然，家里不同意，坚决反对。父亲骂，你鼻涕朝眼窝里淌，还倒着来了，你大学毕业，找个开饭馆的，家里还弟兄4个没结婚呢。母亲劝，你刚毕业，好好上班，等过两年再说，行不行？哥哥放出狠话，你要把家里的人丢尽啊，你敢嫁他，就再也别进这个家。姐姐问，你是不是肚子里有了？

三月不吭声，只一句，我就嫁他。

冬天，两人领了结婚证，拿到结婚证的那一刻，平时寡言少语的马峰说了句：我一辈子不会负你。三月笑了。之后，两人租了房子，没敢举行婚礼，只是到外面旅游了一圈。回来，各自忙了起来。拉面馆的生意渐渐有了起色，马峰晚上钻进被窝，说，我老婆是我的福星。

3年后，他们有了女儿，取名马安然。拉面馆开了分店。日子平平静静地朝前走，三月早出晚归，两头不见日头，马峰更忙，两人见面都难，话更少得可怜，但三月心里踏实。

7年后，马老四酒店开业，马峰出轨，犯了男人都爱犯的错误，那个女人爱说爱笑，给马峰生了儿子。

三月只问了一句：你说好的一辈子呢？马峰低头，嘴里念念有词，细听，是对不起。三月大病一场，憔悴得不成样子，愤然带女儿离开县城到这座城市。马峰落泪，给三月在这座城市买了房，要给钱，三月拒绝，说，我能养活自己。于是，到了肖乐所在的学校。

三、发展

肖乐下楼，学生下课，楼道里沸反盈天，还有推推搡搡、追逐打闹的，肖乐顺着人流下楼，还未到办公室，就见一个班的门口

聚了很多男生，都笑着，抬头冲门框上看，肖乐也抬头，就见有一条腿从门上奋拉下来，挤进人群，喊一嗓子，下来。围观的学生早做鸟雀般四散而去，就剩骑在门上的男生满脸惊慌地看着肖乐，下也不是，不下也不是，肖乐看着他，差点笑了出来，现在学生中流行车人（模仿古代车裂之刑），被车的大多是学习成绩出众或得奖的，或者是过生日的，有时候还逼着某人自己骑上门。肖乐声音放得轻柔了些说，下来，注意安全。那个学生就一脚踩了窗台慢慢下来，低了头等肖乐发落，肖乐看看班里男生，大多在座位上，惊魂未定地看着肖乐，肖乐拍拍男生的肩膀，以后不要再玩这种游戏了，危险。说话时眼睛看着班里的同学，又问了一句，听清了没有？男生们齐声答道，听清了。声音洪亮，吓了肖乐一跳。

肖乐不再多说，转身向办公室走，就看见门口站了人，还是那个戴手串的男人，他冲肖乐笑，说，谢谢指点，我去找过校长了。校长说他再考虑考虑。谢谢啊。肖乐摆摆手，说，不必了。但心里还是蛮高兴的。那人又说，刚才看您处理那个学生的过程，真让人佩服，我孩子一定要到这样的学校里来上学。肖乐微笑着，不置可否。那人再三道谢后离开，肖乐才进了办公室。

坐下来，右眼皮直跳。左眼跳财右眼跳灾，肖乐心慌了起来。拿起座机给上大一的儿子打了电话，儿子接了电话，急匆匆地说了几句，临了，还来了一句，爸，没事别老给我打电话，我忙着呢。臭小子，肖乐叨唠了一句，心里踏实了些，离婚这么多年，自己一个人带儿子，儿子就是自己的全部。想了想，给大哥打了电话，大哥说，父亲进入3月以来，身体老是出毛病，咳嗽，但是看着精神挺好。肖乐叮嘱大哥，要送到医院检查才放心，大哥嗯嗯啊啊的。他知道，农民就是这样，怕花钱，不到躺下起不来，就不觉得是病，即使是病了，也是能扛就扛，实在扛不住了才去医院，母亲就是这么被耽搁的，等起不来时，为时已晚。他又安顿了一番，说医药费自己出，但一定要带父亲去医院检查。大哥说，明天就去。

放下电话，有人敲门，是刚才骑在门上学生的班主任小刘，三十出头的小伙子，白白净净，斯斯文文，性格温婉细腻，上完硕士在外面闯荡了一番才通过渠道进了学校，学校只给了他一个班，正好和肖乐同课头各带一个班，经常是肖乐有事他就替肖乐上课，只是学生评价都不高，偶尔也替别人上课，比如安三月等，只不过是临时应急而已。让进门来，他一个劲地检讨，肖乐看着他，想笑，多大的事啊，至于吗？但嘴里还是安慰了几句，打发走了，这才坐下喝了口水，靠在椅背上闭目养了会儿神，楼道里安静下来，一天的班到此结束了。

等睁开眼，天色已暗，窗外远处小区里早已灯火明亮，肖乐知道自己刚刚是睡着了。他不知道的是，他睡着的那会儿安三月在他办公室门口站了一会儿，徘徊良久才离开。

主任离开后，校长来了电话，让安三月去趟办公室。三月心怦怦乱跳，果然有事，定定神，理了一下头发，来到校长办公室。校长脸上没有表情，让三月坐下，看了看手机，突然没头没尾地来了一句，电话打到我这里了，投诉你。三月一怔，愣在那里，一脸茫然，投诉？是投诉，校长仿佛看透了她，加重了语气，说，你回去反思一下。三月站起身，看着校长，大眼睛里全是不解，校长不看三月，低头在纸上写着什么。

三月只好离开，回办公室，六神无主，什么也做不了。呆坐了很久，脑子里还是一片混乱，直到放学铃声响起，她才决定先去和肖乐主任讨教一下。

她刚带女儿来这个城市之后，直接面对的困难就是孩子上幼儿园的问题，她人生地不熟的，只好四面打听，才知道离家不远处有一所全市最好的幼儿园，但是，难进的程度超乎想象，她不知该怎么办，她不想让孩子受委屈，病急乱投医，她硬着头皮去找肖乐，肖乐低头沉思了一会儿，踌躇了半天，抬头，看看三月的眼睛，三月的眼睛大而清澈，里边还有些许哀怨，些许无助。肖乐咬咬嘴唇，答应了下来。后来，都开学了，三月急得团团转，不好意思去

催肖乐，只能暗自垂泪。直到那天，肖乐拿着一张纸条，来告诉她去找找谁谁，她才一块石头落地，她看着肖乐，却不知该说些什么。肖乐却没有看她，只说，快去给孩子报名吧。等去报名，才知道能上这所幼儿园是多么不易，园长接过条子，看了一下，说，既然市长批了，你就办手续吧。她一听，吓了一跳。

到了肖乐办公室门口，见肖乐正斜倚在椅背上，她徘徊了好一会，想起女儿可能在家等急了，就赶紧回了。

第二天，肖乐的大哥打来电话，肖乐急忙请了假，匆匆离开学校。

三月是第二天早上又被找到办公室的，校长直奔主题，问，想到错哪里了吗？

三月说，知道了。

那你说说。

我不该让学生迟到了在门口站。

还有呢？

我不该让迟到的学生到操场上跑三圈。

还有呢？

三月停顿。

还有呢？

不该听班里学生的，默认学生们提议的让迟到的学生给其他同学买早点。

还有呢？

没有了。

真的没有了？

没有了。

好吧。算是没有了。

你反思过这些问题的性质了吗？

性质？什么性质？

你回去再反思！

三月两腿发软，校长的咄咄逼人，三月算是领教了。她的后背都湿了，手心里全是冷汗，脸色发白，脑子里只有一个念头——去找肖主任。

办公室没人。怏怏返回，三月心不在焉地上了一天的课，中间去了几次，肖乐还是不在。

肖乐那天回到家，老父亲的检查结果已经出来，怀疑是肺癌晚期。大哥听了，低着头，蹲在医院的走廊里边挠头边长吁短叹。肖乐过来，大哥搓着手，喉结一上一下的动，就是不说话。兄弟俩都沉默着。肖乐沉吟了片刻，说，先接父亲回去。我拿片子到省城医院再确定一下。他赶到省城找到大学同学，找专家，专家说需要再做个气管镜检查，肖乐马不停蹄地返回。等安排父亲做气管镜检查时，肖乐看着长长的管子插入父亲鼻腔，父亲干呕，嘴角不断吐出唾液。肖乐攥着父亲的手，父亲的手紧紧地攥着肖乐的手，身体扭曲着、挣扎着……感受着父亲的痛苦，大哥不断给父亲擦汗，父亲脸憋得紫红，太阳穴怦怦直跳，满头白发上全是汗水，脖子上的青筋条条绽开，脸上痛苦的表情让肖乐无法直视。肖乐感觉痛得钻心，管子尽头的器皿里全是鲜血，而主治大夫一次一次的找不准病灶，肖乐焦躁起来，真想一把扯掉管子，不让父亲受这番折磨，但看看大哥眼巴巴地看着父亲，他咬牙忍了，等终于采到样本，父亲如虚脱了般躺着一动不动，连咳嗽声都微弱了许多。肖乐心想，假如确定是晚期，还要这么一遍遍地检查治疗，让父亲不断受到二次伤害的话，他宁愿主张放弃治疗，让父亲安详而有尊严地离开。想到这，肖乐心如刀绞，他将父亲的手放下，抚摸着父亲的额头，父亲睁眼，冲肖乐吃力地说，你回去吧，别耽误了工作。肖乐眼圈一热，扭头看大哥，示意大哥出来，并告诉大哥他继续去省城找专家，让大哥接父亲回家，给父亲吃好喝好，一切随父亲的意，大哥点头。

到省城，专家看后，说是良性肿瘤，建议来省城治疗，又说也可以不治疗，如果病人乐观且没有不良嗜好的话，再观察一段时间视情况再定。

肖乐将情况告诉大哥，大哥也很高兴，说，你忙吧，我准备把家里的货车改一下，带父亲出去走走。肖乐听了，半晌不语，末了，说，辛苦大哥，外出费用我想办法。大哥说，不必了，你也不容易。肖乐再次不语，大哥挂了电话。

三月再次被请到办公室时，主管政教的何副校长也在，气氛很沉闷，三月紧张起来，低头，眼睛盯着脚背。

校长问，你反思好了吗？

反思好了。

你觉得是什么性质？

处理学生失当。

仅是如此吗？

是。

你！

你再想想。

不用想了。

沉默。

校长突然发作起来。

你反思的太肤浅了，你以为仅仅是处理失当吗？往轻了说，你这是违纪；往重了说，你这是违法。《九年义务教育法》《未成年人保护法》明确规定，禁止体罚和变相体罚学生。你是法盲吗？处理失当，你倒会拣轻的说。

三月愕然，何副校长脸上也显出惊讶的神态。

校长说完，停了一下，口气放缓，你知道吗？有人不依不饶，已经告到教育局，还说要捅到媒体上去。你去吧，我和何校长商量一下该怎么处理。

三月分明觉得这就是三堂会审，一种被侮辱、被损害的愤怒无法遏制，竟不知怎么走出来的，一到走廊，不争气的眼泪就流了下来。她又想到肖乐，但肖乐的办公室的门还是锁着。

待安三月出去，何副校长叹口气，试探着问，是什么人举报？校长说，有一个家长反映到了李局长那里，家长还放话出来，学校如果不做出严肃处理，他将会通过媒体表达诉求。何副校长哦了一声，没再询问。隔了一会儿，校长问，那你看怎么处理？何副校长说，还是您决定吧。

回到办公室，何副校长打电话找了高二年级主任，问，怎么回事？怎么处理班主任的事我竟然不知道，到底小安发生了什么事？年级主任说，我也不清楚啊，隐隐约约听人说是因为迟到罚学生了。何副校长又哦了一声。年级主任走后，他又找了高二（3）班任课教师，仔细问完，又找了班干部，班干部一脸茫然，安老师很好啊，没什么事啊。答完，又问何副校长，我们安老师发生什么事了？一脸关切和焦急。何副校长顿了一下，说，没什么事。

学生走后，何副校长来到校长办公室，不久就传出了争论，后来，听到何副校长说，反正您跳过我直接找下面处理的，我一无所知，这似乎不合乎程序吧。但您是校长，我没什么可说的，一切都由您做决定吧。说完气呼呼地出来，把路过校长办公室门口的一位干事吓了一跳。

肖乐返回时已是3天之后了，他去主管领导何副校长那销假，何副校长问了老爷子病情后，说，有空多回去看看。肖乐说声谢谢。准备离开时，何副校长问，小安的事你怎么看？肖乐愣了一下，小安的事？哦，我差点忘了，班主任不都这么管学生嘛，什么大不了的事嘛。何副校长不作声，待肖乐平静了些，问，听说校长让你去了解过，我怎么没听你提过？肖乐心里咯噔一下，他的领导的脾性他自然清楚，这明显是责怪自己直接从校长那儿接受指令且没有及时汇报啊，他笑了一下，说道，何校啊，咱们校长来学校时间虽短，但他的

做事风格您还不清楚吗？再说当时我也没觉得是个什么事啊，一忙就忘光了，您可别怪啊。何副校长说一声，我知道了。

肖乐出了何副校长的办公室，感觉轻松多了，想着应该去问问安三月，走到楼梯转弯处，向上是去安三月处，向下是回办公室，向上还是向下，这是个问题，他犹豫了一会儿，觉得一回来就去找，恐怕不太合适，但心里却隐隐有些急切去见的冲动，朝上走了两步，停下，转头，回了办公室，到办公室打电话找了小刘，问了一下教学进度以及作业情况，小刘一一回答。一会儿工夫，小刘抱了作业本过来，脸上堆满笑容，说，肖主任家里事都处理好了吧。肖乐点点头。小刘把作业本放下，说，肖主任，实在抱歉，作业没来得及批完。肖乐说，没事的。等小刘走后，肖乐翻开作业，又气又笑，可气的是布置的作业都是简单的抄抄写写，高一的学生做这种作业，可笑的是这类作业只需打个对钩，签个日期就行了，批完一个班用不了半个小时，他竟然忙到这种地步。真是，一时想不起合适的评价，只好罢了；想到这里，他不由哈哈笑了起来。现在的80后啊，怎么都这么"聪明"呢。

批完作业，那个戴手串面熟的家长喜气洋洋地来找肖乐，见面恨不得想拥抱肖乐，肖乐就明白了，问，办成了？

是，你看校长批的条子。

肖乐接过来，见校长签了字，再看孩子的名字叫李天宇，没见何副校长的签字，他看看那人，那人还在笑，见肖乐没说话，问，肖主任，还有什么问题吗？肖乐说，没有原学校的转学证啊，校长怎么就批了呢？将来学籍怎么弄？还有何副校长没签字啊。那人说，您说的都不是问题，我找一下补上就行了，如果有麻烦就让我哥给打招呼吧。您看分到哪个班比较好呢？肖乐说，就高二（3）班吧，安老师带得特别认真。那人连连说，好好，您说的班肯定错不了。说完，转头走了两步转了回来，笑着说，肖主任啊，您看我这个人，麻烦了您这么多次，竟然没给您介绍一下自己，我姓李，说着从兜里掏出名片，肖乐双手接了，见上面写着：

固威教育设备有限公司

董事长 李学礼

电话 ×××××88888

办公地址 ×××街××号（市教育局一楼）

肖乐瞬间明白。董事长李学礼等肖乐看完名片，笑着说，肖主任，把您的电话号码留给我吧，我真想交您这个朋友。肖乐说，好的，我给您打过去。电话响起，董事长李学礼拿出手机，是iphone5s，他看了一下号码，说过来了。又问，肖主任，您全名是？肖乐答了。他输入完毕，说，我要是打电话给您，您可得接啊！肖乐笑笑，说，肯定接。临走，董事长李学礼又叮嘱，您要有事需要，千万记得给我打电话啊。肖乐嗯了一声，算作回答。

第二天上午，肖乐去参加一个会议，等一周后的星期五下午回来，还没喘口气呢，校长电话就打了过来。

肖主任，请迅速到我办公室来一趟。

肖乐进去时，办公室里气氛很压抑，校长在椅子里沉默不语，何副校长在一旁一脸深沉，见肖乐进来，校长站起身来，指着宽阔的沙发说，坐。肖乐坐了，心里有些不祥的感觉，除非学校有棘手的事需要自己，就像上一次带3个班一样，不然，这种待遇就不必痴心妄想了。果然，校长开口了，脸上明显堆了笑，声音柔和，肖主任啊，学校遇到困难了，我们知道，只有你，他加重了语气，只有你，才一定会替学校分担的。说到这，校长抬起头，慈祥地看着肖乐。肖乐心里一阵暖流穿过，校长，他说，具体是什么事呢？校长脸上的笑容越发灿烂了，显然，他对肖乐的态度十分满意。

是这样，校长慢条斯理地说道，安三月老师提出了辞职。这句话惊雷一般，瞬间将肖乐击倒。他脑里翻江倒海，心里气愤和羞愧交织，脸色潮红，耳朵里有声音闯入，可一句也没有听进去，只好唯唯诺诺，他一直以为安三月对自己是信任的，甚至有些依赖或

依恋，全没想到，辞职这么大的事她竟然只字不提，看来自己有些自作多情了，还看错了人，真是知人知面不知心，唉！他长叹一口气，稳住心神，就听校长说，你既然没意见，就去和小刘老师交接一下，你带高一，他带高二，正好他的工作量也得到保证了。说到这里，校长眼里露出了一丝得意，肖乐觉得他是沉浸在自己的完美构想里，他抬眼看看何副校长，何副校长似笑非笑，肖乐心里微微一动，滑过了一个念头，只是模模糊糊一闪即逝。他起身说，我去了。

脚步沉重，心情压抑。他真想打电话过去问一下安三月为什么这样对待自己，但也只是一念而已。他不想再自找没趣。毕竟，除了教研活动和班主任会议时有较多的接触外，私下里他们并不常联系，甚至彼此都不多通话，肖乐前面是忙于孩子，无暇顾及个人的事宜，虽然很多不眠之夜，在听窗外雨声潺潺，或风声呼呼时，在立在黑的窗口看漫天星斗或万家灯火时，在推不开应酬的酒后兴奋时，在生活不如意或儿子学业出问题时，也会想到屋里有个女人该多贴心和温暖。那时，安三月的人和影像就会浮现在脑海里，有时还会让肖乐想入非非，但也仅限于想想而已，想想而已还是很美好的。

美好有时也是一种负担，就像现在，给自己带来无尽的烦恼。

他缓缓下楼，去找小刘。

小刘不在。

回办公室，肖乐心神不宁，坐卧不安。

电话声鬼哭狼嚎似的响起，肖乐接听，校长的声音，肖主任请上办公室来一趟。

办公室里气氛压抑，校长和何副校长明显没有了刚才的轻松，校长背着手在踱步，何副校长在沙发上吞烟吐雾。见肖乐进来，校长脸上有了笑意，说了声坐，就去办公桌的抽屉里拿出了一盒茶叶，开盖，剪开封口，取杯，洗茶，倒水，一气呵成，这在肖乐是头一次看到，一时不明所以。何副校长掐了烟头，也有些意外，两人都看着校长，校长忙完，说，明前茶，你们尝尝鲜。何校长，你还是少抽烟，多喝茶，有利健康。肖主任，你常喝茶吗？肖乐说，不常喝。校长哦了一声，说，还是多喝比较好，来来来，先喝几口。茶叶在透明的玻璃杯里根根直立，叶片渐渐绽开，如一朵朵小伞，芽叶碧绿，汤色清澈，入口苦后回甘，果然好茶。

校长见两人喝了几口放下了杯子，笑了一笑，摘下眼镜，慢悠悠擦着，肖乐并不抬头，眼睛看了茶水，叶片都浸透了水分，渐渐沉入杯底，何副校长手里端着杯子，眼睛却看着墙上装裱过的"求真务实"四个大字，脸上的表情似笑非笑，办公室里静悄悄的。

校长咳了一声，手里依然擦拭镜片，目光游移不定，从何副校长和肖乐的脸上扫过，仿佛漫不经心地落在肖乐的脸上。他又咳了一声，说到，肖主任啊，又把你请了上来，还是因为高二（3）班的事，刚刚和小刘谈过，他有些为难，高二的课，他个人觉得拿不下来。说毕，看着肖乐，肖乐不语。校长又说，其实光课吧，也没什么，只要他钻研，应该可以慢慢上手，关键是班主任，他很害怕。肖乐抬头，看校长，心里有些奇怪。害怕？本身他不也带班着吗？怎么会害怕？他转目看何副校长，何副校长只是笑了一下。校长接着说，不瞒你说，一个大小伙子，当时都吓得脸色煞白，还差点抹泪，一个劲儿地说，校长我求求你放过我吧。这叫什么话，让外人听了不都成笑话了吗，好像我这个校长把他怎么着了似的。说到这，校长笑了起来，你说现在的年轻人啊。肖乐愕然，差点哭了？他求证般地去看何副校长，何副校长点点头。肖乐突然觉得有些不对，可是哪里有问题，一时还反应不过来。校长起身，为肖乐他们续了水，肖乐看着校长的动作，更是纳闷，事情已经很清楚了，肯定是让自己接高二（3）班，但也不至于亲自为自己倒水啊，自校长大人驾临本校，可是从未为下属们端过水倒过茶，今天太反常，肖乐总觉得怪。倒完水，校长叹口气，这个安老师啊，批评了几句嘛，就辞职，这不为难学校吗，这半路上，找谁来承担呢。边说边看着肖乐，肖乐躲开他的目光，低下头，一声不吭。唉，三月啊，三月，到底怎么回事嘛？校长顿了一会儿，用商量的

口吻说，肖主任，安老师今天下午就要离校了，要不这样吧，你就上吧，学校的确是没有办法了，只有把班交给你，学校才会放心。肖乐不语，今天下午就离校，为什么这么急？看上去他的神情也惶惶惑惑的，复抬头，只见校长嘴巴一张一合，如同在干涸道路上垂死的鱼，但说什么肖乐一句也没有听进去。看何副校长，何副校长脸上全是高深莫测了，直到校长停了下来，瞅着肖乐看了一会儿，肖乐才渐渐意识到谈话已经结束，需要自己表态了。肖乐点点头，校长脸上露出喜色。他又看着副校长，副校长将眼睛扭向一旁，微微叹了口气。肖乐心里一动，但此刻肖乐只想快点了结。他要立即、马上去找三月，他就想问一句，这么大的事为什么就不能问一下自己？

校长还在表示感谢，肖乐站了起来，说声，校长还有事吗？校长一愣，脸上闪过一丝愠怒，随即堆上了笑意，说，没事了。肖乐又看一眼何副校长，自己当他部下这么多年了，真想知道自己该不该接下这摊麻烦。他张张口，却没有出声，自己已经答应校长，再问有什么意义呢。

出门，肖乐三步并作两步向三月的办公室走去。

三月的办公室被学生围得水泄不通，气氛很压抑，有女生在抽泣。肖乐看不到三月，只听有老师在劝学生。肖乐听到了几句，大概意思是学校已经决定了，安老师也没有办法，你们就别让安老师为难了和难受了。肖乐听到，心里迷惑起来，到底怎么回事？他不便挤进人群，只好心情沉重地离开了。路上，他很是责怪自己，一向感觉稳重的自己这是怎么啦，难道真的是……

还没到办公室，放学铃声就响了起来，楼道里开始热闹起来，肖乐加快步伐回到自己的办公室，但内心总是难以平静。他深深吸口气，暗示自己要稳下来，走到窗口，看看三月的北方黄昏时落寞的风景，窗外正有学生成群结队地朝校外走，边走边聊，打打闹闹，一派青春热情的气息，路上有车来来往往，行人脚步匆匆，路边的树皮色发青，向阳背风处草色碧绿，春天毕竟来了，不管世界有多少悲伤和喜乐，不管肖乐情绪有多么低迷，季节还是到了春天。正胡思乱想，肖乐看到安三月正被一群学生簇拥着朝外走，三月即将迈出校门了，肖乐想，心里突然如针扎般的痛了一下，再也没有一双大大的、哀怨无助的眼睛水灵灵地看着自己了，再也没有人那么完全地信任甚至依赖自己了，再也没有一个人在你到他们办公室时那样惴惴不安地站起来，用心听自己说话了。唉！多么希望她能回头看一下窗口的自己啊。这个念头刚跳出脑海，果真就见三月站定，回眸，水汪汪的大眼睛哀怨无助地朝自己站的窗口看了过来。这一看，肖乐瞬间热血上涌。我得做点什么！攥紧了拳头，他想。

四、高潮

5天后，学校临时召开全校教职工大会，老师们不知发生了什么事情，边向会场走边议论纷纷，肖乐夹在人流当中，一脸沉静。有老师问，主任，这几天怎么不在学校，肖乐说，父亲病重，回家照顾了几天。也有老师很惊讶地发现安三月也在人群中，高二组的老师更是反应激烈，当时就有快走几步或停下来等三月的，三月脸上没有太多表情，她低声地回答着老师们的询问，和大伙一起走进会场。

会场很大，主席台上坐着校长及何副校长等5人，领导们表情凝重，校长更是一脸严肃，等大家坐下，校长对着麦克风咳嗽了两声，说，大家请安静，我们现在开始开会，这次我们会议的主题只有一个。说到这里，他停顿了一下，待全场老师都抬头注目时，他才说，就是关于安三月老师体罚与变相体罚学生事件的处理。话音刚落，台下议论声起，校长双手向下压了几次，声音却不降反增。肖乐看校长额头明显有汗浸出，何副校长站了起来，拿过话筒，用手指敲击了几下，然后，大声说道，请大家安静下来，先听校长把话说完，说完，他并没有坐下，双眼扫视全场，老师们才慢慢静了下来。何副校长这才坐下，将话筒递给了校长，校长有些迟疑，抬头看看老师们，低下头，翻看眼前的稿子。沉吟了片刻，校长好像下定了决心，把稿子放到一旁，声音也变得低沉了许多。他说道，老师们，作为学校领导，我们太艰难了，安三月老师因为学生迟到罚学生跑步，听任学生建议，让迟到的学生给全班买早点，被家长告到教育局，并扬言说要捅到媒体上去。大家都知道，学校是弱势群体，一旦媒体曝光，对以后的招生影响太大，教育局领导找我去局里，我据理力争，我给局领导说，大不了我这个校长不干，也要保住我们的老师，但是，局领导说他们也顶不住，就是在这种压力下，我们也一直坚持了很多天，直到局领导亲自来学校督查此事，我们才决定让安老师回家待命。老师们，我们也知道老师不容易，教书现在也是高危职业，动不动就被人投诉，希望老师们能理解学校的难处。说到这里，校长哽住了，眼里亮晶晶的。会场一片安静。

肖乐看着校长，心里简直佩服至极。暗叹，好戏，好表演，赞一个。

那个周末的晚上他做的第一件事是估摸着大家都已是饭后茶余的时节了，就打电话给和三月关系较好的几个同事那里询问情况，得到安三月主要失误依然是对迟到学生罚站、罚跑和默认学生们提议的让迟到学生给大家买早点，同时也了解到学校多次找三月，要求三月当着全班学生面道歉，召开家长会道歉，在全校师生集会上道歉，三月只答应给全班道歉，其他则保持沉默。学校于是明确要求三月辞职，并告知学生是请假一个月，以便于给局里和家长答复。肖乐听完，心里很是内疚，这么多的事接连发生，她一个柔弱的身躯怎一个"重"字了得，而自己却无知无觉，不能给她提供任何帮助。第二件则是打电话给几个放在三月所带班里的朋友的孩子，第一个是个女孩儿，电话接通，一听问安老师，孩子就抽泣起来，哽咽着要求肖叔叔帮帮忙让安老师别请那么长的假。肖乐安慰了几句，心里却舒服了许多，毕竟自己没有看错人。再打是一个男孩子接的，他不太知情，只说，安老师要请假一个月，我们得理解，肯定安老师有事嘛，反正一个月就又能教我们了，虽然不适应别的老师，但我们不能让安老师不安，是吧？肖乐听了又气又笑，傻小子，都高二了还这么天真。之后他上网看学校贴吧，这也是他了解学生动向的一大法宝。

在贴吧，他看到了很多关于安老师的帖子，他注意到了下面这几篇：

我们傻傻地站在教学楼下，目送着你，静静地离开。走出校门，望着你的背影，早已泣不成声，眼睛隐隐作痛，却仍一把接着一把地抹眼泪，也许，此时唯有流泪，才能表达我们的心情。

你抱了我一下，说，不要哭了。可我的泪水仍止不住地流淌，你是一个好老师，从第一天见你，我就知道。

后来，开始军训了，烈日炎炎，你不戴帽子，就坐在旁边，陪我们晒太阳。你很热，我们也很热，太阳太毒了，你会和教官商量让我们少站一会儿。军训结束了，开学了，第一次近距离看你……我知道高中老师都很厉害，从此起，我就暗暗地佩服你。

你在的时候对我们的爱是激烈的，却被我们误认为是批评。当眼泪像决堤的洪水冲出眼眶，才发现，那是爱啊，浓烈的爱。

肖乐瞬间被打动。暗下决心，就算不为三月，不为自己，单为这些孩子，他也要把事情做成，不管它有多大的困难。

周末，肖乐打电话邀请李学礼董事长一起坐坐，李董事长愉快地答应了。去之前肖乐做了精心准备，找朋友了解了一下李学礼的性格、喜好等相关情况，知道他是李家老小，李局是他二哥。从小不喜学习，胆大、为人仗义，打架斗殴，高中毕业参军，复员后分配至电力系统，业余买卖邮票，收集茶壶，后来外出闯荡，在外面掘了第一桶金。他30岁结婚，特别疼爱孩子，爱喝酒、爱喝茶，不抽烟，据说他二哥的进步是他一力促成的，也有说他返回本土从事教育设施是听从了他二哥的意见，这些都无确凿的证据，只是坊间传闻。

选中的地方是肖乐的同学开的茶餐厅，静谧典雅，菜品精致。肖乐定了小雅间，菜品都是同学精选的，肖乐带了瓶2003年的飞天茅台，备了特级明前安吉白茶，这也是李董事长的最爱。

董事长李学礼轻车简从准点抵达，寒暄落座，肖乐才细细打量了他一番，除了手串，李学礼身上的装束并不抢眼，但爱马仕的牌子让肖乐吃了一惊。李学礼相貌清秀，国字脸，眉毛浓黑，眼睛有神，肤色呈大麦色，个头矮小，实在无法和好狠斗勇联系在一起。大脑正高速运转，李学礼已经开口，肖主任，这就是你不对了。肖乐愕然，李学礼正色说道，你要有什么事，只管张口就行，何必破费？肖乐听完，也是呵呵一笑，李董，的确有事，还是个大事。李学礼一愣，面色一变，瞬间转入正常，哈哈，肖主任，你的直爽我很欣赏，你说吧，什么事需要兄弟？肖乐哈哈一笑，来来来，咱们吃些喝几口再细聊不迟。

茶冲泡，酒开瓶，茶色酒香，满屋弥漫，于是推杯换盏，酒至半酣。两人渐渐面红耳赤，终至称兄道弟，中间除了李学礼接了几通电话，或指示或训斥或锱铢必较或虚与委蛇之外，两人谈话几乎没有中断，慢慢达到无话不谈的地步，自然聊到孩子，聊到安老师，这时李学礼激动起来，说，安老师真的很难得，天宇才去两周，就对安老师赞不绝口，肖乐见火候已到，接过话头，说，兄弟，我今天请您来想请您帮忙的就是安老师的事。安老师的事？安老师什么事？李学礼圆睁了双眼问道。来，喝酒，说起来气人，别坏了喝酒的氛围。肖乐说道。你就别卖关子了，我儿子放在安老师的班里，安老师要是有什么事，不就影响孩子了吗？你还是说吧。肖乐看李学礼表情急切，不似作伪，心道，大事成矣。于是，一五一十地将安老师的境况全部告诉了李学礼，李学礼听完，搂了肖乐肩膀，兄弟，承蒙你瞧得起哥哥，这点屁事哥哥一定把它做好。给哥一周时间，哥给你个惊喜。

　　肖乐做的第三件事是在和李学礼喝酒之前打电话给何副校长，电话里肖乐说，何校长，我始终弄不明白，您明明知道安老师是被投诉才不带高二（3）班的，也是因为这个遭解聘的，但您怎么一点风声也不透露给我，您可是我最信赖的领导啊。您这不是让我朝火坑里跳吗？他们能投诉安老师肯定就能投诉我。何况就这么个破事怎么就把安老师解聘了呢？她可是您的兵啊！肖乐一口气说完，电话那边何副校长叹了一口气，说，老大没有和我们商议，就要坚决解聘，我也是无奈嘛。至于你接任安老师班主任一事你是亲历者，你该明白我没时间和你沟通。那为啥非得解聘安老师呢？事情有那么严重吗？肖乐没等何副校长说完，抢着问道，这在肖乐也是头一回。何副校长一愣，还是答了，其实也没什么，就是个家长投诉，李局来办事顺便说了说而已。至于为什么非得解聘，那不就是畏官畏权，跟领导表现一把嘛。

　　肖乐做的第四件事是在周天的早上，他约了孩子在三月班里的几个朋友，在一间茶楼里聊了半个小时，大家约定不管事态怎么变化，今天的事都当它没有发生，谁也不准再提及，一旦涉及肖乐，肖乐将会全力否认。大家于是匆匆出门，性子急的还没走出几步，就打起了电话，风里飘来断断续续的几句话，喂，您好，您是×××的家长吗？我是您家孩子同班同学××的家长，您这会儿方便说话吗？

　　第五件事肖乐觉得是老天帮忙，周日下午哥哥打来电话，说车已经改装好了，下周三是个好日子，益于出行，他已和父亲说好，

家里也安排停当了，只是父亲想见你，你能否回来陪父亲几天。肖乐听完电话，心里涌起不可遏制的感情，想都没想，说，我马上动身。父亲一辈子严厉，他们兄弟姐妹都怕他，和他并不亲近，自母亲去世后虽说一有时间就会回家去看望，也仅限于提了大包小担，带了钱，回家坐一会儿，说不上几句话就返回了。没想到，父亲会说想自己，那可是一辈子父亲从未说过的啊。

到家所在的小县城已是黄昏，步行在熟悉的街道，上学时的一幕幕涌上心头，他当年的初恋就是在这里发生的，他心仪的女孩子有一双水汪汪的大眼睛，看自己时似怨似艾，是时时浮现在脑海里的眼神啊，就是这双眼睛让他如痴如醉，最终追随着她的脚步考上了大学，但在大学里却永远失去了它，而安三月竟长了一双酷似自己初恋的眼睛，唉，一切都是命吧。他叹口气，朝家里慢慢走去。3月末的小县城春意盎然，天很快黑了下来，华灯初上，垂柳柔梢披风，轻轻飘荡，偶尔缠绕住了肖乐的胳膊，仿佛有人拉扯一般，偶尔拂过肖乐的眉梢耳际，让肖乐心如融化般的柔软，昔我往矣，杨柳依依，今我来矣，杨柳仍旧依依，只是那个离开的人已是满脸沧桑。

回到家，见到父亲和大哥，父亲面部轮廓柔和，满头白发，慈眉善目，大哥神态安然，大家在静静里坐了，吃些家常便饭，然后慢慢熟络起来，聊起过去的事，到21：00左右才停了下来，父亲累了。照顾父亲躺下，他给父亲掖好被角，把父亲的手放进被窝里，看着父亲的脸，父亲合上双目，脸上一副幸福满足的神情，肖乐坐了会，听父亲呼吸平稳匀称，才关了灯轻轻向门口走，将出门时，父亲却突然说了句，你早点成个家吧，不然，到那边我没脸给你妈交代。肖乐暗中点点头，脑里出现安三月的影像，只是不知事情现在进展到哪一步了，真叫人纠结啊。关上门回到哥哥给自己预备的房间，这才突然想起要给学校请假。于是肖乐给何副校长、主管教学的校长、校长分别发了短信，大意是要去伺候父亲几日，高二（3）班的班主任和语文先请学校临时安排一下，他回去就会接手。短信里还说，他想静静地陪父亲几天，请成全自己。但奇怪的是几位领导到了22：00，还没有回应。肖乐终于沉不住气，用哥哥家的座机给几位领导一一打了电话。因为有上次的请假看望父亲，何副校长一点也没表示意外，直说，好好尽孝，别的就别管了。主管教学的副校长有些急，说，这深更半夜的叫我到哪临时抓瞎去啊，你这个肖乐啊。怎么不能早点嘛，肖乐解释了一番并道歉之后，主管教学的副校长才不抱怨了。打给校长时，校长并没有接电话，肖乐松了一口气，他实在不知道该怎么说才好。放下电话不久，校长的电话打到了手机上了，听语气已经是气急败坏，话有些难听，肖乐选择性遗忘了那些不雅的语言。他一直在听，直到校长挂了电话。

校长还在主席台上讲，他的樱桃小口一张一合，龅牙显得格外醒目，他说，我们难啊，学校难，老师难，但工作还得继续。高二（3）班没有了语文老师和班主任，我们都急得吃不香睡不宁，想尽了办法，本想让我们一位老师顶上去，结果他父亲病了，我们总不能不让他父亲病吧，我们总不能不让他尽孝吧。所以我们已经有了让安老师回来的想法，这一点和家长们的想法简直是不谋而合，周一高二两个班接近80个家长来学校（肖乐听了，吓了一跳，怎么能约了这么多家长啊，校领导怎么能吃得消呢，不知有没有影响学校正常工作和秩序？肖乐走了会儿神），要求让安三月继续担任班主任和语文教师的工作，我们顺应民意，但班主任安老师是不适合担任了，她在班主任工作上是有错误的，所以今天我们要安老师在这里对自己的错误做出深刻检讨。

会场又一次骚动，有老师喊，都不让她担任班主任了，还做什么检查啊。

这也太不尊重老师了，又有老师喊着。

学校要这样处理，我们也辞去班主任工作。很多声音附和着。

场面再次失控。

校长不知所措。他看何副校长，何副校长扭头看窗外。校长站了起来大声说，请大家听我说完，听我说完。

肖乐看并排坐着的三月时，她正满脸通红，大眼睛不断流泪，但却没有站起来的意思，脸上现出倔强的神态。肖乐长长舒口气，暗暗竖起大拇指。

会场又慢慢地恢复了秩序，校长说，我这也是没办法啊，新闻媒体说要来看我们的会议，他们最终妥协让我们请安老师回来的条件就是安老师必须在全校教职工大会上做深刻检查。

话音未落，几个年经教师已经站了起来，记者在哪儿？记者在哪儿？我们去问问他们，那么多贪官污吏他们不去监督，跑到这里干什么？那么多民生问题他们不去反映，来这里掺和。太不像话了。老师们开始满场张望，但没有一张陌生面孔。这时校长又说了，既然大家这样坚决反对安老师做检查，我决定，那就不做了，不管将来有多大的事，我都担着。不仅如此，我还要努力奔走，争取早日把安老师的指标跑下来。

掌声雷动。会场里喜气洋洋。三月一脸愕然。

五、结局

掌声中肖乐心中暗自盘点：三月重登讲台，完成；不接受当众批评，达标；落实指标，基本完成。突然想笑，是个喜剧，大家都在戏里戏外喜气洋洋。脑中却跳出《三国演义》中杨修评价曹操梦中杀人事件的那句经典台词——丞相非在梦中，君乃在梦中耳。不管怎样，所有努力都没有白费。拿出手机看看时间：3月31日18：00，还有他设成手机屏保的一句话，且行且珍惜。

在路上

一、缘起

晚上，高中的孩子们到齐了。我说咱们上课吧，他们都静了下来。因为有新成员加入，我做足了前期准备，讲好每一节课，是我对自己的基本要求。新来的一个女生表现十分抢眼，大眼睛忽闪忽闪的，神情很专注，另一个则面带微笑，喜庆的感觉溢于言表；原有的一个女生平静而精神抖擞，听课状态极佳。其他人也抬眼看着我，我兴致勃勃地讲了起来。

然而，不久，大煞风景的一幕悄然而至，一位平时学习成绩极好的学生缓缓闭上眼睛，在我讲得活灵活现精彩纷呈的时刻，她睡着了，很香、很安稳。不经意看到这幅画面，我的情绪迅速降到冰点，田园将芜胡不归，何必呢！同时一个愿望由心底不可遏制地诞生了。

出去走走吧！

这时，电话很大声地响了起来。

示意大家动手练习，我到了另一个房间，接通了来电。

是一个亲如一家、无话不谈的朋友。

问，放假休息感觉如何？

答，补课呢。

说，以为你休息呢。

答，是想休息，想出去。

问，打算什么时候出去？

答，已经开始补课了，怎么也得补上5天吧，那就20号之后出去吧。

答话时心里却是无比的悲哀，为这些孩子。她之所以睡觉，肯定是因为赶场补课，一场，一场，又一场，成天都是，晚上，还得来我这里。我知道他们很纠结，一则是他们和我的情谊，我搭起了场子，他们定会来捧场。二则是家长所迫，在家闲着，上班的家长怎能放下心来？三则是互相攀比，自己不补别人补，那还不得被别人甩下一大截呀。所以，他们来了，浑身疲惫。睡觉，实属再正常不过。

我还有什么可说的呢？我还能说什么呢？我唯有无言而已，我只有沉默而已！

正沉吟，朋友问，准备去哪儿？

三亚，我答。只是，我有些迟疑。

怎么？追问很快过来。

可能订不到机票了，我说。

我来想办法，你上课吧。

嗯，我答道。

再上课，看着他们，心里充满了悲悯，为这些疲于奔命的学生，也为我们的教育制度，还有家长。然而，我自己呢，不也是帮凶一个吗？受利益驱动，而给他们雪上加霜。固然，他们是高中生，他们是自愿来，但是，如果，我不搭台，他们晚上不就可多休息一下吗？我知道，教育走到今天，已经异化为不可言说的扭曲，也早不是我理想中的教育了，想改变，以我微薄之力无疑螳臂挡车，但，至少，我可以不搭台，求得心安。

于是，下课时我告诉了他们我的安排，我要求他们做到4条：一是寒假中每天必须保证1个小时的锻炼；二是每天睡足8小时；三是少上网刷屏；四是少补课，多思考，学而不思则殆。

还举了以前一个学生的例子，她不补课，成绩照样突飞猛进。我说，只要你有强烈的愿望，科学的方法，劳逸结合和坚强的毅力，成功必然不远。

鼓掌。

第二天，机票定好。

来一场想走就走的旅行。

二、启程

其实，海南，我已往返过四五次，期待和喜悦是微乎其微的，然而，我依然很开心。毕竟，我果断地做了一件自认为正确和有意义的事。于是，我心满意足地在家里看电视，只等事先约好的朋友一个电话，我就可下楼踏上旅行第一步。

有趣的是，我刚约好朋友相送，电话就一个接一个打了进来，有要饯行的，有要送机场的，还有祝福一路顺风的。凡此种种，不一而足，这让我小小得意了一番，啧啧，瞧瞧咱的人品！

车到楼下接我时，阳光明媚，在大寒节气后的第二天，能有如此风和日丽的时辰真是难能可贵。车是全新的原装进口大众，人是精明强干的帅小伙，车内暖风频吹，足见朋友无微不至⋯⋯

黄河在夕阳里平静和缓地流动着，两岸树木稀落，枯枝残叶，在没有风的树枝上缄默着。过了黄河大桥，迎着金黄的太阳，眼里五彩缤纷，揉揉眼，看到机场就在不远处等着我们的到来。朋友抄起电话，隐隐约约听到安排去贵宾室候机的事宜，我有些诧异，有些不安，还有些自得，终是不言。毕竟，他的安排彰显的是他的能量，拒绝，也许会是一种伤害。

果真，我们进入了贵宾室。

与朋友握手，表示谢意，道别，目送，离开。我们落座，服务员语气柔和，表情甜美，先生您好，请问您喝点什么？有饮料、茶水。来两杯白开水，谢谢，我说道。白开水端上，小食品用托盘盛来，品种蛮多。打开电视，服务员退出。

贵宾室果然了得，空间巨大，设施低调奢华有内涵。沙发宽大，窗明几净，温暖如春。在室内踱步，心旷神怡，貌似思考，实则脑中空空，一种久违了的闲适涌动心头。

等待风起，好风凭借力，送我到空中。

三、囧途

在服务员的引导下，我们通过安检并被护送至登机口，贵宾的特权和享受到此为止。

登机通道里挤满了人，只是秩序井然，找到座位，安定下来，才看了看偶遇在同一趟飞机上的乘客们：以老人小孩为主，青年人扮演了保镖的角色，没有惊艳全场的风景，安心静候起飞。

在颠簸和耳鸣里飞机拔地而起。不久，播音员报告，飞机20分钟后将在新郑机场降落，请收起餐桌板，关闭手机，系好安全带，收起坐椅。预计在新郑机场停留30分钟。

听到这则消息，我惊呆了，不是直达三亚凤凰机场的吗？怎么跑到河南来了？继而，出离愤怒了，就算转机，也不必在这里啊。好心情，到此戛然而止。

不爽的感觉从飞机降落在新郑机场开始由普通版升级为加强版。

先是，通知我们下飞机，必须！走到舱口，冷风嗖嗖，穿着去海南的单衣，浑身经不住考验，不由自主地哆嗦起来。回头，竟然，有头等舱里的一个高富帅，正淡定地玩弄手机，笃定的神情，傲慢的举止，单薄的衬衣，让人印象深刻。上摆渡车，冰冷的空气穿门而入，如影随形，到候机楼，要检票进入，门口风声大作，但，检票员四平八稳，动作缓慢。有孩子直喊冷，终于进去，景象不堪入目：有人脱了鞋躺在椅子上，有人在聊天，声音洪亮，广播里在通知飞机起飞的讯息，声音结结巴巴，音色刺耳。大厅被分割成各种购物体验区，导购女郎无精打采地招呼着顾客，空气里弥漫着浑浊的气息，有孩子哭，有大人在训斥，有打电话的，当时的感觉是我进了菜市场或者汽车站。

最可恶的状况发生在我们从卫生间出来的那一刻。那会儿，我刚刚准备问一家看似干净的咖啡简餐店能否让我们进来坐一会儿，店员态度很坚决，除非吃喝，否则绝不可以。看她圆盘大脸，听她河南口音的普通话，我说我们消费，正要点单付账，嘈杂中听到广播里很躁的声音通知，从郑州飞往三亚的飞机马上就要起飞了，请乘客迅速坐摆渡车去往乘机地点。我当时就抓狂了，这不纯粹玩人吗？折腾一番，冻个半死，就为了到这个脏、乱、差的候机楼一游？说声对不起，我转身欲走，店员背后骂声毫不掩饰地追了出来，什么素质。我不敢回头，红着脸落荒而逃。

在越来越大的风中，捋一捋随风飘扬的头发，跺脚、哈气、排队、验票、登机，打着寒战，我终于走进温暖机舱。路过头等舱，高富帅仿佛没有改变过姿势，依然悠闲淡定地玩弄手机，脸上绝无受寒挨冻的颜色，他单薄的衬衣外面甚至没有外套。天啊，这是怎样的不公平啊，乘务员不是信誓旦旦，必须下机吗？必须，知道吧，必须！但却无处申诉，我只有叹息而已。

坐定，按程序，听要求，模范地遵守规则，做好了起飞的所有准备，包括身体的、心理的。然而，播音员不甚完美的声音顽强地穿过鼎沸的人声横冲直撞地扑入我的耳朵：各位乘客，我很抱歉地通知大家，接到机长指令，因为空中管制，我们的航班将会延迟起飞，起飞时间我们将会及时通知大家。听完，我不气反笑，让各种恶心来得更猛烈些吧。

想法还没成型，后排的一个不足半岁的孩子哭了起来，那叫一个猛烈啊，不停的、不断的、连续的、单调的哭声，一声声一遍遍地占据我所有的空间，耳朵、大脑、心脏、心情。仿佛按下了循环播放，孩子哭了有20分钟，几个大人的各种哄孩子的声音比孩子的哭声还要折磨人。后来，孩子不哭了，我扭头，看到了惊人的一

幕，孩子拉屎了。拉了孩子姥姥（奶奶）一大腿，她拿纸正耐心地擦着，场景尴尬。我预备回头，却发现那老人将擦完屎的纸张直接塞进了座位放杂志的夹层里，我当时差点就崩溃了。唉，我还能怎样呢？

注意力是被两个在座位上翻筋斗的小子给吸引过去的，我一时反应不过来，两个小胖墩是怎么做出这么高难度的动作的？还有，他们这么疯狂，他们家的大人们知道吗？正想着，胳膊被过道里往来的人碰了一下，我转过看时，无奈地摇摇头，碰我的人又是他，一个10来岁的胖子，他已经碰我10来次了。这一路上，只要能不在座位上的时候，他肯定在过道里一趟又一趟地往来，身体长宽旗鼓相当，碰我实属必然。

就这样，在各种情景轮番上阵后，飞机终于起飞了。落地，打开手机，已是凌晨一点。

四、海边

请到天涯海角来，这里四季春常在。一首耳熟能详的歌曾秒杀过多少人的心。

去天涯海角吧。大家就这么愉快地决定了。找到离住处不远的公交站台，没费什么力气就发现了隐藏在许多站名里边毫不起眼的天涯海角。我们等着，张望每一辆开过来的公交车，但千车过尽皆不是，我有些烦恼，甚至诞生了打车前往的念头，然而，出租车是很忙的，拉着来自五湖四海的游客匆匆忙忙来到我眼前，毫不犹豫地快速离去，对于我的一厢情愿满眼热切，它全然无视和不甩。我只好围着站台转来转去，望穿秋水的感觉在那一刻体会得刻骨铭心。还好，车终于来了，挤上去并不是一件容易的事，但我们没有气馁，坚持是一种美德。果然努力没有白费，我上来啦，我格外有成就感。扭头看同来的朋友伙伴，我只好叹口气，灰溜溜地退出了车门，下车。我真想打退堂鼓，但大家还是想等下趟，我无奈、无语，意趣全无，怏怏不乐地转着自己的圈子。

　　车来了，我圈子还没转几个呢，车就来了，更神奇的是，车上乘客寥寥无几，空座位足够我们每人占两三个座啦，简直是意外惊喜。大家都笑了，惬意地坐下，看窗外南国风光。近一个小时的摇晃，报站的广播里传出了天籁之音，天涯海角到了。

　　其实都不消报站，路边车水马龙、人声鼎沸就足以传递出到天涯海角的信息了。排队买票把中国旅游景点的特色彰显得淋漓尽致，队伍里有游客说，这还没到高峰期呢。我当然也知道看人接踵摩肩也是我们旅游内容之一，但进到景点，人做鸟雀般散了，空间大了许多，何况，我们到了海边。大海嘛，真是大，旁边有位奇葩感慨。我深表同意。但对大海，我毫无违和感，来了四五次，除了没来看这个刻着"天涯"字样的石碑外，我成天就在大海边溜达了，还有什么新奇的呢？但，他们很兴奋，我打起精神陪着伙伴们下海滩、上石岸、走小径、拍照。等他们脱了鞋在岸边戏水时，我坐在沙地上开始对着海水发呆。

　　海浪渐渐大了起来，后浪推前浪，前浪携带着白色的细沙和小小的贝壳冲到了沙滩上。就这样一浪一浪又一浪，后浪推前浪，前浪倒在沙滩上，我看不到浪花一朵朵，也看不到浪漫，就这样呆呆地、呆呆地。

　　他们玩腻了。看看时间，竟然，还不到一小时，他们说，走吧。我差点说出了憋久了的一些话——天涯，其实不来也罢。要知道，天涯，以前可是充军发配的地方，如天涯飘零，断肠人在天涯，沦落天涯，且自古当官的和经商的是很忌讳这个地方的。天涯，不就意味着到尽头了吗？我虽不出仕也不经商，但总有些不喜庆的感觉，幸好，要走了，一时生出了解放区的天是晴朗的天的慨叹。

　　问题是，时间还早，去哪儿呢？经过曲曲折折摆满了各色商品的狭长走道，在卖货小妹热情的吆喝和期待的眼光里，我们目不斜视昂首阔步地迈出了景区大门，来到路上。

路上，车水马龙，但，没有一辆肯为我们停留，哪怕片刻。

太阳高悬，没有一丝遮挡，我们呆立站台，一脸麻木。

无聊，无聊之中，一个穿制服的人蹭了过来，说，要打车吗？我有些心动，问，多少钱？他反问，你们要去哪？我急中生智，南山寺吧，听说那里很好玩。他口气充满不屑，就那个破庙啊。我的心一凉，随即灵光乍现，那你觉得哪儿好玩呢？他说，西岛，语言干脆利落。离这远吗？话一出口，我就后悔了，菜鸟的面目一览无余。不远，你们要去，我只收你们5元钱。我心里微微一动，打车在三亚，起步价两公里内8元，以后，每公里加2元。5元，连起步价都不够啊。但，他后面的话打消了我的疑虑，他说，他们拉客人到那里有积分，对他们有用。

于是，我们去西岛了，花了N多钱之后，我终于体会到了我常说的一句话的含义，那句话是无事献殷勤，非奸即盗。

后面的悲催想必大家都明白了吧。

五、山间

既然做散客是如此的伤感，那就报团好了。

于是，第二天我们搭上呀诺达一日游的中巴，从碧水蓝天小区出发，沿滨海路一路向东，导游是位山西小伙子，刚涉足这一行业的生疏透过他密密麻麻的青春美丽疙瘩豆发射给每一个上车的游客，而他的稚嫩恰恰给大家吃了定心丸，至少，他不是黑心导游吧。

导游很忙，不断接听或拨打电话，告诉要接的乘客前方等车的游客在哪儿，等车或多长时间会抵达哪个位置，就这样一路走走停停，停停走走。阳光照进了车窗，温暖了我的面颊。我不急，在灿烂里看每一个上车的游客，有老有少，操各地口音，拿各式早点，背各样行囊，相貌各异，性情不同，急性子的看到车停下来就会嚷嚷，慢性子的看到停车也无动于衷，我打量他们，他们并不打量我，他们多数带了小孩，大一点是中学生模样，小一些是四五岁的样子，这才是他们要关注的。儿子不在身边，看那些温馨的场面不免勾起对孩子的思念。虽然，现在，如闲云野鹤般逍遥自在，但，总有隐隐约约的遗憾萦绕心间。过了田独镇，"乌合之众"终于齐全，导游看看车已坐满，兴奋的神色溢于言表，他打开麦克风，饶舌地"挑逗"着大家，卖弄他对三亚的稔熟，互动方式只是低级的提问而已，但车里的人分外兴奋了起来，我没有受到感染，当然也并不反感。他问大家来自何方？大家各自作答，当听到有人来自山西阳泉时，他激动得像见到了亲人一般，让我的好感刹那飙升。他开始讲山西的面食比这里便宜，讲这里的海鲜要到哪里吃才合适，又告诫大家，要去红港批发市场买热带水果。我环顾四周，发现大家面上消除了提防的神情，很配合他的讲话和提问，比如他问三亚的市花时，大家七嘴八舌，给出了五花八门的答案。我知道是酸豆角树，但并不吱声。他又询问大家都去过海南的哪些景点，小高潮就出现了，车上人声鼎沸，热闹非凡，空气里都洋溢着快乐的气息。然后，他讲起了今天的行程，我明白重点要浮出水面了，铺垫了这么多，不就为了这一刻吗？对于经常外出的游客，看透这些伎俩只是小菜一碟，我收起微笑，且看看他怎样在这次低价游当中忽悠大家，骗大家吃海鲜，参与购物，便于他从中渔利。

出乎意料的是，他所有报价都是事先和发传单揽客的人员说妥的138元，含路费、门票费、景区观光车票及导游费，并无增加，我诧异了，以我多年的经验，剧情不该这样啊。

果然，顿了一下，他说，我建议大家在景区里吃午饭。我就呵呵了，看吧，来了，图穷匕见了吧。

他报价了，说是自助餐，自己可以去，每位78元，如果团购，只要58元。听完，我疑惑了，价一点也不贵啊，要知道三亚的景区里，一个馒头也3元钱，一碗酸辣粉得10元，拉面也要20元呢，十几道菜加水果、加汤水，有荤有素真合适啊，看来我是以小人之心度君子之腹了。于是，我很是责怪了自己一番。

正内疚呢，他说，马上就到景区了，给大家教一个这里见面打招呼的手势。他举起右手，竖起食指和中指，左右摇摆，嘴里喊呀诺达，然后，他让大家跟着他一起来。大家都嘻嘻哈哈喊着呀诺达，没有一丝热情。他抬头看着大家，脸上显出认真的神色，说，这样是不行的，要热情、要真诚。也许受了他的感染，再喊时大家都很有感情，他让车内的人互相打手势，问候呀诺达，大家照做了。此刻，车内因为这个问候（即你好之意的呀诺达）而现出非常友好的气氛。

景区到了，人满为患，但我依然沉浸在呀诺达所营造的暖暖的感觉当中，这些嘈杂听起来也有些悦耳的味道了。许多推介内部收费项目之后，我们进了热带雨林，景致无他，唯各样热带树木而已，在海南的任何山间都可看到，拍成照片后会比眼里看到的更美更精彩，我于是一改往日不拍照的习惯，一路走来一路拍照，自得其乐。

晚上，到了住处，一张张回忆起来，颇有感触。其中，山顶上一棵孤单的大树，在蓝的天、白的云、绿的草的映衬下格外醒目，它的躯干呈倾斜状，在山风阵阵摇动下坚定地向天空生长，有棉絮般的流云从它身边飘过，有半弯月牙挂在它的树梢，有暴雨从高空浇向它的全身，有烈日炙烤它的灵魂，有鸟粪落在它的脸上、头上。它默默地，只是在静静的亘古不变的时光里积蓄，任天火焚烧，任雷劈电击，它依然在灰烬里重生。白天它俯瞰山间如蝼如蚁的各色人等，芸芸众生所追求的感官上的悦目，心灵上所向往的长生不老，在它眼里只是浮云。甚至，他们所追求的永恒也不过是白驹过隙。晚上，星光闪耀，它和他们交谈，默契地只需要眼神，偶尔，看看远处在人们眼中辉煌的城市，它默默地笑了，城市，璀璨？辉煌？在这立足高远的空间里看去，只是一簇昏黄，一片渺小罢了。看照片，和山顶上孤独的老树对话，让那个山间之行格外丰盈，那棵树移植到了我的心中。

晚上，梦中，我长成了一棵山顶上的树！

六、逆天

记得第一次被朋友带到三亚时的兴奋，当飞机降落在凤凰机场时，正值北方大风肆虐，虽然来时朋友再三叮嘱一定要穿单些，我按要求已经尽力了，但一下飞机，浑身开始冒汗。揩揩汗，我脑子还没有反应过来，冬天啊，怎么会这么热呢？

第二次再来，老练了许多，到后有很惊奇的感觉，第三市场里卖海鲜和蔬菜的绝大部分是女的，一路走过沙滩，踏上街道，当地男人们或在路边的早点铺前慢条斯理地喝早茶、抽烟、聊天、喝酒，或者在路边算命的地摊上掐算自己的运程，等买了新鲜的带鱼、虾蟹、蔬菜回去时，路上开摩的的司机也是清一色的女人，裹了面纱戴了斗笠，麻利地把我们送回住处。

第三次踏上海南岛，目的很明确，陪朋友四处看房，从海口出发沿西海岸到东海岸，从东海岸返回海口，横穿海南中部，脚踪几乎留在这个孤岛的角角落落。在九所，我被眼前的景象吓着了，田里有耕田的农民，头戴大斗笠，赶着牛，扶着犁。我无法相信21世纪还有这么原始的耕作方式，再看他们的房子破败不堪。中午时，路边搭起的凉棚里坐着五六十号光脚丫的、黑瘦的汉子，腿脚盘在塑料椅子上，面目模糊不清，嘴巴一张一合，仿佛是露出水面呼吸的鱼。

第四次来后我见怪不怪，但依然被亚龙湾天价的住宿费给吓了一跳。等看完田独镇的房子后，我们来到凤凰镇，在镇子滨海的一个角上，有座桥通向海中人造小岛，小岛上已有楼房的地基了，桥头有保安把守。我的土豪朋友想上岛去看房，保安打量了我们一下，脸上写满了不屑，很坚决地拒绝了我们，我和朋友面面相觑，如坠五里雾中，一时不明所以。等一部法拉利载着的美女，说要上岛看房子时，被热情洋溢的保安恭恭敬敬地请到他们的观光敞篷加长林肯车上，敬礼并虔诚地目送上岛之后，我们才恍然大悟。朋友骂了一句——狗眼看人低，说了一句励志的话——革命尚未成功，

同志尚需努力。那年，朋友已有十几套房子在全国各地了，银川还有一块工业园区的土地。问知道底细的人，这座人造岛上的房子预备每平方米售价12万。两年后，上海的一品汤臣因每平方米售价11万而被中央电视台曝光，被冠之以天价楼盘。

第五次来，朋友去看海棠湾、石梅湾的楼盘。这些楼盘和别墅售价不菲，噱头是有私家海滩，景色如同《非诚勿扰》里葛优和舒淇在雨中住宿的地方，因为电影实景就是石梅湾。朋友定下了房子，心满意足地等待来年把它卖出，朋友的眼光独到，我是非常敬佩和崇拜的。之后，朋友又说了一句经典，在这个逆天的孤岛上，永远都是冰火两重天，我们就要磨快刀狠宰这些为富不仁的家伙，我笑笑，心说你不也是如此吗？

现在，第六次重上海南岛，我突然想起了5年前朋友的话，这个逆天的世界，我依然佩服。

是啊，这个逆天的世界。

我生命体验里吹面不寒杨柳风的春天，浓荫满地阳光毒辣的夏天，碧云天黄叶地西风紧北雁南飞的秋天，白雪飘飞北风怒号飞沙走石的冬天，它，都没有。它只有雨季、旱季，阳光永远那么明亮，草木茂盛，碧海蓝天，它不四季轮回，不按天道行事，简直就是逆天了。

千百年来，男主外女主内，男人耕地挣钱女人在家相夫教子。在这里，它全然不同，它不遵循传统美德，它逆天了。

花花世界，一掷千金，豪车别墅，私家花园，飞机游艇，设施先进；荒草萋萋，穷极无聊，破房旧址，二牛抬杠，拖鞋斗笠，衣衫褴褛，在这里如此鲜明"深刻"纤毫毕现地勾画着同一片蓝天不同的世界——它，违背人生而平等的人道；它，逆天了。

还有，在三亚的街头，你看到光鲜亮丽的多半不是三亚人，开出租，卖公交车票，扫大街，讨钱的乞丐，搬运厚重物品的大多是本地人，住亚龙湾、海棠湾七星、八星天价酒店的没有当地人，在海滩上悠闲漫步的几乎都是外来客，匆匆忙忙奔生活的才是当地人，这么美妙的家园，这么得天独厚的自然条件，这么多的财富源源不断地送到了这里，为什么没有惠及原住民，这是怎么啦，难道又是逆天了？面对这逆天的世界，除了这支笔，我不知道还能为它做些什么。

七、漫步

在纠结了许久之后，将题目定为漫步，而此前先有两个选项（A. 惬意　B. 散步）。前者和在路上的动作不连贯，后者内容受到隐含的限制，于是决定启动漫步为题，至少在时间和空间上游刃有余，既无明确目的也无固定线路，写起来自由自在。

最想在云中漫步，使起凌波微步，呼吸吐纳之间，身体轻如鸿毛，驭风而行，游游荡荡，渐飞渐高，终于踏上如丝如缕的卷云之上，停稳了，躺下身来，随云儿去四面流浪，有小鸟从身底滑翔，我会高兴地打声招呼，有飞机高速驶来，我会捂上耳朵，等一切安静了，我会看着蓝得令人心醉的天空发呆，脑子里一片空白，尘世间的纷纷扰扰都可抛之脑后，或张目对日，让刺眼的阳光灼烧我的双眼，不再看到这世界里的污浊。

等倦了，无聊了，我起身，无所事事地走上大团的云块上去，在它上面行走，漫无边际，脚下柔柔的、软软的，仿佛置身在厚厚的海绵上，背了手，我缓缓地踱步。偶尔，我会站在云团的边上，俯瞰我们赖以生存的高山、大地、海洋，思考一下伟大而有意义的生活，或者干脆坐在云块的边缘，两只脚一甩一甩的，好像小时候在小溪边戏水一般，也许会有一只鞋被我甩了出去。如果，恰好落在你的身边，请不要见怪，也无须惊讶，那只是我的一个小小的玩笑。也许我会一失足栽下云端，但我并不急，头朝下，快速坠落，失重的感觉让我心里酥酥的、怪怪的，很特别的一种体验——听风声呼呼，看乾坤颠倒，我的衣服猎猎随风张开，在关键时刻，我会使出绝招——逍遥神功。用我几十年的功力奋勇一搏，只消看准一

棵长在山顶上的参天大树，借助树枝的柔软，卸下自己下降的重力。最终我会毫发无损地落在树脚下，也许我会踩断了几条树枝，晃动了鸟巢，惊吓了闭目养神的鸟儿，我会真诚地说一声对不起。

然后，我缓步下山，在山间小路上漫步，看绿树成荫，听潺潺水声，闻阵阵花香，尝硕大果实，寻幽深风景，赏蓝天白云，踩着落叶，一步一步在寂静的山间漫步，深呼吸，肺里澄澈，心中舒畅。也许，我会迷路，但那有什么呀，渴了我喝清泉，饿了我摘野果，冷了我找朝阳的山坳，困了我躺到大青石上。白天我开辟道路下山，晚上我欣赏清幽的月光，我不惊动、不打扰山间栖息的鸟和乘着月色寻食的兽，在某个山重水复疑无路的期待里，得到柳暗花明又一村的意外之喜，对着大山说声谢谢，我就漫步到夕阳下的河边。

正如几个小时前，我在万泉河边，且走且停在细沙铺就的岸边。

河水清柔，一轮红日向山里隐没，半边在水里半边在山里，有鸟儿鸣叫，各种声音交织成田园交响乐，有蛙声此起彼伏，还有河边杂草丛中偶尔传出怪异的叫声，小虫子漫天飞舞，几个渔人在夜钓，夕阳把他们映照得格外端庄，他们静默着，一动不动。我蹑手蹑脚从他们身边走过，他们是万泉河边生动的一景，与小鸟青蛙虫子杂草夕阳都是这条传奇河水的主人，他们和谐的画面里我只是个匆匆过客，虽然，我在他们的景致里漫步。

走上岸堤，我看到隐约在椰树林里居民房子的一角，白的墙，黑的顶，绿的树，红的夕阳，还有鸡鸣狗吠，在我漫步的路上注视着我，我心满意足。

大概，漫步在人生的道路上也不过如此，有天堂般的幸福，也有暗夜般的低沉，有坠向万丈深渊的恐惧，也有冬日逢春的欣喜，有崎岖不平的坎坷，也有平坦大道的安然，一切，也不过就是漫步而已。

当然，我希望四季都能漫步，或秋风中或冬雪里，或春雨中或夏夜里，直到永远！

八、勾留

高堂春睡足，窗外日迟迟。

大梦谁先觉，平生我不知。

　　这是由诸葛亮出山前起床时的《口占一绝》改编的，我没有他的纵横才气，也缺乏霸气十足的自信，只好略作改动，以浇心中块垒。当然，这也是真实生活的写照，欲知实情如何，且听我细细道来。

　　因朋友的热情，我带了他们在海南房子的钥匙。三亚我历来是不太喜欢的，除了大海每日潮涨潮落，将单调的哗啦哗啦的声音送入你的耳中，或者太阳跳出大海射出万道红光，令人颇感震撼，抑或是夕阳在海的那一边收敛了耀眼的光芒，只依次以一团、一块、一抹、一丝羞涩示人，渐渐隐没在暮霭之中，留下些许惆怅之外，三亚，实在不是一个好的去处。嘈杂是永恒的主旋律，响亮的毒日头是烦人的配乐。于是，我想到了琼海、兴隆。兴隆有起伏的群山，有茂密的热带丛林，有石梅湾私家海滩，有年长色衰的人妖，有热力十足的地下温泉，还有苦涩的炭烧咖啡，也有朋友舒适的大房子。然而，我们最终决定来到了琼海，毕竟，这是座城市，那是村镇，卫生交通不可同日而语。那就出发吧，直到前天下午我们住进了银川众一家园14楼的房里了，小区环境优美，热带植物一应俱全，各色花卉点染其中，亭台轩榭若隐若现，露天游泳池碧波荡漾，还有健身器械娱乐设施。最重要的是，一开口就知乡音无改，清一色的老银川，那种他乡遇故知的欣喜、安心无以言表。

　　于是，这两个早上，睁开眼，窗外红日一轮已是老高，伸个懒腰，浑身是劲，轻松之感油然而生。这，只是序曲。精彩，还在后面。

　　洗漱罢，早点毕，烧一壶滚烫的开水。洗手，将茶叶加入杯中，加少量水，洗茶烫杯，滗去洗茶之水，依据茶性，或将高温的

水注入茶杯，或将不是很热的水倒在杯里。若是安吉白茶，就将鼻翼翕动，茶香四溢，沁入心脾，再看嫩叶沉浮，叶片碧绿，汤色清澈，足以悦目、足以养心、足以怡情。倘若是苦丁嫩芽，只需取出一两根，洗茶完毕，即将滚烫的水倾注杯中，直消一会儿，嫩芽开始把卷起的身子张开，貌似美人入浴，一层层解衣宽带，渐次露出美丽的肌肤，直到枝芽招展，此间之乐，不足与外人道也。如果是兰贵人，用匙舀出七八粒，洗净，将热水倒入，那粒粒茶丁，依旧犹抱琵琶半遮面，不肯将庐山真面目暴露，耐下心，你会看到她如花般的绽放。端起杯，一口清茶入口，或苦尽甘来，或唇齿留香，或回味悠长，我的一天就此开始。

接下来，我会下楼，走步行梯好了，14层楼，每层18级台阶，下去一趟252级。这自然不是重点，重点是每天我上下8趟，走的都是楼梯，其间2016级台阶，加起来数量还是蛮可观的。

到了楼下，我会到健身器材前，直奔做仰卧起坐的地方，一口气做够25个，然后出小区门，右拐，上了一条新修的马路边上的人行道。人行道两旁高树与低树俯仰生姿，有花树与无花树相间，绿化带里遍植了花卉，单是开红花的就有深红、浅红、绯红、殷红，还有白花、黄花、紫花，真是姹紫嫣红。为了不负这良辰美景，我努力嗅着清冽空气里的丝丝香甜，加快步伐向前走去，大约800米，到了十字路口。这里车辆稀少，路的对面就是一派乡村景象了，右转向西，背着太阳，我一路走来一路唱："万泉河水清又清喽……"唱到尽兴处，也会吼两句"妹妹你大胆地向前走，向前走，莫回呀头……"路上行人甚少，无人喝彩也无人嘲笑，唱到喉咙嘶哑，就有昆虫和鸟儿接了下去，知了旋律单一，知了知了的在那儿低吟，小鸟声音稚嫩，躲在茂密的丛林里唱出婉转的曲子，大鸟也似害了羞，遮掩了身子在清风里浅唱，将寂寥无人的路上营造成生机勃勃的景象。

快到目的地时，我转身回返，细腻的汗水在额头将阳光折射成七彩，鬓角汗珠圆润晶莹，它稍作停留，便轰然落地，声音惊心动魄，碎裂成八瓣，鲜花般在灿烂里消失。

到小区，我步行上楼，汗水流淌，气喘吁吁。品会茶水，静待汗水了无踪迹，我便拿了书，下楼，在古色古香的凉亭沉浸的书里的世界，直到午饭时候。

午饭简单，先吃些火龙果、青枣、山竹、澳芒、木瓜、莲雾之类的水果，再将青菜热水焯一下，清炒一盘茼蒿或油麦菜，一小碗米饭，仅此而已！

饭后，小憩一番，下午克隆上午的生活，只是颠倒了个个儿，饭后才去快走。而这时，已是傍晚时分了，白天落寞的道路，晚上一片凄清，但静默里我能听到我的思想发出的呐喊，在静默里我心跳的是那样蓬勃有力。我知道，我正昂扬地、幸福地活在这个浮躁而宁静的世界上，我可以听此刻稻田里青蛙的欢唱，可以分辨不同鸟儿肆意的引吭高歌，可以隐隐约约听到犬吠。极目远眺，一山如黛，在黑暗边缘里曲线起伏温柔婉约，平添了无限遐想——更美的风光大约就在山的那一面吧，它等待着，如同我的等待，等待更美的生活，等待更好的自己，等待更精彩的你们。

九、游逛

我是一只来自北方的狼，在南国熙攘的市场上游逛。和煦的风儿轻扬，耳畔的喧闹令我抓狂。我孤独地寻找，也许会遇到一只肥美的小羊。在无聊的时刻，我也会到处游逛，先去了菜市场。那是个热闹的所在，我随意站在一个角落，看各式各样的情景，听嘈杂的声音。有时候会盯着卖菜的小商贩看，他们中女的居多，年纪大的女人是主流，或无精打采或兴致勃勃，见了顾客有热情招呼的，也有麻木不仁的，这和北方商贩的精明强干很有些不同。有时候我会盯着他们的货物看，大量出现在眼前的是青菜，各类都有，我爱吃的生菜、茼蒿，这里比比皆是。看着它们，想想它们从播种到收获再到人的肚子里，短暂而悲惨的一生，除了长大、除了在牙

齿间曾发出些许声音，我不知道它们何时还开过口，也许这就是作为一棵菜的生命，它供养了我们的躯体，我们连它痛不痛都不曾在意过。盯得久了，那些不同的绿叶变得生动起来，有昂头对我张望的，有叹口气让我听的。我有些不知所措，扭头看一只被褪了毛，掏出了内脏，露出白花花肌肤的鸡。它被挂在铁架子上，一动不动，不管往来人群熙熙攘攘，我看不出它是公是母，也没有近前去问。想想它如果生前是公的，想必也辉煌过，三宫六院七十二嫔妃，也算风流倜傥，也曾经雄鸡一唱天下白，以雄浑高亢的叫声证明过自己的存在。只是，它没想到它的下场竟是如此，赤裸裸地在众目睽睽下被人挑剔，甚至被鄙视、被剩余。作为一只曾骄傲的公鸡，它也许死不瞑目，如果凑巧，它曾临幸过的一只母鸡从眼前经过，看它如此这般模样，还能否想起它英俊的面庞？只是，它已无知无觉，红尘中的一切都和它再无关联，它唯一的归宿就是我们的肠胃。也许它是一只母鸡，那就成了炖汤的材料，可是它生前种种事迹有没有谁会记得？比如它的子女，它没孵化过的鸡蛋，或者，它曾经爱过的那只大红公鸡，甚至被它啄伤的那些青草或虫子，它现在已是这样，它们呢，它们又会怎样？我正发呆，被行人碰了一下，我挪了一下，看到了被五花大绑还不停挣扎的一堆螃蟹，它们知不知道它们的命运，明不明白即将选择它们的顾客会采用什么方式干掉它们，也许它们想了又或许没想，谁晓得呢，谁在意呢。我真想去问问它们，还想不想横行霸道，还想不想欺凌弱小，或者问它们的临终遗言，再问，如果有来生，它们还想不想做只螃蟹，只是我没有去问，因为我不知道怎么去问，只好作罢。看得久了，满脑子胡思乱想，就开始看顾客，顾客很多，他们东张西望，寻找自己的货物，他们脸上的神情很专注，挑肥拣瘦，讨价还价，似乎砍价成功是他们的乐趣所在，还有老人、中年人，他们历经生活的种种考验，不慌不忙步履稳健，到菜摊前，细心地挑选慢慢砍价，把生活的情趣化成菜摊上的挑选。然而，我看不明白，这许多匆匆过客，脑子里有什么想法，我是他们的同类，但我觉得我们很遥远，习俗不同，想法各异，好奇但无法了解得更深入。在他们的繁华里我一脸的落寞，在他们的匆忙里我无所事事，在他们的年关里我孤孤单单，在他们回家的时刻里我人在他乡，我是他们的同类，我其实不懂他们。尤其是他们的语言，如果他们讲得慢些，还能似懂非懂，讲得快了，那就叫人一句也不懂了，除了一脸茫然，我只能看他们上下嘴唇不停开合，待他们意识到我没听明白时，只是摇摇头，就此作罢。最麻烦的是问路，基本他们热情有加，你如坠五里雾中，听完，说声谢谢，继续寻找下一个去问。当然也有能听懂的，只是他们也不知道你要去的地方，因为，他们也是候鸟。市场是一个丰富多彩的世界，可是我耐心有限没能细致入微，只是走马观花，因此也说不上更多的东西了。我来到街边，人真多，我不明白为什么会有这么多的人，一个接一个从身边走过，有高，有矮，有胖，有瘦，他们着装很有意思，用五花八门形容并不为过，有穿羽绒服的，有穿半截袖的，有穿皮鞋的，有穿拖鞋的。大部分女子都是光了腿，她们喜欢穿小短裤，腿极细，和她们小巧的身体匹配。比起三亚来，这里女孩子就是美女了，肤色很白，留刘海，瓜子脸，眼睛很清亮。这让人有些赏心悦目的感觉了。街上最有特色的就是摩托车多到了一定境界了，一辆接一辆，人行道、机动车道，有路的地方就有车，几乎都是摩托车，喇叭响个不停，灵活地在路上穿行着，我有时候招手，他们会停下来，搞定价格，他们会送你到目的地。就这样，时间流淌，在异乡的我打量着这个陌生的世界，满脑子的神奇想象，直到我走进了小巷。这里的小巷很窄，弯弯曲曲，里边临街都开了门店，有理发店，有小吃店，有冷饮摊，最多的是茶餐厅，这个最霸气，只需搭了凉棚，摆了圆桌，配了塑料圈椅，无论狭长小道，还是宽阔的街边都是他们的世界，里边往往坐满了男人，要一壶茶，来个火锅或几个点心，就边聊边喝，还有打牌的算命的，反正里边热闹非凡，多数人都脱了拖鞋盘腿坐在椅子上，大声地说话，毫无顾忌，从巷

口走到巷尾，再返回时，他们依然保持原来的规模，原来的坐姿，令人印象深刻，这让我很羡慕。大概，人的一生就该如此慢慢悠悠，在熟人的社会里温暖而闲适地度过吧。

时间永是流逝，街市依旧太平，除了南腔北调的口音，阴晴不定的天气，着装各异的行人，中国的城市大抵长相相似，殊无可观之处。这么想来到城里游逛实在不是一个好思路，那就到乡村游逛一番吧。地利之便给了我进入乡村的机会，早上我急行之时，只需拐点小弯就走到了乡间的小路上，小路弯弯曲曲，高低不平，左右是高大的椰子树和矮小的不知名的树，路旁有鱼池，里边各色锦鲤听到我的脚步声都停止了游动和进食，将它们硕大的眼睛透过水面向我瞪了过来。我有些慌张，捡起一块石子扔了下去，它们才各自散去。临近鱼池有稻田数亩，到黄昏，有蛙声一片，和着知了的叫声到也威武雄壮，而此刻，它们集体失声，留下几只灰白相间的水鸟在5寸左右高的天地里昂首阔步，偶尔低头啄食水里的虫子，落得个逍遥自在。我有些愤愤不平，抓起一把沙子投掷出去，结果沙子被风吹回，迷失了我的眼睛，鸟儿却叫了起来，分明是嘲笑，这，我听懂了。再前行几十米，就有了菜地，地里正有辛勤的农民在浇水或铲除杂草，她们戴了笠，捂严了脸庞和身体，不抬头也不张望，只是专心地劳作，这让我很是羞愧，因为，我，在，游逛。正额上冒汗，就听后面有声，扭头，却没有发现，再走，声音响起，再扭头，只是一片树叶，它在地下翻滚，一路尾随着我。我停下，它也停下，我走，它也走，我有些不爽，指着它质问，一路尾随，是何居心？它低下了头。我说，别再跟着我，回家找你妈去。它果然调转了身子，向树根方向去了。我十分高兴，我的当头棒喝，劝阻了一片离家出走的树叶，功德无量。再前行，到了村庄，进，或不进，这是个问题，沉思良久，我决定，进入。村庄被椰树围了个密不透风，椰树下面还有木瓜树，矮小的身体，稀疏的叶子，却吊满了大大小小的青色木瓜，还有把树压弯的状况，我四面窥视，周边静悄悄的，木瓜就在眼前，触手可及，我要不要摘一个？预备伸手时，狗吠了起来，吓了我一大跳，抬头看时，一前一后有两只狗正向我跑来，我有些慌乱，正想抄个什么家伙呢，狗却从我身边跑过，这让我有些失落，又有些生气，虚惊一场。我还是有些不踏实，你知道，狗是很聪明的畜生，也许它们会从身后攻其不备呢。我转身，才发现自己多虑了，这两只狗在不远处停了下来，你嗅嗅我，我嗅嗅你，尽朝对方的私密处挑逗呢，偶尔还嘴对嘴，尾巴翘得老高。我突然意识到，这里已是春天，万物都要繁衍生息，狗也不例外，为了它们的头等大事，它们哪有工夫理我？无趣之极的我只好朝前走，不知不觉就进了村子，村庄安静得像是无人居住一般，狗不吠，鸡不鸣，鸭不扑棱，鸟雀不叫，甚至空气都安安静静的，让我有些茫然还有些不知所措。一只被捆在摩托车后架上的大白鹅突然叫了两声，不像鸡叫得那么连贯，也不像鸭叫得那样嘎嘎嘎的难听，它高贵地叫了两声，而且只有两声。声音传入我耳中，我知道它是向我求救了，我小心翼翼地东张西望，四面没人，我蹑手蹑脚地朝鹅走去，鹅不发出声音，我也不。在静默里我解开了它的捆绑，我长长舒了口气，我的头上都冒汗了，紧张死我了，但，毫无征兆地鹅开始声嘶力竭地叫了起来，而且，用它扁而阔的嘴朝我腿上啄了过来。村子突然活了起来，狗吠鸡鸣，鸟雀飞起，连地上的虫子都开始跑了起来，我有些慌不择路，沿着一条小路跑了下去，鹅还不依不饶，我回头骂一句，恩将仇报。鹅的头脸一红，就停止了追逐的步伐。我也慢了下来。我改变了它被捆绑的命运，它却改变了我行走的方向。其实，我不呵斥，它也追不进来，我急忙之中挤进了一片茂密的树林，树木把四周围得严实，中间隆起，呈丘陵状，树林里幽深极了，安静极了，只有阳光落在树叶上的微小声音，这里的鸟不叫，知了不唱，树枝不动，连天上的云也是静止的，时光在这里停住了脚步，只有光和影子陪伴着我，然而，我后背阴森冷清，这里仿佛陵墓般的死寂，我不敢动，怕惊扰了这里的主人，我不能动，前面是未可知的世界，后面有追兵在

路口守株待兔，我只好站着，呆呆地站着。还是走吧，我不怕，不怕前面的孤单和未知，我怕你，怕人。于是，前行。果然是墓地，有黑色的墓碑为证，我抬起脚，轻轻地、轻轻地，不想惊扰那些长眠的灵魂。可是，几时我才能出去呢？出去后又该朝哪里去呢？

十、寻找

站在坟地的边缘上，我透过死寂的世界看守候在路边的大白鹅，它歪着脑袋想了会儿，迈着优雅的步子离开了。我想寻找一个出口，刚刚挤进来的入口已被植物们封闭，只好另觅出路，环小丘绕行百二十步，隔植物闻水声，如鸣佩环，心乐之。前行复前行，却始终返回起点，心里略带恐慌，只是，我并不害怕，面对外面那个纷繁复杂的世界这算不了什么。何况，我没做过亏心事。日头一点点挪移，偷偷的，它以为我不知道，其实，我知道，但我不说。突然，脑中灵光一闪，何不索性去寻找一下墓碑呢，也许它能告诉我进出的路。果然，到墓碑前，我看到一条小径，虽然被草遮蔽，但依稀可见，我双手合十，谢过墓室主人，我满怀肃穆地缓步走出这块圣洁的土地，人是应该经常到这里来走走，坐坐，想想，寻找一下自己的归宿。也许，在这里会想明白很多事，父母该怎么孝，生活该怎么继续，事情该怎么做，朋友该怎么交，孩子该怎么管，爱人该怎么处，钱财该怎么花，这里都会给你很多答案。走出很远，我还会回头去看，那一片郁郁葱葱和一片时光停滞的地方，也许是冥冥之中给予我心灵最需要的东西的风水宝地，一切因和一切果，都是一种必然。想想，我几千公里来到这块土地上，仅仅只为了走马观花，仅仅只为了呼吸这口新鲜的空气，仅仅只为了晒晒这和煦的阳光，细细思量，似乎是又似乎不是，但肯定不单单是，所以，我来了，在这勾留了几日，早上起来暴走几公里，晚上亦然。每次汗流浃背，边走边想边寻找，难道不是为了找一缕早上的阳光，或者一树繁茂，甚至一朵花，或是找一只鸟，一个知了，一水青蛙，一塘游鱼，或是一湾碧波荡漾？也许是也许不是，但肯定不全是。中午之后你抱了一本书，沉浸在书里所描绘的世界里不可自拔，但你付出不菲的代价，只为了躺在这里看书？下午坐在亭子里，拿了手机，一个一个字地码出许多文字，写到激动处心潮澎湃，写到快乐处手舞足蹈，写到纠结处愁眉不展，写到顺畅处才思泉涌，但，你来此地就为了写下这些文字吗？也许是也许不是，但，肯定不全是。站在窗前看夕阳西下，一眼不眨，眼睛都模糊了，依然在看，希望有块云挡一下阳光，让它含蓄；希望有一朵云，从太阳前面飘过，让它分成上下两半；希望太阳慢慢、慢慢落下，不要走得那样匆忙；希望暮霭沉沉，营造出一个奇幻的世界。来到此地，每逢黄昏，都是这样迷恋落日余晖的美妙时刻，这是离开朋友到异地他乡的目的吗？也许是也许不是，但，肯定不全是。于是，突然明白，出来，只是为了寻找，寻找在路上的变换和经历，在路上带来的新的思考，在路上回望过去的收获和失望……问题是，找到了吗？似乎找到了，又似乎没有找到。但可以肯定的是，坟地上的那段时光让我明白了太多。珍惜一切，遇到的人，遇到的景，遇到的情，遇到的缘，遇到的事，还有，遇到的你！

十一、抹去

梦里不知身是客，一晌贪欢。

一个旖旎而又暧昧的梦让我怎么也不愿起来，然而，阳光在我脚趾头上一下又一下地啄着，看我不动，它增加了热度，灼烧感让我一下惊醒，看看灿烂的阳光照着屋里的微尘，它们在明媚里翻飞舞蹈，楼下熙熙攘攘，一天就这样开始了。想想明天离开，突然有些不舍，这里的阳光花草街道池塘坟墓稻田河流花草，但，终得离去，那就把它们统统抹去吧，仿佛生命里从来都不曾有过。从哪开始呢？就从梦开始好了，趁着它还热乎乎的。来这里后夜夜有梦，大多已经忘却了，美梦和噩梦平分秋色，但记住的只有3个，

且噩梦居多。第一个是开行政会，因为学校不能再择优录取学生，这个消息在微信朋友圈里传疯了，它大大刺激了我。日有所思夜有所梦，梦里开会，束手无策自然焦虑不安。第二个梦是，不知怎么让一群学生前呼后拥地送进了黑黢黢的电影院，里边破败不堪，我膝盖在过道里碰了好多次，疼得钻心。第三个是梦到了几个朋友，稔熟的情谊深厚如同亲人般的，面目似乎模糊又好像清楚。梦，我不想带回去，我努力把它抹去，就像从来没有梦过一样。接下来，要抹去我在这座城市里行走过的痕迹，这里来来往往的人太多了，如过江之鲫，喧嚣嘈杂，搅动得阳光都躁动不安，我不想再把我曾经制造过的任何声响，哪怕一丁点儿也不留下，把它抹去。还要抹去，我步行过的街道上的脚印，即使它被别人的脚印覆盖，被车轮碾压，被清洁工清洗，我也要循着走过的线路把它们一一抹去，不让它给这座城市难以承受的负重上再增加一丝一毫的重量。还要把我看过的物品上面的目光抹去，我看过蔬菜，是因为我想吃掉它们；我看过鱼蟹，是因为我嘴馋了；我看过过往的美女，是因为我凡心不死；我看过店里的衣物，是因为我物欲横流；我看过售卖的毛泽东像，是因为我的好奇心作祟。这些，我带着异样而不圣洁眼光扫描过的物品，将我内心卑微可笑的欲望映照得丑陋无比，它们留在这里，让空气中又增添了些许铜臭，抹去吧，果断地。凡我坐过的椅凳、台阶、石板，凡我在它们身上留下过痕迹的地方，我都会把它们抹去，我100多斤的肉身，没经它们的同意就一屁股坐了下去，任它们在我身下呻吟，发出痛苦的吱吱声，坐完，拍拍屁股上的灰尘扬长而去，毫无感激之心。此刻，从心底对它们说声谢谢，并满怀歉意地抹去在它们身上的痕迹。起居室的一切气息、污秽、垃圾，哪怕是我落下的一根青丝，踩下的一个脚印，躺皱床单上的一个折痕，洗漱完毕的一粒污垢，方便之后的一滴污渍，吃过饭后的一颗剩下的米粒，喝茶之后的一片茶叶，烹调过后的一味菜肴，我都会清理得干干净净，让气味消散，让垃圾归位，让室内洁净，让下一位来到这间屋子的人神清气爽，心情愉悦。最后是我日日走过的城乡界限的那条街道，那里我留下了太多的贪婪和私心，为了自己身体健康，我每天碾压它们，让它们折寿不少，把走出的汗水滴在路牙上，把呼出的二氧化碳混入空气里，把贪婪的目光如饥似渴地投射在花朵上，把居心叵测的石头投进鱼塘里，把白色的沙砾挥洒在清风里，把踩了各种质地的灰尘带到了万泉河边，把一念祈求回报的私心贯注在救鹅的行动中，把不敬的神态带入了寝陵中，这些也要一一细细抹去，让这片天空、大地、河水等都不被俗世的污浊所玷污，让一切不被打扰。当然，还要把此刻心里暗藏的一个功利抹掉：因为我想未来，人们在追溯已是大名鼎鼎的我时，这座城市的人会骄傲自豪，他们说，你们瞧，这就是当年老王曾来过的记载，他写过很多篇关于这座城市的文章，我们为此开心自豪！明天，离开，抹去一切痕迹，仿佛什么也没有发生——轻轻地，我走了，正如我轻轻地来。挥一挥衣袖，不带走一片云彩！

十二、"招魂"

据母亲说，我出生到一岁之间很是爱哭，母亲和父亲说，按这里的民俗得给我安魂。父亲就去央人写了小条子"天皇皇地皇皇，我家有个夜哭郎，过路君子念三遍，一觉睡到大天亮"，贴在村口的树干上、桥栏杆上，还有一些岔路口。说也奇怪，贴了不多久，我的哭声渐少。到两三岁，一天到外面玩耍，也许是被树的怪影，或者是村里谁家的狗，或者是被谁从身后，总之，是我被吓着了，回到家里不言不语，不吃不睡，一脸的茫然。母亲说，我的魂被吓跑了。于是，黄昏时，母亲到了十字路口，嘴里大声呼喊着，娃儿，回家来，娃儿，回家来。不久，我恢复正常。在这种氛围中成长，让我明白了，有时候我们还会丢了魂。长大后，看过一篇文章，说印第安人早上出门时会叫自己的名字3遍，目的是让自己不要在出去后迷失了自己和自己的灵魂。看后记忆犹新，特别是在这个要离开琼海的早上，感触更是深刻。从起床开始，我就

茫然若失，心里空空的，有一种失魂落魄的感觉，注意力集中不起来，我想我是魂丢在这里了，我得去把它们找回来。于是，我似进入梦境，仿佛身体渐渐消失，魂魄渐渐聚拢，只是还有两魂五魄飘荡在外。终于在银行大厅我看到了我的一魂一魄，它们一路追随一个土豪，来到此地。土豪正将大面额的钞票一捆一捆向外取，旁边有保镖穿黑色衣裤肃立在旁，我的那两个宝贝儿，眼睛都直了，盯着大堆的钞票，哈喇子挂在嘴角，亮晶晶的，一脸的丑态，我拍了一下他们，它们挣扎着，恋恋不舍地被我收进身体。它们的回归让我精神为之一振，决定乘胜追击，也许是我得意忘形了吧，一魂一魄又溜了出去，而我竟无知无觉。等我发现并追逐时，它竟然，竟然跑了，我在惊愕之余，也十分奇怪，为什么呢？等发现它出现在领导面前，并卑躬屈膝满脸堆笑时，我瞬间明白，对权力的崇拜已使我们的灵魂如此的卑微。我怒极，一把抓它过来，劈头盖脸就是一顿狂揍，它抱了头脸，匍匐在我的脚下。我训它，再敢跑出来，小心打断你的腿，它乖乖地低下了头。我收它入怀，转过身，去找那个潜伏最深藏的、最隐蔽的一魂二魄。找遍了琼海，它们依然踪迹全无，我只好四面逡巡，良久，才发现，他们在海棠湾。那里名流云集，高手如林，我看到了老中青三代文化巨人，互相赏识、互相恭维，我的腿开始发软，这是我终生梦寐以求的场面，我渴望有朝一日能跻身名流之中，青史留名。正对名流膜拜呢，就见我的一魂二魄正鬼鬼祟祟探头探脑地跟名流套近乎，我突然羞愧不已，原来，我内心最隐秘的地方也藏着这个妖怪啊，我扯扯它衣袖，它们倒也没有挣脱，顺从地回到了我的心里。几乎完整的感觉让我欣慰，但还有两魄，虽然无足轻重，但终不愿拖着残缺的心境回去，我还需寻觅一番。好在不太费事，一会儿在粉脂堆里发现了一魄，我哈哈大笑，小样，色心不死啊，揪了它耳朵拉回了心中，美中不足的就只有一魄啦，嘿，你小子，躲在美食当中吧唧唧呢，嘟，大胆毛贼，哪里跑，听到主人呼唤，它灰溜溜地回来了。至此，大功告成。我神清气爽，伸个懒腰，人生啊人生，如果少些追名逐利，少些权力崇拜。那，我们的灵魂，我们的信仰，我的生命该是怎样的本真，怎样的圆满啊！突然想起红楼梦里的《好了歌》：

世人都晓神仙好，唯有功名忘不了！

古今将相在何方？荒冢一堆草没了！

世人都晓神仙好，只有金银忘不了！

终朝只恨聚无多，及到多时眼闭了！

世人都晓神仙好，只有娇妻忘不了！

君生日日说恩情，君死又随人去了！

世人都晓神仙好，只有儿孙忘不了！

痴心父母古来多，孝顺儿孙谁见了？

十三、回家

回家的路总是这样的曲折而漫长。一直都是这样。从小开始。那时候还小，跟小伙伴出去就想不起回家，最美妙的是冬天，家里没有多少活，喂完马，给猪槽里添了食，把羊赶进了院子，和哥哥到村部边上的水井里打几桶水抬回家里。待三口两口扒饭入肚，给父母说一声，我出去了，抬脚出门就跑到了村旁水渠上的桥头。那儿是孩子们的据点，我到的时候，那儿早聚集了一堆人，大家吵吵嚷嚷，有的提议捉迷藏，有的提议打榄子（注：榄子就是把比大拇指粗的木棍锯成3寸左右长的一小截，这一小截称为榄子。这个游戏就是将人分成两部分，一方攻垒，一方守。垒设在最边上，场地就在田间地头开阔的地方，守垒方一人拿了木棍站在垒边，其他人在旁助守阻止攻方进入禁区，攻垒的就拿了榄子，想办法调开守垒的一方，突入禁区，将榄子打入垒中就算赢，赢了之后，输的一方要合孬，即赢者将榄子用木棍击打至最远处，输者嘴里喊着孬，一口气跑到榄子落下的地方）。这些游戏每天都玩，大家对小伙伴的情况早就了如指掌，我因个头小，头脑聪明，身体灵活而被各种游

戏的双方所抢夺，我也暗自高兴，我最喜欢的还是捉迷藏。在限定的范围内，我总能找到最合适的藏身地，借着夜色的掩护，我经常出没在大家意想不到的地方——桥洞底下、草垛上、井口那个落叶凋零枝干粗大的老树上，生产队的马厩牛棚驴圈，甚至随便的一个小土坑里。我蜷曲身体，屏住呼吸，任找我们的人故弄玄虚，胡乱咋呼说看到你了，出来吧，别躲了之类的话。我只是不作声，有一次，我躲在一个小土坑里，他们就站在坑边，议论纷纷，有人不断踢土，土簌簌落下，我的头发里、脸上、鼻子里、身上到处都是，我鼻子直痒痒，差点打了个喷嚏，我极力克制。等他们转身，我就悄悄爬起来，跟在他们身后，心里那个乐呀，简直无与伦比。还有一次，我藏在大树上，一个小伙伴也爬上了树，眼看就要爬到我身旁了，我急中生智，将身子倒挂在树枝上，身子贴近树干，他从我身边爬过，居然，没有发现我，待他下去，我真想大喊一句，我在这呢。最危险的一次是我藏到了草垛的顶上，搬起一捆草，将它压在我身上。结果呢，几个小家伙结伴上来，在上面双脚立定，一点一点踩，在我身上足足踩了十几下，痛得我差点没忍住，还好，在我即将投降之际，他们也没了耐心，从草垛上滑了下去，我忍着疼痛，心里却笑话他们的功亏一篑。如今，很多时候遇到事情，我能不急不躁，大概是受惠于小时候捉迷藏的游戏吧。更多的时候，因为抓不到我，他们意兴阑珊，早早散场了，而我依然藏着、藏着，偶尔会在草堆里睡着了，到半夜冻醒，才想起回家。在静静的路上走动，除了风声，再没了一丝响动，狗不叫，马不嘶，驴不鸣，牛不哞，树不摇，整个村庄都睡着了。天是那样的高远，漫天星斗一闪一闪的，地上黑黢黢沟沟坎坎的，我高一脚低一脚朝家里走，一切全凭感觉。即使这样，我也能找到回家的路，就像家里的马牛羊一样，就算是把它们扔到再远的地方，它们也会找到回家的路。毕竟，在那里我们共同生活了许多年，那是我们共同的家。打榄子，我常常也因为身子灵巧而被争抢，我也往往能在出人意料的地方，甚至匪夷所思的位置出现，轻轻松松地偷袭成功，而给大家带来意外的惊喜，只是，我体力不支，常常会早早退场，在旁边做看客和观众，为看输赢双方的精彩表演，以至今日，我依旧喜欢当粉丝，默默地为每一个成功者喝彩。这个游戏天色暗时就不能再玩，我就会和大家四散回家，只是，回去时累了一天的家人们早睡了，我摸黑躺下，心里很安然，一会儿就睡着了。更好的时候是在秋天，天气晴好，我们会乘着夜色的掩护去偷生产队的果园里的梨、苹果之类。那需要跑很远的路程，还要与守园子的人和狗斗智斗勇。我们经常会爬上园子的墙头，顺着墙边的树枝悄无声息地溜下去，声音必须控制到几不可闻的程度，然后，在树下侧耳倾听，虫子的鸣唱，树叶的摇动，蚊子的嗡嗡，尽收耳底。然后，匍匐下来，摸索着爬到另一棵树边，爬上去，一个又一个果实轻轻摘下，兜在衣服里，顺原路返回。更多的时候是惊险刺激，看园人也在研究我们的线路和规律，经常会埋伏在我们必经之路上，等我们跳下几米高的院墙后，他才大喝一声，小贼，我看你往哪里跑？顺势还放开了看园子的狗，这时候我们就四散奔逃，一园子的声音响起，虫子们却噤若寒蝉。大多时候，看园人并不真追，让狗吓唬我们一番也就作罢，就是这样，我们也吓个半死，连鞋也会跑丢，垂头丧气地向家里磨叽，我们都知道如果父母没睡，又发现我们丢了鞋，那将面临着怎样的暴风骤雨啊，所以回家的路就曲折而漫长起来，近乎畏途。但，该回去的还得回去，该面对的终究要面对，因为，家，是我们唯一的归宿。夏天会到河里游泳，只会狗刨，那又如何，我们一样会玩到满天星斗，忘记了饥饿，忘记了疲劳。当然，这都建立在家里布置的农活全部干完的基础上，在游泳的同时浑水摸鱼也是我们的乐趣。我们从小生活在河边，在河里嬉戏，捉几条鱼简直就是小菜一碟。抓了鱼，用树枝开膛破肚，刮掉鱼鳞，撒上盐，用泥巴包了，架在火上烤，香味随风溢出，口舌生津，馋涎欲滴。待吃得肚儿圆圆，我们也不回家，屋里热，睡觉很不舒服，所以我们随便爬上谁家房顶，晒了一天的屋顶很温暖，和衣躺下，清风徐来，鸟儿在旁，星光闪耀，四下里慢慢寂静了下来，眼神渐渐模糊，眼

皮沉重，在夜的怀抱中悠然睡去，直到，雄鸡一唱天下白，鸟儿在枝头婉转啼鸣，太阳透过树枝照在身上，鼻子里满是新鲜的空气，眼里满是繁花嫩叶，嘴里还鱼香袅袅，一时不知是梦是醒，直到，突然觉得不对，才明白一夜未归。于是慌慌张张朝家跑去。为什么回家，在那个贪玩的年龄，竟会是一种负担？为什么回家的路是那么曲折漫长？这，到今天，我也没有想明白。当时更是不明白，即便之后上了小学，也依然不爱回家，也依然爱在外面游荡。

上小学后更不爱回家了，小学生活太幸福啦，家里就无趣得紧，而且经常挨打。打我的人是我的哥哥，他比我大3岁，他的一切都和我相反，他高大，后来长到一米八几。我矮小，终我一生也不会超过一米七了。他性急，往往话还没说完，他就风风火火地干了起来，我性子缓，三思不一定后行，他长得很帅但很暴力，我很丑但是我很温柔。他爱干农活，是一个好把式，我厌恶劳动，万般皆下品，唯有读书高。他见了书就头疼，我见了书就入迷。他念书比我早，但到了五年级，我俩就成了同班同学。自然，他是班里最高的，我是班里最矮的，初中没上完他就回家修理地球去了，现在48岁不到，已是儿孙满堂了。我是家里的老小，这是我挨打的主要原因。俗话说，天上的老，地下的小，老疙瘩，父母哥姐都疼我，他的待遇就差远了。为此，在没人处，他找茬打我就是家常便饭了。其实，他每次打我，自己也很受伤。你想啊，他打了我，我岂能善罢甘休，我常常在挨打的第一时间就会扔下手中的活计，迅速奔回家，向父母哭诉告状，当然不忘记添油加醋，夸大事实，父母安抚完我，等待他的可想而知了。然而，时至今日，我们的感情却是一大堆兄弟姐妹中最亲的，大概是早年战斗凝成的友谊吧。既然回家常受他的欺压，当然能不回就不回了。何况，我干农活实在是太差了啊，按父母的说法，如果我不通过考学跳出农门，那我就是农村的二流子，干活没劲，经商没本，读书没命，当官没印。但父母又说了，老天爷也不会饿死瞎家雀，总会有路的。何况，学校实在是人间天堂，我怎能不流连忘返呢？学校离家有一公里多的路程，从游戏的聚集点——桥头向东，一条宽3米左右的乡间小路崎岖蜿蜒直到学校门口，路两旁种植着高大笔直的白杨树，左右各有一条小渠，小渠边上是农田，因为轮作，一年是麦地，另一年则是稻田。再向北，离路一里多远的地方就是果园，果园东边还有西瓜地，那里曾是我们最向往的地方。就这么短短的、窄窄的一条小路，却是我们小学时的乐园。下雪了，我们就一路打雪仗，那叫一个疯狂，村里大大小小男男女女几十个学生娃，那场面那精彩简直没得说，你追我赶，幸福的大脚小脚都在奔跑，快乐的男声女声都在吼叫，雪末四处飞扬，雪花八面飘荡。这还不算什么，春风又绿江南岸的时节，高大的白杨树顶部常常有鸟巢，喜鹊窝在最高处，麻雀窝在低处。我们一班臭小子，在那个时候最爱爬树，因为到了鸟儿下蛋孵化的季节了。我们脱了鞋，朝手心吐口唾液，像猴子一样噌噌噌地蹿上了树，鸟儿见我们上来，也疯狂了起来，拼命地朝我们身上冲来，就像轰炸机一样俯冲，发起一轮又一轮进攻，我们艺高人胆大，一点儿也不甩它们，径直攀到窝下面，一手抱紧树干，一手伸进鸟窝，掏了鸟蛋，放在衣兜里，小心翼翼又心满意足地慢慢下来，然后就近找了柴火，烤蛋吃。夏天快到的时候，是小蝌蚪找妈妈的开始，刚开始小渠里满是蝌蚪，后来，它们褪去了尾巴，就变成了小青蛙，有时候它们成群结队地横穿马路，我们可就有事做了。我们一群小小子，会打一场阻击战，我们找来树枝、树叶和泥土，在路上建起一座宏伟的大坝，看小青蛙蹦蹦跳跳，冲上去掉下来，我们哈哈大笑，玩腻了才一步三晃地朝学校走。秋天，自然最有乐趣。偷，是乐趣之源，偷玉米、偷豆子、偷西瓜、偷果子，凡所能偷，无所不偷，和看瓜老头、守园人斗智斗勇，其乐无穷，那，就叫个刺激。偶尔，也捡白杨树叶，把叶柄掐下来，套住小伙伴的叶柄，看谁能把谁的从中扯断。冬天不下雪，我们一样有的玩，从渠底砸了冰块，我们比拼吃冰，看谁嚼得快嚼得响，还拿着弹弓一路打麻雀，拍烟盒片，看谁能赢，往往迟到得老师都无奈

了。放学路上的玩耍只需复制上学路上的即可。而学校里的乐趣在课间。那时候，作业几乎没有，老师也是农民兼职教师，一天上学不到6个小时，其他时间也就剩下玩了。我们自然不会放过任何玩的机会。课间，完全是我们的天下。冬天教室里冷，一节课下来，早就冻得浑身哆嗦，于是就挤暖暖，一群人，按个头、人数分成势均力敌的两伙，紧紧靠着教室的外墙，从两边向中间用劲挤，一方的人一个接一个被挤出了队伍，另一方获胜。往往裁判一声令下，两边开始使劲，你看看那帮小东西憋足了力气，小脸涨得通红，依然血战到底，一场比拼下来，两边的队员都是满头大汗，冷的教室也显得温暖了许多。有的后背上的衣服还被墙壁蹭破了，算是乐极生悲吧。课间还有顶牛大赛，两个男生，各自单脚着地，曲起另一条腿，用手抓了脚腕或裤脚，用弯曲的膝盖去顶对方的膝盖，对方只要双脚落地就算输，还有滚铁环、跳绳、跳马等等，我们就这样快乐地成长。当然，我还有一个个人的乐趣，就是借同学的小人书看。经常，下午放学，随便朝哪一坐，一看就到天黑。这样，回家，早就抛之脑后，直到上中学，到黄河的另一边上学，寄人篱下时，才会时不时想起家来。

考上初中，除了路程变远，其他和小学并无二致。我依然和同村的小伙伴一起打闹嬉戏，依旧干家里布置的农活，大多数老师和我们没什么不同，放下铁锹上学校，挽起衣袖干农活，偶尔还组织学生给自己家干农活，学校也会以勤工俭学为名安排几百名学生义务劳动。但在全校为数不多的20来个老师里，我们的语文老师非常特别，他其貌不扬，个头不高，瘦，一口黄牙，满嘴烟味，讲课乏善可陈，只是和我们司空见惯的老师很不同，主要表现在，他不需要种地，每到农忙时节，他越发闲得没事可干，有时候他会骑自行车在乡间小路上游来逛去，我们看着眼气，更多的是羡慕，有时候他过了黄河，去吴忠买些让人眼热的物品，更多的时候他会坐在树荫里悠闲地读书，这都显出他和我们的不同。他还佩戴着一副近视眼镜，在几百学生和老师的学校里格外与众不同，他洗衣服时的情景也给我们带来了很多的新鲜话题，他总是用一个大盆，盛满了水，放很多洗衣粉（我们眼里他简直是太败家），将衣服泡在里边，等过了半天，就在水里投几遍，并不搓揉，再拿清水过一下，就挂在太阳底下晒干，除了抿嘴而笑，我们也无话可说，还有他的口音大异于我们的方言，听起来怪异而且好笑。然而，这些都不如我们知道他工资有45块之多时的震惊，凭啥他竟然有这么高的工资？要知道当时我们花钱是以分为单位的啊，凭他的丑？凭他的个头？凭他的教学？我们百思不得其解且出奇的愤怒了，就他，凭啥？答案在我们久久猜疑之后，千呼万唤始出来。因为他是大学生，国家包分配，种铁杆庄稼，捧铁饭碗，吃皇粮，所以，不用下地种田，照样旱涝保收。哇，多么神奇的大学啊！我从此知道了有个点石成金的神奇地方叫大学。后来，他讲起了大学生活。他说大学是个浪漫的地方，那里包吃包住，有林荫大道，有很大的体育场，有巨大的图书馆，里边有浩如烟海的图书，有来自各地的男女同学，作息时间很科学，那就是一个自由自在像天堂一样的地方。说这些的时候他的神情有了耀眼的光芒，连平时根本不听课的坏小子们都静静地呆坐在凳子上，脸上有了鲜活的羡慕之情。我如痴如醉，那一刻，心里升起强烈愿望——我——要——上——大学！但，一盆凉水当头泼下，他用怪异的口音告诉大家，就这里的教学水平，考高中都很渺茫，考大学，你们做梦去吧。下课，我问，怎样才能考上大学？他漫不经心地说了句，到城里上去吧，那里教学水平高。于是，我从此离开家，寄人篱下，回家，从那天起，成为奢望。从那天起，我是无根的浮萍，我是飘荡的柳絮，我是一粒渺小的尘埃，被生活和所谓的理想裹挟着，奔跑在虚无缥缈的人生路上，追逐着金钱和荣耀，忙得不亦乐乎，忙得无暇回家。只是那段时间，心，还有归宿，毕竟，无论，一周、一月、一年，都会赶回去——过年。但今年7月5日，老天爷却将这扇心门狠狠地关上。今年，当我动身，从海南的温暖春天里向寒冷的宁夏返回时，我甚至

不知这个年将如何度过？父母大人啊，你们的离世，让我再也找不到回家的理由，一如现在，如此这般波折的回家路，除了坎坷带来的倦怠，心里沉甸甸的落寞和无聊之极的乏味之外，我，竟没有一丝丝归心似箭的感觉，没了父母，到哪儿不也一样吗？然而，还是得回去，毕竟，那里才是我的故乡。

醒来，窗外阳光一片喧闹，热烈地在我裸露的皮肤上舞蹈，活力四射。伸手掬一捧阳光，让他在我掌中静止，我合起双手，我想，我捉到他们了，我要带他们回家，让他们照亮我的归程，让他们温暖我寒冷的故土。于是，起床，收拾，吃完在琼海的最后的早餐，关水断气，拉下电闸，闭窗锁门，我们逆流而上，踏上回家路。与上海南来过年的大部队擦肩而过，我们上了7路车，车近乎中巴，司机介于菜农和渔民之间，他惦记着早早交班回去过年三十。车开得飞快，我们随车颠簸，却无话可说，只盼能早一些到站，但逢站必停的工作职责司机并未抛之脑后，只是急刹、急停让人心潮翻滚，胃里翻江倒海，乘客一脚踏上车厢，脚跟还没站稳，车已蹿出去老远。还好，我们有座位可坐。终于，有乘客不乐意了，责问司机：师傅您这么急，赶着干吗去啊？司机用不太标准的普通话回答，这趟跑完，回家过年。听着，我心里一股暖流涌动：回家过年！多么美好的字眼啊，回家，过年。心仿佛飞了起来，跨越千山万水，只一瞬，就围坐在八仙桌前，母亲和嫂子们一趟又一趟，端上一盘又一盘热气腾腾、香味四溢的荤菜、素菜，我和父亲哥哥边说边笑边吃饭。饭后，麻将桌支了起来，那就来几圈吧，反正都是小屁胡，输赢都没几个钱，每次打完，我都会到父母的房间里，坐在炕头，母亲会问，输了还是赢了？我如实作答，母亲脸上就露出慈祥的笑容，父亲只是默默听着，偶尔会说，索性上炕吧，脚下冷。我脱鞋上炕，母亲拿过铺盖卷垫在我的腰下，我侧身靠在上面，有一搭没一搭地和父母说着闲话，困了，就躺在他们身边，炕热热的，心暖暖的，眼皮沉沉的，眼神迷离，多么幸福啊。只是，双亲都不在了。心里空荡荡的，慢悠悠地下了车，进了动车站，买票，安检，我放在拉杆箱里的瑞士军刀被勒令取了出来，捏在手里，我真是不舍得被没收，它是我所尊敬的领导从瑞士千里迢迢地带回来给我的，它随了我10年，只要出差，我就会带上它，无论切水果、启瓶盖、拧螺丝，还是剪纸片、撬东西，都使得很顺手，敝帚自珍，我爱惜着，小心翼翼。10年，它仍然毫发无损，但现在，它却要彻彻底底地离开我，我不舍，但也无奈，只好恋恋不舍地交了出去。出师不利。候车，上洗手间，一个熟人面孔出现在洗手间里，互相看看，伸手相握，他乡逢故知，转身，他是谁呢？怎么这么面熟？思索中，冲淡了军刀离身的不快。上车，直奔海口。40分钟抵达，下车，偌大的东站竟是无车去往市区，旁边的公交车一辆接一辆停在那里，去问，答曰：吃午饭，休息。40分钟后发车。我晕！当地摩的师傅殷勤备至，只是，我胆小，愣是没敢坐，直到一辆公交车开过来，看站牌上有"国贸大厦"的字样，我就安心地冲上了车，国贸大厦，好熟悉的感觉。在车上坐了50分钟后，我后悔了，肚子咕咕叫，国贸就在不远的地方等着我，一站一站又一站，近两个小时的车程，我终于到了。看到以前住过的宾馆，看看以前逛过的街道，只是，没有了以前同来的朋友，一切都随风而逝，只有些许记忆还飘荡在记忆的边缘若隐若现，物是人非。饭后，想到是明日早7：00的飞机，我们又南辕北辙地行了这么久，就是此刻大年三十的午后，街上的店铺都已关门，路上行人寥寥无几，出租也踪迹全无。明天，如果从这出发，最晚也得凌晨出门，出去恐怕没车去往机场，想到这些，我们决定还是先到机场去一趟，探探路，看看住哪里离机场最近。于是，上车，车上挤得满满当当，简直没有立锥之地。一路前进，3个小时后，我腰酸背痛，筋疲力尽，这，可是大年三十啊，我跑出来，就为了受这份憋气的罪？当然，这只是万里长征走完了第一步，受罪，只是刚刚开始。

　　外面鞭炮声此起彼伏震耳欲聋，过年的喜庆在炮声中更加浓稠，欢乐凝成一大团一大团紫绕在我的耳畔，弥漫在我呼吸的空气里，盘踞在昏乱的大脑里，抬腕看看表，已是凌晨4:10。我无法入睡，他们把过年的开心通过制造疯狂的声响表现出来，并不经我同意直接建立在我的痛苦之上。我想义正词严地谴责这种不文明行为，我想十分强烈地抗议这种扰民法，但，我内心狂野的呐喊只是在空气里荡起微微的涟漪，甚至，都没有惊扰到落在我脸上的一只正吸血的蚊子，它怡然自得地饱食我鲜红的血液，连头都不肯抬一下，对我的呐喊给予了最高的蔑视。我环视房间，却不知该向谁发出我的心声。苦笑一声，呵呵、呵呵。炮声轰响，我断断续续的清晰里能看到白天的情形。终于从浑浊拥挤的空间里解放了出来，美兰机场的天空格外灿烂，树叶随风摇曳，有不知名的昆虫在鸣叫，心情大好，拉起我的行李，随着人群在草坪里踩出的曲折小径，向着候机楼走去。候机楼里没有年三十，一点过年的气氛也没有，到处都是行色匆匆的游客，问讯的、拿机票的、托运行李的、排队过安检的、候机的，每个人都有一份要做的事儿，只有我们漫无目的地东游西逛，取机票，时限不够，问机场宾馆，客满。只好拖着疲惫的身子，拉着沉重的行李，向着机场外进发，想想，我还真是个奇葩，竟会到机场一游！出机场，又茫然，天地之大，该向何处安顿？好在天无绝人之路，终于，在离机场不远的路边找到了我现在正躺着的这家宾馆。宾馆的后面就是镇子上的住户，刚到时，已是晚饭时间，可是，走遍小镇角角落落，竟无一家饭店营业，年三十，年夜饭，沦落到了买了些水果、面包、啤酒、零食应付了事。喝些闷酒，看会儿春晚，想想儿子，翻翻手机，收收短信，打发时光。但零点的到来，世界开始喧器，只剩落寞的我和睡不着的觉以及满心的烦恼缠绕着我，忍着吧。竟然，竟然睡着了，好像只是闭了会儿眼，预订的出租车就打来电话催促了，迷迷瞪瞪地下楼，出宾馆大门，我惊呆了，好大的雾，那一刻我突然领悟到："我牵着你的手却看不到你的脸"的境界。车比蜗牛还慢，但我一点不着急，反正，这样的天气，飞机是必须晚点的，只是晚多少的问题。果然，7：00的飞机，10：00还没起飞，起飞时，午餐时间到了。这时，我开始急了，我们买的不是直飞的机票，两点要到贵阳机场转机、取票、安检、候机，所有程序缺一不可。而我们在天上要飞一个多小时，但凡中间有一点意外，过年，只好困在贵阳了。一路着急，一路揪心，算是我的人品好，老天保佑，我们从贵阳出发的飞机也晚点了。机上，幸遇20年前毕业的学生的姐姐——邵雪花。我们一路聊天，但，没有捅破那层纸。因为，我不确定，回来后机缘巧合，我确定及肯定，她就是我以前学生邵菊花的姐姐。世界那么小，那么神奇，我历经波折，终于回家了。到河东机场，我直抒胸臆：我胡汉三又回来了。哈哈哈！

对一个姓氏的怀念

一

大学毕业，我被分配到乡下，从此就能自食其力了——这最初的激动过后，冬天来了，寒风携带沙尘沿贺兰山呼啸而来，如枭夜啼，似狼狂嗥，怕冷的它们挤作一团，从一排砖混结构的平房的某间宿舍的后窗缝隙里钻进来，尖锐的呜呜声不绝于耳，门被它们一次次撼动得咣咣直响。这是学校最隐秘的深处，几个单身的和家不在本地的老师就住在这里，它与前面的教室隔了有几十米远，平时就少人来，放学后的漫长的时间里更是冷冷清清，寂寥无人。连野猫野狗也不肯光顾，有风的夜晚风刮得撕心裂肺，无风的夜空星辉瑟瑟，死般静谧，我——一个远离家乡的外来户，在每一个夜晚来临的时刻都厮守在空荡荡的世界。其他单身老师，大多是本地人，宿舍只是为了中午休息，下午放学，他们也都回家去了。个别城里来的只是开学露了面，不到冬季，已有人调回城市或者近郊，还有如我者也早入乡随俗，找各式各样的酒场——这里的长夜漫漫，娱乐几无，唯酒风盛行，老师自然也不能免俗。

宿舍门前的花池里早已是一片荒芜，靠在门口的煤堆在黑黢黢的夜空的掩护下常常会绊倒夜出喝酒的老师。我喝酒过敏，所以常常独守空房，在寂寞里看书，在孤独里睡觉，在半夜里醒来，在风声或寂静里再次睡去，如此而已！

但比起饮食来，这都微不足道。

我吃惯了米饭，且极其怕辣，但当地饮食习惯是面食居多，嗜辣。学校有食堂，一日三餐，顿顿干拌面，面条扔入沸水，只消滚上几滚，就看到汤色泛红，再几滚便如酱油一般。初见，大惊失色，见惯不怪，知是水土使然。面条半生不熟，一漏勺捞至海碗，顺手搁把韭菜（一到了冬天连韭菜也踪迹全无了），一勺辣酱，几滴香醋，一撮盐巴，这就是我赖以生活的舌尖上的美味。

肠胃渐渐出了毛病，总是腹泻，以致人比黄花瘦了。

想调走的念头越发强烈了起来。只是调动，在那个时候，于我而言不啻登天，无奈，只好死了心，在工作中找寻乐趣。

既然工作是教书，工作对象自然是孩子们了，孩子们十四五岁，和我相去不远，共同语言当然很多，况且我出自农村，生活场景与之相似，看看他们朴实单纯，想想当年自己的傻样，不觉哑然失笑，稔熟的感觉使得我们毫无违和感。无聊的晚上便去家访——学校对家访是有规定的哦。先是学校附近的几家，后来将范围扩大了，放学后骑上自行车，和学生一道去往他们的家中，孩子们的家多是砖混结构的平房，外面看上去光鲜亮丽，进去后就大大不同了，有的家道殷实，屋中会有几样像样的家具，有的则是家徒四壁，地面也没有铺砖，泥巴地面踩得乌黑发亮，灶房和睡人的屋子相连，中间只隔条薄薄的门帘，睡人的是一面占了半个屋子的大炕，卷起铺盖就是待客的场所，一个炕桌，几盘家常菜，算是对冒严寒、顶大风冻得瑟缩着到家的老师的热情款待。我入乡随俗，也照着家长的样子盘腿坐在了炕上，三言两语的介绍，一杯酽酽的糖茶，几口火辣辣的老酒，三四海碗的荤菜素菜，气氛就热烈了起来。常常是孩子的学习没谈几句，东拉西扯、天南地北地胡侃倒成了主角。我不胜酒力，早已是面红耳赤，醉眼迷离，而家长则是酒兴正酣，脸上神采飞扬，口中滔滔不绝。直到我摇摇晃晃下地要走时，他们才百般挽留，有时天寒地冻路途迢迢，只好借坡下驴，在学生家留宿一宿，这一睡不打紧，硬生生把素不相识的陌路人变成了亲密的朋友。

　　那个姓氏就是在这样一次家访后伴我走过了最艰苦的两年多，给予我关怀和无私的爱，让我在几十年后的今天依然心潮澎湃，只是，我却未曾有过回报，每当午夜醒来，那个宽敞的小院，那些热情的笑脸，那份纯纯的真情入我梦中，我总会头涔涔而泪晶晶，千般愧疚、万般遗憾一起才下眉头却上心头！

二

　　去她家家访是一项随机决定的活动，那天我已经回到了宿舍，将炉子捅开，掏去炉灰，坐上一壶水，预备泡杯茶水，正忙得灰头土脸的时候，她喊报告进来，怯生生地站在我身后，我回头，看她羞涩一笑，我问笑什么？她指指我的头，我走到镜子边，自己也笑了起来，鬼丫头，我说。我的头发和眉毛上落了一层炭灰。气氛融洽了起来，你家在哪住？我边朝炉子里夹炭，边问道，东永固。哦，炭夹到中途落入炭盆里，咣当一声，吓了我一跳，她也吃了一惊，接着就笑了起来，白白的牙齿，大大的酒窝，细细的眉眼。我来吧，老师。她说着就顺势接过我的工具，三下五除二，掏灰、夹炭、坐水，一气呵成，动作熟练而流畅。我由衷赞道，真麻利！她笑笑。我突然想起，问，你有事吗？她说班门锁了，她书包没拿上。

　　那时候，我是初一（2）班的班主任，我手里有备用钥匙。你运气不错啊，我调侃了一句，我本来是要去家访的。她不语，又笑笑。我把钥匙给了她，预备到学校食堂打饭，她看我端碗，说，老师，你不如去我家家访吧，我妈的干捞面做的可好啦。我愣了一下，多数学生是讨厌老师去家访的。改日吧。我说道。她微微有些失望，我看得出来。她脸上的笑没了，真的，就是没了。我有些歉意，随口说道，我请你尝尝教工食堂的干捞面吧。她扭头，笑了。

　　干捞面是用粗糙的大海碗端回来的，两碗，满满的——这也是我的习惯，我不爱蹲在随意的犄角旮旯儿吃饭。她看了一眼碗里的饭：红红的辣椒，绿绿的韭菜，白白的面条，不经意地闻了一下，甜甜的面味，酸酸的醋味，冲冲的辣味，香香的菜味。她先是微微一笑，轻轻皱了皱眉，我明白她的顾虑，作为一个女孩子，这一大海碗，怎么能吃得下吃得完？我也笑了起来，瞧瞧，你们这里的人多实在啊。她也笑，就是，但我吃不了。我故意板起脸：吃不了兜着走！她一愣，脸上升起了两团红云，嗫嚅着，我，我，不吃了，行吗？当然不行，都打来了。我一本正经地说。她眼里一片亮晶晶，泫然欲滴。没关系，吃不完，有我呢，我拍拍肚皮，我大肚能容，容天下难容之物。她看我瘪瘪的肚皮，笑了，老师，你真调皮。我哈哈一笑，说，吃吧。她点点头，拿起筷子，娴熟地拌起面来，脸上透露出好奇的神色——大约对教师伙食的向往吧。然而，面条入口，她脸色微变，又一口，她停箸不食，看我正一口一口下咽，喉结一上一下蠕动，她又拿起筷子，勉强吃了几口之后，还是停了下来，看看我，犹豫了一刻，声音细如蚊蝇，老师，你每天就吃这个呀？我咀嚼着，含糊不清地嗯了一声。老师，你好可怜啊！什么？我停了下来，问，她没吱声。不可怜，我小时候经常吃了上顿没下顿，现在好多了。她哦了一声，仿佛陷入了沉思，神情一片祥和。突然，她好像做出了一个重大决定似的脸上开始生动了起来，老师，老师，她急切地看着我快速地说，你以后去我家吃饭吧，我妈做的饭可香啦！看她一脸兴奋和急切，我漫不经心地点点头，孩子嘛，心血来潮！

　　看我答应，她站了起来，把我的碗劈手拿（夺）过，说，择日不如撞日，现在我们就去我家吧，我愕然。现在？就现在。那剩饭怎么办？喂猪去吧！咦，她怎么知道为我们做饭的教导主任老婆家养着几只肥猪呢，而且，以往剩饭的确端到猪圈，喂猪了！

三

　　冬日天短，太阳缩成盘子大小的一团，发出昏黄的光和冰凉的热，没有风。乡村公路上车辆行人并不多，我们并排，伴着越来

越低的光芒向着她的家骑行，路上她不再说话，金色的光让她一侧的脸变得圣洁美丽。我也无言，只听车轮和地面摩擦发出的刷刷声，还有偶尔听到的近路边的鸡鸣犬吠，等背着阳光在国道上向东骑行时，车辆就多了起来，风驰电掣，带起一片风声，我们一前一后小心地骑着，不久再折而向南上了石子铺就的村中小道；我们又是并行，她呼出的气流化成一团白白的雾气，身上却暖和了许多，不远处横着散发着炊烟的村庄，萧条而冷寂，只有炊烟还能带来一丝诗情画意。进入村庄，几条脏兮兮的土狗追着自行车有一搭没一搭地叫上几声，她扭头呵斥了一句，狗们仿佛如梦初醒般害羞地停下了脚步，茫然地目送我们前行，之后便无精打采地散去了。在一个敞开的院子前我们下车，我推车走在她后面，多么熟悉的场景啊，天下村庄竟如复制一般惊人的相似，四合院样式的建筑，门前夯实的黄土是庭院，再前则是一垄菜畦，在寒冬里荒芜着，菜畦的一侧有猪圈，猪圈边堆放着柴草和玉米秆。砖混屋舍的窗户有灯光扑了出来，我有些不知所措了起来，一瞬间甚至想返身回校。她支好车架，看我还愣着，笑着喊，妈，我们老师来了，声音落下，屋里的脚步声随即响起，同时一个热情的声音传了出来，还不快请老师进来。话落，门帘掀开，走出一位身材微胖的中年妇女，她举着门帘，待我们入内。室内水汽氤氲，湿润温暖，迎面是一堵砖墙横亘，高度大概能到我胸部的样子，有通道可供过人，通道处有砖砌炉台，炉上有壶，壶中水在沸腾，顶着壶盖咣当咣当作响，水汽升腾，室内一片朦胧，砖墙这面还有窄炕一面，但砖墙后面是什么，我无法看到，心里觉得很是诧异，这和我家乡农村室内的格局是迥然不同的，然而屋内的味道却是那般的神似。左右墙上各开门一扇，那妇人迅速赶在前边引我进入左边房屋，屋内一面大炕占据了室内大半空间，炕沿的中间置炕桌一张，上面有搪瓷缸子4个，炕沿下有砖砌炉台，炉盖半掩，炉中火苗跳跃，忽高忽低左右摆动，像是调皮的顽童。我的心忽然沉静了下来，这不就是我稔熟的家的模样吗？快上炕坐，中年妇人的话又一次响起，娟，快给老师沏茶，多放糖。我顺从地坐下，屁股底下热乎乎的，娟此刻不声不响，但很快就端了茶上来，老师你先喝着，我去给你做饭，娟，你来搭把手。中年妇女的声音再次响起时，她们已经在刚进门时的那间屋子了，我突然灵光一闪，砖墙后原来是厨房啊。

做饭用的鼓风机嗡嗡地嘈杂着，她们娘俩低声说着什么，除此以外就是寂静。窗户外早已是黑黢黢一片了，在这爿炕沿上，我心里满是故乡的味道和童年生活的境况。呵，故乡，不知不觉，我远离你已是8个年头了。

四

果然是干捞面，端上桌时，娟笑盈盈的，老师，你快尝尝，看看我妈的手艺，看着眼前一大碗干捞面，诱人的色泽，香喷喷的味道，夹杂在腾腾的热气里迎面而来，多么家常的感觉啊，我看看娟，又看看随之进来的中年妇女，她的脸上写满了善良和厚道，你们也吃吧，我说道。我吃过了，让娟陪你吃吧，娟看看我，看看她妈妈，欢快地答应了，等我们都开始吃饭时，娟的母亲却走了出去。我挑起面条，面条晶莹剔透，喂进嘴里咀嚼，我的味蕾瞬间被刺激，酸、香、辣、鲜、爽，加上面条的劲道，混杂在我的口中，反射在我的大脑中，那是怎样美妙的时刻啊。我陶醉在美味中不可自拔，连旁边娟脸上的笑容都没有看到，直到，我放下筷子，由衷地称赞道，太好吃了，才发现娟一口也没吃，只是盯着我笑，我才觉得有些难为情。而她，笑着，说道，我就说嘛，我妈做的干捞面才好吃呀，我也笑了笑，说，你也吃呀。她点点头，慢慢吃了起来，细嚼慢咽，吃相斯文，全不同于我的狼吐虎咽，吃相粗俗。我突然记起，怎么没见她家里其他人，就问，你家里还有谁啊？她抬头看我，说，爸爸在乡上的工厂上班，还没下班呢，姐姐去菊花家了。哦，菊花，就咱班那个吗？是啊，她是我堂姐啊。哦，我恍然大悟的样子，怪不得她们是一个姓氏呢。哥哥在外面上高中，住

校，不回来。说完，她看看我，家里就我们五口人。我哦了一声不再发问，你赶紧吃饭吧。

待她吃完，收了碗出去时，我喝了口茶，很甜，甜到了心底。我安心地喝着，仿佛回到了阔别了多年的故乡，仿佛回到了父母的身边，仿佛在家里的炕头，什么也不去想，什么也不用想，什么上班啦，什么调动啦，什么工资啦，都统统淡出了我的生活，只有这闲适的生活才是我生命的本真。

后来，她的姐姐、她的父亲相继回来，她们母女三人又去给她的父亲准备晚饭。她的父亲——一个单薄的中年人，穿着很体面，说话斯斯文文的。握手时我感觉到他的手柔软、干燥，完全没有长期参加劳作的粗糙和老茧。我们坐在炕桌的两侧喝着茶，唠着家常，也谈娟的学习，而她们娘仨，后来也进来了，娟在我们对面靠窗户的八仙桌上写作业。她的姐姐，一个比她大一点、很好看的女孩子则依偎在妈妈的身边，一边干着些女红，一边听我们聊天。在这样的氛围中时间走到了半夜，我想我该回校了，便起身告辞，他们再三挽留，说路上黑不安全，说冷，会冻坏的，说家里有地方，说明天和娟一起去学校，迟不了。盛情难却，他们安排我睡在进门屋子的砖墙一侧的小炕上，娟则睡在砖墙另一侧。到那刻，我才知道，砖墙的那一侧不仅有厨房，还有炕，躺在炕上，我心潮难平，听着砖墙那边浅浅的呼吸，许久都没有睡着。

就是那次，我第一次在学生家过夜。

终生难忘。

五

那以后，我和娟及其他们一家的关系发生了微妙的变化。先是我去她家的次数增多了，后是彼此都不拘谨了，我轻车熟路地回去，心安理得地享受家庭般的幸福，也会在农忙时帮着干些力所能及的活，比如秋天，收圆辣椒，他们那儿多数人家都会种植，摘下来后送往蔬菜脱水厂，娟的四爹开的就是蔬菜脱水厂。

圆辣椒身体浑圆，手感光滑，色彩有绿有红，摘起来并不太累，正是秋天，庄稼收割殆尽，天高地迥，祥云朵朵，有风吹过，辣椒叶发出哗啦啦如水般的笑声，有麻雀飞过，叽里哇呱聊个不停，一会儿就飞远了，有秋虫鸣叫，声音悲凉沧桑，有大雁飞过，嘎嘎地打声招呼——明年再见，有拖拉机突突突突地从旁边的路上开过，我们无暇顾及，只是努力地摘着辣椒。

好像还在春季帮着种过蔬菜，所有人都在地里忙着，但娟的哥哥——那个我也只见过为数不多的高中生，他瘦高个，戴眼镜，少言寡语，一副白面书生的样子，每次回来总是进了右手边的屋子，直到两个妹妹一次一次召唤才会过来吃饭，而家人对他的百般呵护却是显而易见的，洗手、洗脸、吃饭、漱口、收碗、洗锅、种地、施肥、收获，几乎所有活计都是这娘仨全包了，他自然不会下地劳动。后来明白他们家族女多男少，上辈兄弟四人只这一个男孩，整个家族都宠着惯着，衣来伸手饭来张口，享受着少爷般的伺候。有时候我看着他快快不乐的神情，总是充满了担忧：将来，一旦无人照料，他将如何让生活继续？

时间飞逝，我要成家了，回来的次数少多了。后来，结婚，几乎就没有再回来。

妻子怀孕，我曾问过娟妈妈。她说头胎的孩子健壮，我们就留了下来。孩子生下来，她让娟拿了几篮子鸡蛋，我知道那是满院子乱跑的几只母鸡下的蛋。

六

学生们如期毕业，娟已出落成亭亭玉立的花季少女，美丽而端庄。她父亲依然在上班，母亲和姐姐重复着农村亘古不变的春种秋收，忙忙碌碌四季劳作，她哥哥继续复读。我在岳母全力奔走后终于要调入城里去了，这些朴实的孩子是我一生中教过的最用功的孩子，他们尊重老师，渴望走出这片小天地，20年后我们曾聚会过，他们中很多都是社会的栋梁之才，还有一部分回家做了勤劳的农民，这是后话。

我在新环境里倍感压抑，还须努力适应，加上孩子小，花销大、收入少，成天忙忙碌碌，和他们渐渐失去了联系，只是心里还有一角尘封着对他们的情谊，只待某一个时刻被揭开，在这中间娟给我来过信，写了一首诗，我看了许多遍后收藏了起来，但并没有给她回信，之后音信断绝。生活让我们渐行渐远，连背影都没有留下，直到10余年之后，我奔向首府，开始新一轮的打拼，才在一个偶然的机会里在长途汽车上碰到娟。她已然是个大姑娘了，大学毕业在贺兰教书，而我当时很是落魄，只是简单寒暄了几句，连个联系方式都没有留下就匆匆下车，逃之夭夭。

而再次让我强烈地思念起这个姓氏是在父母俱无，儿子西游，过年都不知何去何从，只好外出飘荡时。在贵州机场转机回家时，前排有一位女士带着一两岁模样的孩子，孩子手里拿着机票在晃动，机票上赫然写着：邵雪花。我的心猛地一动，菊花的姐姐就叫雪花，难不成真是她不成，但看孩子大小又觉得不像，因为我的这拨学生已是三十五六岁了，作为学生的姐姐，孩子实在忒小，我忍着，不敢唐突了那对母子，但往事涌上心头，无法遏制，那个给了我家庭般温暖的一家人，那个给了母亲般关怀的微胖的妇人，那个给了兄妹般默契的娟，你们可好？

也是老天有眼，要卸下我背负的思念重担，回来没几天，那批学生要搞毕业20年聚会，他们多方打听找到了我的电话，由刘金柱——当年一个聪明而调皮的学生和我联系，并接我到大武口参加他们的聚会。到场之后，三十五六位形态各异容貌不同的大人和我握手，我依稀有些熟悉的感觉，却全然叫不上名字，而娟，我只看了一眼，鲜活的回忆就风起云涌，我们点头示意，她的边上有个七八岁的女孩，肯定是她的女儿无疑，后来场面热烈而无序，我不胜酒力，我们竟未能说上几句，曲终人散，刘金柱送我回家，她也开车同行，一路无话。到贺兰她家小区门外，金柱送了她一份礼物，我们扬手道别，看她进了小区，我脑中千言万语却争先恐后地挤了出来，我后来认了那个微胖的妇女为干妈，娟自然是我的妹子了，我想问一句，母亲可好？但她头也没回。

聚会后联系方式自然都有了，我申请她加了我微信，在微信上我木讷的状态得以改变，说起飞机上的巧遇，她说是菊花的姐姐，问起她这些年的境况，她只淡淡地回了一句还可以；问起家中的生活，她说不好；问起干妈的身体，她沉默了一会儿才答，已经去世。我的心仿佛突然间被狠狠地刺了一刀：她竟然去了，一个人躺在阴冷潮湿的地下孤苦伶仃地张望着这个嘈杂热闹的世界，她的坟上也许已是荒草萋萋，坟堆也许在多年后已变得矮小，在家族的坟院里毫不起眼。而我，却没能报答她一丁点，甚至连去看一回她都没有，我一直以为有的是时间，即使计算到今天，她也不过60出头，也许她累了，为了那两个她生命中最重要的男人，也许，她不堪疾病折磨，也许……只是她去了，留下这些活着的人去悲哀和思念，断绝了这些人的很多希望。

呜呼，哀哉！

再问起她的哥哥和父亲，她说不好。我再问怎么个不好法，她就不再回复。我明白里边肯定有太多的曲折和难言，就不再发问。之后从别处问到一些消息，才知道他们很是悲惨，就没敢再打听更多。只是，我明白，逝者已逝，生者坚强，他们还要继续生活，这条生命的长河会浩浩荡荡永远奔腾不已，在某一天它也会裹挟着我远去，想到这些，心里平静了许多，等时机合适，我会做些该做的事——对他们。

除夕的黄昏，我给父母烧纸祭奠，看风卷纸屑和灰烬漫天飞舞……夕阳惨白，大地无声，但我依稀听到父母和干妈的声音，我依稀看到父母和干妈慈祥的面容，洗洗耳朵，擦擦眼睛，他们安详地看着我，叮嘱道：好好活着！

现在，在电脑旁我写下纪念的文字，怀念那个姓氏——邵，仿佛，我们从来就是一家。

活　着

透过岁月的烟尘回望30年的世事沧桑，当年意气风发的四兄弟，现在可好？

——题记

一

双亲离世，大哥成了家族的核心凝聚力，去看看他吧。于是，发信息问连襟，有顺车去吴忠吗？回复：正好我也去，一会儿去接你。

车上，聊起此行的目的，他要代表单位去处理公事，我要去看大哥，谈起社会现状，颇多不满，谈孩子，谈教育，依然忧心忡忡，说到他这次去办的事已经折腾了大半年，真是烦。又说起我去看大哥，我说大哥身体不好，说完，叹气，互相望望，说，活着不易。

窗外，阳光灿烂，树木光秃秃地在风里摇摆，树枝间看到一绺一绺的蓝天，很醉人。车里沉寂了下来，只有音响里传来汪峰声嘶力竭呼喊着存在。

多少人走着却困在原地

多少人活着却如同死去

多少人爱着却好似分离

多少人笑着却满含泪滴

谁知道我们该去向何处

谁明白生命已变为何物

是否找个借口继续苟活

或是展翅高飞保持愤怒

我该如何存在

下车，约了返回时间，各奔东西。

大哥在西市场，他在那里有3间铺面，和两个儿子各自经营着杂货。到店，面北的店门洞开，大哥一个人坐在火炉边上，头不停颤动着，脸上黑乎乎的，双手拢定火苗，老态毕现。我心里有些酸楚。屋里光线暗淡，寒风一忽儿一忽儿从门口长驱直入，在冰冷的铁器间隙呼啸而过，发出低低的呜呜声。见有人来，大哥站起身来，过度肥胖让他动作迟缓。他问，你要点啥？抬眼，见我，说，哦，你来了，坐。他拉过一把矮凳，让我坐了。我问，你身体还好吧。他说，老样子。我又问，大嫂怎么样？他说，还是老样子。我不知该说什么了，看着门外来来往往的人，突然想到了一个词，芸芸众生。收回目光，我看了看大哥，他面目模糊，麻木地平静着。我问，宝宝呢？宝宝是大哥的小儿子，三十五六岁了，他自己的儿子也十四五岁，早已辍学在家帮着打理生意了。只是，我们早习惯叫他宝宝了，大哥跟宝宝过，这在农村很普遍，养儿防老。大哥说，有一个库房租期到了，他带人在腾呢。我哦了一声。

有顾客来买铁锅，他们讨价还价，我默默地坐着，看着，屋里越来越冷了，脚底冰冰的，我站起来，跺跺脚，顾客走了，大哥来到火炉边，说，你去家里吧，你大嫂子在。我说，算了。

又有人来，大哥去给拿货物了，我百无聊赖。拿出手机拨弄着。

发短信给H君吧。我想。

老同学好，在忙什么呢？

短信立刻回复，在街上，你来吴忠了吗？

是。

降央卓玛《手心里的温暖》响起，我接听，你打车到家来，我等你。

好。

告别大哥，我打车前往同学家，司机是个小伙子，车开得飞快，我说你慢些，他笑笑说，跑快些可以多拉几个客人，要不然挣不了几个钱，车速不减。我默然。

30年前，我费尽心思缠着父母让他们求人把我从黄河西边的乡村中学转到城里的一中。

那年，我初三。

班里有64个同学，班主任姓齐，我们背地里称他齐天大圣。他把我安排在最后一排，虽然按个头，我坐第一排也是最小的，他说，等考完试看你成绩再说吧。同座位是个女生，个头高出了我两头不止，肤色黝黑。刚坐在一起，她就在桌子中间画了三八线，只不过线占领了我的一大半地盘，我无可奈何，谁叫我是外来户，矬、穷、丑都占全了呢。有时候，稍不留神越界，她的圆规尖就狠狠地扎了过来。有一次，她给了我一个纸包，示意我打开，一层一层又一层，最后包着的是一坨鼻屎，我差点吐了出来，泪水在我眼眶里打转，我咬咬牙，忍了！然而，我前排的男同学转过了身，冲着我同座位说，喂，你够了，欺负新同学算什么本事？有本事冲我来！他额头宽阔，眉毛浓密，戴眼镜，黑白眼珠分明，鼻梁挺拔，瓜子脸，肤色白皙，一脸书卷气。一瞬间，我心里涌起了难以言表的温暖，看着他，嘴唇嗫嚅着，却无话说出，他就是H君。

慢慢熟了，发现他上课并不专心听讲，佝偻着身子，低头翻桌仓里的闲书，一下课，班里的男同学就围了过来，赔着笑，这个说借我看看吧，那个说还是借我吧。H君一脸神气，说，我还没看完，等着。大家边说你就快一点看完吧，边恋恋不舍地散了。后来，知道了他手头有金庸的武侠小说，那年代它可是稀缺资源，大家趋之如鹜也就正常了，而同桌马健不敢还嘴恐怕也和此时他极高的人气有关。

二

突然急刹车，打断了我的回忆。到了，司机说。掏了5块钱付了车费，下车，H君在路口站着张望，他原本宽阔的脑门儿阳光下更显明亮了，发际线退到了头顶，抬头纹将脑门挖出了五道深深的沟壑，眼镜片闪闪发光，眼角全是皱纹，脸色发黄，下巴尖尖，喉结格外突出，穿一件灰色夹克，我走到他跟前，说等久了吧。他摇摇头，说，进屋，我跟他进了临街的一个门面房。他说这是他不久刚租下的一间屋子，才粉刷过，摆了些副食品，他妻子在店内忙碌着，贴标签，擦货架，冲我点点头，并没有放下手头活计的意思，靠后墙的位置架了火炉，旁边环墙摆了锅碗瓢盆，炉边有一床一凳，他让我在床沿坐下，问喝饮料还是茶，看看茶杯，不清爽的样子，我说不喝了。他没有听，沏了茶递了过来。我问女儿呢。他说上学去了。一年级了。我想起自我上大学走后，隔了23年才找到他。

那天我回到吴忠，路过一个卖小吃的小店，听到一个稚嫩的声音说，爸爸，我要。扭头，我看一个小女孩一手拽着红色气球的线绳，一手正晃着一个指甲长长的、指缝里全是黑色的污垢的、手指修长的手，顺着手臂向上移动目光，H君？我将信将疑，信是因为特征太明显了，疑是因为这个人太苍老，孩子又这样小。我低声喊，H君，他朝我看过来。王伏成？我说是。一时激动得不知如何是好，23年了，因为我前往异乡求学工作成家生活，就再没有那几个初高中时给予我许多帮助的好朋友好兄弟的音讯了，虽然也曾到他们家的旧址上找过，然而，物是人非，面目全非了，只好带着遗憾匆匆离去，真没想到，竟然如此神奇巧遇。但看他的状况，我实在难以置信，记忆中那个睿智清秀个性鲜明的英俊少年，竟然被生活和时光糟蹋成这副模样。

看我发愣，他对女儿说叫叔叔。女孩很乖巧，奶声奶气地叫叔叔。我蹲了下来，说，想吃什么，叔叔给你买。小孩仰脸看他爸爸，H君说，给叔叔说吧。真快啊，她都上学了。

店里比大哥的铺面暖和多了，但冷冷清清的没什么顾客，我问，怎么想起开店了。他笑了一下，总不能让媳妇老四处打工吧。

来了快递，他出门去拿。我拿出手机，发信息给我们的另一个同学——L君。他也是在见到H君之后才联系上的，去年，他给小女儿过满月，我曾来赴宴，只是，他忙于招呼客人，而我露了一面就急急返回。

短信提示音响起，L君回信：你闲了？

我回信息：在H君这。

他回复，我马上过来。

H君拿了包裹进来，我说刚约了L君，他说，哦。又说，他离这很近。话音刚落，L君来了。他穿着工商银行的工装，胸前配胸牌，客户经理。衣服略大，单薄的身体让衣服显得空荡荡的，他更显老相。记得过满月的时候，他还笑话我，说他只有一个腰子，还生了两个孩子，其时，他的大女儿正上初三。笑话我不抽烟、不喝酒、不打牌、不找红颜，简直是生活乐趣全无。我知道，他吃喝玩乐样样精通，只好默不作声，任他奚落。然而此刻，他竟然如此之老。

我们握手，他打趣，手这么柔啊，不像个男人，我们都笑。他说，我两点交班。我说这么资深的陕财高才生还要坐班？他呵呵了两声，说，我打电话给N君吧。我说好。他打电话，我想起他复读3年，我还给过他许多支撑，我抱着儿子满街溜达的时候，他才上了大学。那时候，他就抽烟、喝酒、打牌、找女朋友，而N君和他一起复读了两年之后，回家做了小生意，我至今没有见过。30年了，当年我们几个中长得最帅的他，现在怎样呢？

三

N君从西市场过来。打完电话，L君说，我还是去趟单位，你们先聊。说完，他给了H君一根烟，自己也点上，出门走了。

我问H君，你经常见N君的面吗？他说，不常见。

他给我续了水，说，我出去迎一下。

我点头，说你还是这样。

他愣了一下，什么这样？

H君的确还是这样，那时候，经历了期中考试，我的成绩虽然不至于辉煌，但也说得过去，齐天大圣就把我向前调了两排，我终于摆脱了那坨鼻屎，而且坐在H君的前面。我很高兴，更高兴的是同座位很柔和，没有画三八线，很爱笑，也没有过激的行为，只是不多和我说话。唯一不足的是，我前面的大个子男生叫Z君的，瘦瘦的，脸上长了不少的青春美丽疙瘩豆，他很高傲，口气里充满了瞧不起和鄙视，还常常回过头来笑话我，而我的同座位则眼睛亮亮地看着他，有时候眼里还晶莹莹的。她会经常问Z君题，他常常三言两语就解答完了，我羡慕、嫉妒、恨各种情绪交织，直到有一次他拿贺知章的《咏柳》戏弄我。当时情形是，Z君在早读前拿了一首诗给我，说是自己写的，他加重了语气，对我说，请伏成同学雅正。我不虞有他，接了过来，说，"万条垂下绿丝绦"不恰当，"二月春风似剪刀"也不对，因为我记忆中吴忠的柳树很少是垂柳，何况二月春风，开什么玩笑？我很真诚地将我的意见老老实实地说了出来。他没听完，就哈哈大笑了起来，之后，一脸鄙夷地说，连贺知章的《咏柳》都不知道，惹得全班同学哈哈大笑。而我，脸涨得通红，一时间感到天地之大却让我无地自容。那时，我才下定决心，发奋图强，最低也要超过他，并且能给同桌讲题。

后来，我后来者居上，终于超过了Z君，而H君，我虽然成绩比他高，但我太佩服他了，看完《碧血剑》他竟然制作出了红衣大

炮，点火之后就会轰的一声射出一溜火焰。他看完了《毛泽东选集》五卷，他看《中国通史》，他看哲学，关注世界大事，他讲话我有很多都听不懂，很深奥很玄妙，他对人生有自己的看法，从不人云亦云，他总是特立独行，我是他的铁杆粉丝，他也爱给我讲很多东西。

有时候，放学路上，他意犹未尽，就让我去他家，他家是一院平房，并排3间，我后来常常会和他挤在一张床上睡觉，吃他姐姐或妈妈甚至他自己做的饭。他家是湖南人，爱吃辣椒，吃面时最特别，炒好菜，下好面条，就了菜吃面，如吃米饭炒菜一般。他妈很漂亮，他长相随他妈妈。第一次去时，我吓了一跳，是因为他父亲和他的一个姐姐。他父亲见我们进来，也不看我们，口中念念有词，H君冲他说回你屋去，他依然如故，但还是顺从地进屋去了，我没敢多问，后来知道他父亲曾在"文化大革命"时受了刺激，精神失常了，口中念的，细听，有毛主席语录等内容。而她的小姐姐是个袖珍人，脑袋很大，小胳膊小腿。当时，我也没有过度反应，H君好像对我的表现很满意，隔三岔五带我过来，反正我一人漂泊，寄人篱下，还不如来他这里，乐得逍遥自在。何况在这里我想学到几点就几点，不像借宿的远亲家，到天黑就不让开灯，说是省电。

走得近了，我佩服得五体投地！他基本不学习，但成绩真的很不错。后来，我以高分考上了高中，而他竟然也上线了，Z君就意外了，架不住他父亲的能量，学校还是特招了他。

高中，我们又到了一个班，认识了L君和N君。Z君经中考一役，内敛多了，因为他的刺激，我才有了长足的进步，关系日渐亲密。他也会让我去他家吃饭，他家的条件更好一些，父亲在财政局，母亲在企业，哥哥上电大，姐姐上班，妹妹上初中。他家里的书多极了，特别是电大文学教材，是我终身的财富，在那里我如饥似渴，他父母也很赞赏，待我一日好过一日，甚至用我做教材教育Z君和他妹妹，说，你看人家，家里没人管，饭都吃不饱，还没件像样的衣服，都那么努力刻苦，你们条件这么好，怎么这么不争气呢？现在我无法想起当时听了这话我和他们兄妹有着怎样的反应了？但那时我已经沉浸在书中了。

L君和N君则因为我们都出身农家、生活状况极其相似而迅速志同道合，他们家在近郊，也会经常跟他们去家里，一起吃一起睡，情同手足。

N君来了，我的胡思乱想告一段落。

看见我，他有些奇怪，之后说，你怎么还没变样，我说老喽。他说，你怎么老呢，一点也不显啊。你看我才是真的老。我看他，已经没有当年的帅和健壮了，瘦但精神，脸上很粗糙。让他坐在炉边的凳上暖和暖和，他说在外面跑惯了，不觉得冷。说话时牙齿雪白雪白的，一如从前。

不久，L君来了，他怂恿我给Z君打电话，他说Z君现在很厉害，安检局一把手，炙手可热。我拨通电话时，Z君说在浙江，等回来找机会聚。我说好吧，心里却在想，上次电话里也是这么说的。

我们找了一家饭店，H君带了酒，不够，又拿，N君喝得很高兴，说，谢谢我们瞧得起他，说他现在在电厂当临时工，一个月2000多块收入，媳妇摆摊，一个月也能挣一些。正好今天自己休息，就跑来给媳妇打下手来了。他又说，你们看我的运气多好啊，他还说，他有两个儿子，家里的地都被征了，分了3套房，将来一家一套。他不想住楼，就想有个小院，里边有上两亩地，他种点菜种点粮食，在边角的地方种些鸡冠花，红艳艳的，多好啊。我们听着，眼前仿佛又回到了过去，他们家的院子里那时候种满了鸡冠花，盛夏时，开得嫣红，阳光下，还有蜜蜂和虫子在寂静的午后飞翔。他说，你们城市人不懂，乡下，才是最后的家园。我们不跟他争辩，他喝多了。

H君也开始激动了起来，抢着说话。他说他高考前提前去上他父亲单位的委托培养，说自己没毕业去学厨师，当了吴忠最好的饭店的厨师后去学摄影，然后从事代办报税，现在是自由职业，他和

大家碰了杯，一仰脖，酒就进了口，他说就这么活一辈子，值！

L君也端起杯，说，我得好好珍惜身体，不然，小女儿太小了，有一天他带孩子出去玩，一个略熟的人说，带孙女啦？他笑笑，答了句，是。说这话时，他点了烟，给乌烟瘴气的包间添了些呛人的味道。我也端酒，说，我们都好好活着吧！

H君说，你又酸了，我们就这样了，随便吧。

L君说，你还是抽烟、喝酒、打麻将吧，不然，活着有什么意思呢？想当年，我四处打牌，不分昼夜，那才是活着啊！

我默然，我们几个，出身不同，背景不同，走过的路也不同，我们一路挣扎一路扑腾，无论卑微还是富贵，无论单一还是丰富，我们无须谁说服谁，只需按自己的想法生活就好。但，我们得努力地活着！

直到殊途同归。

干杯，我提议，为了我们还活着！

四、尾声

返程时间终于来临，我端杯，一干而尽，H君站了起来，送我出门，L君说，能不能不回去？N君迷迷糊糊，说，感谢你还记得我。我挥手，把几十年前的生活场面从中打断。

握着H君的手，心里感慨万千，只一句——保重！

车上依然放汪峰的《存在》：是否找个理由随波逐流，或是勇敢前行挣脱牢笼？

头有些晕，只问了连襟事情办得是否顺利，他说没那么容易。之后，我们都沉默了下来，脑子却快速地运转了起来，想想这几个同龄人的活法，我不以为然，Z君的出身奠定了他发展的基础，他在父母的荫护下占有了更多的社会资源，顺风顺水，衣食无忧未来无忧，而我们奋斗几十年，才可能和他一起坐在星巴克里喝咖啡。而N君则是那个一考定终身制度下的失败者，他在底层挣扎，艰难前行，正为两个儿子将来的婚姻中的彩礼、新房的装修而节衣缩食，也为老无所依而焦虑。L君则是今朝有酒今朝醉，在比上不足比下有余的状态里及时行乐。H君则是游戏人生，浅尝辄止，有智商而缺情商，与这个时代格格不入。而我，知道，我在走我的路。

在我们不同的活法里，无所谓谁的更对谁的更好，只是，我不想随波逐流，我想让所有朋友因我而自豪，我想让我去世后还依然活着！

为此，我必须继续努力，哪怕过着更苦的生活——只为了我的信仰！

我曾经活着。

我现在活着。

我未来活着。

师生情

初识凯名，是在花名册上，当时马老师由一个"凯"字推得该生必是个雄赳赳气昂昂的热血男儿，谁知点名时颇让马老师吃了一惊：须眉男儿转眼变成娇小女子。我不由停下点名，多看了两眼：面如满月，容颜如花。说声坐，压了惊讶，我继续点名。

之后，马老师上课在提问时总犯迷糊，心里想着别人却叫的是凯，自己也觉得不解，一日马老师偶感风寒，咳嗽不止，上课亦不能停。第二日再上课，讲桌上便多了一盒药，马老师心里就有些感动，但没有表现在脸上，只是声音有些异样。下课后叫了班长询问，班长说是凯，马老师就想起一句广告：其实，男人也需要关怀。想到这番好意便不忍不拿，吃了后病好得格外快，病好之后便让凯当了课代表，凯工作十分得力，又细心、善解人意，让马老师如浴春风，恰好两家又住在一个方向，经常一路上学下学，路上聊聊倒也其乐融融。

这日下了大雨，马老师未带伞，站在校门口正感无措，身后响起凯的声音：马老师。马老师回头一看，凯也没带伞，苦笑一声说句：同是天涯沦落人。凯也一笑说：未必是。这时就有一辆头上戴着4个环的小车开来，车停在门口，车里就有人喊：凯，快上车。凯朝马老师一笑，又对车内说：爸，这是我常说的马老师，请他也上车吧！车内人赶紧下来，马老师正欲推辞，又不好开口。凯便拉了马老师的胳膊说声：快上去吧！车便送了马老师一程，马老师十分感慨：多年清贫，何曾享此大福？车至门口，司机鸣号，妻从门口出来，看马老师从车里出来，便接进去，不免就多了许多敬意和温存。马老师也不说破，只是心想，有生如此，不枉为师一场。从此十分尽力，拜托其他同行，同行满口答应，升了凯的职，凯便班长兼课代表，一时间凯权力大盛，颇有"号令天下，莫敢不从"的架势。学习也在一年间神速提高，凯便常说：若无马老师，我今日还不照样是吴下阿蒙，若他日考上，定不忘您的培养之恩。听后马老师心里涌起阵阵热浪。

转眼间毕业已至，马老师恋恋不舍，说声：以后有空来看看老师。之后高考，凯果然高唱凯歌，金榜题名，拿录取通知单的那天，恰逢大雨，马老师依旧没带伞，便在校门口无措，就听背后凯的声音：马老师。马老师心里一喜，果然随着声音车便应声而至，车里依旧在喊凯的名字，凯便应一声，说声马老师再见，钻进车里，在雨中一溜烟去了……

温　暖

　　"老头子，外面挺暖和的，快起来吧。"丁大娘冲着有严重心脏病且正卧在床上的丁大爷说。丁大爷不作声，慢慢地从被窝里坐起来。屋子里潮湿而阴冷，一出气便是白白的一团飘在嘴前。"我不起。"说完他又钻进了被窝。知道老头子倔，丁大娘就不再吭声。丁大爷又躺了一阵，自己起来拄着拐杖蹒跚地走出门外。太阳真好。在冬日，这样好的太阳已经一天比一天少了。丁大爷叹口气，找个避风向阳的地方坐下，就有几个老邻居也陆续出来，有的冲着丁大爷说："丁劳模，病好些了吧？"有的说："丁劳模，赶快去看看病吧。"也有的说："丁劳模，可别走在我们的前面啦。"丁大爷听着半晌不作声，摇摇头说："老毛病了，看，又起什么作用，还不是白花厂里的钱。"老邻居们听了，都不再说话，只默默地晒着太阳。

　　厂里困难，已经有好几个月没发退休金了，老邻居们也像自个一样每天在苦苦煎熬。有几次，老邻居们打算去找厂里，都被丁大爷劝住了。

　　很久，一个满头白发的老邻居才缓缓地说："看来，是得去找找了，不然，我们这帮老家伙怕是过不了这冬了。"其他老邻居点头称是。丁大爷张了几次口，终于没说出话来。

　　这晚，丁大爷在黑白机子里看天气预报，预报里说有一股强大冷空气将迅速南下，不日，将袭击本地。

第二天，听说很多退休工人到厂门口去静坐，过往的工人都没去上班，陪着他们的父母或站或坐，以致交通堵塞，动静就大了。丁大爷拄了拐杖，颤巍巍地、一步一挪地朝门口走。丁大娘喊："老头子，你就别去掺和了。"丁大爷一言不发。丁大娘抹了抹眼睛，回屋去了。丁大爷到厂门口时，已聚了黑压压的一片人，没人说话，没人走动，都静静的。丁大爷从人群中向里走时，人们自动让开了一条道，丁大爷走到最前头，停了下来，大口大口地喘气，好多老邻居就低下了头。丁大爷抬眼望了望人群，一字一顿地说："师傅们，厂里有困难，你们再不去干，厂里还不倒闭了，到那时……"丁大爷说不下去，大口大口地喘气，人群，就有些动。丁大爷又说一句："要相信领导，领导也有难处啊。"人群里不知谁喊了一句："丁大爷，您别说了，我们懂，可是……唉，走吧。"人群就散了。

下午，厂里发了退休金，供暖锅炉也轰轰地响了起来，丁大爷就絮絮叨叨地说："我说厂里不会忘记我们的。"

过了3天，中午吃完饭，丁大爷摸摸暖气，温温的。丁大娘就说："要是天冷，暖气这样还不把人冻死。"丁大爷瞪了丁大娘一眼。旁边的小儿子附和着说："爸，你又不是不知道，就算温炉也要不了两天，我听我们班长说，今年拉的800吨煤，特差，煤里矸石含量特高，根本就烧不着。"丁大爷又瞪了小儿子一眼："那你们咋不向厂里反映？"小儿子从鼻子里发出嗤的一声，说："反映个屁，就是厂长的人拉的，我还听说像这种煤一吨值不了30来块钱，可厂长却报了59块。"丁大爷哼一声骂："别胡说。"就觉得心里堵得慌，大口大口地喘气。丁大娘赶紧一推小儿子，说："快烧你的锅炉去吧。"赶紧去找药，又想起药早没了，没钱买。只好劝，丁大爷才好些。

快傍晚时，听见有人敲门，丁大娘去开了门，就冲着屋里喊："老头子，快出来，看看谁来了。"丁大爷还未答话，就听有几个人说："大娘，别叫，我们进去。"接着好几个人就进了屋，丁

大爷认识打头的是厂长，厂长说："大爷还好吧，我代表厂里来看看您，谢谢您这次帮厂里渡过难关，也感谢您多年来对厂里的贡献。"丁大爷就觉着眼圈有些热，对厂长说："厂长，厂里这么忙，你还来看我。"厂长笑着说："你德高望重，是全厂工人心中的一盏灯啊！"一转头，对后面的人说："快把东西拿进来。"就有人递了一包东西。厂长说："这是厂里给您老买的一些补品和药，您收下吧。"说了会话，丁大爷就送厂长出门，厂长坐了儿子说的什么肯车，一溜烟走了。

厂长走后，丁大爷一直很高兴，一反平常的少言寡语，话也多了起来，很晚时，还翻来覆去地睡不着。丁大娘说："吃点药，早点睡吧。"丁大爷说："今个儿我高兴，不想睡，也不想吃。"话音刚落，就听外面风如疾雨，打着窗户噼里啪啦地响。丁大爷说："听，寒流来了。"屋里骤然冷了起来，下半夜丁大爷才睡安稳了。

早上，丁大娘从屋外转了一圈回来，推了推丁大爷说："老头子，快起来，下雪了。"丁大爷没动，再推，还是没动。丁大娘才发现丁大爷的胡须上结了薄薄的一层冰，脸上带着微笑，永远离她而去了。

信念的力量

　　已是暮春时节，地处沙漠边缘的我们那地方依旧只是山寺桃花才盛开。那时候，儿子正好学了两句诗"大漠孤烟直，长河落日圆"，就缠着我，要到沙漠里去看落日的雄宏景象，我犹豫再三，终于答应了，儿子高兴得小脸通红，跳起来，搂着我的脖子，在我脸上吧地亲了一口说："妈妈，您真好。"我微微一笑，自他爸去世后，头一次看到儿子如此开心。

　　装了满满一瓶子水，我和儿子乘公车上路了，虽说是沙漠的边缘地带，还是走了很久才抵达沙漠中的一个小镇，这时已是3:00左右，离能看到落日尚有一段时间，儿子提议："妈，我们到沙漠去走一走。"为了不扫儿子的兴，我答应了。

　　儿子像小鸟一样快活地在沙漠里跑啊、跳啊，尽情地喊啊、笑啊，我也被感染得兴奋了起来，就放声唱起了"蓝蓝的天空白云飘，白云下边马儿跑……"不知不觉已走近两个小时，回头望望小镇已被起伏的沙丘挡得一点踪影也看不着了，其间正是沙漠上燥热难挡的时刻，我觉得很累，便和儿子一道喝完了半瓶水。我对儿子说："儿子，咱们歇会吧，看完日落还得向回返呢。"儿子说："妈，你坐着歇会儿，我到前边去瞧瞧。"我说："别走远了。"儿子嗯了一声就朝前走了，我看着他单瘦的背影渐行渐远，终于被一道沙丘遮着，看不见了。我心里突然有些不安。

　　坐了一阵，儿子还不见回来，我站起身来，爬上一个沙丘极

目远眺，看见一个小黑点正朝我在的位置移动，我冲那小黑点挥挥手，小黑点似乎也向我这边挥挥手。忽然，我感到有粒沙子打着我的脖子，接着是几粒、几十粒，我感到火辣辣的疼。回头去望，就见天空似乎猛地被人罩上了一层黑幕，瞬间遮天蔽日，天色迅速地暗下来，沙子漫天飞舞。我的眼竟看不到两米外的任何情形。风很大，呼呼声彻天彻地响了起来，无数颗沙粒打在我的身上、脸上，我被风吹着、沙打着，向前跑了几步，又向前跑了几步，一头栽倒在地上，才算是稳住了身子。我抹抹眼睛，看看眼前，眼前昏天黑地，除了风和落在眼前的沙粒，什么也看不着。片刻，我被恐惧的大手攫住了，脑子里一片混乱，心却怦怦直跳，血液也好像停止了流动，手足冰凉，眼泪一颗一颗地从粘在下眼皮和脸上的沙子上淌了下来。我突然间想起了儿子，这会儿，他会在哪？他瘦弱的身子会不会被风刮起来？关切代替了恐惧，我的心如针扎般地疼痛了起来。我喊了一声"儿子"。才发现自己的声音仿佛野兽一般在嚎叫。我又喊了一声"儿子"，赶紧朝起爬，才觉得身上被压了很厚的一层沙。我手里还紧紧地捏着那半瓶水，站起了身子，像没头的苍蝇一样四面乱走。找了一会儿，我长长地吸了口气，定了定神，想想儿子朝来走的方向，又想了想风向，才一路小跑地朝前走，沙子很虚，一下一下地陷着我的脚，我气喘吁吁，但我却不停步。

太阳再次出现在我的眼里时，很鲜、很艳、很大、很红、很是壮丽。只是在我的眼里仿佛是血一般的刺目惊心，我嘴里喊着"儿子、儿子"。声音非常凄厉，心里想着："儿子，你看，你看呀，这不是你想看的落日圆吗？"走了一程又一程，太阳就只剩了一牙、一弯、一抹，快要没入天际时，突然我看到一个小小的脑袋从沙丘后面一点一点地露了出来。我不敢相信自己的眼睛，揉揉，心如擂鼓，真的是儿子，他正四面张望呢。我想喊却喊不出，想跑过去，却一丝力气都没有。他终于看到了我，他大喊一声："妈妈。"我的眼泪出来了。儿子迅速地跑了过来，我们拥抱在一起，儿子说："妈妈，你别哭，我都没哭。"我摸摸儿子的脑袋，双手捧起他的脸，眼泪如开了的闸门，哗地流在了他的脸上。儿子眼圈也红了，但终于没掉下泪珠，他很稚气却很豪气地说："妈妈，你不是说过，让我记住，自爸爸去世后，我就是家里唯一的男子汉吗，我记住了，我当时怕得要命，可我还是挺过来了，妈妈。"

暮色四合，天上的星星渐渐闪烁起来，气温骤降，我环视了一下四周，身子不由哆嗦起来，儿子也哆嗦得跟风雨中的树叶一样。我知道，我们迷路了，我摸摸儿子的脑袋，说："儿子，记住你是这儿唯一的男子汉，无论遇到什么样的困难，都要勇敢地挺下去，妈妈还在等着你来照顾呢。"儿子郑重地点点头，沙子簌簌地从他的小脑袋上落了下去。

第二天下午，我们拖着已经麻木的腿，空着饥饿难耐的肚子，强撑着经历了极寒与极煎熬的身子，感觉生命正在一步步地离开我们的身体。我几乎绝望了，说："儿子，我走不动了。"儿子跟在我的身后说："妈妈，快到了，挺住。"我扭头看看儿子开裂了一道又一道血口的嘴唇，鼓了一点劲，努力抬起手臂想把仅有的一口水给他喝，儿子倔强地摇摇头说："妈妈，你比我更渴，你喝了吧，我是男子汉，要照顾你。"我听了，干涸的眼里差点又掉出泪，我长长地吸口气，说："那好吧，我也不喝，我们留着它，朝前走。"

又走了有两个小时左右，我们跌跌撞撞、连滚带爬地向一个沙丘进军。差几步就到山顶时，一阵绝望涌上心头，我实在走不动了，真想坐下来，躺下来，再也不起来，我甚至连张嘴的力气也没有了，最后一滴汗慢慢滑落下来，我只是微微伸出舌头把它舔进了嘴里，由于那滴汗，快要冒烟的嗓子得到了一丝滋润，只是渴的感觉无可遏制地闯进了心头。我要是有一口水就好了，哪怕是一滴也行，我慢慢地提起瓶子，可是，我想起了儿子，我艰难地扭过头说："儿子，喝了这口水吧。"儿子摇摇头，从这旁边吃力地向上爬。突然，他眼睛一亮，兴奋得小脸都通红了，奋力地抬起手一指前面，说："妈妈，你看。"我努力回过头——沙丘下，那个小镇正静静地、安详地卧着。

一路平安

秦老师一脚跨出楼门时，抬头看了看天，天色已晚，心里说句：坏了，就匆匆向家赶。走到半路，脸上突然一凉，伸手摸时才知道是一片树叶。秦老师就觉得有些冷，想到已是深秋，不觉打个寒战。于是，就自然想到了家，想到了儿子，想到妻子，妻子早已习惯了他的晚回，所以每每当他快到家门口时就叫一声："儿子，爸爸回来喽。"儿子匆匆忙忙从院子里出来，向他飞了过来，他便蹲下张开双臂，把奔过来的儿子揽在怀里。儿子搂了他的脖子，在脸上吧地亲一口说："爸爸，我都想你了。"他心里立刻生出无限暖意。抱起儿子，进院门，就听妻子在厨房里说："哟，大老爷还知道回府呀。"他也不吭声，放下儿子，洗衣洗手，帮着妻子做起饭来。有时就问："儿子，在托儿所乖着没有？"儿子说："我没惹，你惹了。"妻子听了就笑："贫嘴。"就忙活去了。一想到这些，秦老师就恨不得生出翅膀，赶紧飞到家里去。

快到家时，秦老师放慢了脚步，心里犹豫起来。妻子说过自行车前后闸都出了毛病，前天又都断了，让自己到街上修修，自己答应了好几次，一直忙没顾上。今天下午上班前，妻子下了最后通牒，如果再不修，就不接儿子了，他满口答应早点回来去修，没想到一忙又忘了，看来，今天回去肯定没好果子吃。秦老师赶紧拐到一家代销店，给儿子买了点好吃的，给妻子买了瓶甘油润肤露。每到秋冬，忙里忙外的妻子的手总是裂口儿，手朝水里一伸，就痛得连叫啊哟。自己本该早买,可是……买了东西,到家门口时就喊:"儿子,爸爸回来喽。"门没开,儿子没出来。秦老师苦笑一声,就掏出钥匙进了门。伙房里没人,屋里也没人,秦老师的心就咯噔一下,一丝不祥浮上心头,扔下东西,敲开邻居的门问:"我媳妇回来了没?"邻居老太太没回答却说:"我说你这个秦老师啊,你到底也是有家的人了,咋一点也不顾家哪?"秦老师一听,知道跟老太太扯不清,就转身向托儿所跑,快到十字路口时,隐隐约约地看见在昏黄的路灯下有几个警察站在一辆汽车前,他下意识地攥了攥拳,感觉手心里湿漉漉的,再近点,发现一辆自行车倒在汽车拖挂的后轮底下,自行车的前圈如麻花一般拧着。他的心一紧,仿佛被提到嗓子眼里,差一点就蹦出来,腿也变得酸软,挪到跟前,仔细一看……泪刷地就流了下来,心一个劲地向下沉,又一个劲地疼,车子分明是妻的,后面带儿子的竹椅也断了。他一抱脑袋,蹲在地下,才发现满地是血。他喊了一声"完了",便坐倒在地,浑身一丝力气也没了,只剩下泪如泉涌出。这时,过来一个交警,秦老师结结巴巴地问:"人呢?"交警答:"送医院了。"他听后疯了般地跳起来朝医院跑,心里叫着:老婆,儿子;儿子,老婆……一到医院,问医生急救室在哪?听清后,沿着楼梯疯了般地向上跑,拐个弯,冲到急救室门口,门关着,他趴在窗户的玻璃上向里看,这时听到有声音说:"妈妈,是我爸爸。"他一愣,又听一声叫:"爸爸……"

门

乍暖还寒，阴晴不定。

我独自一人站在呈环状的田埂上，举棋不定，抬眼，远处阳光灿烂，照得田间地头亮堂堂的，地里的麦苗还未成片，稀稀疏疏地透露着生命的信息，低头，我所在的地方却是一片黯淡，田埂内是这块土地里地势最高的地方，面积不大，荒草萋萋，正中有坟堆隆起，坟头新培的黄土在枯枝败叶的背景里触目惊心。

母亲就长眠在这里。

我的哥哥姐姐们在祭拜完毕后陆陆续续地离开了，我留了下来，站在呈环状的田埂上，举棋不定。

说不上为什么我没有随他们离开，也弄不明白我因何而留了下来。

但，我就想在这个生与死的分界线上停留，在寂寞和静谧里再陪伴母亲待一会儿。

9年了，每年都会在几个重要的节点回来祭奠一下母亲，但从未像现在这般感慨万千。

阳光透过薄云射在我的身上，在地上投下矮小的影子，有鸟的叫声传来，不算婉转动听，却自有一番欢乐的韵味。有风吹过，在坟地里打了个旋，刮得枯枝颤抖着摇摆起来，又卷起枯枝旁的一些尘土和枯叶离开，而被风清扫过的地方有小草从土里露钻出来，东张西望，叶片嫩绿，欣欣向荣。看着这演绎推陈出新、枯荣交替的一幕，瞬间我明白了生与死的辩证法——无论我们多么的不舍，都会在某个刻骨铭心的日子里，在哀乐低回、哭声阵阵、悲哀弥漫的时刻，眼里噙满泪水，目送亲人离世，留下孤孤单单的我们，像无根的浮萍一样漂浮在这个世界上，随波逐流，再也找不到回家的路。但是，我们还得活着，为了让生命继续。直到，我们把使命交给孩子们，撒手人寰，驾鹤西去，才会和亲人们团聚在另一个世界。

在这个世世代代的传递里，生命的长河才会这样波涛汹涌，源远流长。

叹口气，我坐了下来，厚实的大地稳稳当当地支撑着我的重量，我踏踏实实地坐着，静静地看着埋葬母亲的地方，只是一抔黄土而已。

那个生我养我、教我育我、纵我宠我、疼我爱我，无怨无悔、无休无止、无微不至的我的母亲，只剩了一堆黄土而已。

我再也不能享受她轻柔的抚摸，再也不能听到她熟悉的声音，再也不能见到她慈祥的面容，再也不能感受她温暖的气息，她就躺在那里，只和我隔了一层厚厚的黄土而已。

她再也不能享受我真切的搀扶，再也不能听到我焦急的呼喊，再也不能见到我悲戚的神情，再也不能感受我由衷的孝心，我就坐在这里，只和她隔了几米的距离。

母亲和我，在这个时空里，以不同的形态存在着——她在里头，我在外头。我们只隔着一扇门！

树欲静而风不止，子欲养而亲不待，这是怎样痛彻心扉的悲哀啊。

然而，我还得存活下去，为了生命，也为了让她所孕育的流淌着她血液的这条生命展示出最有价值的意义。

我起身，深深凝望着母亲的坟墓，转身，向着阳光浓烈处大踏步走去。

一件小事

　　事情已经过去许久了，我依然念念不忘，甚至耿耿于怀——前者是因为一日三餐都会记起它；后者则源于心灵深处的负罪感。

　　那是2013年9月11日，那天阳光灿烂，我和儿子要去看望他生病的姥姥。已过午饭时间，我们饥肠辘辘，赶紧东张西望寻找饭馆，还好运气不错，离我们下车不远处有一家东北餐馆。我们匆匆忙忙走了进去，餐馆人满为患，让我欢喜让我忧：忧——人多意味着上菜慢；喜——人多证明了口碑好。

　　我和儿子各点了一道菜：东北炖菜、红烧茄子。开始等菜，馋涎欲滴的煎熬里5分钟终于过去了，菜没有上来；看着周围食客大快朵颐、满面油光，更觉饥饿难耐，但是，菜还是没有上来，好在又一个5分钟过去了。儿子现在胖得明显，自然饿得更厉害，何况他早上从不吃早点，他一直没说什么，只是用手机上网浏览，但明显心不在焉，好不容易，5分钟又过去了，但，菜，还没上来。

　　我催服务员，她只说快了，看看满饭馆的人，我知道她只是在敷衍，没办法，看看柜台里有几样小菜：花生、泡菜、凉拌小白菜等，顾不上多想我让老板拼了一盘，这道菜上的真快，而且量给得很足，味道不错，我和儿子边吃边议论，心情好了许多。时间这时候快了起来，两道菜相继被端上了桌，妈呀，好大的两盘菜啊，我跟儿子说：你得加油吃！

　　我们很努力，但菜还剩一大半，吃不下了，实在吃不下了。其实在菜刚上桌时我就知道打死我们也吃不完啊，我问服务员能否钱我全付，菜你们处理掉一半，她很坚定地说：不行。脸上的表情还很奇怪。我无语！

看着剩菜，我心里格外不是滋味，我是挨饿长大的，那时候物质极其匮乏，能放开肚量吃饭简直就是人间最美四月天，能吃到荤菜，那不啻如今福利彩票中了500万，我们经常处于半饥饿的状态中，而这种记忆伴随我几十年的时光，依然铭刻于心。所以饭菜对我而言，更是生命中最最重要且具有无可替代的意义，从小到大我很少剩饭剩菜，即使是别人请客，我多数都会劝主人打包。时常，我还教育学生：钱是自己的，但资源是大家的，谁也没有权利浪费，但现在……

我们远行，无法打包，只好在难受里付了款，在难受里离开了。我知道我不会安心，果然，这么长时间过去了，我无法安心。

看来，今后，更要敬畏食物，更要加倍珍惜，不为别的，只为——赎罪，让心里好受一些！

时间都去哪儿了

40岁过后，突然觉得时间加快了脚步，比起朱自清老先生的"时间它有脚啊"的感叹，更多了许多切肤之感和急迫之思。

我辈乃小人物一枚，慨叹两句，远不如习大大一言"我时间都去哪儿了"内涵丰富，也不如王铮亮同名歌曲《时间都去哪儿了》那样感人肺腑影响深远。然而，我自有自己独特的体验。

时间都去哪儿了？一句发问，思绪万千。

去上班了吧。早上6：00起床，7：00到校，年年岁岁，岁岁年年，上班后的23年中的大部分就这样匆匆忙忙——写教案、上课、批作业、纠正学生错误、开周会、参加教研活动、听领导在教职工大会上的絮叨、找家长来学校谈话、家访、接听家长电话、撰写论文、草拟学生评语、月考期中期末监考批卷，和学生沟通谈话……组成生命的分分秒秒就从指缝间滑溜溜地穿过，年年岁岁花相似，岁岁年年人不同，有时候我甚至不知如此做法有无意义。直到第一批毕业的学生千方百计找到我的联系方式，一声问候、一次聚会，许多回忆、许多温暖；直到有学生从呼和浩特顶了酷暑，有学生在奇寒的天气里来看我，有在上海等地的学生希望能到他们那儿做客，还有远在重洋那边的孩子捎来真切的问候；直到……才突然觉得那些经过时间堆砌过的意义才显得厚重，即使现在依然清贫，仍然无法了结这份教书的情结。

还有一部分时间交给了迷惘和虚空。应酬、聊天、打牌、游逛、上网、娱乐、渴望在路上，"希望逢着一个丁香一样地结着愁怨的姑娘"，演绎一番浪漫的邂逅，于是寻寻觅觅，夸夸其谈，无所事事，任时间带走美好的年华，空悲切！

只有一部分时间沿袭了多年来形成的习惯，这个习惯的养成源于有大把时间可供挥霍的少年时代，那时候对世界充满了好奇，一本书就是一个全新的世界，一本书就是一个完美的世界，一本书就是一个人唯一的世界……爱上书，时时刻刻让它陪伴在自己的左右，直到再也离不开，但就是这点爱好，成就了我今天的教学，成就了今天被学生们的喜爱，也是这个由爱好上升为习惯的读书让自己还能自由地表达，这是令人欢欣鼓舞的。现在，时间如白驹过隙，其速之疾，只在眨眼之间，受了学生——王施懿、陈佳慧、蒋芸珊、于雷、马赢等人的感染；受了儿子已大需要以父之名支撑自己的精神世界的紧迫；受了为人师理当言行一致，成为学生的榜样让身教胜于言教的敢当。我终于开始珍惜时间，虽然还不能把别人喝咖啡的时间都用在奋斗上，但是尽量不浪费时间已经可以做到。这让我欣慰，也让我前行。

一饭之恩

　　大二寒假，我一大早从吴忠乘车至银川，转车前往石嘴山区，一路风尘，滴水未进。

　　渐近黄昏时，我终于抵达，找到邮局，花了3角钱，按照朋友给的电话号码拨了过去，电话打通，对方告诉我，我要找的人出差了。我的心没来由地狂跳了起来。从吴忠到银川花了1.3角，从银川到这，车票两块7角，打电话花了3角，我只带了10块钱，要吃，要住，还要返回去，钱，怎么算都够呛，我突然后悔跑来的冲动和冒失了。平息了一下翻腾的情绪，我出了邮局。

　　石嘴山区沿山而建，西高东低，街道自然很不规则，一条南北走向的大街一目了然，我漫无目的地沿街前行，闻到匾额上书写着"李子烩肉"的饭馆里散发出的香味直冲鼻腔，我才听到肚子咕咕叫唤，咽了口唾液，肚子空荡荡的。看看里边的食客，都是一脸满足和幸福，我挪动脚步，艰难地离开了那个让人驻足和流连的门口，顶着风，我努力向北边走。突然，脑中灵光一闪，记起一次聊天时，同宿舍的同学说过他家就在北边靠黄河大桥的地方，心里腾地蹿出莫大的希望，脚下也有了力量。过了20分钟的样子，我走到一家副食店的门口，店里混合着各种食物味道的气息如影随形，即使是沿坡呼啸而下的汹涌滚滚的寒流也不能把它裹挟而去。

　　我想要饿死了。

　　太阳此刻也弃我而去，路灯次第绽放，昏黄的灯光没有给我增添些许温暖，只让我惶惶凄凉，身上有虚汗冒出随即落下，身体加倍冰凉。我真想奔进饭馆，来碗热气腾腾香气弥漫的饭食，哪怕一碗汤面也行，但今晚宿于何处，明天又将如何回去？我，只好忍着。走到了路的尽头，街道转向西行，面街、紧邻黄河大桥有楼一座，4层高，外有围墙，进出此楼的大门朝大街开放，自行车，行人络绎不绝，我站在门口灯下，却不知该去哪里寻找我的同学，唯有等着撞大运而已，10分钟、20分钟、30分钟……往来人员已是零星，我跺着脚，哈着气，心里充满了绝望，看来只有找招待所一条路可走了，但据我所知住一夜恐怕不是10块8块就能解决的，何况还有押金，还有明天的路费，唉，只能先顾眼前了。转身，抬脚，欲走，耳边传来熟悉而惊奇的声音："咦，你怎么跑这来了？"

几个烫手的馒头，一盘酸辣土豆丝，是留在记忆中20多年都不能忘却的美味。这就是我的一饭之恩。现在，我同学最无助、最焦虑、最揪心的是他儿子上学的事，我主动允诺并决心一力承担。

朴素的温暖

永远无法忘怀那份朴素的温暖。

1994年8月我从惠农县西永固中学调至宁夏钢铁厂中学。

我自乡下来，除了浓郁的乡土气息，还有一张土得掉渣的脸和一口土洋结合的普通话。

钢厂效益奇佳，福利极好，是我那时向往的天堂。

只是钢厂很少土著人口，在宁夏的地盘上却瞧不起宁夏人。我不幸成为被钢厂人瞧不起的一分子，呜呼哀哉。

那年我25岁，老师们认为我人到中年。和我搭档的是一位拼命三郎，后来教而优则仕，荣升学校校长兼党支部书记，她在向家长推销我时说，王老师经验丰富，潜台词不言而喻。

学生也没有高看我一眼，他们都是冲着我的搭档来的。钢厂及周边有头脸的家长都把孩子放在这个班了，据不完全统计，处长级的领导就不下10余位。

我三缄其口，任凭大家议论，特别是志在必得想带这个班的一位语文老师更是因不能如愿以偿而冷嘲热讽，且不分场合。

我忍着，心里却比寒冬更冰冷，都是人民教师，要给孩子们教做人的道理啊，为什么都是这般势利？这叫我情何以堪？我唯有埋头苦干而已。

但心中总有一种隐隐地期盼——有一份尊重、一份温暖能照亮我压抑的生命。

于是，期盼中，她们一家这时候走进了我的生活，给予我真挚的关心。

我叫她静静，大花眼睛，皮肤白皙，小巧玲珑，爱说爱笑，一个调皮的小女生。她的父亲在钢厂四分（拉丝）厂工作，黑、瘦、小、头发稀疏，苍老，寡言少语，全家四口的生活的压力让他过早衰老。母亲姓牛，我叫她牛姐，她身体微胖，热情开朗，没有正式工作，在向阳居委会打杂，还有一个弟弟，黑，聪明绝顶。家住一院平房，远不如住楼那般高端大气上档次。

起初，我没有在意，孩子学习很平常，属于容易被忽略的一族。

那年冬天，孩子的父亲突然离世。闻讯，我前往吊唁，但我既不知该做些什么，也不知该说些什么，寒风呼啸，天地变色，哀乐声声，气氛压抑，我默默地接受了孩子们的行礼，内心悲怆，情绪低落，充满担忧——家里的顶梁柱塌了，生活将何以为继？

那天晚上，我枯坐家中，一种痛丝丝缕缕缠满心头，呆呆地看着窗外无边的暗黑，悲伤得无法自拔。

院门被敲响，声音低沉而有节律，我起身，出门，开门，是静静，还带了一位军人，都穿了孝服，迎进门来，开灯，落座，军人自我介绍，是孩子的舅舅，在河北军区。

他叹息了一声，说自己冒昧前来，是因为他过去上学的费用全是姐姐姐夫承担，自己无以为报，特地前来拜托，请我多多关照孩子。我郑重点头，他起身，伸过手来，两双手紧紧地握在一起。

此后，我牢记自己的诺言，直到两个孩子先后上了高中、上了大学，直到我离开。这是职责所在，比起牛姐给予我的朴素的温暖简直算是微不足道的。

早在牛姐家还没有变故之前，我通知静静要家访，等我饭后前往，她和牛姐早已在路口等候多时。家访结束，她们送我到大路上，直到我骑车走远，她们还站在路灯下，任凭寒风肆虐。现在，每当想起那个场景，我依然会因这份尊重和真情而怦然心动。

后来来往多了，我心里就把他们视为亲人，他们也对我关怀备

至，包了包子、饺子会顶风冒雨送到家里，熬了八宝粥会让我上家去，泡了泡菜会让我带回，生病了会守护在病房，凡是生活里能给予的帮助他们都大方地给予了我。

之后我买楼房，我四面求助无果，竟然是他们送来一笔钱，帮我渡过了难关，放下钱，多一句话都没说。再后来我到银川，不教孩子已很多年，我每每回去总要去看望牛姐，她依然问我需不需要帮助。我要在银川买房了，我绝没有刻意提及，她不知如何得知，又一次送钱过来，依然多余的话没有一句，连借条都不肯让我打。

孩子初中毕业10多年后，我再回钢厂，她家已是人去房空，想想三伏天里骑28式自行车卖雪糕，三九天最冷的黎明挥舞扫帚吃力地清扫街道，一年四季，起早贪黑，一分一分挣钱，一块一块积蓄，却将大把大把的钱借给我这个生活富裕的异姓旁人，这是怎样的一份真情和温暖啊！我不由内心鼎沸，感激之情油然而生。

再想想自孩子的父亲去世后，她一个人含辛茹苦拉扯孩子教育孩子，让两个孩子都成为名牌大学的毕业生并找到很好的工作，我禁不住无比敬佩，他们给予我的，已远远超过物质层面——是他们让我在最寒冷的冬夜找到温暖，在最黑暗的时刻发现光明，在最怀疑的时候寻到真诚。他们才是真正的教师，教给了终身最有价值的、朴素的哲理——活着的真谛。

我在那个曾经熟悉的平房前徘徊良久，我知道牛姐的孩子孝顺，他们早已接牛姐去了济南。在那里，牛姐还让孩子们汇来了2000元，因为那年我把儿子送往国外求学，拿着那2000元，我的手里暖暖的，身上暖暖的，心里暖暖的。那刻，我甚至奢望，在异国他乡的儿子能碰到他的牛姐就像我碰到的一样。甚至，我还奢望，生活在当下的每一个心生寒意的人都能遇到一个朴素温暖的牛姐，那——该多好啊！

现在，牛姐功德圆满，该享此清福，只是我不知何时才能回报那份朴素的温暖！

一把小刀

　　要过安检了，我并没有任何担忧，我已将早上泡的茶水倒得一干二净了，也没有了可能会被没收的危险品，我坦然地把拉杆箱放在安检传送带上，过了这道关，我们就会坐高铁自琼海前往海口，从海口美兰机场乘机返回银川，想想大年三十千里奔袭，只为了能回家，回家过年，心里充满了难以抑制的兴奋。

　　这位乘客，请把箱包打开。一句本土特色的普通话惊扰了我的幸福。我一时不明所以，在说我吗？

　　你，别往前走了，把箱包打开！这回声音威严多了，指向也很明确，说的就是我，没错，就是我。

　　我顺从地打开箱包，一件一件把物品翻检。停，就是它。在X光机前盯着屏幕的安检员声音有些许兴奋，我的手正落在那把瑞士军刀上。

　　这把刀跟了我10年，小巧，握起来刚好可以攥在掌中；漂亮，色泽鲜艳，绯红中一个白色十字格外醒目；温润，手感极其舒服，一如玉石般细腻；好用，无论割、刺、切、挑、拧、启，都是得心应手；丰富，意义深远，是老领导从瑞士专门带回，礼轻情意重。十年间，几乎所有外出都有它的陪伴，在外出的不便里提供了诸多的方便，它，仅仅是一把有用的刀，它又不仅仅是一把普通的刀。

　　我愣了一下，它？

　　是它。放到危险品存放盒里。声音干脆果断。

危险品？它是危险品？我差点笑出了声，就这么一把小刀，竟然成了危险品？

废话少说，赶紧上缴，不要影响他人。

我不情愿地拿起军刀放在了一个纸盒里，心里充满了不舍，别了，我的伙伴！别了，我的朋友！

过了安检，我回头望望，它静静地躺在盒子里，和一堆打火机及其他金属小玩意儿一起，不言也不语。

虽然无奈，但也无法可想。

没了就没了吧！

只是，半年过去了，我还是会想到那把瑞士军刀，小巧、漂亮、温润、好用的瑞士军刀，它只是一把刀，又不仅仅是一把刀，从它的被没收里，我感到了悲哀。

它长不及5寸，宽不如两指并拢，既不能做防守的工具，更不是进攻的武器，但它依然没有逃过成为危险品的命运，这意味着什么？

也许，那把小小的瑞士军刀，考量的不单单是人心，恐怕还有更深层次的东西，譬如制度、譬如文明、譬如自由！

如果有一天，我们携带枪支出门，安检时只需拿出持枪证，即可放行，那时，一把小小的瑞士军刀又算得了什么？

如果能到那个时候，我们一定可以自豪，为我们生活在一个和谐美丽、高度文明的国度里，为我们生活在一个安全幸福自由的国度里而自豪。

我希望，我们伟大的祖国很快成为这样一个伟大的祖国！

这，是我的中国梦！

与子同袍

岂曰无衣，与子同袍。

——题记

小时候最盼望的就是能有一身新衣服。

这当然是一种奢望。

家里兄弟姐妹多，食能果腹，衣可蔽体，已让父母竭尽全力了。新衣服，可不就是奢望？但队长家的娃娃就有新衣服，我满腹疑惑，问母亲，母亲说，那是人家命好。说的时候母亲声音比平时小，脸上有些神色我当时没有看懂。说完，母亲还叹了一口气。我又问，为什么他们命好？母亲脸上现出愠怒的样子，我不敢再问，乖乖地一边去了，但对新衣服的渴望并没有停止。

我讨厌穿着新衣服的那些娃娃将头抬得高高的，眼睛只朝天看，一脸神气，被我们蹭了一下就会大声叫喊"小心我的新衣服"时趾高气扬的样子，但，我没有办法，只有穿着哥哥穿不上的破烂不堪的旧衣服，小心翼翼地缩在别人目光看不到的地方。哥哥更惨，有时还穿姐姐已穿不进去的旧衣裳，幸好那时男女衣着颜色几乎一样，才逃过别人鄙夷的目光。

就这样，我穿着哥哥穿着时就已经补丁摞补丁的旧衣服；就这样，我穿哥哥不小心又挂了口子的破衣服；就这样，我穿哥哥挨打时穿过的皱衣服；就这样，我穿哥哥劳动时浸染了汗渍的脏衣服；就这样，我感受着哥哥挨打时传递在衣服上的火辣辣的疼痛；就这

一
141
一

样，我闻着哥哥三伏天劳作时汗水的味道；就这样，我穿着见证着他一天天长大的旧衣服，就这样，慢慢长大。

岂曰无衣，与子同袍！

那时候，家里的活多，即使我们再小，也要分担家务，像到队部的那口井里打水，一桶一桶抬回家啦，像去田埂上割猪草啦，像割麦子啦，像拾稻穗啦，我们哥俩总是形影不离，我身体单薄，力气很小，多干一点就承受不了。为此，我和哥哥打架就是家常便饭，只要一挨打，我扔下手头的活计就跑回家告状，我嘴利索，哥哥嘴拙，于是结果可想而知。父母打完哥哥，还不忘了骂我，让你俩分开各干各的，你们还孟不离焦、焦不离孟，在一起干活，尽打仗了。但是，当我和别人打架时，哥哥总是第一个冲上去，所以，一受欺负，我就大喊大叫，你们等着，我找我哥去。

哥哥胜在体力，我胜在智力，小学四年级时，比我早入学两年的哥哥和我到了一个班，他是班里个头最大的，我是班里学习最好的，哥哥实在受不了这种强烈的反差带来的尴尬，他辍学回家务农了。从那年开始，家里的生活状况有了很大改变，一是托国家政策的福，二是哥哥回家成了家里的重要劳动力，父亲得以脱身去做些小买卖。那年春节，父母给我们都做了新衣服，我穿着新衣服在村子里转了十几个来回，心里充满了骄傲，哥哥穿了新衣服，一大早就出去，直到晚上才回来，我们互相骂对方是烧包，但脸上却笑得很灿烂。

后来，我进城读书，其他哥哥姐姐有时候会埋怨父母偏心，花这么大的价钱让我念书，但只有他从没说过一句反对的话。

等长大成人，各自成家，父母选择了跟他一起过，我心里非常踏实，每年，每个节日回家看望父母时，总是要表达些谢意，他只是笑笑，什么也不说。但对于父母和我们却一直很尽心，无论有什么事都会鼎力帮助。

父母去世后，我最爱去的只有他家，有时候聊起小时候的事，他就说啥叫同胞，穿过同一件衣裳，穿过同一条裤子，一个锅里搅勺子，打打闹闹，胳膊肘往里拐的就叫同胞。

我深以为然，想起《诗经》里的一句："岂曰无衣，与子同袍！"

待我长发及腰

一

那时候，我有一个心愿和一份憧憬。

那时候，我19岁，正值青葱岁月。

那时候，我刚考上大学，意气风发。

9月，家里给我准备了行李，打了包裹，我买了新衣服，由哥哥骑了三轮车送我到109国道边。放下东西，他说我回去了，你自己等车，我不响，看他骑车走远。时候既然是仲秋，北方的天空自然天高云淡，风儿轻轻，偶尔，风会大一些，站在路两旁的白杨树就会拍起手来，声音不是很大，瞬间从耳朵里消失殆尽。路上车辆稀少，行人几无，我等车的地方离黄河不远，只需抬眼，景致尽在眼前，秋水浩荡，向北蔓延，岸线曲折，直到水天相接，这种风景于我并不陌生，毕竟，我家就在岸边住，进城上学，每周乘坐渡轮几个来回，早已司空见惯。那时候早背过"黄河远上白云间"，但太熟悉的风景早已不是风景，也背过百川东到海，但我眼前的黄河明明向北蜿蜒，怎么会东到海？只是那时无聊瞎想而已，何况我还没见过大海。

车终于摇摇晃晃地过来了，是那种老式的班车，近乎现在的公交车，车身红黄相间，在黑的路面、绿的树林、白的云朵、蓝色天空的映衬下，倒也煞是醒目好看，但上了车简直就是对人嗅觉的极大考验。车上有人带了鸡，装在蛇皮袋子里扔在过道里，任鸡叫唤，有人带了自家种的毛豆或者新鲜的水果，放在篮子里，也堆在过道，还有脱了鞋，把脚搭在椅背上呼呼大睡，亮晶晶的口水挂在嘴角边，还有抽烟、吐痰、抠鼻各种难堪，还有大声说话东张西望的各色人等。

拎着行李包裹，我小心谨慎躲躲闪闪左右为难，终于找了个空座坐下，把行李抱在胸前，一路走走停停，60公里路程，前后耗去3个小时，直到下午才到银川。

有学长在车站接站，顺利抵达学校，大学很大，城里乡下、黑白俊丑、高低胖瘦、形形色色、口音各异的青年男女从山区川区汇聚在一起，我在这人海里好不起眼，仿佛沙滩上一粒渺小的沙子，羊群里一只赢弱的乏羊，没人为我投来一束目光。

我暗下决心，从头开始，蓄一束长长的头发，最好能长发及腰，用以告别我所不愿过的生活，远离我无法融入的过去，包括农村，甚至刚刚坐过的班车。

大学是包容的，头发渐渐长长，前面遮住了眉毛，后边盖住了衣领，竟然没人干预，全不像中学时的条条框框。

头发长得飞快，正如我们的青春，我每天忙忙碌碌，图书馆、教室、自修室、食堂、校园，我行我素，万人不理，转眼已是冬天。

冬天里，我燃起了一把爱情的烈火，我疯狂地喜欢一个同学，我想听她的声音，想看她的笑容，想陪她走上一程，想轻松牵牵她的手，然而，她说，你的头发……

于是，待我长发及腰，梦，瞬间，破碎！

二

女孩算不上漂亮，瓜子脸，眼睛黑亮，戴眼镜，长发披肩，天暖和时喜欢穿裙子，白底蓝花那种，素雅，天冷时穿红色风衣，个头不高，偏瘦，沉默寡言，偶尔说话，声音细小动听，爱看书，透露着清秀优雅，初见不会太有印象，但据说，她报到时曾惊艳全场，那天她乘坐一辆敞篷吉普车，一袭白裙，一袂胜雪，长发飘飘，一时吸引无数目光，反而掩盖了旁边英气勃发、身材挺拔的军人司机，只是我没有亲见。何况那时我正包裹自己，抵御因出身农家、个头矮小、长相一般、才华平凡而产生的自卑，并由此而特立独行、穿深色闪光上衣、浅蓝色喇叭口牛仔裤，留长发，不吸烟不喝酒，不合群，时时刻刻匆匆忙忙，自然无暇顾及，我关注那些冲击我思想震撼我心灵的文字，在圣洁动人的文字里徜徉、流连忘返。

我读穆旦；读海子：面朝大海，春暖花开；读北岛：黑夜给了我黑色的眼睛，我却用他寻找光明；读卞之琳：明月装饰了你的窗户，你装饰了别人的梦。读方方《定数》，也读张承志《北方的河》；读路遥《平凡的世界》，也读张贤亮《绿化树》。偶尔也读萨特或者罗素的作品。

那天在图书馆随手拿了一本查舜的《月照梨花弯》，觉得书中描述的场景和状态简直就是我们生活的写照，于是喜不自胜坐卧不安抓耳挠腮，突然传了扑哧一笑，声音悦耳动听，如鸣佩环，如听仙乐。抬眼，她从此走进我的生命里。她说，你真有意思。我愕然，问，怎么啦？她答非所问，什么书让你激动成这样？我把书竖了起来，她看完书名，笑了，温暖的灯光下，脸色白里透红，头发乌黑发亮，镜片闪烁着光芒，她说，这本书的作者是灵武的。啊？我赶紧翻到扉页，可不是吗，地地道道土生土长的宁夏人。你也爱看？她微微点头，很矜持的样子，一时无语，然而，她就此在我的心田里生根发芽，疯狂生长。

再来图书馆时，心里携带了许多杂念，总想听听她的声音，总想看看她的笑颜，看书时再也没有了往日的专注，有时左顾右盼，有时心猿意马，偶尔还会神游物外。如果见到她来了，就会有意无意偷偷看她，如果没看到她的身影，就会胡思乱想。这时，才知道她

和我一个班，更妙的是她就坐在我的不远处，为了接近、更接近，我央求了一个同学，和他调换了座位，终于，她成了同桌的她。

坐在她身边的岁月是我最幸福的日子，呼吸可闻，如沐春风；巧目盼兮，如履仙境；言笑宴宴，怦然心动。她倒无二致，作息如常，既看不出她格外开心，也不见她特别愠怒，仿佛，我是空气，整个一个不存在。我试图和她聊天，她只是静静听听，并不搭腔，我想打听她的情况，她只是保持沉默，我无奈，抓狂，然而，心却更加沉迷。

后来，我又做了许多讨好，不知是老天开眼，还是，好运降临，她终于对我稍加青睐，个别时候，还会主动说说，我想唱歌，我想跳舞，我想对着普天下的人们晒晒我的美满。乘着胜利的东风，我都有了牵牵她纤纤素手的冲动，我邀她去看电影，她坚决不，问理由，她说，你的头发，我的头发？哦，我的头发……本以为为我叛逆的青春作证的长发，在自己喜欢的人的眼里竟成了另类，原想借头发来张扬个性告别那困苦艰难的过去，远离那个生活了多年脏乱差的生存环境，却因为她的出现而纠结，留或者不留这是个问题。

终于，我狠下心来，剪了头发，看一缕青丝被理发师残忍理短，看它们一根根飘落眼前，我心如刀绞，为了喜爱的人，我，从头改起。

只是，我为她做了改变，她却成了那个军人的家眷。

毕业后的几个月，在新华街，她挺着大肚子，幸福地走在军人的身边。那时候，又是秋天，天依然很蓝，云依然很白，风儿轻吹，有落叶飘落，一片一片，又一片……我一声长叹，如果，留下那头长发，恐怕早已及腰了吧。

遗忘与回放

也许是年龄大了，总是会遗忘一些事情，那就回放吧。

那天外出，正忙手头上的事的时候，突然想起早上淋浴后，好像是给太阳能上水了，只是实在记不清有没有关水龙头，一时就有些心不在焉，到底是关了还是没关？吸口气，让自己注意力集中，当时的情形是，打开淋浴器，放了一点水，喷头里的水就开始冒热气了，接着就烫得无法洗浴了，嘀咕了一声，真要命，只好拿脸盆接了些热水，又到面盆跟前打开水龙头，没有水，怎么办才好呢？今天还是要洗洗的，不然怎好出去见人，瞧瞧这一头睡得乱糟糟的头发。好吧，放热水，等晾凉了再来洗头，于是，打开热水，卫生间里热气腾腾，水汽丰富，接了大半盆，关了淋浴器龙头……

之后呢，之后就断片了，好像把上水的把手习惯性地推上去了。嗯，应该是，的确是推上去了，没有传来嘶嘶的上水声。我等了一会儿，还是没有上水的声音。这时，是关键，一看没有水我是随手关了呢，还是想等等再关？让我想想。当时没关，当时我想再等等看，也许一会儿就有水了，以前也老有这样的情况。然后，我出了卫生间，天太热，一时半会盆里的水不会凉的，到客厅看了会儿电视，是音乐频道，听的是汪峰的歌——《北京，北京》。很忧伤的旋律，听着就想做仰卧起坐吧，反正闲着也是闲着，做了40个仰卧起坐，累得满身大汗淋漓，有些后悔。明知道今早无法淋浴，怎么又锻炼呢，只好待会洗完头擦下身子算了。

于是，回了卫生间，水还是烫，将就吧，不然时间来不及了，就把水分成两半，先洗完头，过了一遍，又擦了身子，草草了事。记得当时看看上水的把手，走到跟前，顺手关了。对，是关了，没错！

回放到这里，心里踏实了，安心忙自己的事，等晚上9：00多到家，身上已经湿透，进门脱了衣服，到卫生间才发现水哗哗地流淌着，早上如同开水般的滚烫，此时早已冰凉，真的的，且不说能不能淋浴，只是这种浪费就让我惭愧之极，这干的叫什么事啊。

其实，这已经不是第一次忘记关水了，在极度缺水的盛夏，我这样，简直是犯罪啊！但，我明明记得关了呀？

肯定，人生也是这样，很多人，很多事，当时并没有在意，事后模糊不清，渐渐遗忘，等到回放时，自己以为清晰正确，但早已不是事情的本来面目了。所谓"此情可待成追忆，只是当时已惘然"。但此情也许只是回放的情，早已不是当时的情了。

其实，回放如此，历史也不过如此，历史，不过是个任人打扮的小姑娘罢了！

但，如果这样，你还会记得什么，相信什么？

少年郎读书郎

学生评价我的教学：知识渊博，风趣幽默。

我得意但并未忘形，我反思：凭什么能得到孩子们这么高的评价，甚至是赞美？

终极答案：得益于我多年不辍的读书。

自然就有了关于过去读书经历的回忆。

我出身于农民家庭，家里孩子多，经济状况差，上学已是奢望，读课外书简直不敢想象，但从我刚识字的时候，就对一切有文字的东西产生了浓厚的兴趣，比如看到一片有文字的纸，会琢磨半天，如看到墙壁上的标语也会念念有词，偶尔在别人家看到书本，会在那里翻来覆去，爱不释手。

后来识字多了，这种倾向就更加明显了，也因此老被家里人训斥，但我依然执迷不悟，记得八九岁时去放马，我一手拽着马的缰绳，一手拿本没有封面，缺头少尾的书，看得不亦乐乎，有时候马早已脱缰，但我却无知无觉，待到发现时，马早已吃了别人的庄稼，为此家人没少给别人赔礼道歉外带赔偿损失。我自然也少不了挨打挨骂，为了能有所改变，我想到了一个绝妙的办法，那就是，我把马拉到水渠里，想办法骑到马背上。我想这样该是万无一失了吧，结果没几天，我看书看得入迷，马走到了水渠的尽头，突然前蹄一抬，要上渠坝，我身子猛被扬起，一个跟头摔将下来，马被吓了一跳，翻蹄亮掌，疯跑了起来，我则被马缰绳套住了身子，被马拖着在田埂和水渠边抛上抛下，眼看着我那瘦小单薄的身子上下翻

飞，马更是惊恐万状，边跑两蹄还边向后踢，我眼前一黑，昏了过去。当然，我还活着，要不然，今天也不能为大家讲述这个惊心动魄的故事了。之后，马是不能再放了，干别的农活我先天孱弱，手无缚鸡之力，最终因祸得福，因无用而获得了专心读书的机会，这倒暗合了庄子的心意。

后来因为赶集，我又出了一档子事，差点从此姓不了王，那天到了集市上，我看到了一个书摊，是用木头架子围成一圈，架子上拉了一道道铁丝，铁丝上挂了小人书（连环画），圈里摆了几个小板凳，只要交上几分或几毛钱，就可以在那里看一下午书，我央求父亲给了我一毛钱，并请父亲把我放在书摊上，再三保证不会乱跑，父亲答应了，放下了我，他去办事，我兴高采烈地，不，简直是欢天喜地、手舞足蹈地跑进了书摊，交了钱，迫不及待地拿起了小人书看了起来，直到日落西山。摊主要收摊了，我因为一本正看到热闹之处，就让摊主等等，摊主不干，我只好像狗皮膏药一样跟着摊主走了一段又一段，摊主最终无奈，只好让我把书看完。等我再回去时，天色已暗，父亲也不在了，我慌慌张张拔腿向家里就跑，直到满天星斗，我才赶到屋门口，就听父亲对母亲说，咱家娃多，把老五过继给他舅舅家吧，将来这娃是个念书的料，别在咱家给误了。因为有个弟弟早就让别人抱养了，我知道他们说的是真的，我吓得一步跨进屋里，跪在地上喊：爸呀妈呀，我再也不看书了，你们留下我，不要把我送人，爸妈看着我，叹了口气说，起来吧，以后好好读书。我迟疑着，他们又重复了一遍，我的眼泪哗地又下来了。

在那个物质匮乏的年代，除了饥饿的感受深深地印刻在我们这代人的集体记忆中之外，读书所带来的精神享受成为我的人生之春中刻骨铭心、久久飘香的美妙滋味。

后来我上学成绩越来越好，书读得也越来越多，但当初中父母把我转到城里上学时，我受了一次震撼心灵的刺激，我才开始了真正的读书生涯。

进入新学校，我坐第一排，我后面有个高个子男生。有一天他问了我一首诗："碧玉妆成一树高，万条垂下绿丝绦。不知细叶谁裁出，二月春风似剪刀。"说是他写的，并让我给看看写的好不好，当时是下课，围在周边的同学很多，我琢磨了一会儿说不好，他问为什么，我说：你看我们这里的柳树基本上枝枝叶叶都是向上生长，怎么能万条垂下呢？再者二月春风？我看是冻死咱们的风吧？说完我正为我的幽默扬扬得意呢，就听旁边轰的一声，大家早已笑得东倒西歪，我也跟着笑，这时那个同学，拿出了一本书，扔给我说，你看看这是谁的诗？乡巴佬。

这天后，我开始读诗，省吃俭用，攒钱买书，更多的是借书，为了赶时间给人家按时还，我曾躺在一间破旧的平房里，两天没吃一顿饭，饿得头昏眼花，却依然读书不辍，当那本厚厚的大部头读完后，已是夕阳西下，一片金色的阳光透过门头小小的玻璃窗户照在我的身上、脸上，我觉得自己通身辉煌，仿佛放射着圣洁的光芒，灵台一片澄澈，突然就记起了一个故事——《韩诗外传》有一段有趣的记载：春秋时期，鲁国的闵子骞拜孔子为师。刚开始时，闵脸色干枯，但过了一段时间竟变得红润起来，使孔子大为奇怪。据闵子骞说，他在没读书之前，一心想着要做达官贵人，因此寝食不安，脸色为之枯槁。如今静心读为人处世之书，能辨是非、知美丑，因而心平气和临事不惊，脸色自然变好。当时我身体极度虚弱，但我想我绝不丑陋。

后来，当我上学和教书时读到《论语》中："一箪食，一瓢饮，在陋巷，人不堪其忧，回也不改其乐。贤哉回也！"读到《送东阳马生序》中："余幼时即嗜学。家贫，无从致书以观，每假借于藏书之家，手自笔录，计日以还……余因得遍观群书。……以中有足乐者，不知口体之奉不若人也。"读到《黄生借书说》中"书非借不能读也"时，不觉抓耳挠腮，喜不自禁，感慨一句：古人知我！真是"悠然心会，妙处难与君说"。

上高中时我有幸从我的好友那里借到了一套广播电视大学中

文系的教材，有古代文学、现代文学、当代文学，有古汉语、现代汉语，还有《阅读与欣赏》《作品与争鸣》《名作欣赏》等刊物，那是我一生最幸福的时期，除了上学，帮家人干农活，只要有时间我就不停地看、不停地背，我觉得自己喊了一声"芝麻开门"就突然进入了一个埋藏着无穷无尽财富的巨大宝库，我目不暇接，我眼花缭乱，我如饥似渴，我废寝忘食。我不停，我不能停，我欲罢不能，我如痴如醉，这种迷恋，这种快乐，这种"山重水复疑无路，柳暗花明又一村"的感觉，这种豁然开朗的感觉，这种在黑暗中摸索，猛然被一束神奇的光芒照亮的感觉，让我至今刻骨铭心，如果时光能倒流，我依然还会无怨无悔地复制这一过程和体验。那时我的世界、我的人生，我的"一切的一切的一切"都似乎沐浴在灿烂的阳光里，我开心，我激动，我大喊大叫，我白日放歌，我手舞足蹈，我欣喜若狂——当然，这一切只发生在我的眼里、我的梦里、我思想里。

这一段最好的疯狂，产生的最终结果有二：一是体重迅速下降，几乎可以称之为形销骨立；二是占用了大量学习时间，以致最终高考成绩一般。大学自然选择了中文系，系里最多的就是走路四平八稳，说话引经据典，张口之乎者也，提笔妙语生花，讲课行云流水，学问博大精深的老少夫子们。他们为我开启了一扇门，让我看到了自己的渺小和卑微，在广阔无垠的书的世界里，我微如尘埃，但我不甘心，这不是我要的人生，于是我一头扎进了图书馆。在那里我看到了屠格涅夫笔下的俄罗斯美丽的《乡村》，我读懂了雨果《巴黎圣母院》里的卡西莫多，我理解了司汤达的于连挣扎在《红与黑》交织的现实里，我快意于大仲马的《基督山伯爵》的恩仇中，我沉醉在歌德的《少年维特之烦恼》的爱情中，我震撼于《简·爱》所说的"如果上帝赋予我财富和美貌，我会让你难于离开我，就像我现在难于离开你一样。可上帝没有这样安排。但我们的精神是平等的。就如你我走过坟墓，平等地站在上帝面前"的平等意识。我惊诧于卡夫卡的《变形记》，我迷茫于马尔克斯的《百年孤独》。我沉思在……

当然，那时我还遭遇了初恋。在迷茫与挣扎、情感与理智的纠结中毕了业，带着人生许多的遗憾，我步入了新的工作环境，开始了我的教书生涯，凭着一腔热情和读书带来的丰厚的积淀，我很快脱颖而出，第一年校级先进，第二年县级先进，第三年教研组长兼年级组长。之后，我感到了深深的困惑，我知道"学然后知不足，教然后知困"的道理，为了解决这个问题，一方面虚心向老教师求教，一方面自己加强对教学理论的学习，按杜威实用主义观点，缺什么就补什么，我先后读了陶行知《陶行知文集》、夸美纽斯《大教学论》、乌申斯基《人是教育的对象》、马卡连柯《教育诗》、苏霍姆林斯基《给教师的一百条建议》《把整个心灵献给孩子》、亚米契斯《爱的教育》、布鲁姆《教育目标分类学》。虽然有囫囵吞枣之嫌，但也初步地了解了教育的本质及思想。后来也不间断地读过许多教育教学的书籍，都或多或少地影响着自己的教育教学，所以现在，当我的学生评价我教书不错时，我很快想起了毕淑敏的一篇散文《读书使人优美》，记得当时看到这篇文章题目时，我眼前一亮，我想，读书自然让人优美，因为苏东坡早已感慨过，"腹有诗书气自华"。他也曾告诫我们："三日不读书，自觉语言无味，对镜亦面目可憎。"但我更想说的是——读书使教书优美。优美自然少不了知识渊博，风趣幽默了，而这份优美一定来源于我们曾经的狂热，曾经的付出，曾经的厚积，曾经的贯通。

　　如今，我依然喜欢阅读历史、哲学书籍，在人类博大精深的智慧中翱翔，让现实中的如意或失意在广阔的时空里淡如轻烟，小如微粒，只让书籍的清新纯真，让书籍的智慧隽永——使我的教书更加优美。

　　而写下这篇文章只想以我的真实的读书经历，能否唤醒读者的读书意识，让大家在多元价值观的今天，能够如庄子所言：因厚积而"鹏之徙于南冥也，水击三千里，抟扶摇而上者九万里"；不要因"且夫水之积也不厚，则其负大舟也无力。覆杯水于坳堂之上，则芥为之舟。置杯焉则胶，水浅而舟大也。风之积也不厚，则其负大翼也无力"。

枕书安眠

于我而言，她是神一样的存在，无时无刻，不可或缺——她可治病，亦可疗伤；她可达己，亦可成人。

她可治病。

职业病如影随形，咽喉炎、颈椎病狼狈为奸交相侵扰，尤以颈椎病为祸日深——看书写作，起居睡眠；低头伏案，转颈侧目，诸多不便；按摩牵引，痛苦不堪；种种偏方，收效甚微。这番折磨，何日终结？正是惶惶不可终日时候，友人一句戏言，何不枕书安眠？真如醍醐灌顶，一语惊醒梦中人，管他功效如何，权且死马当作活马医。

于是即日起，我就以书为枕，起初颇不习惯，日久天长，竟然感到舒适，颈椎病状亦有减轻，简直匪夷所思。

但，这只是开始，它不可思议的功效渐渐在各个方面显露头角。

她可疗伤。

我幼时即嗜书。家贫，无钱购置，唯有借书或抽空在同学家书柜边快速浏览，时日久长，慢慢练成了高效阅读的能力，虽非过目不忘，却能一目十行，腹有诗书，气虽未华，但在我饥寒交迫时，在我寄人篱下时，在我备受歧视时，在我感情受挫时，在我无所事事时，在我上当受骗时，在我双亲离世时，在我心如刀割时，在我遍体鳞伤时，在我万念俱灰时，在我……是她，陪伴我，抚慰我；是她，鼓舞我，引领我；是她，治愈我，把我带入更广阔的人生境界。

她可达己。

"达己"出自《论语》"己欲立而立人，己欲达而达人"，其意为"自己想要立身，就要帮助别人立身；自己想要通达，也要帮助别人通达"。通俗地说就是帮助他人可以提升自己，但在我看来，充实自己才有可能成全别人，我们无法站在山脚下指点他人感受"无限风光在险峰"的绮丽，也无法分享"会当凌绝顶，一览众山小"的人生境界，我们只有自己学富五车，才能培养学生才高八斗，做老师的我更须如此，想给学生半桶水，自己起码也得有一池碧波荡漾的潭水，为了实现这个愿望，几十年来我勤读不辍，至今才觉渐入佳境，学生的喜爱成了我人生最值得自豪的成就，这一切都源于她——书，让我自我实现。

她可成人。

君子有成人之美，当我有了较厚的学养之后，"传道授业解惑"的本职工作做起来得心应手，孩子们在迷茫之时常常会来和我探讨，每每看到一番交流指点后孩子豁然开朗、恍然大悟的神态，幸福感油然而生。而他们不知不觉耳濡目染，渐渐喜爱读书，读书又让他们充满智慧变得阳光，这种教学相长，更令我热爱他们并痴迷教书。我愿用我在书中汲取的营养滋养他们，成全他们。

于我而言，她已是神一样的存在，我崇敬她、膜拜她，今生今世热爱她、追随她。这不，枕着她，梦里依然伴着她。

庙湖山祭扫

风时断时续地刮着，没有扬沙，只是清爽湿润；路弯弯曲曲地延伸着，没有平坦，只是起伏绵延；山高高低低地奔跑着，没有停顿，只是静默无言。

我在车上，要去庙湖山。那里安放着我的父母。他们辛劳了一生，先后离开了我们，如今他们在这片坐山望水的坡地上长眠，我和哥哥们在清明节前去祭奠他们，我心里充满着悲戚，透过车窗，目光漫无目的地看着这个灰暗的世界。哥哥们说着生意，这些天或赔或赚牵动着他们的心思，他们操心着他们的操心，我悲哀着我的悲哀，即使一母同胞血脉相连，我们依然也相距甚远，看看远处的山，仿佛近在眼前；想想紧挨着的人，仿佛远在天边。

车停了下来，铺陈开来的墓碑规则地错落着，占据了我视线所及的广袤地盘，这是怎样一种惊人和震撼啊——多少安息的灵魂和躯体才能将它填满？找到父母的墓地，墓碑上只有他们的生卒年和立碑孝子的名字，他们一生一世漫长坎坷的历程，在此终结，连个墓志铭，甚至题词都没有，只有黑底白字的正楷昭示着他们曾经的存在和生命的繁衍。墓地被红砖铺平，夹在其他墓地的中间，没有一丝舒展和自由，更没有一点鲜明和突出。我想，倘若没有这块不起眼的墓碑，在密密麻麻的墓地里我该如何找到他们，如何缅怀他们？倘若没有这块不起眼的墓碑，他们终将迷失在时空的烟霭中，正如在这芸芸众生里，在这条生命的长河里，渺如尘埃的你，若不能为自己竖起一座丰碑，不能翻起惊涛骇浪，你，将如何向后世子孙证明自己的存在？

我们依次跪下，奉上我们的祭品，点燃了冥间要用的纸钱，假如有另一个世间，我愿他们过得宽裕、美满。

风卷着火舌，摇曳不定，炽热的火光中，父亲吸着自卷的旱烟坐在院门口的枯木上静默着，如同他少言寡语的模样；母亲手里端着下好的面条，缓缓地向我走来，一如她生前的慈祥。我嘴里嘀咕着，混合着哥哥们的声音，幽幽地穿过火苗，随风而逝。

仪式完毕，大家叩头、起身，只有膝盖隐隐作痛，大家揉揉膝盖拍拍腿上的灰尘，心里很轻松似的，我看看墓地、墓碑，没有了坟堆，连培上一抔土的机会都没有了，从头到尾，仅仅10来分钟，对他们漫长曲折的一生的祭奠就结束了，他们苦苦煎熬厚重的活和艰难的死就这样轻飘飘地了结了。回头望望，黯然神伤。环顾四周，原来其他人的祭奠也不过如此！

回程，哥哥们又开始谈起了他们的生意，他们操心着他们的操心，我悲哀着我的悲哀。

最后一根稻草

　　每每听到孩子们抱怨生活中的各样悲惨时，我都会静静地听完他们的诉说，不插嘴不打断，在他们结束说话后我也只是笑笑，人生不如意十常八九，他们所谓的不幸也不过是学习艰苦啦，成绩不理想啦，不能尽兴玩耍啦，和×××同学闹别扭啦，想得到的电子产品没如愿啦，等等。当然，我心里也认为他们所说的是大事件，在他们小小的视野和经历中，这些足够悲催，但比起我们曾经的苦难，这实在是算不了什么。

　　那时候，我们最奢望的只是能吃饱肚子或者穿件新衣服，愿望卑微而迫切，实现时幸福且兴奋，感觉生活是那么美好，不能实现时只有等待，没有抱怨，因为我们所过的生活就是这个样子，没有什么可唉声叹气的。我们想想，也许明天就会有美滋滋的事情发生了吧，就会在睡梦中吧唧嘴，仿佛正在享受山珍海味，醒来则怅然若失——唉！什么时候才能有这样的好日子啊。

　　好在国家给了人们希望，父母给了我们机会，要么考出去跳出农门，要么面朝黄土背朝天，我毫不迟疑地选择了读书，书中自有颜如玉，书中自有黄金屋，书里有我憧憬的世界，那个世界应有尽有，那个世界只需要你喊一声芝麻开门，那扇神秘的大门就会缓缓开启，顿时五彩缤纷，美轮美奂的神奇天堂就会次第展开，多么销魂的美妙啊。为此，我开始发疯般读书，在底子差、能力弱的基础上笨鸟先飞，终于实现了梦想，其间，万千滋味怎一个"苦"字了得，没有炉子的冰窟般的屋子里跺着脚哈着气背书，没有桌子的环境里趴在炕上写作业，几天没有饭吃的日子里依然勤奋用功，暴雨如注的泥泞土路上扛车上学，大雪飘飞的酷寒里迎风前行，遭人白眼被人唾弃里坚韧不拔，多次努力后还是进步缓慢……即使这样，也从不后退，从不叫苦，从不抱怨！因为，我有一个卑微的理想。它，是我战胜一切痛苦的源泉，它，支撑我奋发向上。那个时候，我觉得会有一个很长很好的一生。

当然，最终，你知道的，我泥腿子上岸，外加几次三级跳，早已衣食无忧，日子丰腴，还可以四处云游，还可以讲究品位和质量，还有些许名利。可是，我却消失了快乐和美好，我吃着美食却味同嚼蜡，我穿着锦衣却不觉光鲜，我品着美酒却总感到辛辣，我喝着香茶却满嘴苦涩，我睡着暖和的被窝却噩梦连连，我身边不乏人来人往却格外孤独，我看着生活却没有了期盼，我甚至在想，这样的日子何时才是尽头？

在父母相继辞世，儿子远赴国外，物质上遭遇了一次骗局，身体上经历了一次病痛，精神上经历了一次磨难之后，我第一次萌发了田园将芜胡不归的念头，并且一发而不可收。此后，老（总）有一种想象，是飞身飘落呢，还是长久安眠呢，是击水三千呢，还是流尽最后一滴鲜血呢？

这种想法如蚀骨之蛆，如影随形，让我时时不得安宁。

我即将倒下！

只差最后一根稻草来压我。结果稻草没来，我还站立在风中，我还行走在路上，我还徜徉在书海，我还游戏着文字，我还寄情在山水，我还期盼于未来。

但，我依然好奇，那根最后的稻草何时才会来到？也许明天就会到来，也许，永远也不会到来。

我期盼着！急于想知道，什么才能将我击倒！

父亲节漫记

　　槐花怒放，香气四溢，有大妈在欢天喜地地采摘花朵，她们的笑声在耳旁回荡。只是，它与我无关；天气格外炎热，只是，我内心冰冷。

　　网上正在温情而浪漫地散发着各种关于父亲节的祝福，但我却没有了父亲。即使，我想给他送上一句平淡无奇的节日问候，也已经阴阳相隔，连心愿都无处传达。

　　"树欲静而风不止，子欲养而亲不待"，这还不是最悲怆的，伤心欲绝的是连一缕情丝都无处寄托。

　　转眼父亲去世已过两年，除了感觉时间如白驹过隙转瞬即逝，更多的却是父亲渐行渐远的面目。他黝黑的肤色、瘦弱的身形、残损的左手腕在眼前，但眉眼神态在繁忙时光和艰难生计的压迫下早就支离破碎，留下日渐模糊的形象在脑海中时断时续、时隐时现，直到今天。

　　马上就是父亲节。

　　早上我无所事事。我在学校值班，学校里空荡荡的，连风儿都不肯光顾，四下里安静得异乎寻常，我心神不宁却不知为何，坐卧不安了许久我打道回府。到家，依然无精打采，百无聊赖地躺在床上，恍恍惚惚地进入了一个昏黄的所在，正不知所措，耳旁传来熟悉的呼唤，循声寻找，就见一个瘦小的人影朝前走来，面目还不甚清晰，但稔熟的感觉让我加快了脚步，但不管我如何加速，甚至跑将起来，仍然与他若即若离。唯有他的声音依稀可闻。

他问，你最近忙不忙？

我答，忙。

他问，身体怎么样？

我答，还行。

他问，你儿子在国外咋样？

我答，挺好的。

他仿佛问完了所有的内容，我也不知该说些什么，四周静悄悄的，一切都陷入了沉默。

我若有所思，这些对话是那样的熟悉，但我就是想不起来他是谁。我狂奔向他，依旧徒劳。

他又开始说话，你要忙的话就回去吧。

我说，嗯。

摸了摸口袋，口袋里什么也没有，我有些着急，我分明装了钱了，怎么没有了？

他好似明白了我的窘迫，说，我不需要钱，拿上也没地方花，你不要找了。

我停下了动作，抬眼看他，还是徒劳。

他说，我送你吧。

我说，嗯。

我转身，两腿如灌铅般沉重，追他已让我筋疲力尽。我扭头，他步履蹒跚。我停下。他继续，但他怎么都走不到我身边，我急躁了起来，喊，你能不能快点？他答，腿疼，你别急。我说，车快来了。他说，那你先去，我看着你上车就行。

果然就有车来，我踏进车门，回头看他，却再也没有了踪迹，车开动了，我四处张望，依然看不到他，我开始呼喊，车里的乘客都面无表情地冷冷看着我，并没有人制止，他的声音又一次响起，你也是当爹这么多年的人了，怎么还像个娃娃似的。声音就在耳旁，可我就是看不到他，我脑中灵光一闪，"爸爸"两字脱口而出。眼泪喷薄而出。

然后……

然后，我醒来，浑身大汗淋漓，眼睛热泪盈眶。

爸爸，我喃喃自语。

我是多么想再见您一面啊，多么想和您扯扯磨（聊聊天）啊，多么想再给您一些零花钱啊，多么想慢慢和您一起走到等车的地方啊，多么想目送您一步一步转身回家的背影啊……

可是，一切再也没有了可能，连一句平常的问候也无法传递。

"树欲静而风不止，子欲养而亲不待"！

父亲，父亲！您为什么不等等我，等等我这个现在才明白、现在才想时时刻刻侍奉在您跟前的不孝之子！

父亲！父亲！

礼　遇

暖气烧得很足，室内温暖如春。

我站在窗前，外面狂风大作，漫天黄沙，枯枝摇曳，发出呜呜的嚎叫，在宁夏的北极村，这是冬天常见的景象。

摇摇头，他们应该不会来了吧？

电话铃声劈头盖脸弥漫在客厅的角角落落，我惕然而惊。

说一下具体位置。一个雄浑的男中音鼓荡耳膜。大脑瞬间空白，在三间坪，钢厂最西边。我语无伦次。其实没到最西头。那个声音让我心脏狂跳。

下楼，拿着电话，迎着呼啸的呜咽，我到马路边，打电话过去，王校长好，我在路边，你们一路向西，我等你们。好的。王校长的声音传来。

那是2003年的除夕。

2003年的7月，因为孩子和原单位领导的缘故，我从宁夏钢铁厂跑到了建华高级中学，接待我的倪培新副校长和王毅主任看了我的简历并和我交谈了一番之后，说，你留下电话号码，8月份来试讲。我点头答应。

8月份，我试讲《荷塘月色》，短短15分钟，评委们不置可否，倪副校长说，声音有点小，回去等通知吧。

两天后，我被录取。拿了行李，到学校报到并被安排至教工宿舍。

第二天，教职工大会，一位30多岁男子在主席台正中，主持人介绍，是王力争校长。

会议之后，大家议论纷纷，说起民办学校的种种不是，我突然动摇，不知此次冲动的后果是凶是吉，心里忐忑不安。

入夜，辗转反侧。给原单位校长打电话，原单位校长说，明天就去接你。我长长出口气，毕竟，我是刚刚兴起的实验班的班主任啊，3年可以为学校创收20万，在那个年代，这是不菲的一笔费用。

第二天，车没有来。想想原学校已经开学，估计校长忙，不一定顾得上，我打好行囊，去找倪副校长请假。倪副校长看着我，不知所措，片刻，语气沉重地说，我们去和王校长说吧。我默默跟着他，心想，反正我也不回来了，见谁都无所谓了。

王校长看着我的眼睛，没有说话，沉吟了一会说，回去吧，公职还是很重要的。我大惊，他难道有洞察人心的能力？

还是走了。

回家，给原校长打电话，她语气平淡，官腔十足，工作的事，你再等等吧，我们过几天开行政会研究一下。

我心凉如水。妻子说，好马不吃回头草。我嗯一声，第二天一早，拉上没有启封的行李箱，头也不回地离开了这个我为之奋斗了9年的伤心地。

见我回来。倪副校长欣欣鼓舞，说，以为你不回来了。王校长则深深地点了点头。

我信心百倍地投入到新的生活之中。

10月，倪副校长找我，说，一个和王校长理念不合的主任已被撤职，你能不能和王校长聊一聊。我唯唯诺诺，不置可否。

王校长身兼银川一中副校长，我们的一把手，在百废待兴的场面里，诸事缠身，哪有空和我等打工仔谈心啊——那时候，我已被原单位开除，成为失业大军中的一分子。

不久，倪副校长又提此事，我犹豫不决，他鼓励我，王校长平易近人，你放心去找。

又几日，有朋友约去喝酒，喝至兴高采烈，豪情万丈，我告辞出门，已是22：00点之后了，趁着酒劲未过，我拨通了王校长的电话，你到一中来吧。

那个夜晚，王校长静静地听我敞开心扉的话语，他只是面带笑容微微颔首。我得了鼓励似的，滔滔不绝。

凌晨一点多，王校长送我下楼，临别，说，好好干。

11月，我被任命为科室主任。

知遇之恩，无以为报。

努力工作，努力领悟他的理念，聆听他的教诲，追随他的脚步，执行他的部署，每一天都热情似火，那一段的生命在激情四射中绽放异彩，无关待遇，无关位置，只为这份礼遇。

这才有了除夕王校长带几位副校长远赴宁夏风口，慰问看望的情景。

当时，我口中讷讷，心中激荡。

2004年，我有幸见证了银川一中和建华高级中学合作办学的签字仪式。从此，学校风起云涌，在王校长的带领下，历尽劫波，蒸蒸日上，为今天银川外国语实验学校的腾飞打下了坚实的基础。

到2007年年底，王校长担任一中校长，我们由衷高兴，也是从那时起，因为他，我对一中也充满了情谊。

在4年多的岁月里，王校长的倾听，王校长的指点，王校长领着我们殚精竭虑，一同奋斗，对我的器重，对他人的关怀，对我们的信任和帮助，一直都在银外老员工的心中铭刻。那些难以忘却的点点滴滴，我三天三夜也难以说完，当他获得全国五一劳动奖章，当他被评为塞上名校长，当他带领银川一中铸就辉煌，我都彻夜难眠，激动得无以复加。

我明白，在我生命历程中，这份礼遇再也无法拥有。

但，我拥有过，永生难忘！

被遗弃的家访

我将触角伸向了无边的黑夜。

星光灿烂,骑车在寂静的乡间小路上,除了偶尔的狗吠,世界一片安宁。

想想刚才家长送了一程又一程的场面,耳朵里仿佛还回荡着家长的热切期盼:王老师,我大字不识一个,娃娃的学习就全让你操心了。我郑重地点点头,黑的夜里,家长应该不会看得清楚,我又嗯了一声作答,我明白我肩上责任重大,一个孩子就是一份希望,一个孩子就是一个未来,一个孩子就是一个世界。点头是我对自己的鞭策,嗯则是对家长的庄严承诺。

这样的情景在我刚刚工作的头三年经常发生,一般是下午放学后,和孩子们一起骑车到早已约定好的家里去家访,看看孩子的父母,观察一下孩子生活的环境,了解一下孩子在家里的学习,沟通一下对孩子学业的督促,肯定一下孩子近期的努力——我和孩子们事先谈妥,我只家访近来表现最出众的孩子。

有时候还会在孩子们家里吃晚饭,没有刻意准备,只是普普通通的家常便饭,吃着饭,聊着天,一家人一样围炉喝茶,谝谝家里的收成,说说以后的打算,谈谈孩子的教育,没有趾高气扬的训斥,没有居高临下的教导,只有平易近人的交流,就这样不知不觉已是满天星斗,等到要告辞的时候,仿佛已是稔熟的老友,在门口道别,却在出了村子才分手,家长和孩子在夜色里还在叮嘱,路上慢些,小心点。

凭了这份辛苦，对孩子们的成长环境、家庭经济状况、家长教育诉求及在家中表现都了如指掌，外加情感的拉近，后面各种教育措施自然容易落实，也基本能做到有的放矢，因材施教。即使年轻气盛经验缺失，有时处理难免简单粗暴，也从没惹起任何事端，3年后成绩在全县乃至全市都遥遥领先，荣誉随之而来。进城水到渠成。

　　20多年后，学生聚会，他们念念不忘的是我当年曾经的家访。

　　进城后，面对新岗位、新要求、新压力，除了更加勤勉，我继续了我的家访。只是距离近了，只需漫步过去，散步回来，再也不用在乡间黑黢黢的小路上颠簸了。

　　这里有昏暗的街灯，有饭后锻炼的群众，有上班、下班、倒班的职工。路上，看不到星光，没有了寂静。但家长对孩子们的教育比乡下重视多了，他们盼望着老师对孩子的关注，更愿意和老师们探讨教育孩子的方式，更在意孩子们的成绩，更希望孩子在群体里获得赞赏。甚至，很多时候，他们会主动邀请我前去家访。在我要去前，已做好了各种准备，有要询问的事项，有要请教的问题，有要探讨的道理，有要交流的私密，当然，时不时还有款待，或清茶一杯，或水果若干，或菜肴三四、美酒二两。待到家访结束，我满载而归，家长对我的启迪乃至教育使年轻的我获益匪浅。

　　没几年，成绩优秀，家长满意，让我在那片区域声名鹊起，要进我带的班也需找关系走后门了。达到鼎盛时，学校开风气之先，设实验班，收费后才能成为我的弟子。

　　而这一切光耀的背后，有一份家访的功劳。

　　家访，让我有了至今不忘的情谊，家访让我跳跃式成长。

　　但，自我离开，来到了家长更重视、教育更发达的首府，我却很少进行家访了。这里，我找不到家访的节奏，感受不到家访的氛围。也很少再听说家访了，没有谁在日渐功利的现实里坚守一种缓慢的方式，家长和学校、老师的沟通，也慢慢转移到家长会、课间、酒桌上、礼品里、微信圈和电话中，再也没有了那份纯粹的沟通。教育这块最需要淡泊清澈的领域也慢慢功利混浊了。

　　家访，就这样在教育最需要的时候被一天天遗忘了。

一别之后就是永远

花瓣如雨，枯叶化蝶，还没等到秋风乍起小雨淅沥的日子，我们就踩着红花黄叶走散在视线的尽头，一别之后竟成永远！

我们说好的再见呢？先是我渡河而去，留下惊愕的你们，少年的心啊，总是那么向往外面的世界。没有执手相看泪眼，没有暮霭沉沉楚天阔，更没有雨霖铃，只是在蓝天、白云、绿树、红花里我挥了挥衣袖，没有带走一片云彩，甚至连记忆都没有带走。

静谧安详，一座老城；绿树成荫，几条街道；蜿蜒秦渠，日夜流淌；随风摇摆，金色麦浪。

斗转星移，又是6年。几多艰辛，一路有你；几番浮沉，幸好有你。有你的日子从不孤单，有你的日子从不气馁，临别赠言，泪湿纸面，大学相见，不可食言，但，酒后真言，不过是流云一片，随风而逝，自此不见。

说好的再见呢？新的生活，新的世界，有看不尽的绝美华章，有谈不完的雄伟志向，有听不完的奇思妙想，有想不完的情意绵绵，奈何时光荏苒，转眼又将离散，在知了声声，天朗气清里拥抱，泪流满面，信誓旦旦，挥手道别，说好再见。

只是，一别之后，竟成永远。

工作了，迎来送往，一届一届，熟了近了，情深意切，走了远了，再无交集，只剩下照片里一个个笑靥如花，渐行渐远，慢慢成为一个个相似的眉眼。纸上的留恋终究虚化成一片暗淡。

说好的再见呢？一别之后竟成永远！

世路如今已惯，此心到处悠然，任凭秋风渐乍，天阴雨寒，任凭相聚不易，离散眼前，只一句，却道天凉好个秋！

说好的再见呢？一别之后竟成永远！

很多路啊，都得自己走

那年我还小，干不了重活，只好放马，放马十分惬意，把马牵到水草丰美的灌溉渠里，这样的渠在乡村的农田网络里比比皆是，一条条呈平行线分布，和干渠相连，渠里有潺潺的流水，为旁边的稻田提供水源，水很浅，只能高过马蹄一小截，马在水渠里左顾右盼，左右逢源，吃着青草，甩着马尾巴，悠闲而自在，我骑在马背上，抱着一本来历不明，没头没尾的书，看得痴迷而激动。书里描绘了大学生活，那么美好，那么优雅，是那样的令人神往，我在那一天，确定了我要上大学，虽然，当时我并不知道大学该怎么上，但，那个突如其来的念头却改变了我一生的走向。

进了初中，我的学习依然和乡村的孩子没有两样，不好也不坏，初二即将结束，我们的班主任操着盐池口音告诉我们，就凭我们在这个穷乡僻壤念书，撑死了也只有一个半个能考上高中，至于大学，他停了一会儿，说，你们做梦去吧。我的大学梦啊，就这么被他从梦里赶了出来。只是，我一点儿也不情愿，我要上大学，不管它有多难，书里描述的大学的种种场景不失时机地浮现在我的脑海里。

下课，我问班主任怎样才能考上高中考上大学，他说，去城里上吧。

我开始在母亲跟前叨叨，天天茬着她，天天。母亲很愁，家里孩子多，一穷二白。她苦着脸，皱着眉，天天。

暑假，收完麦子，磨了面，家里从来没有磨过那么细的面粉，雪白，新鲜，面粉的味道那么好闻。装满一大面袋子，母亲说，你和我去趟城里，藏（方言，指串门）个亲戚去。我很茫然，我家竟然还有在天堂般城里的亲戚！

从城里回来，那一大袋子面，全家人一个月的细粮，想起来都会馋涎欲滴的雪花般的面粉，在我们经常吃不饱肚子的时代，没了，真的没了。

秋季，我转学到城里上初三。只为了一个幼稚的梦想。

从此，我只能寄人篱下，4年里借住了六七家，我学会了察言观色，学会了忍耐，学会了一个人扛下所有的事，所有的，我都无师自通。

父母从来没有问过我的成绩，哥哥们很生气，只有我这个老疙瘩到城里上学，还不知道将来能不能考上大学，跳出农门，他们觉得父母偏心，甚至，有哥哥经常抱怨，父母听到了，也只是叹气。我听到，也只有叹气。

终于，高考了，我落榜了，看到只差4分，我的世界坍塌了，眼泪在眼眶里打转，牙咬着嘴唇，嘴唇在流血，我不知道为什么我那么拼命，老天爷还是不能给我一条路走。

不知道那些日子怎么过的，本来又矮又瘦又黑的我，在落榜后的一段时间，成了出去风一吹就会飘走的一片纸，火一烧就会化成一股青烟的一根稻草，或者随时倒下再也寻不到的一粒尘埃。一个月里，我没有和任何熟人见面，没有外出过一次，父母看着，只是叹息，后来，母亲抹着眼泪，说，你干点啥吧。我不吭声。

那些年，经常有考不上大学受了刺激、疯了的、死了的、跑掉了的，我知道父母怕。过了几天，父亲问，你到底想干啥，你一个男人家，咋能窝囊成这个样子。父亲一年也和我说不了几句话，他从来都沉默寡言。我没敢抬头，说，我想重读。父亲嗯了一声，出去了。我自然知道，这句话会让家里背上怎样的经济负担，哥哥，恐怕要怨气冲天了。

我复读，考上大学，工作。从此，离开家乡，在人生地不熟的

别处工作。没有人指点我该怎样学习，生活，工作，没有人告诉我路如何走。许多时候，我磕磕绊绊在无助黑暗的夜里，在摔倒爬起来的路上，有时候停下脚步，连哭，都只有自己的耳朵在听。

幸好，岳父一家鼎力帮助，我在乡下工作3年后进城，那是我生命中从未经历过的生活，我甚至不知道该怎样在城里生活，我也开始沉默寡言。

后来，决定抛弃公职，前往银川讨生活，但依然心里没底，它依然是我从未经历过的，到了花花世界，一切从头来过，没有人陪伴，没有人指点，摸索着，在曲曲折折的人生路上，一个人，一段一段地朝前。

就这样独自在风霜雨雪中踽踽前行，没有父母目送渐行渐远的背影，也没有参与父母的老去，直到撕心裂肺的那两个黑暗的日子来临，我才明白，没有了父母的故乡也变成了异乡。从此，再也没有了归宿，如同浮萍般在人生的下半场里黯然神伤，随波逐流。

现在，我看着窗外，一个人，想着自己孤身在路上的往事，想念着儿子。儿子两年多的不回来，让目送他都成了奢望，他一个人在遥远的国度，在自己的路上，心酸，孤独，摸索，徘徊，摇摆，前行，和他的父亲走过的路是如此相似，只是他走得更远——是我从未见识过的，更不用说陪伴他、指导他、鼓舞他。

看来，很多路啊，都只能一个人走。没有父母的目送，也没有目送子女远行。

这大概就是人生！

扛着铺盖去你家

是一个有情义却无厘头的聚会。

打电话来的是我以前的学生，同学聚会邀请我参与。她启发了我很长一会儿，我才记起了他们。

许多往事自然涌上心头。

那是我带过的最平民化的一届学生，而且是中途接班，至于什么原因我无从得知，记得在闹了一阵情绪后也就认命了。进班一看，心里拔凉拔凉的——一个个其貌不扬，衣着寒碜，全不如我刚带过的上届学生。上届那拨学生，据说都是这块小地方有头有脸人家的孩子，我带着他们时并没有什么特别的感觉。但跟现在接手的这些孩子一比较，那差距简直就是从天上到地下。

本来就带着情绪，再加上心理落差巨大，我对他们自然没有什么好声气，脸上经常是苦大仇深。只是，孩子们真是乖，只要一声令下，就能彻底执行，比如，打扫卫生，以前我不在现场就会有逃兵，即使在现场，稍不留神也会有人偷懒，至于我临时有事，中途退场，第二天一早负责卫生的组长一定会来告状。有时候想想，为这么点芝麻小事，不胜心烦。但现在，无需操心，学生们完成得好着呢！最可贵的是他们爱学习，那种上进心令我动容。热情被他们点燃，从此不遗余力，渐渐地我笑容多了起来，进班辅导的次数越发频繁，课下找学生谈话成了家常便饭，又经常和任课教师沟通，拜托他们多给孩子们鼓励，多给他们帮助。

孩子们也渐渐地少了拘谨，有事没事老朝我这边凑，说几句闲话，聊几句家常，孩子们心满意足地走了，我也心满意足地笑了。再后来，孩子们敞开了心扉，几乎无话不谈，他们的困惑苦恼，他们的焦虑担心，他们的喜悦得意，他们的成功成绩，有时候也会有小事需要我帮助，有时候是举手之劳，有时候是力所能及，但，有时候，我有些左右为难，比如家长吵架，父母离异，比如经济匮乏，比如……

正想着，一个30岁上下的男子冲了过来，紧紧拥抱着我，许久，才松开，却又握住我的双手使劲地摇晃着。我有些不适应，这么直接的浓烈的感情和动作我一时还无法接受。

老师，我是晓勇啊。我愕然、茫然，眼光空洞。晓勇？模模糊糊有点影响，当老师的，成绩优秀的得意的弟子总是记得，而成绩中不溜的孩子往往被遗忘。

来吧，来吧，大家入座。主持人拿着话筒喊道。我借此机会抽出双手，说，找地方坐吧。他有些不情愿，但也无可奈何，只好选了离我近的地方坐了，眼睛却不时地看过来。眼角余光里，他单瘦的身板，艰辛生活烙下的沧桑的印记，还有刻意收拾的着装背后的卑微都尽收我的眼底，隐隐约约想起了他那时的模样，一样的单薄，不一样的神情，那时的青涩，此刻的沉静。

仪式一项项向下进行，那届4个班合在一起的聚会，来者也是寥寥无几，几个过去的同事也风尘仆仆远道而来，又被主持人安排在不同的区域。终于等到可以自由活动了，我想赶紧去和老同事们叙叙旧，他却又冲了过来，我微微皱了下眉头，随即释然，难得孩子近20年之后还如此热切，我拍拍身边座位，他坐下了，急切地说，老师，您还记得吗？当时，我扛着铺盖去你家。

我突然想起来了，啊，是你呀。是我，老师。他激动了起来，多亏您当时耐心劝解，我才没有和我妈闹翻，辛亏您的劝解，我才冷静下来。老师，我现在挺好的，您放心，我在努力打拼。

他说的很动情，我却有些惭愧，只是做了分内的事而已，只是把扛着铺盖到我家的孩子劝回去了罢了，那还是因为他们的信任，而我那时竟然还嫌贫爱富，说起来真是惭愧啊。

后来，喝了些饮料和酒水，大家情绪渐渐升温，各种对我的感谢和满满的关于过去的回忆，来的人多了，他就被挤出了我的身边。

等集会结束，我也没有留意他是否还在现场。

一个人的中秋

　　稍早些时就知道，这个晚上注定是赏不到月亮了。

　　还好昨天晚上外出有事，顺便看了看月亮，月亮其实已经很圆了，只是没有15这个数字做伴，只好寡淡地守着偌大的天空，无遮无拦地孤单着，连常常伴它弄影的云彩都没有一朵，我看它，它并不看我，我无趣地回家睡了。

　　今天果真没有月亮，天气预报很神奇地灵验了，其实也没有完全准确，算是局部准确吧，因为它说下午要下雨，结果等到14:02，没有雨，多云闷热，我躺在沙发上将睡未睡，突然，咣当一声，我的脚落在了地上，我瞬间惊醒，以为地震。看微信，圈里也有人提及，只是从者寥寥，我只好半信半疑，或许不是丞相在梦里，是我等在梦里吧。

　　18:16，手机提示音响起，是手机报，它一直很准时，我下意识地看时间，还真是分秒不差，我停下在手机上正下的象棋，一时有些恍惚，外面天色怪异，我该不该去泡个澡？手机提示音又响：是下棋的对手，他通过文字提示，阁下，请神速些吧！我回过神来，一鼓作气，连胜三盘。眼睛酸涩，揉揉眼，外面暮色四合，天已黑得透了。

　　起来吃东西，好在一个人，简单，有犒劳自己的肯德基：蛋挞、鸡米花、鸡翅、汉堡、果汁，配一口红酒。几分钟，晚饭结束。起来走走，却不知走到哪里去。父母俱无，兄弟离散，儿子远在重洋之外，我守着窗儿，窗外灯火阑珊，家家户户都在吃中秋团圆饭，隔了玻璃看去，觥筹交错，起坐喧哗，只是没有声音，仿佛默片一般，场景有些刺目，我看天空，没有月亮，雨已经下了起来，点点滴滴，滴滴点点，这次第，怎一个"愁"字了得？呆立良久，意兴萧索，何不听听音乐，看看书？

耳机，QQ音乐，《小说月报》，沙发，一盏孤灯。

音乐驳杂，有中国好声音，有我是歌手，有克莱德曼，有郎朗，有二泉映月，有海阔天空，也有鸿雁。

中间听歌被打断，高中同学打来电话，咨询刚上大一的儿子将来考研的事，我慢慢和他聊了一会儿，劝他顺其自然，到跟前再说。他很满意，告诉我他儿子两岁时，他离婚，带儿子到现在，他现在孤身一人，提前过上老年生活，我劝他多锻炼身体，交交友，喝喝茶，找个伴，等等，他心满意足。

我知道，他只想找人说说话，在这个孤单的八月十五。

小说只有一篇《翻案》：一件发生在1945年大上海的詹周氏谋杀亲夫案，调查中有了舆论的参与，警察局长定的铁案被推翻，再查，情形扑朔迷离，出现了帮凶，外围调查，严刑逼供，詹周氏死不招供。作家苏青介入，带进了胡兰成和张爱玲，纠缠不清。周佛海过问，定下调子，杀人偿命，随便拉了个小宁波充当帮凶，法院审判，指定辩护律师徐沛东无所作为，谋杀罪名成立，枪毙。小宁波毙命，詹周氏适逢广岛长崎被投下原子弹，日本投降，国民党接手上海，3次逃过大劫。之后，美国学成归来的结巴律师和徐沛东联手，反复上诉，理由是詹周氏长期遭受家暴，但依据当时法律，女方无权提出离婚，所以不堪忍受而杀人，是法律偏颇导致此案发生。媒体大肆介入，詹周氏被判无期。新中国成立后詹周氏被释放，收养孤儿，活到2011年，警察局长活到1981年，其间还念念不忘詹周氏死活不肯说的真正帮凶，结巴律师活到1985年，以一己之力，推动婚姻法改革，但离婚者越来越多。苏青生活艰苦，张爱玲1995年孤孤单单死在美国一个公寓里，死后10多天才被发现。20世

纪最伟大的作家，晚景凄凉。

看完，22:00。

心有千千结。不吐不快。摘下耳机，打开电脑，杂念纷至沓来：人生况味甚多，说不清道不明，命运起起落落，境遇时好时坏，生活有贫有富，心情有好有坏，朋友有真有假，家人有亲有疏，生命有长有短，只是无法复制、无法粘贴、无法删除、无法空格。是聚也罢、是散也罢、是热闹也罢、是凄凉也罢，任谁也无法逃避。只能走下去。永远不停步！

另：收到20年前学生张哲，现居天津，发来微信红包200元，收到好朋友徐敏发来微信红包16元，抢到同事罗海燕微信红包0.78元。收到祝福短信、微信若干。

2015年9月27日，中秋节。一人于家。

一碗白米粥

　　水汽袅袅升起，湿润氤氲，弥漫在我的眼前，带着可感的热度，在初冬微冷的客厅里聚集、温暖的能量。

　　我低头看着它，汤色乳白，香气四溢，伸勺入碗，慢慢搅动，米粒翻滚上来，晶莹圆润饱满，在小勺周围随波逐流，若隐若现，只是看着、闻着，就已是沁人心脾、唾津潜溢了。端起碗来，小巧的身段，美丽的图案，精致的釉色，安然地落在掌心，任我的手指温柔地触碰。我稳稳地端着它，如同端着稳稳的幸福。一碗幸福的白米粥，一碗白米粥的幸福。

　　那年秋天，我从乡下调到了工厂子弟学校担任班主任，因为我的搭档是名师，我这个班立刻火了起来。得益于学校提前宣传，我作为一个经验丰富的教师出现在家长的听闻中，等家长见到庐山面目——一脸沧桑的中年人面相，都长长舒口气，放心而归。

　　其实那年我刚刚25岁，从教3年。至于，怎么会给家长这么大的错觉，我心知肚明。

　　我天生老相，属于自来旧的那种，加上背井离乡，水土不服，饮食习惯迥异于我的生活习惯。单是每天在乡下中学食堂的水煮辣椒干捞面就使得我度日如年，再佐以清汤寡水日复一日，我的肠胃自然经不起折腾。过敏性肠炎让我见辣即泄，身体单薄得瘦小枯干，容颜苍老得暮气沉沉，面色灰暗得青面獠牙，若不是眉宇间还有些青春涤荡，说我年届不惑毫不夸张。

初来乍到，工作必须是全力以赴的，精心备课，用心上课；批改作业，辅导学生；和学生沟通，做思想工作；进行家访，了解孩子的成长环境；物色班干部，选好左膀右臂。每一天都铆足了劲，披星戴月，马不停蹄。

工厂很大，人口很多，俨然是一座城池，生活条件和乡下不可同日而语，对孩子的重视程度也天壤之别。我的热情投入渐渐获得了家长的认可和宣扬。我干劲更足，只是身体亮起了红灯。我咬牙坚持，不叫一声苦。但我的课代表，一个气质极佳、清秀美丽的小女孩看出了端倪，她瓜子脸上写满了担忧，一双忽闪忽闪、清澈见底的大眼睛看着我，说，老师，我妈妈是医院的，你让她给你看看吧。我说，没有大碍，等哪天家访时和她聊聊。她脸上现出笑容——我家访的原则是谁表现出众就家访谁家。她自然开心。

不久，下班后我去了她家，她妈妈，一个干干净净，说话细声细气，举止文雅、善解人意的邻家大姐。请我落座之后，她说，听婧婧天天说你，时时盼你来家访，我就很欣慰。我女儿有福气，遇上了好老师，她还老担心你的身体状况不好，我细细询问她观察的现象，初步判断，你只是营养流失太多，没什么大毛病，只要好好调理就会很快改善。我一边暗暗感激她的用心，一边佩服她的诊断。之后，为我端了一碗白米粥。就是那碗幸福的白米粥，散发着热气，飘荡着香气的白米粥。

家访后，和孩子更加亲近，她的学习渐入佳境，但是由于她的美丽，周边的男学生干扰日甚一日，孩子也有了一些波动。她妈妈很是不安，和我交流次数越来越多，我们熟悉得如同家人一般，对于孩子也加倍呵护，师生情谊更是非同一般。喝到她妈妈精心熬制的白米粥也就次数频繁，好像是我的肠胃知恩图报，竟慢慢好转了起来，人也一点一点显出年轻的模样，充满了力量和活力。

可惜，好景不长，初二，她们举家迁往大庆。从此，许多年杳无音讯。

我却无法忘怀，那个叫罗婧的女孩，我们共同经历的学习，共同度过的欢乐，我也无法忘记，罗婧的妈妈，一个敦厚贤惠的大姐姐，她为我文火炖出的白米粥。

我想念她们，每当拿起大姐姐给的一把手术剪，我都会想念她们。

我想念你们，直到又建立了联系。

我想念你们，直到如今。

我想念你们，更怀念那份简单纯粹的师生情以及老师和家长的情谊。

证　明

　　2069年除夕，夕阳渐渐收敛了它最后的光芒，匆匆忙忙赶往它在山后的家，大约它也急着回家团聚吧。

　　一个须发尽白的老人带着他的儿孙，跪在一片开阔的地带，燃起了无烟的冥币。他的儿子跪在自己的身旁，用中年人雄浑的中音应和着他的念叨。

　　一阵寒风袭来，火光摇曳，老人想起了自己父亲的过往，深深叹了口气，爸，你在那边还好吗？中年人则想起小时候，爷爷带着自己嬉戏的场景，眼圈微微有些酸涩，看看刚刚上小学的儿子，儿子明显有些不耐烦，只是看大人一脸沉重，没敢吱声。

　　又一阵风吹过，东张西望的孩子扭头看看爷爷，又看看父亲，欲言又止，心里的困惑已经跑到了嘴边，他不明白，那个被呼唤着过来使钱的人怎么自己一丁点儿也没印象。

　　终于结束了，三代人起身，孩子率先打破了沉默，爸爸爸爸，刚才你们叫来使钱的人是谁呀？他爸爸说，是你太爷爷，我的爷爷，你爷爷的爸爸。哦，孩子若有所思，爸爸的爷爷，爷爷的爸爸，我怎么没见过啊？他又问。

　　他在你出生前就去世了，你当然没见过了。

　　哦，孩子仿佛恍然大悟，却突然想起了什么，爸爸，爸爸，你怎么证明他来过这个世界啊？

　　他父亲一愣，他的爷爷也是一愣，是啊，怎么证明？

孩子又开腔了，很兴奋，我知道了，太爷爷生了爷爷，爷爷生了爸爸，爸爸生了我。所以，他曾经来过。

他的父亲又是一愣，摸摸孩子的头，现在的孩子啊。

然而，孩子又说了一句，我又没有见过太爷爷，他到底来没来过呢？

是啊，除了血脉绵延，到底怎么证明这个世界上存在过这样一个人呢？

这是个问题。

这的确是个问题。

2015年10月25日，星期日，23：28，一个刚刚和朋友小酌之后，返回家中，躺在床上，看了几页《耶路撒冷》，半醒半昧的一个中年男人，想到2069年，自己诞辰100年。当然，那时自己早已驾鹤西游，撒手人寰了。但他的后人，子又生子，子又生孙，在除夕祭奠自己时的场景，想象着自己的玄孙那句振聋发聩的疑问：你怎么证明他来过这个世界呢？

是啊，怎么证明？

他焦灼起来，自己有儿子啊，儿子可以证明；自己有孙子啊，孙子可以证明。可是，孙子之后呢，谁可做证？

想到这里，他瞬间酒醒。

我不能白白来这个世上一遭，我无论如何也要在这个世上留下自己曾经存在的佐证，只为证明，自己曾经来过，即使，百年之后。他想。

古人云，人生三不朽：立德、立功、立言。

三不朽，何有于我哉？功德已无可能。立言，尚可放手一搏。也许未来的某一天有一个人看到了自己写的文章，微微颔首，心领神会，道一句：正合吾意。

于是，找到署名——王伏成。

于是，至少有一个人给我证明，我曾来过这个美丽的世界。

如果，百年之后，这世界早已没有了我，还有一个人无心之间看到了一篇古董级的文章，看得似懂非懂之时，颇想知道文章的作者是谁。稍事查找，一个名字跳入眼帘：王伏成。

那，又有了一个人给我证明。于是，我被确凿地证明了：活过，还留下了痕迹。

我便心满意足。

想到此处，热血沸腾，打开电脑，写下以上文字。

写在墓碑上的人生

2013年7月5日，天气晴好，炽热里我们穿了白色的孝衣，戴着孝帽，腰上系了麻绳，跪在地上，面前的火盆里火苗时高时低，跳跃不停，我向盆里添纸，是马粪纸，一卷一卷的，我用树枝将它们挑开，它们燃烧，白色的纸灰飞起来，落在我的头发和眉毛上，我用手扑棱它们时，就会看到冰棺前摆着父亲的遗像，相片里他老人家容貌枯瘦，黝黑的面孔，光头，下巴剃得很干净，眼睛小，眉毛淡黄，两眉之间有红痣一枚，鼻子挺立，表情平静，栩栩如生，但只是如生，他没了呼吸，没了心跳，没了体温。那刻，他穿了老衣，戴了瓜皮小帽，嘴里含着一枚银圆，面部被盖了一层薄薄的黄纸，默默地躺着，一言不发，和生前一样，寡言少语。只是，我再也不像小时候那样怕他，也不像前些年那样只会黏着母亲，和她聊个没完，而忽略坐在母亲身边的他，也不像后来只半蹲在他面前，抚着他的膝盖，看一会儿他之后搀他起来，静静地一起回家。现在，我只想和他说说话，问问他怎样养活了这么大的一家子，怎么让这个家的每一个子女都安分守己，但是，他只是静静地躺着，一语不发，我的泪禁不住在眼眶里打转。哀乐阵阵，姐姐们隔一会儿就会哭起来。

5天后，他被送到西山公墓，母亲埋在村后高坡上的遗骸，也已在阴阳先生的指导下起了出来，放进了一个稍小的棺木里，和他同时送往墓地，他们将合葬，从此再不分开。合葬后，他们的墓前树起墓碑，碑上没有文字，用红布包了，在周年后才会刻下墓志铭。

作为农民，除了含辛茹苦拉扯我们兄弟姐妹长大，给我们成了家，年轻时开农村经商风气之先，在冬季农闲时节骑了自行车，从造纸厂里批发了纸张，再走乡串户，一张一张卖给乡亲，挣些辛苦钱，后来扩大经营范围至针头线脑、油盐酱醋，渐渐赚得多了些。他就更加勤快，天刚麻麻亮已经在车后架驮好了货物，一声不吭就出门了，等到漫天星斗，他才慢悠悠回来，坐在八仙桌边上的太师椅里，等母亲给他端吃端喝。之后，他会卷根旱烟，美美地吸上一会儿。等睡到炕上，他才会和母亲说说一天的进项和趣闻逸事，但对于我们，他是吝啬每一句话的。

有一天很晚他还没有回来，母亲急得坐卧不安，派我到村口的马路上去看。我边走边玩，并没有觉得会发生什么异常事件，但等看到他时我吓了一跳，他浑身湿透，鞋面上还结了冰，货物还在朝下滴水，我喊一声，大。就赶紧朝回跑，等叫来了母亲、哥哥，接过了自行车后，就见他面色黑紫，牙齿咯咯作响，身体哆嗦得像狂风中的一片落叶。他进屋，母亲帮他脱鞋、拽掉棉裤，棉裤硬邦邦的，能立在地上。棉袄也同样浸透了冰水，重得我都拿不动，把他塞进被窝，我开始向炕洞里添加柴火，母亲熬了姜汤，他喝了下去，满头冒汗。第二天，他竟然又早早出门了，问母亲昨天的事，母亲说，他抄捷径从冰上过河，掉进去了。母亲说时眼泪在眼眶里打转，她撩起大襟衣角，擦擦，说，幸好命大。

那次之后，他开始赶集，每逢当月的5、10号，他就去吴忠，3、6、9号去小坝，1、4、7号去叶盛，只在2、5、8号下乡。然后他在小坝租了摊位，在市场边私自搭建了3间土坯房，从此只用手推车近距离地运送货物，隔段时间外出进货。73岁那年，他遭遇车祸，一只手残疾，才回到乡下，直到去世。

他的一生没有耀眼的业绩，他和母亲的结合注定了我们不能成为官二代和富二代，我们注定了在贫寒里挣扎，在饥饿里长大。除了让我们活着，他们没能给我们更多的关注，我们只好摸索着，

摔倒了自己爬起来，受伤了自己包扎伤口，流血了自己舔舐，就这样在他们的繁忙和放手里，在我们的孤独和煎熬里我们变得坚强和韧性。

只是在我走弯路的时候，他绝不手软。

最早是因为我偷钱，那时我还小，从抽屉里夹出一张10块钱，当时最大的面值。我把钱放在鞋底里，拿出去向小伙伴炫耀或者还会请客，炫耀后被人告诉了父亲。他听后，从地里回来，揪着耳朵把我拉回了家，一进院子，他飞起一脚，我被踢到了3米开外。之后，他折断一枝柳条，劈头盖脸地抽了起来，我脸上身上血痕累累，我鬼哭狼嚎。他依旧不依不饶，边打还问，我叫你偷钱，我叫你偷钱！我告饶并保证，我再也不偷了。我再也不偷了。

之后，我再也没有偷过任何东西。

等长大些去外面上学，他要求我必须爱说话、会说话，他说甘罗12岁出使齐国，靠的就是一张嘴。他还说诸葛亮一张利嘴舌战群儒，抵过百万雄师。他还说曾文正传道带兵两不误，也是因为嘴，他还说……那时他一生中说话最多的一次，对于惜言如金的他，让我受宠若惊，所以至今依然记得。只是我不知道，他哪来那么多典故，后来问起母亲，母亲很自豪地说，你大读过私塾，你爷爷很有钱的。所以，我们家才是地主成分。

再到后来，他全力支持我上学，我就不再觉得难以理解了。

母亲去世后，他一个人度过了8年，因为他，我们年年都会回家，一大家子几十口人，让院子里充满了活力。大年初一，儿子、孙子、曾孙都会给他拜年。他静静地坐在炕头接受儿孙们的敬意，儿孙们也强化了同祖同宗的血脉关系，互相叫着兄弟叔伯，其乐融融。

8年后，他在昏迷前念叨，我想见我在银川的儿子，我匆匆赶去，他却陷入了昏迷。等他清醒，我拉了他的手，说，大，我回来了。他睁开眼，眼神涣散，他努力集中精力，说，你好好的，我要去陪着你妈了，她等了8年，急了，说完，他闭了眼，我听着，眼泪再也忍不住了，我擦干泪，哽咽着说，我一定会好好的。这天后他不再进食和饮水，3天后，他安安静静地离开了这个世界，享年90岁。从此，我们没了母亲，也没有了父亲。永远没有了双亲。

这是何等绝望和悲哀的事情啊。但，我会好好的，我会等到清明节，在清明节的晚上含泪写下这篇文章，寄托我的哀伤、我的思念和我的心痛。

然后，我会告诉他，我会好好的。直到，能给他刻上碑文的时候，我就刻下：严父之墓。

交 错

日子也越来越贬值，小时候的一天就比现在的两天都长，而现在的一天远抵不上以前的半天。我将竹制的摇椅慢慢推向窗户边，外面阳光正好，一副多年不变热情洋溢的年轻状态，在刚刚经历了几天阴雨、狂风，大幅降温之后，肆意地灿烂着，而我脑子里却蹦出了这样一句话。

在躺椅上铺了个小棉被，竹子性寒，躺上去腰部会隐隐不适。靠着腰垫，我仰面倒在上面，摇椅激烈地晃悠起来，脑中微微有些眩晕，闭了眼，阳光在眼皮上跳起了芭蕾。戴上耳机，李健——我只想为你歌唱，在每个想你的夜里。我心里微微荡漾，我无法为你歌唱，在每一个想你的白天。

脸上有些发烫，年轻的阳光，有的是力量，它穿越茫茫天穹，刺透许久没有擦拭、密布灰尘的玻璃，照射在我的头上、脸上、身上、四肢，还有脚丫上，温暖着渐渐老去、没了活力的躯体。

脑海中一片驳杂，很多场景纷至沓来。

在家乡的小河里戏水，狗刨的姿势，扎猛子，闭气，潜水，摸鱼，追逐。亲侄子淹死了，挨打之后继续去玩水，死不悔改。一群一群小伙伴，把整个夏天折腾得热火朝天。

小学路上，拿鞭子打"老牛"（陀螺），拍纸叠的方块宝，赢烟盒，打架，哭得死去活来，把整条路闹腾得尘土飞扬。

初中，骑自行车，风驰电掣，大撒把，摔跤，雨天，车骑人，泥泞，同学们加油扛，到家哆嗦得像风中的树叶。

高中，和城里的学生在同一屋檐下，自惭形秽，封闭，除周边几个来往从密，其他，君子之交。

大学，一个宿舍，住在上铺的兄弟，幻想和异性交往，羞怯，执着，定向，在二人世界里分分合合。

上班，乡村，羡慕能调回城里的同事，家访，努力工作，成绩斐然。调动，进城，从头打拼，超越，竞争，关系紧张。离开，重砌锅灶，浮浮沉沉。

倏忽，几十年过去了。

回望，在小河里嬉戏的情景历历在目，在风雨中挣扎的场面昔日重回，半夜里挑灯夜战如在昨天，批改作业，家访归来，工作的种种近在咫尺。

但，人就老了。

和自己一块嬉戏的伙伴，一起上学的同学，同一屋檐下的师生，睡在上铺的兄弟，教过的学生，见过的家长，共事的搭档，还有擦肩而过的人们，在脑海中一张张面孔，宛若惊鸿一瞥，近了，远了；聚了，散了；清晰了，模糊了；渐渐成为遥远的虚拟，亦真亦幻，似真似幻，无法言说。

《增广贤文》里说"百世修来同船渡"，佛教告知生命中的任何遭遇都有前世的因果，即所谓的缘分。

于是，总有某个瞬间，某人的面孔，某个情形，某份感动，某个忘却又突然记起的朋友，某种当时惘然此刻揪心的情愫，突然定格在眼前，浮现在脑中，挥之不去，令自己热泪盈眶，让自己热血沸腾，使自己黯然神伤，叫自己欲罢不能。

这些和自己都有缘分。

于是，我回忆起那些停留在我生命中的事和人，让他们和我刹那交错相通。让走过的这一遭充盈，让年轻过的历程延伸，让无法回头的时光永恒。

这就是我和生命的缘分。

生命注定是一场交错，相通就是我们的缘分。

我渴望留住这些，也留住你们——曾经交错的人们和情景。

饺子里的母亲味道

母亲坐在40瓦的白炽灯泡下，从面团里切出一块，将剩余的面团放进白瓷盆中，用毛巾苫住。之后，把切出来的面团搓成大拇指一样粗细的长长的一根，再把它揪成栗子大小的一块一块的，然后右手拿起擀面杖，左手在面块上一摁，便开始擀饺子皮，她甚至不看自己饺子皮的形状，她只是，一张一张地擀出来，到一定数量，三下五除二就把它们划拉到一旁，停下手，轻轻拍掉手上的面粉，然后把盛饺子馅的盆拉到跟前——饺子馅也用面盆盛了，和盛面团的盆子挨在一起。只是盛饺子馅的盆要大得多。

我不用看就知道，馅子是羊肉胡萝卜的，橙红的胡萝卜和已经看不到踪迹的羊肉你中有我、我中有你，早已无法看清它们本来的面目了，就如我们和生活一样。我们改变了生活，生活也改变了我们。在生活里早看不出我们原本的样子了，而我们也看不清生活本来的面目了。在生活的本初，我丑陋瘦小，矮矮的个子，细细的脖子，硕大的脑袋——因为穷，营养不良，也因为我的不食荤腥。家人因此怀疑我是居士转世，但几十年后的今天，我大块大块地吃肉，脑满肠肥，大腹便便，营养以另一种形式不良了起来。

那时候，母亲很担心，怕我会瘦到死，所以想方设法给我补充些营养，而我并不领情，只要有些许荤腥，哪怕炒菜用了动物油脂，我立刻就会哇哇地吐了出来。母亲无可奈何，只有给我用胡麻油炒了素菜，关照我多吃些。胡麻油炒菜当然是很奢侈的，因为那

时候家家户户都是在年底才把自己喂了一年的猪羊宰了，把他们的脂肪炼化，待冷却后变成白色的块状物，放在黑色的大缸里，用石头压住木板做的缸盖，做饭时就拿出来切上一块，在高温里液化、炒菜。

好在那时候穷，一年四季很难吃到荤菜，但是荤油炒菜是天天要面对的，母亲真是想尽了各种办法，大多数状况是我只好用米汤泡饭吃。到了过年过节，家里人就更犯起愁来，作为另类，让他们在难得吃到丰盛的荤菜时看我可怜兮兮，刺激着他们的神经，让他们觉得很不舒服。何况我真的是格格不入，一人孤孤单单地在灶房里等待母亲重新洗锅之后给我炒菜，也让他们觉得于心不忍或者压抑——即使兄弟姐妹也缺乏足够的胸襟，无法包容自己难以理解的事和人。只有母亲忙忙地给我操劳，脸上还带着无尽的悲悯。

后来，大概是个意外，我想不起来是怎么开始吃母亲包的饺子了，而且只吃母亲包的羊肉胡萝卜馅的饺子，母亲当时是怎样的开心和欣喜我已经回忆不起来了，但一有机会母亲就会给我包饺子。过年，家里只包羊肉胡萝卜馅的饺子，并且年复一年地沿袭了下来，年三十的晚上，母亲会早早睡了，到凌晨三四点的时候，她就起来，简单收拾收拾，就在昏暗的灯光下一个人静悄悄地包起饺子来。

有时候，偶然醒来，看母亲满头白发和脸上平静安宁的神情，还有布满青筋的粗糙的手在灵活地擀面皮、包饺子，我的眼角就微微发酸。

饺子呈现各种样子，有年年有余的鱼形状的，有圆滚滚的金元宝形状的，还有饺子口掐了花一般样子的。母亲坐得久了，有时候会起来在屋子里走几圈，屋子里只有一个铁炉子，火一点也不旺，母亲搓搓手，看到我或者哥哥的被角不严实，还过来帮我们掖掖被角。之后，在寂静里又开始包饺子，包的多了，就摆放在用高粱秆制作的圆盘状的器物上，一圈一圈，整整齐齐。等包的足够全家大年初一吃的，她会叫起姐姐，就去灶房了下饺子。而那时，我们齐刷刷地都起来了。洗漱之后，热气腾腾的饺子，炸得红红的、香香的辣椒以及自家酿的酸香可口的醋就一起端了上来。大家围坐一起，等待敬完天地，祭祀完祖宗的父亲和哥哥落座，就一起开始吃饺子了。第一口下去，略带胡萝卜甜味和大葱羊肉、调味品混合出来的香味冲击着我的味蕾，它轰炸着我久已寡淡的口齿，让口舌生津。随着它奔向食道，食道快速蠕动起来，辣椒的辛，醋的酸，肉的鲜，胡萝卜的甜，还有面皮的清香聚集在一起，冲向了胃里，胃里成了一片美味的海洋，它充实着，荡漾着，而每一种美妙的滋味里，都有一种持久的滋味传递到大脑里，它，就是母亲的味道。

今天是冬至，我的家乡的习俗是给逝去的人送寒衣、送扁食。而北方的这座小城里，阳光惨白，雾气弥漫。不过，微信圈里却洋溢成欢乐的海洋，大家包容了各地节日的特色，也把许多不同习俗汇集成各种饺子和吃饺子的图片或者正打算去吃饺子的信息，甚至写出了由饺子下锅想到了人生的体验，让人五味杂陈。

只是，我没有去吃饺子，我想到了母亲，她去世10年了，但饺子里母亲的味道却深深镌刻在我的心头、我的味蕾、我的情感和我的生命里，久久不散，永不消逝。

触碰幸福

其实，我每一天都在触碰幸福。

老师，来抱一抱。一个小男孩穿着红色的毛衣，脸上两个酒窝里装满了渴望的微笑，我张开双臂，拥抱了他一下，他说声谢谢老师，笑嘻嘻地走了。他不知道，拥抱是我触碰到的幸福。

老王，来，张开嘴。我顺从地张开嘴巴，他给我喂了一块奥利奥，我说，真美味。高大而腼腆的他很开心地舒展了眉头。他也不知道，奥利奥里深藏的美味，也是我触碰到的幸福。

拿着吧。我转身，她正从后面朝我的手里塞一个棒棒糖。还是你吃吧，我又不吃。你就拿着吧。她有些撒娇式的嗔怪道。我只好拿了，放在口袋里，也不知是吃了还是给其他孩子，但看着她的眼睛，那是一份热心得到回应后的愉悦啊。她更不知道，棒棒糖里蕴含的，就是我触碰的幸福。

老王、老王。每次远远地看到我，他们都会围了过来，或者端走了我的茶杯，或者接过了我的教材，或者，只是为了闲聊几句，或者，只是来开个玩笑，然后，拥着我进了教室。他们不知道，他们的靠近，是我触碰到的幸福。

老师，和我们一起跑步去吧。他们只要在课间操的时候碰到我，总会大呼小叫，我跟着他们，排到队伍的最后边，尽力跟着，他们兴高采烈，慢慢我跑不动了，他们回头给我鼓励，我努力继续跑着。他们不知道，他们的鼓舞是我触碰到的幸福。

课间，他们爱来办公室，有时候就是来看看我，很多时候是来问问题或者是接受批评，甚至是惩罚的，讲完了问题，他们仿佛豁然开朗一般，脸上有些恍然大悟的神情，预备转身离开，却又回头，说，谢谢老师。受到惩罚，小手上红色的痕迹还没有消失，他们龇牙咧嘴，疼感让他们表情怪异，搓着手上的红印，说，谢谢老师。他们不知道，他们的谢谢，是我触碰到的幸福。

上课，他们听得很专注，有时候我讲得精彩了，他们和我一样进入了一个忘我的神奇状态，有时候讲得乏味了，他们努力地克制着，大概是怕我难为情吧。他们不知道，他们的包容是我触碰到的幸福。

做作业，他们很真实，不会的题或者偷懒，他们一点也不瞒我，我看到实际状况讲起来明显有了针对性。而错了或偷懒了，要求改他们就会去改。他们不知道，他们的真诚是我触碰到的幸福。

在路上，在学校，在课堂，在操场，在很多的不经意间，很多人都让我触碰到了幸福。

学校烧锅炉的师傅，有一天突然问我，王主任，怎么这几期报纸里没有你的文章，他不知道，他的问就是我触碰到的幸福。

朋友发来微信，说看到了我的说说，有一篇文章让她想白发亲娘了，甚至，她还落泪了，她不知道，她的泪就是我触碰到的幸福。

还有，我拿到新发表文章的报纸了，清新的油墨散发着淡淡的幽香，报纸不知道，它淡淡的幽香就是我触碰到的幸福。

就这样，备完了教案，上完了课，批完了作业，讲完了练习，改完了周记，出完了卷子，开完了会，值完了班，翻看了一会儿《读库》，写下了这些文字。它们不知道，它们就是我触碰到的幸福。

我活着，工作着、思念着、学习着、忙着、累着、喜爱着、追求着，时时刻刻触碰着幸福，并且，平凡着、幸福着。

幸福的老王

从今天起，做一个幸福的老王。

睁开眼，看到了今天第一缕阳光，想想2015仿佛就在昨天，阳光明媚，我心想，从今天起，做一个幸福的老王。

闭上眼，让阳光在眼皮上调皮地舞蹈，想想自己睡在阳光房里，想想自己还可以在阳光里继续睡眠，直到愿意起床的那个时间，我很高兴，自己是一个幸福的老王。

窗外有喜鹊在叫，声音充满了喜感，它们大概因为能看到同伴而兴奋，也许是因为食物充足而激动吧，我如听仙乐，在这个安静的早上，多好啊，眼睛能看到阳光，耳朵能聆听声音。这时，我心里涌上美好的感受，做一个幸福的老王。

打开空间，昨天的几篇文章赢得了许多赞赏，还有转发和评论，QQ里有朋友留言，祝我各种如愿，祝我喜乐平安。看儿子的空间，有很多照片，一张张浏览，为他能在四天三夜里走出校门，能行走在异国他乡的土地上，且行且拍，照片还有艺术气息而开心不已，我替他喜悦，也替自己高兴，有友若此，有子若此，我想，从今天起，做一个幸福的老王。

朋友来电话，要与我分享新年灿烂的阳光，而我正沐浴在照着他的阳光之下，他说新年快乐，我回应，新年快乐，问我准备干什么去，在2016年的第一天。我说去书店，他说真羡慕，我笑笑，看书、写作、听歌、锻炼、教书、生活，从今天起，做一个幸福的老王。

起床，冲咖啡，浓郁的香味蔓延开来，嗅一下，喝一口，我奋斗了20年，终于可以坐在家里悠闲地品尝咖啡了。口舌生津，精神抖擞，拿起一本书，神清气爽，书里自有颜如玉，书里自有知音人。看到倦怠时，抬头看到人家屋顶上反射着亮晶晶的光线，岁月静好，我亦安好，从今天起，做一个幸福的老王。

收拾好行装，我要上路了，路上没有鲜花，没有硕果，只有你，我的朋友；只有你，我的时光；只有你，我的阳光，在阳光里穿行，把影子留在身后。我，一路向前，2016，做一个幸福的老王。

洗　脚

　　小时候没有鞋，光脚走在乡间的小道上，最惬意的自然是夏天，被太阳晒得热腾腾的土地让脚丫温暖舒适，和现在柏油路面的滚烫灼热比起来完全是不可同日而语了。我们在路上追逐，下水摸鱼，在草丛里捉蚂蚱，用柳条抽打蛤蟆，甚至光脚翻墙到果园里偷桃子，踩着松软的沙地到瓜田里偷瓜，双手搂了树干，光着脚，噌噌几下就蹿上树头，摘桑葚，掏鸟蛋，忙得不亦乐乎，脚扮演了生活中最完美的快乐大使，我们经常下河洗澡，顺带着洗了脚，印证着沧浪之水浊兮，可以濯我足。

　　冬天光脚的是我们心目中的英雄，他们不畏寒冷，在冰封的大地上行走，面色如常，我是自愧不如的，光脚穿了哥哥已经穿不上的旧鞋，瑟缩着上学下学，脚底冰凉，但晚上用热水洗脚依然是奢望，毕竟，柴火也是要花钱的，只好在热炕上焐，等脚底暖和人早已在梦乡里沉湎。

　　当然，也有脚底不冷的时候，比如，放学后，我们干完家长布置的工作，像喂猪啦、担水啦、烧炕啦，把牛羊赶到圈里啦——日之夕矣，牛羊下括。在牛哞哞、羊咩咩的叫声中，我还是能清楚地听到小伙伴的喊叫，快点呀，快快！我就心慌起来。也曾因此拿了猪食而忘记倒在猪槽里；也曾因此把扁担和水桶扔在水井边；也曾因此没有点燃烧炕的玉米秆；也曾因此没有关上牛圈羊圈的大门，就匆匆奔向村部前的田野上，那里正有一大群小伙伴摩拳擦掌，蓄势待发了。我一到，两边的人数就均衡了，一个喊开始，我们就各自就位，看着画地为牢的"牢"边的人挥舞大棒把"榄子"（一小截孩子胳膊粗细的木棍）击打出去，我们一群人就冲着榄子疾奔过去，拿帽子接，如果接住了，就可以走到离牢不远处（类似足球的禁区）晃过守牢的队员（拿大棒子的）将榄子投进牢里，那就幸福了。我们屏声静气，看榄子划出一道优美的弧线，巧妙地落入牢中，不由自主地欢呼起了。于是，该我们击打榄子，守牢，这时候才觉得脚底凉飕飕的，鞋不知早跑丢在哪里了。然而，无暇顾及，直到三局两胜，最终胜利后，我们把榄子竭尽全力击打出去，输掉的一方队员从牢边出发"合夯"——就是嘴里一直喊夯，一口气跑到榄子落地的位置，看着他们一个接一个合夯，我们充满了喜悦和骄傲，早把脚底的冰凉丢到了爪哇国，直到夜色深沉，满天星斗，家长们吆喝声此起彼伏：球嘎，再不赶紧回来，小心你爸捶你；狗蛋，你参火冒三丈了，仔细揭你的皮；三娃子，你个狗日的，炕都被你烧着了；土匪，你妈个×，羊跑哪去了？只消片刻，大家狼突豕奔东逃西窜，瞬间，烟消云散，喧嚣热闹的世界迅速安静冷清了下来。我满世界找鞋，直到隐约看到，穿到脚上才发现不是，才想起什么活没干，才开始害怕，匆匆跑回家。常常是，运气不错，或者哥哥姐姐帮着善后了，或者，牛羊善解人意了，或者父母懒得发火了，只是上炕前，吼一声，去把脚洗了。我就乖乖地去锅屋（厨房），胡乱用凉水洗吧洗吧应付了事。

大年三十的晚上，是小时候最独一无二、必须郑重其事洗脚的庄严时刻，家里烧了滚烫的热水，母亲立逼着我把脚伸进水里，我马上龇牙咧嘴地叫唤起来。母亲却全然不顾，用手按了我的脚，在水里摩挲着，将我的脚后跟、指甲缝细细地洗了个遍，等我红彤彤的脚从水里抽了出来，母亲才笑着骂，看你脏成什么样了？我低头看，水早混浊成黑色了。洗完脚，母亲会让我上炕，她拿来剪刀，给我剪指甲，先手后脚，母亲粗糙的手掌捏着我的手脚，慢慢地剪完，才拍拍我的脚丫说，睡去吧！

每年那个夜里，我都睡得无比香甜。连梦都没有一个。

后来，考学，进城。洗脚成了习惯，热水泡泡，浑身舒坦，偶尔，还去按摩店用药物洗脚，由按摩师傅照着穴位按摩一番，付完钱后，脚步轻快地回家了。这种生活多了，久了，渐渐就没了感觉，远不如在河水里洗脚、在冷水里洗脚，由母亲给我洗脚来的记忆深刻，也远不如母亲给我洗脚后睡得那样香甜。

唉！在母亲生前，我竟然从未给她老人家洗过一次脚，剪过一回指甲，这是多么遗憾的事啊！

这样老去

　　问完他不写作业的原因，我简直怒火中烧，家里没人，能作为不写作业的理由？压了火气，我让他具体讲讲家里怎么个没人。他说自己生活在一个残破的家庭，父亲总是忙，无暇顾及，他只好一个人在家孤单守候。有时候独自一人很害怕，他就打开电视看或开电脑玩，看着、玩着就忘了写作业；有时候因为心情不好，就不愿写。我听着，火气早已消失得无影无踪了，心里充满了悲悯，已经举起要打他的手，缓缓地落在了他的脑袋上，摩挲着他的后脑勺，手感很差：油性头发，发质柔软，色泽微黄，兼有一种滑溜溜、黏糊糊的不洁之感。指尖触碰到他的耳朵，冰冷、厚实、坚硬。手顺势落下，搭在他的肩上，肩膀消瘦单薄，我微微用力搂了搂他，又减小了力度，轻轻拍拍他的后背，目光渐渐柔和，心里酥酥的、软软的，要狠狠收拾一番的想法瞬间土崩瓦解。我放缓了口吻，我说，这是第一次，我就原谅你了，希望你作为一个男子汉担当起自己的责任来，也希望不要有第二次。他点头答应了，我说你去吧，把作业补上，不会的就来问我。他嗯了一声，迅速离开了。

　　他刚离开，熟知他的一位任课老师就开了腔：他的这番说辞，都快赶上祥林嫂的阿毛阿毛了，他几乎给各科老师都说了个遍，您还信啊？我摇摇头，轻叹一口气，没有接她的话茬，心里也没有被愚弄和欺骗的愤怒。那位老师也摇了摇头，一时办公室里陷入了寂静。

其实这样的事已经发生了太多，很多熟悉我的学生，即使不是我教的，也会常常跑到我的办公室里来，随便朝沙发上一坐，说，老王，我问你件事，我抬头看他，什么事？然后给他解答。临时教过的学生就更大胆，他们会拉开我的书柜找自己喜欢的书，找到后说一声我拿去看了，不待我允诺，他已扬长而去了。还有在我办公室打闹的，在课堂上轻微违纪的，凡此种种，数不胜数，以至很多老师都看不过眼，有的会直言不讳，主任，你这样怎么能行，要严格要求啊。有的很委婉，主任，您的脾气太好了。往往此刻，我会有些尴尬，惭愧地说，我会严格管理的。

但说过之后，我还是严不起来，而当年做学生处主任时处理各种违纪，干脆利落，凶猛绝伦，令违纪学生不寒而栗。才10年而已，怎么就狠不下心来，还变得如此面目全非？也许，我真的老了！

记得以前一位我非常尊敬的领导说过一句话：当你怎么看怎么喜欢这些孩子的时候，你就老了。

哦，原来我老了啊！

只是，我宁愿这样老去，对这些处在成长当中的孩子多一分宽容：对他们偶尔的不敬一笑了之；对他们犯的小小的错误点到为止；对他们的不同的个性多一些包容。

只是，我宁愿这样老去，对这些生活在今天教育体制下的学生多一份体恤；对他们一次半次没有认真听课不必大发雷霆；对他们没写完作业的各种理由不必毫不留情；对他们心情不佳时的犯浑不必斤斤计较。

只是，我宁愿这样老去，对我遇到的所有人多一份真诚和爱心。对于他们正遭受的不幸多一些同情和支撑；对于他们的失败多一些理解和鼓舞；对于他们的成功多一些鲜花和掌声。

我，宁愿，这样老去。

压在枕下的绣花鞋垫

　　应该是个冬天的上午，阳光并不好，风呼呼地刮着，摇晃着路边光秃秃的树枝。快到浮桥了，固定船只的铁链闪动着幽冷的寒光，车颠簸得厉害，铺在船只上一条一条木板在车轮下发出咯吱咯吱的呻吟声，坐在车里的老人，个头矮小，头发花白，满脸急切，怀里紧紧地抱着一个包裹，一层又一层地包得严严实实，老人尽力在忍受想要呕吐的感受，脸上因此现出难受的表情。

　　她是我的母亲。——她在我的对面，给我讲述一件往事，而我的脑海里这幅画面就浮现了出来。

　　那些日子，我身体诸多不适，由在医院工作的她安排和全程陪同我进行检查，检查完毕，我请她到附近餐厅吃顿便饭。因为，年龄相去不远，再加朋友和老乡的缘故，我们聊了很多。许多日子之后，大半都已忘却，但，她那天讲的这件事一直萦绕在我的脑海里。

　　我静静地听着。

　　老太太那段时间可能是想儿子想得受不了了，已经有好长时间没看到儿子的身影了。她知道儿子忙，忙得焦头烂额，当她从电视上看到儿子要在吴忠市参加会议时，就决定从小坝到吴忠去见见儿子。事先，她并没有给儿子打电话和发信息，第二天她做好儿子最爱吃的饭菜，用保温盒装了，又左一层右一层包裹妥当。临出门，她返回拿一件物品，才到街上打车。

风很大，老太太的白发在风中飘扬成丝丝缕缕的杂草，触目惊心。很久没有打上车，她在风中战栗，不时地跺跺脚。

终于打上车，说了目的地，司机很诧异，但也没有多话。那是很长很长的一段路程，要很多车费才能到达。

车到吴忠，她给儿子发了信息，老太太是小学教师出身，发条信息并没困难。

没多久，儿子步履匆匆地走了过来，没有带司机和秘书。他看到了风中飘飞的白发，看到了瘦小的母亲，看到了母亲怀里的包裹。他跑了几步到跟前：妈，您怎么来啦？话没说完，眼圈先红了。母亲只是笑笑，看着儿子，眼里的慈爱，脸上的幸福，尽在不言中。

找了个安静的所在，母亲打开包裹，里边是儿子最惦记的家常饭菜，有着母亲独特的滋味，吃一口饭菜，味蕾立刻有了丰富的层次，心里立刻装满了厚实的温暖。看一眼母亲，胸口马上激荡起滚烫的热流，脑海迅速闪现着昔日的往事。

母亲一直安详地看着儿子，看他一口口喂进嘴里，看他一口口咽进肚里，母亲脸上的慈祥在寒冬里唤醒了阳光，风儿也停止了跑动，世界寂静极了，只剩下儿子的咀嚼声。

饭吃完，母亲说，你回去开会吧。

儿子拉着母亲的手，就像母亲小时候拉着自己的手一样。我不去了，我送您回家。不了，我打车回去，你忙吧，工作要紧。哦，你看我这记性，来来来，把鞋垫垫上。

母亲从包裹最底下拿出了一双鞋垫。是纯棉的，厚厚的，上面绣着一幅喜鹊蹲在蜡梅上的图案，不言而喻是喜上眉梢的谐音。儿子伸手，手有些颤抖，自己的脚从小怕冷，母亲就把一片片洗得干干净净的旧布粘在一起，中间夹了棉花或羊毛，然后一针一线细细密密地缝好，后来，还在鞋垫上绣出各种图案。垫上母亲做的鞋垫，一个冬天脚底都是热乎乎的。这种热，一直热到现在，热到心里，热到眼眶。他扭了一下头，擦擦眼睛，转过头，说，妈，咱们回家吧。母亲说，工作要紧，我自己回去。

听到这里，我的眼睛也微微湿润，母亲啊，天下所有的母亲！

后来呢，后来，我哥不管多忙，隔几天都会回家，从没有间断。

那，鞋垫呢。鞋垫啊，他压在枕头底下，睡前就会拿出来看看，眼神不济的母亲在灯下一针一线、一针一线纳鞋垫的样子，隔一阵，用针鼻捋一捋鬓角的白发的动作，再一阵，她端详着鞋垫，看着鞋垫上的图案，脸上带着满意的笑容的情形，就像一张张流动的画面，一幅幅从脑海里慢慢流淌，直到梦的深处。

黑色幽默

寻寻觅觅，角角落落。巴掌大的教师自行车棚，我找了一遍又一遍。

我的自行车呢？再找，一无所获。

看来是丢了。

我一时有些发蒙，快两年了，它陪我闯过漫天风雨，走过一路泥泞；它驮我上过蜿蜒山冈，走过无垠坦途；它带我迎过灿烂朝霞，送过最美黄昏；它载我走过悠长的小巷，步入星光黯淡的黑夜。它伴我经过四季轮回，品过甜蜜酸楚。每天，我推着它悠闲漫步；我依着它途中小憩；我骑着它风驰电掣；我扛着它楼上楼下。我精心地保管着，小心地呵护着。我盼望着它能陪着我，长些，再长些，直到我老得骑不动，它老得浑身沧桑，我把它放在阳台上，我躺在摇椅上，在和煦的阳光下，静静地享受年老的从容恬静。

然而，它丢了，丢在了我认为最神圣、最纯净、最安全的校园。

然而，它丢了，丢在了有昂贵的全方位高清监控的车棚里。

然而，它丢了，丢在以它为素材的文章《"骑"乐无穷》刚刚发表在《银川晚报·副刊》的欢乐时刻。

难道真是命中注定，在它完成了它的辉煌之后，一个华丽转身，消失在雾锁凤城的夜晚。

我有些不明白，昨晚，因为朋友有约，去参加了晚宴，当时觉得不便晚去，才没有把车子骑回家，只是在学校放了一个夜晚，它怎么就不翼而飞了呢？

先在存放自行车的所有地方仔仔细细地找了好几遍，然而，并没有。

只好去找保安。

白班保安漫不经心，连问什么时候丢的都省略了，带着些揶揄的意味说道，可能是你点背。

听完，我出奇的愤怒。仿佛我被伤害，去找警察报案，警察说，你被伤害，那是你倒霉，充满了荒诞，我气急反笑：算我点背？这是从确保学校人员和财务安全的保安嘴里说的话吗？

我经常值班，我知道，待校车出门，西侧大门关闭后，保安就会进屋，或者抽烟，或者喝茶，或者聊天，或者看视频。东侧足够并排开进两台公交车的电动门全部敞开，任人进出，毫无滞涩。那个时候，如果有人能搬动教学楼并大摇大摆地把它抬出去，我相信保安也不会发现的，何况只是一辆带锁的自行车？

我拨通电话，主管后勤的副校长语气淡漠地说，你查一下监控吧。说完，挂了电话，一个教师丢了一辆价格4000元钱的自行车，也许在他们心里是一丁点也不必在意的，毕竟，丢车的不是他们。

那就去查监控，然而，保安说，我没有密码，无法调阅。况且，保安室没有车棚那边的视频，那边的监控安在对面的打印室，你去试一试。

打印室里果然有监控设备，我略觉安慰，打印室的工作人员也热情，自己找了凳子，站了上去，看了又看，说，监控的电源是关着的，我问，怎么不开呢？他回答，学校为了防止火灾，把电源闸刀安在外面了。他陪我出来，一看一指，说，你看电源是关着的。我一看，电源闸刀离地不足两米，且暴露在外，但凡有点反侦察意识的小毛贼，只需一伸手，轻轻一按，合上闸刀，我们价格昂贵的监控设备形同虚设。

我突然笑了起来，抑制不住地笑了起来，这是哪个天才设计安

装的啊。

笑声停歇，我知道我不用再费心思了。

笑完去上课，课堂情绪平和，讲课行云流水。下课，又有些闷闷不乐，学生很关心地前来询问，我回答，自行车丢了，他们说，丢就丢了吧，你下次买汽车，汽车不会丢。我笑骂，滚。

放学前开会，副校长参加，正坐在我的身边，我笑着小声耳语，校长，你要是不能把自行车给我找回来，我就天天找你去要。副校长一本正经地点点头。

会后回家，我看了家长经常存放自行车的墙壁上车胎蹭过的印记，车胎的花纹在白色的墙上连成一幅黑色的抽象图画，我看着它，好像饱含了各种丰富的意象，正琢磨，电话响起，是副校长来电，你的车子应该能找到，教师车棚小，昨天夜班当班保安嫌没骑走的车子占地方，就搬了几辆车子出去，估计有你的。我愕然。继而，还是愕然。只有等到明天一切才能揭晓。放下电话，我不停变换角度，变换方式，左看右看，上看下看，远看近看，原来每个花纹都不一般，终于当我眯着眼长长久久地去看时，才发现它是一幅极具夸张的漫画，画面下面隐隐约约像是四个字的模样——黑色幽默。

第二天一早，自行车在车棚原地出现，保安说，原来是你的呀，后面又补充了一句，你可别以为我偷你的自行车啊。

我呵呵一笑，但跟着就笑不起来了，我开锁骑车，却怎么也骑不动，下车推行，依然难以推动。我心里一动，太诡异了。脑子里跳出了四个字——黑色幽默。

五月生死状

　　"农家少闲月，五月人倍忙"——忙的不过是卑微地活或悄无声息地死罢了。

　　农历五月初二，我呱呱坠地。

　　我的出生肯定给这个风雨飘摇行将倒塌的颓圯的家庭以重重的一击，甚至是压倒骆驼的最后一根稻草，因为我之后出生的弟弟由于无法养活而被送与他人，从此咫尺天涯骨肉分离。弟弟的养父母严防死守，从他懵懵懂懂有了记忆之后，就再也不允许他和母亲见上一面，直到2005年母亲去世前依旧念念不忘，只是我等无能，没能满足母亲最后的心愿，让老人家抱憾九泉。父亲很是幸运，在他生命的最后历程中，弟弟认祖归宗，陪伴父亲走到了生命尽头，而我们亏欠弟弟的已经无法计算。

　　据母亲讲，那年5月发了洪水，我家所在的吴忠陈袁滩乡是由黄河冲积形成，因黄河自西南向东北蜿蜒流动，汉延渠在另一边与黄河遥相呼应，所以当黄河水滔滔携泥沙滚滚而来之时，水位快速增高，故乡四面被围，成为孤岛一座。看着洪水以大无畏的气势吞噬着一切，它折断大树，冲毁房屋，卷走猪羊，淹没家园。我不知家人如何扶老携幼、拖家带口、背上可怜的家产，狼狈地被逃离的人群裹挟向高处转移，我也不知道暴雨如注的天气里家人如何像落汤鸡般哆嗦着逃命，我更不晓得他们经历了怎样的惶惶不安和惊心动魄。只是听母亲讲起这段尘封的往事时依然心有余悸的神情，而

我，听这段新鲜刺激的故事时，只觉得人命危浅，朝不虑夕，在老天的淫威下微如草芥，不堪一击，从此，对于天地心存敬畏。

母亲说，我那时候只是哭，从早到晚，声嘶力竭，我想那时的我可能就想从母亲干瘪、下垂的乳房中吮吸出赖以活着的母乳，但是，我肯定只有失望而已。多次生育的大龄产妇叠加着极度饥饿的身体使母亲非常虚弱，自然奶水不多，何况生下我的当天，母亲就得起身给自己熬碗稀粥，作为产后营养，据说粥里加了一把红糖。这些，我没有亲见，或者亲见了也没有能力顾及，我挣扎在生死边缘。

当然，我活了下来，一则是父母竭尽全力给我一口食物，一则大概是我命不该绝，我艰难地、卑贱地、顽强地活了下来。在家里的大炕上，父母砌了一个圈，里面铺了沙子，我就被圈在里边，无人照看。我哭累了睡，睡醒了哭，小便、大便将我裹得严实也让我臭不可闻。我不抱怨父母，他们要到生产队里去挣工分，作为地主，在无产阶级专政时期生不如死，干最累的活，挣最少的工分，分少得可怜的粮食，他们该是多么艰辛才让我生活在这个世界上，直到今天，直到我衣食无忧，直到我生命丰盈，直到我能有一份体面且旱涝保收的工作，直到我有一群可爱的学生和颇有成就感的生活，直到我有起起伏伏百折千回的生命历程，直到我有健康且长大成人的儿子。同龄而夭折的孩子不在少数，这叫我怎能不心存感激且珍惜当下呢？

我就这样在5月的暴雨和洪水中诞生，在风风雨雨磕磕绊绊中长大，在翅膀硬了后飞出了故园，待我年富力强生活稳定之时，父母垂垂老矣！

先是母亲，头发花白，牙齿脱落，弯腰驼背，日渐干枯，每每我去探望，她都寸步不离我的左右。她说，你去看看你舅舅吧，见一面就少一面，我听她的安排，买些礼物去拜望舅舅，舅舅很高兴，说母亲生了好儿子，知书达理，全不像他的儿女那般没心没肺。母亲又说去看看你二哥，我有些勉强——二哥先前曾经很阔绰，贩卖粮食时他成为全乡最有钱的人，他口袋鼓鼓囊囊的全是钱，家里抽屉里也全是钱。他不可一世，吃的喝的都是全村最好的，他儿子可以随随便便从锁着的抽屉里偷出钱来挥霍，但，他并没有孝敬父母一分，也没有给我这个在外求学的穷学生一丁点支持。现在，他病了，没有了壮劳力的家道迅速衰落了，而他的儿子好吃懒做，他可怜巴巴地每天到母亲跟前，母亲心软，对村上的孤寡老人、对走乡串户的乞丐都心存体恤，有钱出钱有力出力，何况还是亲生的儿子——哪怕他就是个白眼狼，母亲又怎能弃他于不顾呢？我顺从着母亲去看望二哥，他现在是家徒四壁，看到我和母亲眼泪汪汪，我心底一酸，将身上所有的钱都给了他。就这样一回一回又一回，我尽些微薄之力，只为了母亲的心愿。当然，我也知道，我们弟兄们孝敬父母的钱大多都填进了这个无底洞，但我们都睁一只眼闭一只眼，但他还是走到了母亲的前边，让父母以年老之躯，再次承受白发人送黑发人的悲哀。

2005年农历五月，操劳一生、一辈子坚强的母亲被病魔击倒，送往医院，医院拒收，家人将母亲拉回。我带妻儿回来，守候在母亲床前。儿子攥着母亲的手陪伴在他奶奶身边，母亲一时清醒一时昏迷，清醒时她叮嘱我儿子要好好学习，说她孙子辈的娃娃就指望我儿子读书出人头地了，然后，她说她没事，让我们回去上班上学，我当时三十大几的人了，竟然就相信了她的话，我都没细想她昏迷时疼痛的呻吟意味着什么。等我再接到电话赶回去时，我没有见上她最后一面。那天，是五月十四，她受尽病痛折磨之后悄然去世，离我出生的五月初二只间隔了12个日夜。

8年后，没有母亲陪伴的、孤零零的父亲也与世长辞，那天，是农历五月二十八。

一样的五月，不一样的生死。五月，是我出生的日子，虽然艰辛，却留存了希望；五月，他们离开的时节，虽然卑微，却带来了悲伤。

从此，我、母亲、父亲，世上最亲的3个人，阴阳两隔，无法相聚。

从此，我对他们的爱，都无法给予！

从此，我以各种借口逃避，不愿回忆，不愿想起，直到母亲去世9年后的今天——她的祭日，我才敢触及并轻轻揭开那个拧得紧紧的盖子。

母亲，父亲，我想你们，发疯似地思念你们——在我生，你们死的这个五月。

不知何时，我才能走过这个五月。

唉！

愿你们安息，在这个五月。

值　班

　　我们学校的值班和别处是不同的，一般是早上7：10便守候在大门口，将聚集在校门口的人车分流，尤其20辆校车浩浩荡荡地开来时，私家车、公交车、自行车、电动车、行人，还有4000多人要进入校园。那是怎样一种嘈杂和混乱啊，喇叭声吵成一片，人挤作一堆，私家车堵成一团，我和另一个领导便带着4个老师、8个学生和两个保安，在学校门口负责疏导。

　　当然，这只是开始。接下来是检查早读，看一下老师有没有到岗。

　　之后是中午，上下两层餐厅，密密麻麻排满了打饭的学生，我们自然要负责秩序。

　　饭后，学生回教室午休，他们带着各式各样的抱枕，趴在课桌上进行半个小时的睡眠，我则要将42个班级走遍，看看午值教师有没有在岗，学生有没有安静午休。

　　下午放学复制早上7：10的程序，然后，是检查晚自习，主要工作是逐班检查登记学生出勤情况，余下则拿了手电筒巡视一下校园，重点是操场和学校的石头公园——有些学生不按时回班上晚自习，会在这些地方逗留，做些校规不允许的事宜。

　　等到10点钟晚自习下了，学生回了公寓，终于可以在宿舍休息了，但，这是没有意外发生的夜晚。倘若，运气不佳，各种意外接连不断，你的夜晚将不眠。

记得早年，生源还很差的时候，有经常翻墙出校游玩的学生，有段时间，我经常和值班老师连夜找遍附近网找人，以致网吧老板见我们一进来就气急败坏，后来我们还没到吧台，他们就迎了上来，说，我们已经禁止你们学生进来玩了，别再来了，影响我们生意。

有一次，一个数九寒天的凌晨，公寓生活教师发现3楼一个女生突然不见，我们在校园翻找时，发现她正在坐在墙角不能动弹。问她，说是腿摔断了，她浑身颤抖着，但咬着牙，一声呻吟都没有。我打了120送急救，还找来大棉袄给她盖了，送到医院，垫了医药费，联系家长才知道她家在靖边。我只好守在病床前，直到第二天，才回学校上班。后经了解才明白，她将床单拴在床栏杆上，再一条一条打结，等到夜深人静，她才拽着床单朝楼下溜，快到二楼时，床单结松了，她摔了下去。快10年过去了，我依然不知道她为什么要在那个寒冷的夜里做出这么疯狂的举动，也不知道她的腿后来有没有留下后遗症，一个如花似玉的女子双腿如果落下毛病，唉，我都不敢去想。

只是，随着生源状况的好转，这种事情再也没有发生过。但，学生突然生病的状况时常还是会有的。

那年，盛夏，晚自习，一个高中女生突发哮喘，药也不在身边，眼看着孩子大口大口喘气，脸憋得青紫，一会儿就陷入昏迷，打120，120堵在路上，我紧张得差点心脏病发作，好在最后关头，孩子挺了过来，目送120风驰电掣地奔向医院，我瘫坐一团。

12年里，我值过许多班，惊险的事情一次一次摧残着我的神经，到了后来，一听值班，整个人提前一周就焦虑起来。

还记得有一次，我在4楼办公室，因为写东西，忘了时间，写完，一轮明月在天，关了电脑，下楼。楼道黑黢黢的，我借着手机微弱的光芒和楼外明亮的月光摸索着下楼，突然，我听到楼里好像有响动，我喊一声谁，声音在楼道里撞击，回荡，然后陷入寂静。我被那寂静吓了一跳，急匆匆下楼，回了公寓。第二天，听到消息，学校5楼微机室被盗，案发时间凌晨。我听了心里暗念了几句老天保佑。

值班时也有发现校内学生约了外校学生在校门口打架的，多数，我们就报110，也有顶撞老师的，往往批评时还梗着脖子，一副死不认错的样子。

近几年，行政班子人数多了，分组多了，一学期也轮不了几次，发生的事情也平缓了许多，譬如，有孩子自行车丢了来报案；譬如，孩子在校内发生争执了，我去排解；或者校车晚点之类的事情；偶尔，有班级晚上没关灯没锁门；或者，校门外有社会人员晃荡，中午，最多是有些学生在校园瞎晃，没有午睡之类的事情，多数过眼即忘，但上周四（12月3日）下午放学时，发生的一件事却让现在的孩子充满了担忧。那天，一个戴着眼镜，长相清秀，一副文质彬彬模样的学生借我电话给家长打电话，我在旁边，就听他在电话里训家长：你们怎么回事？我都放学了，你们还不来接我？你让我怎么回去？你们是干什么吃的？话是一句接一句，气势宏伟，骂得酣畅淋漓，我听在耳里，实在无法忍受，就说，把电话给我吧。他看了一眼我，压低了声音，但依然恶狠狠地命令道，你们快给我过来，我在学校门口等你们10分钟，10分钟后，你们不来，后果自负。然后，他挂了电话，脸上堆满了笑容，双手捧着手机，嘴里甜甜地说着，谢谢老师，谢谢老师。我一时不知该说些什么，突然就想起了以前打架的学生，还有顶撞老师的孩子，虽然他们令人生气，但远不如这个孩子，这个孩子让我从心底最深处泛起一层又一层的寒气。

第二天早上值班，和几个老师聊起这个事，有个老师说，他认识这个孩子，是××班的第一名，三好学生。我浑身颤抖了两下，许是天太冷了吧。

然后，我看到了一幕，它将让我的脑海里永远留下一幅画面：在一串送孩子上学豪车的中间，有一辆三轮蹦蹦车，车上，坐着一个穿我们学校校服的女孩，她盖着一件分不清颜色厚厚的棉大衣，

头发被风吹得漫天飞舞，脸冻得红里透紫，车停在规定的区域里，离我很近，我看她从车厢里站了起来，背着大大的书包，艰难地从车栏杆上朝下翻，她的手黑乎乎的，吃力地扳着栏杆，终于落地了。她向在前边开车的人说了句什么，脸上带着灿烂的笑容，走了两步，她又回头挥挥手，才朝我走来，我迎了几步，叫停了她，我笑着问，你冷不冷，她的脸却刷地红了，结结巴巴地说，不冷。然后慌慌张张地走了。我突然意识到了什么，大约她并不想让我知道她是坐三轮车来的吧，毕竟是在这个全民炫富的时代，没有人愿意理直气壮地展示自己的贫穷。也可能是我问得有些突兀，孩子一时不知所措吧，谁知道呢，反正，直到她走进了满是校服的学生群里，再也分不出来了，我依然没有回过神来，在这样的群体里，充满了非富即贵的氛围里，她的学习和生活的环境该是多么险恶啊，我真是很担心她的内心将经历怎样的煎熬，甚至，我担心在这里她会不会心里布满了阴影。正发呆，有老师问我，王主任，我们可以结束值班了吗？

　　我点点头，说，可以。

忠 犬

时过境迁，但一副画面却铭刻脑海。

寒夜里，路灯下，一只黑色的小狗疯狂地追逐着一辆白色的小轿车。

那时大概21：00左右，我正沿正源街由北向南快步行走，天很冷，我戴着帽子，捂着口罩，穿着厚厚的羽绒服，依然觉得冷，要过正源街和宝湖路红绿灯时，我听到砰的一声，举目四望，并没有看到特别异常的情景，街道两旁人影稀少，街上车辆并不显多，只看到一辆白色的轿车在距路口200米左右的地方略作停顿，之后加速由南向北急速行驶，在十字路口右转，向宝湖方向开去了，我跑步穿过交叉口，就看到一只黑色的小狗向着刚刚绝尘而去的小轿车疯狂追逐。

我一时愕然，不明所以。侧目看着小狗消失在路灯的阴影里，才继续向前。

快到轿车略作停顿的方位，一个疑问突兀地投入脑中，这是不是小狗追车的缘起？

我从人行道斜穿至兼有绿化和观赏作用的灌木丛旁，灌木在北方的奇寒里早已凋零得全身赤裸。目光所及，我的心禁不住悲凉起来——一条黄色的，也许是白色的小狗在温暖的黄色的灯光下躺在路边，一动不动。小狗大约已经死了，没有看到血渍，也没有看到碾压的痕迹，就那么横躺在冰冷的路上，一动不动。它肯定死了，

我和它只是隔着一丛灌木，但已处在生死的两端。我呼吸着，急促地呼吸着，它静静地躺着，没有呼吸，没有一丝动作，只有风吹着它的白色或黄色的毛，在风中摇曳。我站着，没有举动，对于去世者，我历来是很敬畏的，没敢过去，没敢去试一试它的鼻息，只是呆呆地、呆呆地立在灌木的这边，马路上没有车，也没有人，只是在我身旁的市场里，有几只小狗在追逐，甚至撕咬。

这种情况在白天就更为常见了。

白天，我上下班总要从市场里走上几遭，经常看到一些毛色不好、品相不佳的小狗，成群结伙地呼啸而来，呼啸而去，日子久了，我便知道它们是些流浪狗。学校里也常常会有流浪的小猫小狗，它们有时候还会进到班里听课，学生们的QQ空间里时常会发这类照片，孩子们称这些流浪猫狗为爱学习的小猫和狗狗。

现在，我看到的这只，已经半天没有动弹，它可能也是一只流浪者吧。

我站着，寒风中，脚开始发麻，身体开始僵硬，我跺跺脚，脑子却快速地运转。

这些流浪者也许并不是从诞生之日起就遭到抛弃，也许生下来，它们和它们的兄弟姐妹一同吸吮着母亲的乳汁，有着温暖而快乐的童年。等到渐渐长大，它们就被主人送给或卖给了他人。他人始则收留，终则遗弃，理由各异，原因不同，但相同的是它们从此失去了庇护，最终在没有社会救助、没有他人帮助的人的世界里流浪。为了生存，它们四处逃窜、觅食，终于在饭馆聚集的市场里找到了生路，也只是生存而已，没有了呵护，没有了保障，没有了安全，没有了体面，没有了尊严，在他人的呵斥和追撵中惶惶不可终日。至于，朝不保夕，旦夕祸福，甚至生死攸关，于它们而言，只是无常，只是命运，还能向谁去诉？

一种生灵，存活于这个人的世界，除了被豢养，除了被观赏，还能有什么更好的路可走呢？即使，被观赏和被豢养是以丧失自由和尊严为代价的，也总还是一条生路吧。而那些流浪者，它们的存在，它们的境遇，在这个人的世界里该是多么艰难，如果再苛求保障，苛求尊严，岂不是痴人说梦？

然而，文明，是不是包含在行车途中遇到它们时的避让？是不是也应该包含从制度上保障它们遇到灾祸时对它们的收容和救治？

我就这么遐想着，渴望着——遐想万物平等，渴望悲天悯人。

我就这么憧憬着，呐喊着——憧憬制度确立，呐喊大爱无疆。

然而，我只是想想，想想罢了，我甚至还不知道那只追逐肇事车辆的小狗——作为这只躺在冰凉的马路上的逝者的伙伴、或者家人、或者爱人的那只小狗的结局会是怎样？

我写着上面的文字，脑海里一幅疯狂追逐的画面再次浮现，在小年的夜晚，在欢快的爆竹声中。

那只忠犬，你还好吗？

我在北方的寒冷里挥汗如雨

寒流过境，气温骤降，天地一片肃杀。

冷彻心扉。

我奋力骑行在最冰凉的清晨。

今天，我要给孩子们讲讲盛夏的往事。

他们已在眼前，充满期待。

在黄河冲积的宁夏平原，土地肥沃，只是地少，需要充分利用，于是在小麦里套种玉米和大豆，由于它们成熟期不同，所以麦收时节，玉米只是高过人头，还没有抽穗，大豆苗也只有麦子的一半高，它们规律地分布着，两垄玉米中间夹着四垄小麦和四行大豆。

七月五六号时，该收割了，艳阳高照。早上8点多，家里大大小小的劳力都出工了，拿了镰刀、磨刀石、草帽，推着毛驴车，车上放了两大桶早早熬好的砖茶，还有干粮，扔在干粮边上的还有长衣长裤、草帽、毛巾之类的。

走在种满白杨树和柳树的小村道路上，虽有浓荫遮蔽，但热浪已然滚滚而来，穿着半截袖，还要不时地擦一下额头上细密的汗珠，道旁树之外的田地里，玉米长势喜人，绿油油的叶片静静地垂着，有麻雀在柳树叶里叫上几声，然后闭目养神去了。也有喜鹊，支棱着黑白相间的身子在高高的白杨树上欢歌笑语。

大家都沉默着，路上只有沙沙的脚步声。

到了地里，父母分工，我是拔豆苗的，豆苗东倒西歪，常常混在麦子里，我需要用小木棍把它们和麦子分离开来。那时候我十一二岁，身子单薄，个头矮小，远不如今天七八岁孩子的身板，力气也小，还割不了麦子，但抢收时刻，谁也不能躲在阴凉瓦屋里逍遥。

还没开始，只是进了麦地，汗就哗地冒了出来，长衣长裤已经穿上，浑身湿漉漉的很不舒服。没有一丝风，玉米还不够高，挡不住火热的太阳。动镰刀了，紧靠着玉米的那一垄小麦率先被割掉，我紧紧跟随，在大人身后拨豆苗。大人割得飞快，我亦步亦趋，头不敢抬，腰不能直，麦芒扎着我裸露的手背、脖颈和脸部，麦灰飞扬，进入头发、眼帘、鼻孔、耳眼、嘴巴，大汗淋漓，从额头冲了下来，汇集成线，脸上便一道黑一道白，路过眼睛时，它们会侵入眼眶，流经嘴巴时它们也会寻间隙渗入。于是，眼睛火辣辣的痒得要命，嘴里又苦又咸，喉咙冒火。

只几趟下来，腰疼得直不起来，湿透了的衣服紧紧裹在身上，鼻子开始流血，眼冒金花，但不可以停，夏收就是在和时间赛跑，累死也得继续，用纸塞着鼻孔，接着干活，血朝嘴里流淌，腥气骟咸，忍着。

父母不忍心，说，赶紧去水渠里洗洗，我如得了大赦，赶紧朝渠边跑。路过哥哥时，他说，又去偷懒，懒骨头。我知道他嫉妒，但无暇反唇相讥。

到渠里，一捧水掬到脸上，哇，舒服，人间天堂。水里一团黑渐渐漂远，把头浸到水里，透心凉，心飞扬。美。

挨过一阵，终是于心不忍，跑回地里投入战斗。

中午在树荫里坐了，就着砖茶水吃着干粮。吃完，大人磨刀，我靠在树下很快睡了过去，似乎只是一会儿，就被叫醒，太阳像着了火，明晃晃地悬在头顶，看一眼都会被灼烧了眼睛，但顶着日头，我们上工了，要争分夺秒。最热的时候麦秆最脆，最好割，倘是早晚，麦秆皮了，镰刀要打滑，很难收割，如果延迟收割，麦粒会迅速脱落，掉在地上，所以，只有拼命，才会确保收获。

后几天，跟要累死了一样，但第二天仍然挣扎着起来，仍然咬着牙煎熬着，仍然流着汗流着血，仍然被扎着被蜇着，仍然死扛着干活，竟然慢慢适应了，竟然苦尽甘来，在傍晚跳进小河里洗去臭汗和黑灰时感到无比欢畅，晚上睡得无比香甜。

后来，我也割过几次麦子。明白甘苦之间转化的奥秘——那一袋袋麦子，就是它的秘密。

麦收之后，父亲问，知道怎么上学了吧？我点点头，那就好好上学。我就好好上学，从此，无论熬到多晚，无论学到多困，我都没觉得苦。因为，再也没有比夏收更艰难、更苦逼的了。

现在，我遇到了艰难，是身体、是心灵、是工作。5年里，没黑没白地连轴转，没有完整地休息过一段日子，终于大量地透支引来了它们联手汹汹袭来。但我毫不惧怕，我想起了麦收时节，我想起了热到身体虚脱，热到浑身着火，我也想起了熬到临近崩溃，熬到两眼发黑，熬到柳暗花明……

再后来，我一路上学，父亲再也没有问过，直到他去世，他从没有问过我的成绩，也没有问过我的煎熬，但我知道，对待所有炎热，对待所有酷寒，只有一条——对抗，死扛，坚持到底！

何况，还有希望在前。

讲完盛夏的炎热，我的心在北方的寒冷里烈火熊熊，我的人在北方的寒冷里挥汗如雨。看看他们，他们目光炯炯。

盛夏，盛夏就快来了！

荒诞和疏离

我缓慢地骑行在自行车道上，车道上停满了汽车，我需要专心地躲避逆行的汽车和自行车，还有三三两两在车道上并排行走的路人。

天气还好，虽然不久后一场大雪将覆盖我正通行的街道，并由伴随而来的寒冷将融化的雪水凝固成冰，让厚实的地面变成令骑车者战战兢兢的薄冰。但我骑行时正是雾霾渐渐散去，阳光播撒灿烂的中午，身上有些燥热——早上出门穿得太厚。额头有些潮湿，繁忙和缺乏锻炼虚弱了身体，让肥胖的躯体里装满了最弱的零件，我气喘吁吁。

电话声在嘈杂里若有若无，隐隐约约，只是我并没有打算接听，在经历过骑行中接电话并摔伤的事情之后，我喜欢装聋作哑，你响你的，我骑我的，就当是为我骑行伴奏了吧。

然而电话不断响，一遍又一遍，一遍又一遍。

不管它。

到家，电话又响，接起来，一位女士，直呼我的大名。我愕然，她说是我高中同学×××，但我死活想不起来。只好含含糊糊支应着。她说，有几个高中同学来银川了，大家想见见面，还说上次同学聚会我没有参加，这次无论如何也该露个面。我只好答应。约好了时间，地点待定。想起下午的家长会，我赶紧在家吃饭，饭罢，电话又来，说了地点让我出发，应了一声，我匆匆出门。

路上又接到电话，变更地点，即将到达，电话响起，变更地点。我有些不解，只是一顿饭而已，干吗搞得跟地下党接头似的。

终于没有电话通知变更地点了。找到餐馆，门口有人张望，我看着她，她也看着我，一丁点的熟悉感都没有。我看周围，人来人往，张张都是陌生人的脸庞。

打电话过去，铃声在餐馆里响起，接着出来了一个中年女子，我迎上去，问，你是×××吗？对方看我一眼，径直走了。再打，电话没有人接。心想，不如回去？但电话来了，问，你在哪？答，在门口。说着话，出来了一位女士，这次我没敢贸然搭讪。女士过来，说，老同学，进来吧。进去，餐厅里人声鼎沸，她引领我进入最里边由几张方桌拼凑在一起的餐桌前，却只有我和她，我大声问道，同学们还没来啊？她脸上惶惑了一下说了句什么，却没有听清楚，只见她两片中年苍白的嘴唇上下开合。我明白，人们还在路上，看时间，已是12:45了。她开始点菜，问我，我摆摆手、摇摇头，脸上挤出些许笑容，大脑高速运转，搜寻记忆的每一个角落，只是，我找不到和她匹配的眉眼和往事，连一截片段都难以寻觅，她就在跟前，却完全陌生，而我们在一起的理由竟然是同学聚会。我使劲想，高中上学时的场景像是默片一样从眼前飘过，我坐在前排，周围几个同学的样貌，我们上课时的情景，下课后大家的喧闹，自习课偷着聊天的片段，对一个女生怦然心动的瞬间，城里和乡下同学泾渭分明的穿着，白白净净、斯斯文文和矮小、黑瘦、拘谨、木讷的外形，高谈阔论、气宇轩昂和屏声敛气、自惭形秽的行动……一幕幕，宛若昨天。

我叹口气，不知今天能否有稔熟之感。

人来了，一起结伴而来，和招呼我的女同学打招呼，她们很熟的样子在我看来毫无违和感。女同学给我介绍，说，这是谁谁谁，那是谁谁谁，这个又是谁谁谁，那个又谁谁谁，我勉强端出一脸的笑容，说，哦哦哦，老同学好。可是这些面孔陌生得仿佛从不曾相见。

菜上得飞快，10余人你推我让，终于开始吃了起来，又叫了酒，气氛渐渐活跃了起来，我要了一杯白开水，坐在最里边的角落，解释了几次我不吃的缘由，大家就不再热情劝解了。

他们吃着，他们的嘴一刻不停，或者吃，或者喝，或者说；手也一刻不停，或者捡，或者端，或者舞；他们的眼睛一刻不停，或者看，或者瞟，或者盯；他们的神色一刻不停，或者喜，或者惊，或者木。在嘈杂里，我看着这激动人心的会面，也看着他们的表演，几十年后的今天，我们早已不是原来的我们了，我们罩着一张假面，绘上各种表情，用比四川变脸还娴熟的动作神速地转换脸上的神情，成熟的社会化让我们亲切而热烈，只是，我火候还远远不到，脸上呆板木讷一成不变，如同几十年前，总是落寞地偏安一隅，看滚滚红尘，赏人间喜剧。

他们端杯时，我会举着白开水和他们碰杯，其余，看着他们，心里越来越茫然，他们也越来越遥远，像极了无声的黑白片。只见他们嘴一张一合、一合一张；只见他们的表情，一瞬一变、一变一瞬，渐渐模糊、虚幻、夸张，幻化出各式各样的姿态，如同荒诞剧里古怪的造型。

突然，身体激灵一颤，刹那清醒，一上午的劳累差点让我打起盹来。

看表，已是13:32，气氛更加祥和。毕竟几瓶酒下肚，谈兴正浓，大家亲密得如同一家，以致打瞌睡的我都被忽略。我站了起来，说要开家长会，于是，和大家告别。

路上，我静静地想，依然不能和我记忆中的任何同学对号入座。这样的聚会，熟悉的陌生，陌生里的陌生，让我感到疏离，甚至荒诞。然而，在生命的历程中，不断结识、不断离去、不断回忆、不断遗忘、不断偶遇、不断重逢，如同一个又一个残缺的碎片，再也无法破镜重圆之时，碰上的大约只有疏离和荒诞。

不觉释然。

就这样过去吧

　　就这样过去吧，2015，挺好！

　　挺好，就这样过去吧！

　　早上醒来，天还黑乎乎的，再躺会儿吧，你告诉自己，就一会儿，不承想，再睁开眼，你急了，都6:40了。你噌地一下坐起来，脑子瞬间清醒。

　　马马虎虎洗漱完毕，背起包你冲出家门。好冷啊，连天上的星光都冻得脸色煞白，月亮早急着跑到了西山坳里，露出一丁点面容，漠然惨淡。你无言，快速向公交站台跑去，路边的树光秃秃地瞅着你，你顾不上看它一眼，径自到了车站。车站没人，你只好跺跺脚，呵口热气，白雾迷茫，你明白车刚离去不远，你只好在焦急里上演了一个人的车站。

　　终于，车来了，却不是你要赶的那一趟，你想骂，也想跑着去单位，但，你老了，只能想想罢了；有出租车过来，你有些犹豫，结果，小路上蹿出个程咬金，他拉开车门，你只有目送他绝尘而去；好在公交车来了，你笑了，庆幸自己睿智，挣钱不容易，花钱要仔细嘛。

　　到单位，打卡，开心，再有一分钟你就跌入迟到的深渊里了。

　　事很多，你忙得焦头烂额，等觉得口渴、饥肠辘辘时，时间已是10：00，赶紧喝口水，吃口饼子，准备喘息会时，领导召唤，你只得起身，坐到领导办公室。领导脸上凝重，你突然觉得内急，简直是刻不容缓，但领导并不发言，盯着漂浮在透明玻璃杯里的安吉白茶的叶片根根直立，嫩叶片片散开，舒展美丽，杯口有水汽氤氲，你更觉得憋得厉害。领导抬眼，看看你，眼神缥缈，似乎看了你，又似乎没有看你。你的心忐忑不安，只好捏捏手心里的汗，脑子高速运转，然后你长长舒口气，这段时间你表现不错，几乎无可挑剔。听到你的呼吸声，领导仿佛突然意识到了你的存在，他咳了一声，缓缓说，你近来很好，只是，今年也没年终奖了。说完，他略显歉意地看看你。你心里愤怒极了，失望极了，但说出来的却是，我明白，我能理解。领导笑了一下，你受宠若惊，说，没事的话我出去了，领导点点头。

冲进洗手间，你迫不及待，随着胯下雷声滚滚，风雨交加，所有的不快都渐行渐远。你劝自己，大家都这样，大势所趋，所有单位都很少发奖金的。于是，你释然。

再工作时总有些心不在焉，说不上是不是因为年终奖。等中午餐用完，躺在床上，你突然意识到今天是2015年的最后一个下午，你激动起来，睡不着了，东想想西想想，朋友，家人，生活，顺的不顺的，高兴的不高兴，赚的亏的，慢慢呼吸匀称了，在宁夏灿烂的阳光里安详地进入了梦乡。梦里你回到了童年，那时候，你一无所有，但你是多么开心快乐呀，在河里狗刨，在草棚里掏鸟窝，在雪天堆雪人，在果园里偷桃子，在小伙伴的惊叹里赢走他们的王牌。

醒来，到办公室，你还沉浸在刚才的梦中，多好的梦啊，多好啊，你还有梦，你吹了声口哨，倒水，泡茶，突然，觉得这样挺好，芸芸众生，活着就好，就这样过去吧，这样过去挺好，2015。

挥挥手，回回首，好也罢，歹也罢，有梦也罢，无梦也罢，有钱也罢，没钱也罢，开心也罢，悲伤也罢，健康也罢，疾病也罢，就这样过去吧！

挺好，就这样过去吧，我所有的朋友，这样过去，挺好，2015。

寒 暄

寒

室内太冷，主任，我们在外面开会吧。

那哪行，会议是个严肃的事，室内开。

室内的确冷，我加快了会议的节奏，提前5分钟完成了会议内容。

大家到室外走走吧，阳光挺好。

阳光的确很好，照在身上暖洋洋的。有同事说，今天工会举行趣味运动会，在楼前跳绳呢，咱们去参加吧。我欣然前往，跳绳可是我的强项，1分钟跳150多下应该是小菜一碟。

场上人不多，但气氛热烈，已有3位在比赛，我在一旁看着直想笑，动作太不协调，但笨拙的姿势还是很赏心悦目的，我和同事们嘻嘻哈哈，一点也没有赛前的紧张。

轮我上场了，我试着跳了几下，功力还在，效果颇佳。于是告诉裁判可以开始计数。

跳绳的感觉真爽，踮脚、起跳，绳子如影随形，自觉肥硕的身躯此刻如燕般轻捷，手、眼、脑、腿、脚构成完美统一，灵动而协调。

突然，腿部如被大块石头狠狠猛击一般，身子向前一倾，一个踉跄差点倒地，钻心般疼痛瞬间传至大脑，额头冷汗浸出，扭头，欲问，谁拿石头砸我？才注意到地下并无石头，周边亦无闲人，纳闷，细思，原来只是绳子甩到小腿上而已。但，怎么如此之疼——如刀割、如针刺、如锤击，万箭穿心般。只好放弃。想离开赛场时，左腿竟灌铅般沉重，咬牙，用力，拖着受伤的腿脚渐行渐远，无人在意，大家沉浸在自己的欢乐或沮丧中，无暇他顾。到门卫处，见有椅子一把，便老实不客气地一屁股坐下，左腿开始抽筋，肌肉紧绷，疼痛再次排山倒海而来，脆弱涌上心头，伤感蔓延全身，连每一个毛孔都充斥得满满当当。

我疼，你可知晓？

汗落之后，阵阵发凉。

起风了，有寒风掠过。

暄

坐了一会儿，疼痛渐渐缓解，只是还不能站立和行走，只有继续坐着，我很少这么长时间坐在这个地方，靠着墙角，面西背东，左看是学校教学大楼的正门，右看是大门外宽阔的马路，前看是学生公寓楼的东墙，后看是学校自己划定的停车场和一小块活动场地，一座六角的凉亭矗立在它们的分界线上。

我从没有在这个角度看看这个我待了12年的场所，我的最好年华就是在这里度过的，多少昂扬的奋斗，多少失落的迷茫，多少孤独的值班，多少匆匆的步履，但从未这样细细看这个司空见惯甚至被忽略的熟悉的世界。

我也从未在这个季节仔仔细细地观察这个日日走过的校园，对着身后凉亭的路的两侧种植了垂杨，在这个时节杨花飞舞，四面飘落，全不理会人家的意愿。对面的公寓墙边是草坪，草色青青，和草坪里低矮的灌木俯仰生姿。右边的马路上不分季节，永远车水马龙，道旁10年前还只是棵棵小树，如今已能投下一片阴凉。左边是楼前广场，正中有花坛环绕着升旗平台，每周一，4000多师生聚集在这里瞩目五星红旗冉冉升起。广场南侧是名人塑像群，古今中外

的伟大人物济济一堂，在高大的楼前迎接和目送我们走过每一个黄昏和朝阳。

游目驰骋，眼光所及，10年前的断壁残垣都被10年后的姹紫嫣红开遍替代，10年前亲手种下的一株国槐如今早已亭亭如盖，但他们都曾不离不弃，伴我10余年的悠悠岁月，而唯有我，由10年前年富力强变成10年后精力衰减。此刻，在这般狼狈的状态里，我才留意他们，一丝惭愧才下眉头却上心头，他们痛了，谁问？他们生灭，谁顾？

汗又浸出，暄的感受遍布全身。

寒暄

铃声响起，校园里人声鼎沸，充满活力的孩子们在炫耀挥霍着他们的青春，三三两两追逐打闹，把生命的汗水滴洒在这片我稔熟的大地上，而我前两年已感到"视茫茫，发苍苍，齿牙摇动"，如今更是"苍苍者或化而为白矣，动摇者或脱而落矣。毛血日益衰，志气日益微"，仅仅一次微微的舒活筋骨，仅仅一条无足轻重的跳绳的一次击打就落得个如此下场，其间还愁肠百结，自怨自艾，意兴阑珊，这是我所追求的状态吗？一时，脑中各种念头纷至沓来，浩浩荡荡，不可断绝。直到有教过的学生来到身边，诧异地询问我为何坐在此处，直到同事们笑问我刚才受伤是否严重，直到大家关切地调侃，老了，可不敢做剧烈运动，直到我拖着受伤的腿脚行走在校园里，直到孩子们过来搀扶，直到亲人们得讯百般呵护，我才明白生命需要慢慢体味，无论是对自己还是对他人。

所以，我需要感谢这次受伤，除了感受衰老，还让我步子放慢下来，看看以前忽略的许多风景，体会活着的不同状态。

这样就会明白，无论冷或暖，无论痛或痒，无论存或亡，无论开心或者悲伤，无论寒来或者暑往，无论得意或失望，无论相聚或者离散，无论沉默或者表达，都要用心去品味，亲身去经历，洋溢厚重于面容，留存寒暄于心底，品味生命的多彩和丰盈。

短章三篇

逆风飞翔

真想有对翅膀，带我到3万米的高空，逆风飞翔。

不是要炫耀给谁，只是在一个人的天空，逆风飞翔。

我会放声歌唱，用我跑调的喉咙，尽兴让我疯狂，嘶哑让我心潮荡漾。

我，要，尽情歌唱！

我深邃的目光，穿越苍穹，透过层层叠叠的白云朵朵，看蔚蓝的星球上海面空旷，海鸟渺如微尘，在天海之间嬉戏游荡。我无声微笑，在无边无垠的3万米高空。我是高空之王！

我，要，逆风，飞翔！

翼展开，我翱翔或滑行，自由而灵动。扇动，我攀升，飞机从我旁边呼啸而过。我收翼，身体迅速坠落，超重失重，我要的就是心跳，白云为我驻足，清风为我喝彩！

我，要，逆，风，飞翔！

看着行将衰老的躯干，需要放飞我的狂野，让心灵在瞬间膨胀，世界是你们的，也是我们的，我凭什么不可以高亢，我不认输，我要抓住时光飞逝的刹那，绽放出刺眼的光芒！

我，要，逆，风，飞，翔！

不惊扰、不打搅，在心里默念就好

在这个喧嚣的世界，我静静地默念着你的好，轻松地呼吸，不惊扰，不打搅，让你，在自己的空间里幸福，就好。

看你举杯，一仰脖，酒入口，喉结蠕动，皱眉，龇牙，我心有不忍。只是，我静静的，不惊扰、不打搅，也许，你只是想喝，也许你不得不喝，也许你喝给自己，也许你喝给别人，我不想你喝多，但，我不能说，你一定有你的理由。

你将茶叶泡好，汤色恰好，叶片翻卷漂浮。你眼神迷离，也许你想了很多，也许你什么也没想，也许你内心风起云涌，也许你心里风轻云淡，也许你在记起，也许你在遗忘，水汽渐小，茶已变凉，只是，你并不端起。你不喝，我不说，在静默里看你，也许这片刻的静谧是你久不相遇的美好，我静静的，不惊扰、不打搅，你愿意就好。

你在漆黑的深夜，努力奋战，只为了把作业写了。我看你脸色不好，只是，我不惊扰、不打搅，也许熬夜效果不好，也许坚持会让你极度疲劳，但，我不语，你写完，心安就好。

你在生活的路上奔跑，不小心，跌倒，我追随你的步伐，想将你拉起，看你站立的身姿是我的需要，只是，我无言。也许，你摔倒，就再也没有力量起来，也许你倒下，找到了大地的心跳，也许你只是积蓄足够的力气，也许你只是为了不再摔倒。我静静的，屏住心跳，只为了你好，去经历吧，站立固然欣喜，摔倒也没什么不好。

你感情受挫，情绪很是糟糕，甚至，感觉没有了活着的必要，我心如刀绞。只是，我在静默里心疼，但，我依然，不惊扰、不打搅。孩子啊，生活的路总得你自己体验、自己诊疗，也许你需要一个拥抱，也许你什么也不要，也许你在时间长河里会慢慢忘掉，也许永远永远它都将你缠绕，可是，我只是静静的，不惊扰、不打搅，只要你生命有了厚度就好。

你顺风顺水，生活一切都好，你洋洋自得，你没有看到，背后正有巨大的烦恼，我想呼喊，我想大叫，只是，我还是在静默里，不惊扰、不打搅。一个人的路途上，总会有陷阱和风暴，不经历，怎能感觉得到，也许上苍这么安排，只为了让你知道，我不惊扰、不打搅，只为了不让你白白到人世一遭。

活着真好，无法倒退、无法替代、无法阻挡、无法预料；多么神奇、多么美妙；让我们摸索，让我们体验，谁都不必去惊扰、打搅，你说，这样可好？

寂寥的星辰

站在6楼暗黑的阳台上我朝外看，对面灯火阑珊，将眼睛抬至45度角我看到西边天空一弯新月散发清幽的光芒，在这瑟瑟发抖的冬夜。

向其他方向看去，隐约可见的几颗星星，将微弱的光洒向浩瀚的宇宙。

月明星稀，古人诚不我欺！凝目，冲着正对面的星辰，它黯淡无神，倦怠的眼睛朝我看来，只一眼，就不和我对视，闪闪烁烁地像个心虚的孩子，我放柔了目光，继续凝望着它，它环视了天宇一番后，终于羞怯地迎着我送去的目光，我点头，微笑，在暗黑的夜。

窗外，枭鸟飞过，不大的身躯从我眼前掠过，我一惊，它却回头看了我一眼，我赶紧遮住眉毛，心说，让你数清我的眉毛，我就完蛋了。这么，一打扰，再看星辰时，它饶有兴趣地看着我，眼里含了似笑非笑的神情，一副洞察一切的样子，我有些恼怒，笑什么笑！它果真不再笑了，轻轻地合上眼睑，似乎没有再搭理我的兴致，我呵呵两声，声音里充满了嘲讽的味道——你，不过是一颗寂寥的星辰，在这暗的夜，幸好，有我做伴，还有什么可骄傲的呢？

它，并不睁眼，只是静默着。

我，突然，悲凉起来，它，在那，遥远浩渺的洪荒里亿万年地存在着，用它的羞怯、孤独、寂寥，秒杀了多少芸芸众生，它，无须多言，只那样静静地淡淡地看着，看我们如蚁如蝼，微不足道，短暂如白驹过隙，自大狂妄，扑腾挣扎。它，才是王者，才是活着，我们在它眼里，只是朝生暮死，只是匆匆过客。想到这些，万念俱灰，但，只是片刻，我又将头高高昂起，睥睨它，它，又羞怯地睁开了眼，我透过万里天空，传递信息给它，我思故我在，我写故我在。我们繁衍不绝，世世代代，我们口耳相传，我们燃起文明的火焰，照亮亘古不变的时光，我们血脉相连，生生不息，你却会有爆炸的一天，你只能在寂寥里生，寂寥里死，而，我们却会有永恒的辉煌！它，低了头，在暗黑的夜，仿佛做错事般心虚的孩子。

我微笑，在暗黑的夜晚，对着一颗寂寥的星辰！

蝴蝶效应

美洲的蝴蝶扇动翅膀，亚洲刮起了风暴。学校刮起了风暴，是谁的翅膀扇动了它？

杨老师突然病了，她找到了校长，请两个月的假。

校长有些无奈，谁还没个七灾八难的呢。只好批准。

找来主管教学的副校长，副校长犯了难，两个班的语文教学，交给谁来代呢？让同年级教师兼代吧，两个月的课，作文、作业、上课、备课，谁能受得了呢？校长出了主意，让教务主任代吧，他一个班的课，把他的课交给同年级代只代一个班的老师兼代，这个老师一直课时不够，收入很受影响，正好两全其美。校长很得意，自己的方案一举两得，堪称完美。副校长长出了一口气，前几次教务主任和那个课时不够的老师都找过自己，因为体制的原因，代课和收入挂钩，上课少拿钱就少，现在好了，都解决了。拿起电话，副校长很高兴，你的挣钱机会来了，她对电话那头的教务主任说。

教务主任愣了一下，您开玩笑吧，我哪有那么好的命啊？

是真的，副校长很愉悦，幸好是自己打的电话，不然……事情是这样子的，她如此这般讲了一遍。

教务主任纠结了，代还是不代？这是个问题。他沉吟了一会儿：代，意味着自己刚理顺的班级要交给别人，何况开学前他再三向学校申请代两个班的课，被校长毫不留情地拒绝了，理由，很简单，中层干部不能超量代课，避免影响行政事务。等开学，除了自己和自己的副手，其他五六个中层干部都超课了。现在你让代就代，太没面子了吧。还有一个说不出口的理由，杨老师是一个很有特色的老师，他的课太……不代，两位领导的面子怎么办？想了想。

于是，他很坚决表示：不代。

副校长还沉浸在愉悦的状态中，一时没有反应过来，不代？念叨了一句，才反应了过来，你和校长说吧。语气很生硬，掩盖了尴尬。

校长来电话，听起来还算平和，教务主任主意已定，任你巧舌如簧我自岿然不动，其奈我何？

见面，校长笑笑，只一句：你是教务主任，你安排罢。教务主任当时就震惊了，太有才了，太佩服了！

当时，他们都在副校长办公室，副校长在接电话，电话放下，不看教务主任，只问校长，怎样？校长说，解决了。

副校长看看教务主任，你答应了？

是。

副校长脸色难看起来，说，你去安排吧。

教务主任转头走了，他知道麻烦来了。当官的不如当管的，让顶头上司不顺心，自己还想混？但是有一个理由，他不能说，那就是前几天刚和校长吵了一架，自己冲动的个性一览无余，吵完发现自己无礼、无理的地方很多，校长当时也发话出来，等行政会处理。

行政会前，校长专门找他，说，会上要通报。他很生气但知道没辙，只好等吧！

会上，教务主任心神不宁，忐忑不安地等着靴子落地，校长一个一个部门听取汇报，一件一件的点评事务，几次看教务主任，教务主任面无表情。

然而，直到会议结束，校长也没有提及，不知道是忘了还是刻意不提，不管怎样，终是保全了教务主任的面子，这让教务主任有

了些许感激。因此，这次本想拒绝到底，却中途倒戈，除了校长的话太犀利，也的确没有更好的方案之外，这份感激之情也占了很大份额。

回到办公室，他打电话给那位可以接手自己课的老师。那位教师很年轻，教务主任就没有多想，口气很严峻地直接下命令，同时心里对不带的那些学生产生了依依不舍之情，他们交接得很快。

接到电话，要接手教务主任课的老师很心烦，接，自然多了许多收入，但自己教学经验远不如教务主任，平时两班相邻，总能听到教务主任上课时班里发出欢乐的笑声，自己去代，马上开家长会，自己该如何面对？但不接，那简直是不可能的，且不说自己资历尚浅，即使资历到了，纵观全校，恐怕也是非代不可啦。

事情就是这样，到了这一步，貌似圆满处理了，但进了班，学生们开始茫然了，习惯了的老师突然不来上课了，他们比较着，心里有万千想法，但还能怎样呢？谁叫自己是弱势群体呢？何况老师病了，也是挡不住的事，只好回家和父母说说，算是宣泄或鸣不平吧。

家长听孩子一说，就有些坐不住了，当时选择这所学校不就冲着师资来的吗？学校怎么可以这样呢？虽然可以理解但很难接受。他们把这些想法和自己的亲朋好友说了，亲朋好友很不平，出主意说，投诉他们。于是，教育行政部门接到了许多投诉电话，有些还是很有重量级的人物。

教育行政部门，很苦恼，老师病了，学校找老师代课天经地义嘛，怎么还投诉呢？但还得处理，只好打电话给校长了。

校长听到电话，心都快疯了，好言好语给行政部门解释，行政部门只说，你们处理好，不要让人家再投诉了。

校长放下电话，找副校长。副校长放下电话，找教务主任。教务主任放下电话，想起了一句话，美洲的蝴蝶扇动翅膀，亚洲刮起了风暴；又想起亚洲女平衡大师的表演，她把一片羽毛放在一根树枝上，再用另一根树枝支撑上一根树枝，达到平衡，依次类推，直

到最后一根树枝支在底下，松开手，一个令人吃惊的平衡神奇地站立在场地中央，任观众大气不敢出。突然，平衡大师拿掉了那片羽毛，平衡瞬间被打破，树枝轰然倒塌。

问题是，谁是那个蝴蝶的翅膀，谁是那片羽毛呢？

他苦笑，决定不予理之，让时间去冲淡。

一个月之后，一切安宁。

但是，教务主任突然病了，感觉很不好，还要去做各种检查。

他拿起电话，校长您好，我想请一个月病假……

羽毛被抽走了，蝴蝶扇动翅膀了。

只是一根羽毛，只是蝴蝶扇动翅膀而已，貌似微不足道，但是……

谁知道呢！

人物七题

人物群像之一——朵朵一家

> 它的剧情已落幕。
>
> ——题记

大概3年多以前，我正迷茫得一塌糊涂，找不到北只是前奏，没事找事也才是铺垫，高潮是我痴恋着她——麻将。仿佛只有在狭窄的、烟雾腾腾的空间里，在噼里啪啦的斗智斗勇里起起伏伏，才能填补我活着的虚空。

那天阳光明媚，暖风微熏，绿树在初夏的时光里努力伸长它们的枝，肥硕它们的叶，连小虫子也微小而不卑微地在美丽的时节里昂扬地纷飞着，而我，在午饭后终于约齐了麻友，美中不足的是其中一位在西塔附近处理事情，需要我们到那里等候，说好等候的地方是龙峰茶庄。那天，我走进了龙峰茶庄，朵朵一家走进了我的生命里。

门头有匾，一尺多宽、三尺见长，黑底蓝字——龙峰茶庄，行书、笔法老道，筋力内蕴，吴善章题。推门进入，一片清凉，环视，四堵墙边竖起柜子，下宽上窄，分层割断，错落有致地摆放各色茶品，地当中设巨大方桌一张，上面安置了不同茶具数十，在北墙与方桌之间方长条工作台，下置圆凳五六，屋子东北角立双开门

冰箱，东面躺着冰柜，旁有电脑一台，东南角放梨花木茶几一条，旁置椅凳。

大家落座、介绍，女老板很热情，沏新茶一壶，匹配茶杯几个，洗茶、烫杯，手法娴熟，一气呵成，道：请品尝，声音甜美。看人——个头不高，留齐耳短发、大眼睛、戴眼镜，面色红润，身体丰满。她端茶，说：请。大家纷纷端杯，汤色悦目，入口回甘，沁人肺腑。我说：好茶。她惊讶：王老师懂茶？我答：爱喝。她笑：以后常来。朋友插话：她是你刚带过一段时间的梁睿思的妈妈。她点头，笑：恐怕梁睿思王老师不一定记得了。我开动脑筋，让大脑以10的N次方每秒的疾速运转，还是丝毫没有印象，但我淡定一笑说：大概有印象。她又一惊：王老师好记性。但不再追问具体情形。我明白她察言观色的功夫已臻化境，心里很感谢她的善解人意。

喝茶、闲聊，不久，朋友来电，我们起立、告别，她拿来许多小包茶叶：大家打牌时喝喝，比棋牌室的好。送到门口说：王老师，有空一定来。我说：一定。

再来是因为帮朋友忙被朋友拉过来的，只是略坐片刻，朋友从这里拿了两筒台湾冻顶乌龙以表谢意。其间无话。离开，问朋友：你们怎么认识？朋友答：石嘴山时高中同学。我吃了一惊说：我也是从石嘴山出来的。自然聊起他们，从上学到开店。才知道他们从医科大学毕业后为了爱情，梁睿思的妈妈才从东北跟着梁睿思的爸爸扎根银川，又因为梁睿思的奶奶曾在石嘴山做过茶叶生意，他们就做了衣钵传人，生意现在已经做得很大了。

末了，朋友说：虽然是做生意的，但人是极好的，热情，真诚。我唏嘘不已：难得！

第三次去已是西风起、黄叶落、天碧蓝、神清气爽的深秋了。但我情绪低落，刚和一道转街的朋友呕了气，各自离开，回家路过就进来了。

这次，店里人多，看我进来，梁睿思的妈妈一脸微笑，热情地迎了过来，我满脸冷淡，不语，她说：请坐。我不响，径直过去坐了下来。她对坐在对面的男人说：给王老师沏茶。我一声不响，对面男子手脚麻利，片刻递茶过来，我看了一眼脸面：小脸、小眼睛、配黑边眼镜，鼻毛隐隐可见，门牙略凸，下巴胡楂硬朗。我口气生硬地说声谢谢。脸上没有丝毫活气，我正沉浸在自己痛彻心扉的悲哀里无法自拔，现在想想：那时一定是面目可憎、人见人烦、神见神厌吧。

他们好似没受影响，依然热情，只是不多和我说话，将一杯一杯的香茶续了又续。在一杯一杯茶水落肚之后，忧伤慢慢被冲洗走了许多，看看他们不断接待客户，突然觉得自己可能已经影响了他们生意，总算识趣站了起来，说声，我走了。他们停下手中活计，再三挽留，我挤出一丝笑意：不打扰了。

直接推门出去，外面，残阳如血，暮云四合，风刮了起来，我打个寒噤，身体哆嗦了两下，想起了一句：今宵酒醒何处？扭头望去，他们担心的眼神。我说：走了。他们说：回头打电话请您，可别拒绝啊。

走在路上，却不知何去何从！

我想大约不到冬季的时候吧，一个陌生的电话打了过来，自我介绍后请我去茶庄坐坐，恰好无聊加无聊，去坐坐也好，也聊胜于无吧！

有分教，这一见，生命的轨迹就此有了90度的转角。

茶庄见面，他们直接提出让我给梁睿思补补语文，我很诧异他们的鲁莽、奇怪他们的提法，转而欣赏他们的勇气，敬佩他们的执着。面情软的我无奈之下只好答应了。这时，我还没意识到他们的良苦用心，一直到我们成了无话不说的好友，他们才说：如果就那样颓废下去，可惜了你的绚丽才华，所以得找事情给你做，再说朵朵也需要。说时，口气是淡淡的。那时，我已将课上得风生水起了，经济和精神状态都一派昂扬。一刹那，我心底惊涛拍岸，只是脸上依然波澜不兴。暗里告诉自己：只要他们愿意，我就是他们终身的朋友。

自此，印象模糊的梁睿思（即梁朵朵）日益稔熟起来：不高的个子，圆圆的身体圆圆的脸，清澈的目光圆圆的眼，前奔后勺——标准的南北基因结合的产物。天赋自不必说，这在以后的时间里有充分的证明。

哦，顺便一提，朵朵爸爸大名梁志荣，浙江人，行三，熟悉后称呼为梁老三；梁朵朵的妈妈全称黄英，东北人，见面叫小黄即可。

课大多是在晚上上的，下午放了学，慌慌张张地赶往上课地点，之前还要做许多思考、制作上课材料，日子飞快，朵朵爸妈更是体贴入微，放学前就须到校门口来接，上完课还要送我回家。而中间就是漫长等待，冬天天寒地冻，夏天赤日炎炎，风里来雨里去，他们几乎从不爽约。车上我会谈些中考或历史文化趣谈，小黄和梁老三也听得津津有味，也会谈些朵朵的小性子、噘嘴巴、字写得太小，下课吃得太多，甚至班里的八卦，等等，情感就一天浓似一天了。朵朵很亲近我，说话时靠我很近，一丁点的距离都没有，还很会关心人，有好吃的立刻拿了过来，只是在我跟其他孩子说得高兴的时候她会有一些小脾气，稍稍哄哄又笑逐颜开，多可爱的孩子啊。

得了空闲就去茶庄坐坐，他们不忙的时候就会陪我品茶，梁老三的专业水准便渐渐大放异彩，举凡店内茶品，他都能如数家珍，一一道来，从种类、产地、制作、性情、品质、适用、器具、冲泡、水温、环境、心情，简直无所不包，加之他的语言雅俗共赏，讲述深入浅出，伴随演示实践，让我兴趣盎然。他的外貌早被遗忘，而做事专心投入更添了他的魅力，甚至让我觉得老天大概就是这么平衡和公平的——不让任何人十全十美。这也深深启迪甚至刺痛了我：一定要在专业领域精益求精，这样才会让自己通体发光魅力无穷。

他们忙时，我往往静坐品茶，冷眼旁观，也经常会有意外发

现，譬如他们从不和顾客讨价还价，只按定好的价位卖出，不分新老；他们在卖茶的同时更用心的是传播茶文化，营造品茶氛围，让进店的每个人感受饮茶是雅事。这些对我后来的思路调整起着潜移默化的作用。来茶庄次数多了，不仅享受润物细无声的提升，还受到他们生活照顾，他们学医出身，而我体弱多病，有时小黄会给予深层建议，有时还直接买药给我，这些点点滴滴，在细水长流里滋润着我的心田，如今我享受着语文教学带来的乐趣和成就，享受专心致志后收获的一切，还有他们带来的新的朋友，我心生温暖。

一年多以前，朵朵顺利上了一中，并在一年时间里成绩排名突飞猛进，她的父母也扩大了生意规模，我也充实而开心，那时的颓废早已离我远去。

此刻，我，满心感激地写下了这篇文章，只希望它能记录朋友的友谊和成长的历程。

愿朋友们都能转角遇到他——生命中的引路者，一如朵朵一家于我！

人物群像之二——吉祥三宝

他们就坐在我的对面，灯火辉煌，让每个人的脸上都神采飞扬。当然，这样的聚会也少不了龙峰茶庄的梁志荣家人，尤其是梁朵朵，很久没见，十分想念，见面一如既往，梁朵朵依然那么亲近人，让我十分高兴，之所以能坐在一起，完全因为他们，我才有幸结识这样一家人，我不能做"新娘娶进房，媒婆扔过墙"——过河拆桥的事啦。

离我最近的是男主人公，他白皙的皮肤，高大的身材，五官分布和谐完美，大眼睛双眼皮，鼻梁挺嘴巴正，堪称一位男神。遥想此人当年，该是怎样的风流倜傥，回眸一笑，迷倒多少青春少女。唯肚子硕大、耳朵招风、眼袋下垂，算是美中不足。这也是我和他坐在一起时唯一的自我安慰。说实在的我不爱和他离得太近，要是

紧挨着坐在一起，我简直就是专为他做陪衬来的，好在我们往往不紧紧靠拢，所以，还有些许欣慰留给我自己。但是，每次我铁公鸡拔毛，总会想起他，很迫切地想请他过来参与，这看似不可思议的事情，都源于他在酒桌上的机智和幽默，只有他上了桌，气氛才会快活了起来。他调侃自己也不忘记他人，他略带油滑却不失去真诚，他热情洋溢但能够恰如其分，他有领导风范也有亲民作风。总之，不能没有他在我们的酒桌上。更重要的是，他颇有君子成人之美的品质，好几次我遇到棘手的事，都仰仗他，才顺利解决。

女主人公坐在我的斜对面，灯光下彻，浑身透着贵妇范儿，熠熠生辉。她剪短发烫成小波浪状，圆脸白皮肤，大眼睛戴无框眼镜，身材适中，体格丰腴，增一份则太厚，减一份则太薄，着装得体，质地高贵内敛。看她，很是养眼。她爱笑，说话直爽，做事豪迈，是真正的女汉子，手下员工对她佩服有加。这些特点体现在酒桌上，就是大口大口喝酒，但她也有婉约的一面，她会小块小块吃肉。毕竟，女生总是怕胖的，爱美之心人皆有之嘛。她和大家打了招呼，就会张罗着让大家吃喝，每个人都会感受到她春天般的温暖。

他们的女儿很端庄地坐在妈妈的旁边，个头高挑，身材苗条，静静的，脸上带着浅浅的微笑，淡淡的、弯弯的眉毛下面是一双明亮清澈的眼睛，戴近视眼镜一副，瓜子脸樱桃口，唇红齿白，皮肤光洁细腻，不让江南美女的丽质，天生一副美人胚子，她秀外慧中，能写一手好字，能弹肖邦的钢琴曲，能说流畅的英语，会跳优美的舞蹈，唱起歌来有模有样，做起事来聪明智慧，待人处世落落大方。我们开起玩笑来，说她，你怎么这么会长呢，集父母优点于一身，一看就知道是你爸妈的女儿，连DNA都无须去验了，听了，她也只是微微一笑而已。

服务员过来倒水，问我们需要什么茶叶，我们集体哈哈大笑了起来，守着茶庄老板娘，我们还喝酒店提供的茶水，岂不是有趣？服务员一时不明所以，满脸愕然。男主人公笑说，我们在打哑语，你只需露出服务员标准微笑即可，服务员粲然一笑，问，你们不泡茶吗？大家又是一番大笑。女主人公早笑得前仰后合，男主人公却是一脸严肃，扭头看服务员说，你别逗我们啦，大家又笑。他还是一脸平静，看看他的样子，连一直静静地坐着的他们的女儿也不禁莞尔一笑，屋子里充满了快活的空气

　　笑了一番，我们冲梁朵朵的妈妈伸手，速速把茶叶拿来。她笑，你们找梁志荣要吧。我们这才意识到多次电话催促之后，梁老板还迟迟未到，我拿起电话，催了一通。他期期艾艾，吞吞吐吐，语焉不详。我无可奈何，近日他就要外出采购新茶去了，这顿饭其实是为了他饯行，他不到来，我们自然感觉很不爽，虽然，老板娘一直解释由她全权代表，但终是有瑕疵。我自嘲地笑了一下，对男主人公说，你是他的发小，一直同居长大的，这个活就交给你啦。男主人公拨通电话，哎，我说梁老板，怎么回事啊？你不来，伏成兄不让动筷子，看着满桌美食，肚子咕咕叫，馋涎欲滴，你说这滋味好受吗？还不赶紧过来。我们听着，笑着，店里充满了快活的空气。

　　放下电话，男主人公说，算了，我们自己开始吃吧，我们调侃，怎么连你的面子也不给了？他笑着说，唉，怎么说呢，我的这位发小啊，简直就是个奇葩，他的大门牙叫香蕉给硌掉了，他一脸沉痛，我们得为梁老板的牙开个追悼会。他话音刚落，我们又是一番大笑，店里充满了快活的空气。

　　只好举杯开宴，说些趣闻逸事，不知不觉已快21：00，念及孩子们明天要上学，作业还没完成，我们早早收场，全不像以往我们在一起时的尽情欢饮。特别是女主人公，今天几乎滴酒未沾，问之，则曰，开车呢，再问，原来这几天天天喝高，战斗力下降。等告别时，开车的竟然是（此处省略3个字）。呵呵！

　　到家，在酒精的作用下，我兴奋得无法睡眠，和这一家子的往事纷至沓来。

　　说不清楚是什么时候、在什么地点和他们第一次见面的，也许是在龙峰茶庄，也许是在某个酒宴上，但后来几次见男主人公的情景还有模糊的印象。那天应该是个周二吧，我参加完一个教学研讨

活动，步行走至龙峰茶庄，去看看吧，好久没去了。到店里，有几个人在座，其中一位大马金刀地斜倚在根雕的椅子上，神情倨傲。梁老板给我介绍，说他女儿也在我们这一届，（11）班呢。又介绍了我，他的神态有了些许变化，后来聊聊，知道彼此都是从石嘴山过来的，他的表情柔和了许多。又说及孩子的学习，我认真听了他的介绍，又给了些中肯的建议，他明显热情了，聊完，他有事先走了。梁老板又说起了他们挤在一张床上睡觉，一起混吃混喝的情形，还有抄作业，成夜胡说的事情。我听起来感到很亲切，那个年代我和几个同学也经常这么干，听他讲到有趣处，我也会心一笑。

这之后的不久，他把女儿送到我那里上补习班，她来时似乎很不情愿，一脸的无奈，等到第二次，我就没有再看到她。我只有苦笑，现在的孩子啊，哪能受到这样的罪，但心里却有些解放的感觉，带朋友的孩子，总是有很多压力的，不来也罢。

等再上课，时间已经过去了几分钟，我吆喝着孩子们进教室，锁了门。上了几分钟，就听底下有敲门声，声音时轻时重隐隐约约。我下去开门一看，是她，脸上略有些歉意，微微笑着，很美很清纯，我没有多问，只是有些小小的成就感。

后来，每一次她都会晚到几分钟，有时候我会站在马路边等她。她迎着阳光款款走来，袅袅婷婷，显示出大户人家女孩子的优雅。见到我她会笑笑，路边的树叶也哗哗地笑了起来，几只鸟儿飞了起来，花儿低下了头。我点点头，相跟着走进了教室，她听课很认真，课间就低头玩手机。我偶尔走到她跟前，问她上这样的课感觉怎么样，她回答，还行吧。问她听明白了吗，她回答，还行吧。我一时语塞，不知再问些什么，等熟了，我课上问她刚才的题听懂了吗，她回答，还行吧。我开始笑，说，我以后就叫你还行姐，你说还行吧，她也笑，很灿烂。

还行姐真的还行，每一天赶场似的奔赴在学校、家庭之间；周末几乎都在恶补各种课程。有时候倦怠了，也会给父母撒娇偷懒，个别课程偶尔请假，但我的课程她还一直坚持着，直到中考。中考的头一个晚上，她焦虑不安，夜不成寐，凌晨她父亲打电话，问我是否会到考点去，我说会去的。他听了很高兴，还说让我在门口等等，见见孩子，给孩子宽宽心，我也答应了。父母之爱子心切，由此可见一斑，我怎会拒绝呢。

门口车水马龙，送孩子的家长络绎不绝，可怜天下父母心啊，在人群中反复寻觅，终于看到了四面张望的男主人公，我挤过人潮，走到跟前，只是简单鼓励的一句，你上一百分不成问题，上不了一百我负责。她听我坚定的语气，似乎自信了许多。等到孩子进了校门，混入成群结队的人流，再也看不到了，她父亲和我才慢慢离开，吃完早点，到龙峰茶庄，边喝茶，边聊天，心里还是有些忐忑不安。终于，熬到考试快结束，我们赶了过去。等见到她，问起考试难易如何，她笑答，还行吧。我们的心一下踏实了。我说，你们回吧，让孩子睡个午觉。他父亲一抱拳，说声，谢谢。

中考过后，我们联系得紧密多了。常常会聚到一起吃喝，总是，他们夫妇买单，在酒桌上，渐渐发现他们都是性情中人。于是，情谊日渐深厚，有几回我遇到了小小的困难，不好和别人开口时，就会打电话给他们，他们从没拒绝。那天他派人和我一起去机场接儿子，路上还发生了刮擦，打电话给他，他说，我来解决。后来，我想买房子，他们父母就四面帮我打听，并动用各种力量帮我砍价，虽然，最终没有买成，我心里依然十分感激。还有一次，是我去银行办事，遇到了麻烦，打电话给女主人公，她一会儿就给协调好了，让我免去了好多等待和麻烦。

2013年7月5日，我父亲去世，他们夫妇和梁老板及几个朋友一起来吊唁，当他们在我父亲棺木前行礼时，我想，我会努力一辈子和他们做朋友。这次特殊场合的会面，还促使了一次久违的重逢，在我和妻子答礼的时候，女主人公目光炯炯，盯着我妻子看了很久，眼里有惊奇，有喜悦。等仪式完成后，我们在屋子里论宾主坐定，她直接叫我妻子的名字，我妻子看着她，有些疑惑，有些意外，犹犹豫豫地问了一句，你是……说出对方名字后，彼此都充满

了欣喜，若不是和丧事的气氛不合，她们可能会狂喜而相拥，她们留了联系方式，后来果真聚在一起把酒言欢。

事后妻子告诉我，她们是小学同学，她是班长，很泼辣且有能力，在同学中很有威信。她今时今日能领导一家银行，并不奇怪。有传奇特色的是，她小学时还救过一个男同学的命。事情是这样发生的，那天课间，孩子们都推推搡搡，你追我赶，闹腾得很凶，女主人公去楼下厕所，正行走，突然一重物从天而降，她当时就眼前一黑，昏倒在地，等苏醒过来，头顶血流如注，旁边躺着班里的一个矮小的男生。据目击者称，那个小男孩是倒栽葱从二楼坠下的，恰好砸在女主人公的头上。事情就这样巧合，无意间，她竟胜造七级浮屠。按妻子的说法，他们一家的幸福生活其实源于她的同学的这次救人，老天有眼，自然要厚报于她，我信。2013年7月底，女孩儿拿到了一中的录取通知书，一家三口去欧洲游玩了一圈，拍了许多照片，照片里在欧洲浪漫的埃菲尔铁塔下，背面是异国风情的街道和建筑，天蓝树绿，白云朵朵，阳光清澈，男主人公脸上一副幽他一默的搞笑，女主人公笑靥如花，女孩儿笑不露齿，优雅含蓄。照片背面，我准备写下照片主题：吉祥三宝——郭军、贾冬梅、郭嘉妮到此一游。

人物之三——野性陶哥

3月1日发生在昆明火车站的暴恐活动令人悲痛欲绝，29条鲜活的生命在那个夜晚无辜消亡，成为其家人挥之不去的噩梦，129位受伤的普通百姓，牵动每个国人的神经。一时间，各种说法喧嚣尘上，有对新疆维吾尔族产生想法的，有担忧自己所在地区安全的，有为维吾尔族同胞打抱不平的，也有对我们遭遇暴恐时怎样躲避支招的，但，我更多的，想到了一个我的朋友兼兄长，他的往事、他的野性、他的仗义。如果我们这个民族血液里还流淌着这种野性和血性，如果我们的民族不是这样养尊处优勇气全丧，如果我们的教育还有尚武的理念和体魄的磨砺，面对几个手持冷兵器的暴恐分子，怎能没有和歹徒搏斗甚至振臂一挥群起战斗的同胞呢？设若这样，8个暴恐分子怎能伤得了这么多我的同胞？因为他的血性和仗义，在我心目中形象高大。

只是本人，个头并不显高大，甚至略显单薄，五官很清秀，面色红润，近50岁的年龄却比40岁的青年人还精神，尤其眼睛，只能用炯炯有神来形容，待人平易近人。这让没有太多交往的我们一见如故，颇有相见恨晚的感觉。每次，我都很期盼和他坐在一起，喝些酒之后，听他讲讲他的经历。听他讲故事，对我，就是莫大的乐趣，而这些经历和故事激发着我的斗志和对他的敬佩。

现在，我就把他讲过的一些事整理出来，和大家分享，看能否让我们柔弱的人生血性刚毅。

20世纪60年代初，经历了3年自然灾害，人口锐减，至1964年，国家开始恢复元气。毛主席说，人多力量大，全国人民积极响应党和政府号召，抓革命，促生产，努力生孩子。所以，人丁兴旺成为当时一大特色。

我的陶兄就出生在那个年代。他在家排行老四，是家里最小的孩子，父亲是公职人员，在那个年代，他们代表了农村里高人一等的状况，加上，等他到10来岁的样子，"文化大革命"还在垂死挣扎，不爱红装爱武装的风气蔓延在社会的每一个角落，男孩子打架基本上是家常便饭，孩子多，生存压倒一切，对于打架这类发生在男孩子身上的事，除非头破血流，家里会骂上两句，其他如鼻青脸肿之类的事家长连问的心思和精力都腾不出来。而能打架、会打架就会成为小伙伴们追逐的偶像，一群年龄相仿的孩子会把其中最厉害的奉若神明。

陶兄就是那时的偶像，粉丝成群，他不仅打遍渠口（陶兄家乡），甚至打到石岘（中宁下属大镇），后来还在中宁打架。打得最无厘头的一次在课堂上，老师在台上讲，他趴在课桌上睡得酣畅淋漓。老师走下讲台，冲着他的脖子就是一巴掌。经常在战斗的、

锻炼的身体已经有了超人的反应速度，他的大脑甚至尚未清醒，就已经从屁股底下抄起板凳，以迅雷不及掩耳之势砸向老师脑袋。老师还算反应敏捷，听到凳子带起的呼呼风声，想都没想，拔腿就跑。陶兄则拎起凳子在身后紧紧追赶，全班死一般寂静，大家目瞪口呆，见过反应快的，没见过这么快的，见过打架的，没见过这么打架的，没有人吭声，也没有人阻止，还是陶兄追着追着突然清醒了过来。

陶兄一战成名。当然，这不是我讲这件事的重点，重点是，我想说训练能让人反应敏捷。如果，我们从小对孩子进行大量体育方面的训练，也许，昆明暴恐犯罪中无辜的群众能因反应快而逃过一劫。

但，陶兄在学校是不能再待下去了，本县甚至相邻的市县也没人敢收留他去上学，不胫而走这个成语的意思，陶兄从那时就刻骨铭心了。只好，去兰州。

兰州的学校里打架也是风起云涌，方兴未艾。陶兄作为外来学生，竟然不拜码头，这让班里的几个老大情何以堪。他们每天都找茬，念及父母哥哥的心血，陶兄忍了，但是眼里的倔强和不屑，让老大们变本加厉，欺负的花样翻新出奇。这天下午放学后，学生已经走完，陶兄估摸着拦截他的人也走了，才慢慢悠悠朝校门口走去。

出校门不远，就是一个十字路口，路口周边的墙上贴满了大字报，有的还打了红色的叉叉，触目惊心。

突然，陶兄觉得哪里不对劲了，浑身的汗毛都竖起来，街上没人，傍晚的阳光很有些暗淡，风舒服地刮着，放学的学生早已把嬉闹带回家去了，上班的人还没有下班，街道上没有车，连自行车都很难见到。虽然，兰州是座大城市，但那个年代，穷才光荣，穷得只剩了穷了。陶兄向街道边的墙角和树干后面瞧去，果然，有比自己身材高大许多的七八个小子就隐藏在那些地方，看到陶兄眼光朝他们扫来，他们慢慢走了出来，呈扇面形向陶兄包抄而来。陶兄返身向校园跑，后面的人也跑了起来，陶兄加速，他们紧追不舍，眼看他们就要追上了，陶兄猛然停下，转身，朝中间那个最壮实的人冲了过去，那伙人吃了一惊，站在原地大口喘气，脑子还有些发蒙，陶兄扔掉了书包，从腰带边抽出一把折叠刀，迅速插进还没反应过来的大个子的肚子，大个子喊了一声，捂着肚子，弯下腰，血从刀口向外渗出，旁边的人一脸的不相信，陶兄向他们冲了过去，他们下意识地向后退却，陶兄眼睛死死盯着离他最近的一个小子的眼睛，慢下了脚步，一步一步地朝那人走去，那家伙脑门开始冒汗，脸色煞白，突然嗷嗷地叫了两声，扑通一下跪倒在地，其他人见此情景，纷纷向后退去，陶兄走到跪地的那个小子身边，一脚踹到那家伙的脸上，那家伙登时鼻血横流，哇哇乱叫。陶兄一手拿折叠刀，一手薅住那家伙的头发，大声骂道，就凭你们几个货色，也敢成天欺凌弱小，不给你们点颜色，你们还不知道马王爷是三只眼。说完，用刀把戳了一下那家伙的鼻子，那家伙又声嘶力竭杀猪般地叫唤了起来。陶兄威风凛凛，眼光将那几个惊魂未定的家伙一一扫过，用刀一指一个发抖的小子，喊道，有种给老子过来。那个家伙摆了摆手，转身一溜烟跑了，其他人见状，也转头四散奔逃。陶兄踢一脚跪地的家伙骂一声，还不快滚，那家伙如遇大赦，跳起来，飞奔而去。这时，肚子还在冒血的老大惊恐万状，带着哭腔告饶，我们再也不敢惹您啦，放过我吧。陶兄飞起一脚踢在他屁股上，骂一声，王八蛋，还不快滚。那个大块头捂着肚子，恶狠狠地盯着陶兄，只是陶兄并没有注意到。看大块头踉踉跄跄走远，陶兄转身奔向火车站，他明白此事大块头绝不会善罢甘休的。到达火车站，身无分文的陶兄扒上一辆运媒车，经过一夜的跋涉，一路向北，天亮时抵达石崆。当他一脸煤黑回到家时，家人只是长长叹了口气，说一句，你就不能省心点吗。

学，是再也上不了了。

陶兄讲到此处，神情有些落寞，喝了口酒，长叹一声，少不更事啊。他清秀的面庞有些涨红，眼神有些迷离，但腰板依然挺拔，我有些疑惑，问，陶兄，你当时怎么那么大胆，一个对付七八个？

陶兄说，那也是没办法啊，我的原则是没事时我不惹事，有事时绝不怕事，他们想欺负我，哪能由着他们呢？听完，看看陶兄，感觉他的形象高大了很多，全不是我眼前的文静略显矮小的陶兄。我心里感慨，如果，所有外来伤害加身之时，我们能有这份勇敢，昆明暴恐也不至于受伤那么多无辜群众。

我又问，你当时怎么想到先跑后反击的？陶兄精神一振，说，敌强我弱，敌进我退，是毛主席的教导啊，我消耗他们的体力，让他们无法同步，然后各个击破，然后，擒贼先擒王，威慑其他人，才能迅速脱身。我颔首赞同。

后来呢？后来，陶兄就成了待业青年，在社会上晃荡，过了一段打架斗殴、惹是生非、快意恩仇的日子。说到这，他笑笑，那时候真是不懂事，唉，不说也罢。

后来的几次饭局，我又断断续续地听了一些陶兄的经历，仿佛传奇一般的故事。

带着一帮小兄弟闯荡他们心目中的江湖，成为大家见了就会躲着走的凶神恶煞之后，家里也开始想法给他找工作。最终，陶兄进了一家工厂，工厂里大小领导也对他们的光辉事迹耳熟能详，给他找了个清闲的活。他和几个工友结成兄弟，上班混日子，发了工资就胡吃海喝，终于从下班喝酒蔓延到上班喝酒。领导们也知道，都采用了睁一眼闭一眼的战术，于是陶兄他们更加肆无忌惮，以致厂里新来了领导他们也毫不在意。结果，自然是在一次偶然检查中，他们在工作时间喝酒。由于辱骂和威胁领导，竟用酒瓶砸伤领导，他被立刻开除。

出路——被堵死，只有投奔自己的大哥，去当兵。但此前，当兵是陶兄坚决不干的。虽然，那时，他的长兄已在兰州军区站稳了脚跟且积累了很多的人脉。

只是当时已惘然。

现在去参军，年龄过大，错过征兵时节，可谓困难重重，好在经过不懈努力，最终还是成行。

剪掉了时下流行的长发，脱掉了喇叭裤，在20世纪80年代，陶兄成为了新兵蛋子。每天高强度的训练，他瘦小的身躯竟然坚持了下来，除了双杠，其他器材、枪械、格斗、负重越野等，他都成绩良好。

之后，陶兄被分配到平凉一所监狱当守卫，监狱在大山深处，每到春秋季节，山里大雾迷漫，常有空山闻声响，对面不见人的景象发生，对于浪漫者来说，不失为奇幻美景，对于初到者也是惊叹不已，但对于哨兵来说，简直就是厄运来临，注意力要高度集中不说，还要忍受被雾气打湿后的寒冷，特别是因为紧张而出现的错误。这不，那个有雾的夜晚，隐隐约约陶兄听到了脚步声，他抬枪，喊一句，谁，口令？没有回答，但确乎有声音，陶兄心里慌张了起来，这可是监狱啊，万一有囚犯越狱，自己可就生死攸关了。越想越怕，他拉一下枪栓，说，站住，不然我就开枪了。话还没落，就听砰的一声枪响，划破夜的宁静，片刻间，警报声呼啸而来，几个墙角的岗楼上，探照灯唰地照了过来，在浓雾里模糊不清。

因为哨位是固定的，很快就查出了枪是谁开的，当然，大家都明白是陶兄。

后来，不必再说，反复交代、反复检查、反复挖掘，好在陶兄福大命大造化大。陶兄坚持说听到了脚步声，于是……最终，结论是作为新兵，警惕性很强，值得表扬。

当兵期满，陶兄复员，后来因朋友出车祸，将人撞坏，鉴于朋友是独子，陶兄认下了车是自己开的，人是自己撞的。结果，他经过了炼狱般的一段日子，才将事情处理妥当。之后的每一年，他都去看望受害者，直到现在。只是这件事情，他很少提及，我也知之甚少。现在，陶兄身板依旧，好抱打不平，仗义执言，喜欢帮助别人，依然有年轻时的虎虎生气，令人敬佩。他很用心地和人交朋友，朋友很多。我很荣幸成为他的朋友，看到他和家人幸福美满，我经常会想起一句话：好人好报！

人物之四——为他点赞

我们情同父子还是在他毕业之后的事了。之前，我只是觉得他聪明。聪明极了，还有些隐隐的担心，聪明反被聪明误。于是，当班里有同学报告说他化学考了全班第一，我撇撇嘴看着学校院墙外秋风乍起，一片树叶飘落，漫不经心地说，下次他考不了第一。不幸言中，第二次化学测试，他成绩排名第二，那个叽叽喳喳的女生幸灾乐祸般地冲进办公室，报告了分数，还问，下次呢？我说下次他进不了前十。果不其然，他没进前十。

消息传开，仿佛我是乌鸦嘴，我呵呵一声算是回应。其实，他的状态尽收眼底，上课有气无力趴在桌子上，好像全身的骨头已被拆卸，无精打采的眼睛，漠不关心的神态。看着就来气。

这一天，已经记不清因为什么话题了，我编排了一个《一石七鸟》的故事来打趣他，大家听着哈哈大笑，他也随声附和，并没有显现出太多的异样。第二天，他来找我，说，经你这一夸，我成名人啦。说话的语气是开心多过抱怨。我说你本就聪明嘛，用到学习上如何？他不吭声，我无语。

日子不紧不慢地过着，他上我的课时有了一点变化，又有了一点变化，听课时的精力明显集中了，回答问题的次数也多了起来，笑的时候也多了。我于是想表扬表扬他，然而想起他说自己最不爱学语文之类的话时，我觉得先不急，等形势明朗了再说吧。他似乎也不慌不忙，但时间嗖的一声就到了初三第二学期。一天，他突然问我，你看我能考上高中吗？我很诧异他怎么会问这个问题，突然意识到了什么，但那时还不明确。

回到家，看电视，脑中灵光一闪，我猛地醒悟了过来，他缺乏自信。

这天以后，我提问他多了许多，在全班面前表扬也渐渐多了，甚至说，以他的聪明，努力两个月，考上二中或考到620分以上不成问题。看他时，镜片之后的眼睛亮闪闪的，黑黑的皮肤泛着光芒，头发也精神抖擞地根根站立着。明显地，他爱凑过来和我说说话了，有时候还追到办公室，说说，某某和某某在班里腻腻歪歪，害得我都不能回座位。我听从了他的话，在班里大谈道德，并明确告诫那几对貌似鸳鸯的学生，如果被发现，将让他们等着瞧。过了两天，他笑着说我，看你的威力也不咋的，他们还腻味着呢。看他似笑非笑的眼睛，我感觉有些嘲讽的意味，但想想他一直以来的单纯，我又释然了——能在这个早熟的世界里还能保持一份正义和单纯已经太难得了。为这事，我在班里又一次发飙了，那几对明显收敛了许多，我好像也表扬了他。

中考，如期到了，他考了626分，考完之后他没了踪影。我有些牵挂，但正值多事之秋，父亲病重，病危，去世，我沉浸在自己的悲哀中无法自拔。很多时候，觉得活着都没有了意义，突然，想起父亲生前爱喝的一种酒，只有他的家乡能买到，而我，也曾拜托他让他家人帮我买两瓶。可是，父亲已走，酒也没来，我颇有些责怪于他。

之后的几个月，我表面笑语盈面，实际内心充满了沧桑和悲凉，我找不到出路，在35℃以上高温的天气里寒冷如冰，儿子回来后，稍有好转，毕竟，还有无法推卸的责任。等我看到他时，他已经上了一中，个子比以前又长了很多，有空，就能看见他在吃，然而依然是瘦。他告诉我，老师，你要写说说啊，没有你的说说觉得生活都没有意思了。听完，我精神一振，生活里还有孩子如此的喜欢我的东西，我写写东西就能给他们单调的生活里抹上一丝色彩，我这次答应得很快，并且付诸行动。写了一篇又一篇，他总是第一时间点赞或发表评论，多以鼓励的语言给我传递正能量。我写的更多了，偶尔，也看到他写的东西，虽然短，却充满了奇思妙想和真切情感，于是，我为他点赞。

为他点赞，始于在初中时的鼓励，却不会止于现在，希望，他点赞鼓舞我前行，我点赞，促使他上进。

现在，我们交往多了起来，甚至比初中我代他课时更多，这让

我对他多了更多器重，他还没有被这个功利的世界淹没，还保留着他的清纯。

现在，他很在意我的评价，我也很在意他的看法，他很关心我的写作很支持我补习，我很在乎他的成长和他的学业。

我们，情同父子。

他叫刘天宇，一个值得终身交往的我的学生。

人物之五——传奇

——只是因为在人海中多看了你一眼。

喂，你是王老师吗？

是，您是哪位？

我是王施懿妈妈，你有空能不能给她补一下语文？

我这边比较忙，不确定能不能抽出时间来。

哦，她这几门学科就是语文差，你看能不能周末给她看一看？

好吧。

这是我刚接手初二（10）班语文课不久接到的电话，说起来惭愧，那时候两个班的学生我还没有认全呢。王施懿是男是女是高是矮是胖是瘦是俊是丑，我简直就是两眼一抹黑，根本没有一丝印象。只好先应付过去再说。

第二天上课，找了个机会我开始提问，叫了几位同学后，我叫道，王施懿。我眼光向后几排扫了过去，我感觉他应该是个高个头的男同学，随着话音落地，我前面一个矮小的女生站了起来，我一时没有反应过来，她是王施懿？她就是王施懿？她怎么是王施懿？她怎么会是王施懿？

问题她并没有回答出来，在我惊愕的目光里满脸通红，我看着她——她一点也不出众的，扔进茫茫人海里她只是芸芸众生之一，相貌平平：个头偏矮，只不过作为女生大家不太挑剔罢了；身材一般，不苗条不丰满，不会让小男生有遐想；面容模糊，没有炯炯有神的大眼睛；没有柳叶眉、悬胆鼻、樱桃小口，甚至没有白皙的皮肤，我微微叹口气，觉得些许失落里还有些自责，竟然，我一样媚俗，以貌取人！看她的窘迫，我又多了好感，请坐，我说道。

周末，正好有几个孩子希望我能给她们指导一下课程，我们就约好了时间地点，我准备了材料，早早到了地方，静静等候着她们的到来。不久，一路叽叽喳喳的声音传来，她们像小鸟一样幸福快乐，我满眼含笑看着她们陆续到来，她走在同学中间，既不见得高兴，也没看到悲伤，只是一脸平静，找了座位，其他学生说笑着吃着各式各样的零食，只有她拿出了课本，一页一页地翻看着。一瞬间，我心里涌起了欣慰，至少，给她补习会有很大的进步的，我坚信！课一天天上着，学校的，校外的，我们渐渐熟了，人数也有了增加，在周末上课前，狭小的空间里简直是沸反盈天了，三个女人一台戏，何况有六七个呢，她们笑得无所顾忌，声音传出小教室飞翔在黑色的夜空。我受了她们的蛊惑，和她们一起说东道西，学校的、班里的，男生女生，趣事绯闻，乱七八糟，我们那时候的快乐啊。她依然如故，静静地听，偶尔也插话进来，大家庭般的亲密和谐。等上课了，她会拿了笔记本认真记，仔仔细细地听，看着她我心里充满了当老师的幸福感。然而，一段时间之后的考试，她考得并不理想，她有些急躁，过来问我，老师，我怎么办呢？我笑笑，越发欣赏她了，知耻近乎勇，这么上心在意成绩的孩子迟早会崭露头角，拦都拦不住的。安慰开导鼓励之后，她将信将疑地走了，大概还不确定我对她期待和夸奖她能否做到吧。只是，在这以后，我在公开场合，都给她重新命名：好娃娃。同时在班主任、数学物理老师面前大肆赞美。他们不置可否。

时间终于在初三时发话了，它说：王施懿的确是好娃娃！我很自得，心说，瞧瞧，我说的，没错吧！

好娃娃进入了她辉煌的时期了。班里的考试成绩稳定，一路向上，各级各类竞赛她拿奖如探囊取物一般，尤其全国语文能力大赛，她是初三组为数不多的几个一等奖之一，为我赚足了欣喜

和骄傲!

她和大家都认可这个称呼:好娃娃。

临近中考,她忐忑,我也有些心里没底,她问我:我能考上一中吗?我答,那还用说,她还是患得患失,我索性在班里预测,好娃娃能考665分,误差3分以内。因为我在(10)班里早已被大家信赖,所以,我预测的数字并没有招致反对,大家反倒觉得她肯定能考到这个分数,要知道上一年择校分才是640多分而已!

煎熬之后,成绩出来,她668分,录取通知书下来,她告诉我,考完,她以为自己能考680分以上。我哈哈大笑,说,都怪我乌鸦嘴,她也笑。

再后来,她父母请我吃饭,说了许多感谢的话,主要是夸我会鼓励孩子。然而,我并不认可,因为从我在人海里多看了她一眼之后,我就坚信:她会成就自己,成就我,成为她的、我的传奇!

我会目送,一直到她成为一个传奇!

人物之六——生如夏花

——我是这耀眼的瞬间。

中考成绩出来,陈佳慧680分。

惊人,震撼,辉煌!

我笑了,成就感瞬间膨胀!那是一个静得可以忽略的人,如同大千世界里飞舞在阳光下的一粒尘埃,除了羞涩微笑时脸上有些许生动外,大眼睛,圆脸,红彤彤的脸色并不能让人留下太深的印象,所以,我的注意力分配给她的少之又少,直到那次……

那是一堂作文评讲课,作文题目我早已忘了。按照预先批完作文的情况,按打分的高低依次排序,我逐一念完文章再逐一评价,她的作文并没有夺得头筹,然而,我读作品的时候,突然觉得文章美极了,我现场灵机一动,以饱满的热情,果断地给予了最高的评价,我出众的语言和入情入理的分析打动了在场的(10)班学生，随着我话音落地，掌声雷动，在众目注视下，她上台。我双手递过了作文本，但在紧张或激动里她并没有注意这一细节，单手接过，转身匆匆离开。一瞥之间，我觉得她脸更红了，额头横着整整齐齐成行的汗水，之后又一滴滴滑下略黑的眉毛，流向了脸颊。我微笑着看她返回座位，一直沉浸在某种情绪里，不安或兴奋，谁知道呢。我继续我的作文讲评，学生们的注意力也很快转移了，下课前，我看了她一眼，脸依然红扑扑的。

再次作文评讲来临时，时间已经走过了两个星期，她的作文毫无悬念地在范文的行列——以独特的思想，精巧的构思，流畅的叙述，优美的语言，又一次惊艳了全场。再上台拿本时，她的慌乱少了许多，双手接过作文本，还说了声谢谢。我依然含笑看她静静地回到座位，这次再评价别人作文时才开始认真聆听了。

依着我的性格必然会开始看我还没有接手这个班的以前她的语文成绩，我看之前心里很是坦然，她的成绩应该没问题。然而，看完，我就失望了，成绩一般般，远不如她的作文那样出彩，作文也许出自偶然吧，我自己解释给自己，之后，释然。

再写作文时，我一改让他们拿回家去写的习惯，启用了现场限时写的模式，作文交齐、批阅、打分、评讲。结果，她吓着了我，她简直，怎么说呢，整个就是鹤立鸡群，水平远在众人之上，我很是惊叹了一番，在班里，大加夸奖。

上台，拿本，谢谢，转身，回座。再也没有了匆忙和慌乱，剩下的只是沉静和喜悦了。下课，我叫了她，她跟在我身后，来办公室，我只说，一个作文水平这么高的学生，语文成绩肯定也低不了吧？她脸刷的就红了，额头汗刷的就落了。快期中考试了，相信你一定会考好的。我说。她深深地点点头。

期中成绩出来，她语文成绩进步飞快。表扬，要求，希望。她还能更上一层楼，最后，看着她，我说。

再考，成绩斐然。

依照我的性格，我开始向各科老师询问她的成绩，都不理想，

数学最惨，惨不忍睹！

再找，谈话，我说了数学，她很惊愕更觉奇怪，然而，只是静静地听，我说总得提高些吧，她点头。

结果，大家想必不会有悬念了吧。

再找来，我给她讲了一个故事。我说，我有一个朋友，他很努力，终于挣了钱，他一刻也不逗留，迅速去买了一双自己心仪已久的高档皮鞋。穿到脚上，他感觉舒服极了，感觉合适极了，然而看看破破烂烂的裤子，他怎么都觉得不般配，怎么办呢？他把鞋打了包，暗下决心，一定要买一条像样的裤子。之后，他如愿以偿，问题又来了，衣服不般配。于是，有了合适的衣服，问题又来了，袜子、皮带、衬衣、手表……他努力啊努力，一点一点地打拼，一件一件购买，等最终，他再在我面前露面时，我惊呆了，他帅极了，问他，只说，我是这耀眼的瞬间。后来，他做成了许多事，算得上是一个成功人士。讲完，我问，明白了吗？她深深点头，我说那就好。她离去，开头几步有些缓慢，后来就快了。

2013年五一过后，她妈妈来电话，说因为我的缘故，孩子成绩进步很大，原先压根不敢有考一中的念头，现在有了信心，她征求我的意见，她想从新城把家搬到一中附近，当然，她们买不起学区房，只能租了。我回答得很干脆，租吧。

她是一匹黑马，考完后几位老师都说，我笑了。突然想到朴树歌曲《生如夏花》中的一句——我是这耀眼的瞬间。

人物之七——647

和小孩在一起，可以拯救你的灵魂。

——陀思妥耶夫斯基（俄国）

知道要接手初二（9）、初二（10）两个班的语文时，我有些纠结，一则是老吴历来很强势，不知能否合作愉快，在此前带初一时的任课老师曾在我这哭诉过，说学生只听吴老师的。二则，对这群学生我一无所知，两眼一抹黑，通过各种渠道，终于有了些初步感知，比如，（9）班有四大金刚，有学霸刘斯琪等。于是，刘斯琪就让我有了无穷的想象空间，因为问得粗略，我甚至不知她是男是女，名字现在都趋向中性，例如我现在带的学生里有叫张凯琪的就是个不折不扣的秃小子，所以性别是无从判断了，那么性格爱好之类的也就无从谈起了。这让我有些好奇，有些着迷。

终于开学了，我踏进了（9）班的教室，大家吃惊地看着我，我没有做过多的介绍，连姓字名谁都没有说起，我没有提要求，没有寒暄和鼓动，开门见山，直接进入教材学习。然而，学生们好奇过后，有了些许躁动，交头接耳者有之，东张西望者有之，心不在焉者有之，还有顾盼生辉者，首印效应是打了负分。在嬉皮笑脸的一小撮人中，就有号称四大金刚的人物，我皱起眉头，两眉之间的"川"字鲜红深刻，板了面孔，我继续，在讲解过程中我看到了专心致志的许多眼睛，后来知道了名字，像陈思卉、马瀛、张丙奇、杨馥坤、艾鑫宇、王鹤鸣、黎庆泰、孙曦文等，还有一个大眼睛、肤色略黑的剪发头的女孩子听得格外认真，我心里微微一动，大概她就是刘斯琪吧，但还不确定，第一节课就这么过去了，我没有提问。

再上课，也是平平常常，（9）班反应敏捷的学生太多了，罗冠华很快就浮出水面，个头小，身体瘦，眼睛不大，脸色青白，声音稚嫩。上课极爱回答问题，其他起哄的家伙像武劲宇很快也走向了台前，还有被老吴揪进办公室收拾的杨博也记在脑海里了，也有被英语老师罚抄作业重、厚、长、大的马驷骏也入我法眼了，我摇摇头心里不以为然，不知道是对老师还是对学生，而，那个大眼睛的学生上课却保持了高度的沉默和安静，我想也可能是性格使然吧。与此同时，一个经常来办公室找吴老师的清秀的女孩子引起我的注意了，她仿佛是（9）班唯一一个不怕老吴的学生，在老吴面前谈笑自若，而老吴似乎眼里也含了笑，看她叽叽喳喳，经常她会把班里的违纪情况向老吴和盘托出，武劲宇上课说话啦，胡嘉绩没交作业啦，姜舟逃值日啦……听着，心里不喜。

等到不得不知道她是刘斯琪时，我心里依然没有太多的在意，

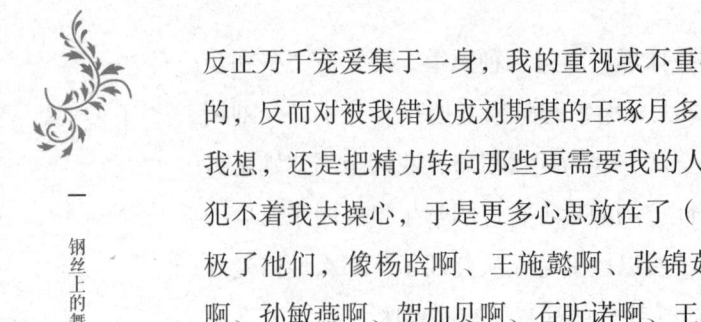

反正万千宠爱集于一身，我的重视或不重视于她并没有太大的意义的，反而对被我错认成刘斯琪的王琢月多了许多关注。更多时间，我想，还是把精力转向那些更需要我的人吧，老吴在此，（9）班犯不着我去操心，于是更多心思放在了（10）班学生身上，我喜欢极了他们，像杨晗啊、王施懿啊、张锦茹啊、蒋芸珊啊、陈佳慧啊、孙敏燕啊、贺加贝啊、石昕诺啊、王雯倩啊、张扬啊、王嵘葆啊、于雷啊、朱谨啊、苑野啊，甚至安安。他们下课会围在我身边，戳戳我的大肚皮，给我说他们的奇闻逸事，我都不舍得离开了。

现在想想，我那时真是太偏心了，直到此刻之前，我其实感情都倾注在（10）班身上，大概是我觉得他们更需要我吧。但此刻我却觉得深深的遗憾，想弥补时，他们早已散落在不同的角落了。

然而，刘斯琪却会过来问题，作业也写得极其认真，我心里慢慢有些变化了。很多时候，如果有新的举措或做法我也会找她来征求她的意见，她心直口快，思维敏捷，说起来头头是道，往往和我的想法不谋而合，我一点点地喜欢这个满脸笑容的学生了。只是，几次语文考试中，她的成绩并没有夺冠，虽然，总分依然无人望其项背，她突破口终于找到了。

我喜欢挑起事端，尤其喜欢学生们有竞争意识。于是，华研的作文，王睿涵的功底，罗冠华的才思，王琢月的条理，都是我大加赞赏的优势，唯独对刘斯琪我没有太多的鼓励，但依旧阳光灿烂。

老吴严管的负面影响终于日渐突出了，作业、背诵、上课的纪律都让我很不满意，而我的左膀右臂，语文课代表黎庆泰和李晓曦，一个太较真缺乏变通，一个太柔和缺乏硬朗，加上我极力抬举（10）班而打压（9）班，终于语文成绩远高于（10）班的状况被逆转。这都让我忧心忡忡而又力不从心，毕竟教务处还牵扯了很多精力和时间，我和刘斯琪商量，并决定请她出山，此刻她是班长、化学课代表。我的盛情和坚定，她无法推辞，能者多劳吧，我心想。

她果真上心，早读的效率立刻提高了，作业也有了起色，背诵自不必说，我长长舒口气，我打趣调侃她，叫她647。此刻，在我鼓动下，在升学的感召下，许多人表面冷漠，内心狂热，你追我赶，学习气氛几至白热化，（9）班关键时期的睿智和努力让人欣慰，在这种状况下，她的第一宝座早被几个人轮番抢走了，城头变幻大王旗。对我给她起的绰号，她心里很忐忑，曾找我说，我不会真的考个647吧，我笑笑，天机不可泄露。

那段时间，是一个很煎熬的日子，我心里、刘斯琪心里，我们充满焦虑，感觉她的脸色很不好，我知道她熬夜太多了，心疼，但只能如此了。第一的丧失，王琢月、艾鑫宇、黎庆泰的轮番打压，已让昔日的考神、学霸遍体鳞伤了，而我的玩笑，让她的宿命感加强，然而，我们的情谊却来得比往日更浓烈些，我早已依赖她了。

中考前，我告诉她，只是资格考而已，放下包袱，考上一中就行，反正你也考不了银川中考状元，多几分少几分又有什么关系呢。

不知我的话有没有作用，她没有拿到（9）班中考第一，但很顺利地进入一中学习了，考分也不是647。

其实，我叫她647，心里是有份愿景的，希望她高考考到647分。

教师节，她拿了铁观音来看我，在最优秀的学生里这样做的，毕业后还惦记老师的几乎是凤毛麟角啊。那个跟了我两年的语文课代表早已杳无音讯了，而这个只当了半学期的语文课代表刘斯琪却是如此暖人心窝，茶我至今还在喝，味道很浓郁、很甘醇。

高一的期中考试，她拿到了全年级第八名，又开启了学霸模式。我四面宣传到处夸奖，心里充满了自豪——你看，银川一中年级第八名是我的学生，那可是全宁夏最顶级的高中啊。我说给老吴，说给我认识的每一个人。

在她离开快一个学期的此刻，我动笔写下了这篇文章，心里有许多的敬意，有许多要向她学习的地方——热情、专注、执着。

647，你会好梦成真，我为你骄傲。

我也会努力，以此向你致敬！

大风吹

　　心摇神荡，是大风吹的，风在心里撼天动地、呼呼地刮着。

　　心里天天在刮风。

　　有时候是和煦的微风，自己还没有感觉到就刮过去了，心里也许起了点涟漪，也许起了波浪，只是没太在意就倏忽一下过去了，就好像是一个念头、一个心思、一个想法。这风可能来自学生，他们的一个笑脸，心里就觉得暖暖的；也许来自同事，见面点了一下头，回头问了问身体可好；也许来自领导，和颜悦色，语气亲切；也许来自一本书，就像我正看的《黄河文学》；也许来自天气，天空很蓝，阳光清澈。反正就那么一闪念，心里微微荡啊漾啊那么一下，舒服的、陶醉的一瞬间。

　　有时候是寒风肆虐，像这一个月，心里始终拔凉拔凉的。你知道那滋味，提不起劲头，打不起精神，浑身散架般的乏味，找不到一丝能射进黑暗、阴冷心底的光芒。心缩成一小撮，上面挂满了冰碴，任凭大风吹呀吹，它都不肯坠落——从你的心头。这时候，就觉得一切都无所谓，死猪不怕开水烫，脸皮厚得像城墙，爱谁是谁，爱干嘛是嘛，爱去哪是哪。揣着一颗硬邦邦的心，随波逐流，不看书、不运动、不交往、不写作，只是沉重地、呆呆的、脸色青青的。獠牙在心里疯狂地长着，恨不得咬这个世界一口。但更多的时候，连咬的心思都没有。

　　有时候，风刮得很怪异，说不上是大是小，是断是续，是冷是热，是东是西，反正就那么时大时小，时断时续，忽冷忽热，似东似西，人也说不上是个什么样子，好像半死不活，好像无精打采，好像飘飘忽忽，好像没着没落，有时候慌慌的不成样子，仿佛什么事情要发生，有时候莫名其妙的，仿佛生活已经走到了平淡乏味的绝境，看别人也没个心情，看自己也充满厌烦。

有时候，风刮得非常狂躁，好像要把心从胸腔里刮出去，心就那么激荡着，情绪也饱满得鼓鼓囊囊，就好像充满了气的气球，仿佛一松手就会上到天上去；就好像打了鸡血，仿佛一触动，就会神思飞扬，就会华章灿烂，就会妙语连珠，就会立马可待。那时候，要是碰到人就侃侃而谈，热情倍增，那时候要是遇到活，就会快马加鞭，保质保量；那时候，要是邂逅情感，就会走火入魔，无法自拔。

就这么一颗心啊，怎么大风越吹我心越荡；就这么一颗心啊，怎经得起大风不停地吹儿吹；就这么一颗心啊，怎能被风吹得千疮百孔？

如果有颗定风丸就好了，从此心里风平浪静，也无风雨也无晴，再无一丝摇荡，无嗔无痴，无忧无喜，无悲无欢，七情六欲，四大皆空。

然而，风还不停地吹，在心底，把人吹得像一株纤细的草，东倒西歪；在心底，把人吹得像瘦弱的树，左右摇晃；在心底，把人吹得像一堵漏风的墙，呜呜直响；风就这么不停地吹着，在你看不到的地方。

什么时候，即使在风中，在微风中，在大风中，在狂风中，在热风中，在冷风中，心都定定的，不摇也不晃，不荡也不漾，就那么一颗心，稳稳地安放在胸中，就——好——啦！

这时候，看到了一位我很仰慕的朋友的一篇微博：

"定力"是做大事者必备的禀赋。顾名思义，定力是使自己定下来的力量。有定力的人，正念坚固，虽遇复杂局

面，却似静水无波。人定下来，看似身体定下来，实际上却
是心定下来。

——方陆微博（2016年5月14日）

　　安坐椅上字字端详，如醍醐灌顶，如沐春风，内心受用，物我
两忘，耳里、心里再无半点风声。

小铁粉

我们击掌为誓，约定4年后我名满宁夏，他则以银川市中考状元的身份进入高中。

我们脸上神态严肃，面色端庄。我非常认真地看着他大大的有着双双的眼皮的眼睛，他眼睛澄澈，比起我的混浊，自是不可同日而语的。他一本正经地看着我，小脸上明显还稚嫩可爱。

我知道这条誓言很沉很重，重到了4年之中我必须加倍努力，才有可能勉强实现甚至难以实现。他似乎也明白银川中考状元绝非浪得虚名，虽然初生牛犊不怕虎，但依然一脸凝重。我们都把自己逼上了断崖。

但是我相信他，正如他相信我一样。

他是我的小铁粉。

认识他自然是因为他父母，认识他父母则是因为我是他堂姐的语文老师——经常是这样，我带了姐姐带弟弟，带了哥哥带妹妹，很多都是子弟兵。那时候他还不满8岁，理小平头，虎头虎脑，坐在车里一刻不停，到了一家农家乐，他在草坪上踢足球，踢得像模像样，可能是没有小伙伴，他玩一会儿就会跑回我们吃饭的餐桌上骚扰一番，或者随手抓起食物就往嘴里塞，也不管手是否干净，或者，胡说上一句没头没尾的话，也不顾脸像花猫一样。那时候，我的心态已是严重老年化了，见了孩子就格外喜欢，自然脸上挂满了笑意，眼睛都眯成了一条缝，而不像其他人偶尔会皱眉，父母则是教训呵斥。他于是和我很亲。

我去钓鱼，他也跟着，还帮着拿凳子、遮阳伞一类的物品，我去捣台球，他也拿根杆子装模作样，反正闲着无聊，我就给他讲讲拿球杆的要领——虽然我也是半吊子。他很认真地听着，跃跃欲试地比画着，还要和我较量，我就呵呵了。

他自然落败。

我又去了餐桌旁，大家正是酒酣耳热，兴致正浓，而我却觉得索然无味，于是，找借口又起来溜达，他依然在那儿练球，一杆一杆瞄准，发力，看着还有点意思，我背着手，踱着方步，朝远处走了，再回来，已是许久，他还在练习，效果简直太明显，和起初的拙手笨脚判若两人，见我走过，他大喊，王老师、王老师，我们来两局。反正闲着也是闲着，我们就开战，没承想我们竟然是半斤八两。

我心里便有些赞赏。

后来，他老惦记着我，一有空就让他父母约请我，见面他很欢快，我给他讲些语文故事，他也听得津津有味。偶尔，我还要求他背些古诗文，说过之后我多半就忘了。有一次，在车上，他说，王老师，我给你背《滕王阁序》吧，说着哇啦哇啦地背了起来，语速极快，细心听，才发现丁点儿都没错。我暗暗称奇，并让他背更多的文章，比如《出师表》，他一样背得滚瓜烂熟。

之后，我让他写些小文章，才三年级的娃啊，却把他去沙湖游玩的过程写的眉目清楚，尤其写水中涟漪时，还颇生动呢。

四年级时，他在班里成了人物，每天坐卧不安，抓耳挠腮，聚集一群小伙伴呼啸足球场，老师不断给家长打电话，家长焦虑不安，我自然扮演资深专家的角色，给他们一遍遍开导，告诉他们静待花开。如今，时过境迁，他五年级都快结束了，人沉稳了许多，数学更是数一数二，大家不由得不刮目相看。

而我，这几年也不舍昼夜，玩命干活，一则为了孩子，一则要证明自己，特别是这两年里，文章发表了不少，他自然成了我最小的粉丝，而且篇篇不落，连我发表在《黄河文学》上的那个中篇，他也细细看了，这自然令我感动。

于是，就有了晚上击掌立誓的庄严时刻。于是，就有了老少两人四目相对的郑重场面。

我想，即使是孩子，对于真诚的欣赏，鼓励，引领，等待，也一样会热血沸腾。

耐心等待一个叫李旻臻的11岁孩子和一个叫老王的47岁老男人兑现誓言。

自惭形秽

　　我常去的那家大众洗浴中心其实店面是相当小的，老板租了一个小单元，一楼是锅炉房和售票处，二楼是女士洗浴处，三楼供男士洗浴：由一里一外两间构成，外间是衣物柜和休息用的浴床，里间是洗浴间，砌着一温一热两个不大的浴池，还有十几个淋浴洒头。这些设施和其他地方没有太大的不同，但是它干净，浴床自不消说，就是池子里的水也可以随时加，去洗浴的多是周边居民，看上去也都是朴实安分的老实人，所以，我也经常去。

　　周日下午，刚进入澡堂子，我就感觉到气氛和以往大不相同。

　　原先人多的时候，靠近北边窗户的浴床上也会躺满了人，想想，劳累了一周，在干净的热水池里泡一泡，再在蒸房里蒸上那么一蒸，淋浴一下，泡上一杯八宝茶，四仰八叉朝浴床上那么一躺，连上免费Wi-Fi，有一搭没一搭地看着电视，滋溜滋溜地喝上一口香甜可口的茶水，美滋滋地听着周边浴床上的老爷们瞎扯，浑身筋骨立马放松，那真叫一个舒坦。

　　但那天很奇怪，人扎堆般涌在了一个角落，空下一大半的场地，被一个穿着红色毛衣——此刻，天已经热得不成样子了。他的毛衣上满是白色的灰浆。那个人个头不高，长头发，一绺一绺地趴在脑门上，他脸红扑扑的，长相周正，斜坐在靠门口的一张浴床上，正准备脱衣服。我于是就闻到一股酸臭味——他已脱下了低腰胶鞋，正准备脱袜子。我不知道他是身上的汗臭还是脚上的袜子臭，我捂着鼻子，皱着眉头，厌恶地看了他一眼。赶紧朝人群那边走，心里还有些挣扎，他要进去洗，那我还洗不洗？

人群骚动了起来，有一个胖子，面相凶恶，有点类似电视剧《水浒传》里演鲁智深的那个臧京生，眉毛粗重，光头溜圆，锃光发亮，脖颈有三道棱，两臂纹了恶龙，张牙舞爪。常来这个大众洗浴的人都熟悉他，他是老银川了，历来瞧不起外乡人，口头禅是我们老银川怎么怎么啦。他额上大汗淋漓，指着30来岁光景的搓澡师傅大吼，你他妈的还管不管，什么东西都放了进来，你看这屋子还能不能待人？其他人随声附和，七嘴八舌地起哄，以后还让不让老主顾来了？我一看，可不是嘛，都是面熟的。心里便颇有同感，就跟着大伙目光的方向看过去，搓澡师傅是个四川人，个子却高得令人吃惊，他边开窗户，边骂骂咧咧，×你先人板板，什么人都放进来。声音是异化了的四川腔，我能听得明白，想必那个正脱袜子的洗澡客也能听懂。大伙听搓澡师傅拿腔拿调竟然骂得抑扬顿挫、婉转动听，就调转口径向楼下售票处喊，老板娘，你是不是穷疯了，啥都朝进放啊？老板娘没有回应，大伙加大了音量，老板娘、老板娘，赶紧上来把人领走，不然我们就退票了。听到让老板娘上来，一伙人就开始笑，澡堂的大厅充满了隐晦而快乐的气氛。

我打开了柜子，边脱衣服，边这瞅瞅那瞧瞧，就见搓澡师傅捂着鼻子，一脸凶相，朝那个脱了半截，欲脱未脱，面色涨红，嘴里嘟嘟囔囔地说着什么的洗浴客走去。那个客人抬眼看着搓澡师傅，有些惊慌，目光躲躲闪闪的，嘴里嗫嚅着辩解，我也买了票了。听口音是四川人——银川的建筑工地上到处都是四川人。

搓澡师傅仿佛因为听到了乡音，面上一软，语气也柔和了些，我说你这个老乡哟，你这不是砸我的饭碗嘛，你赶紧走，等晚上快关门的时候再来，那时候没客人，就没人嫌弃你了。

那个洗浴客听了，有些不知所措，目光游离在一大群看向他的目光里，仿佛看了所有人，又好像谁都没看，但他扫过我眼睛时，我的心突然被针扎了一下——多么熟悉的目光啊，活脱脱一个过去

的我，从乡下进到城里，第一次在城里冒着热气的浴池里洗澡时的场面轮回，这才多少年啊，我都蜕变成这个样子了，仿佛早忘了那时自己的目光——逃避着、瑟缩着、游离着、闪躲着，恨不得渺小成一粒尘埃，在一堆高高在上的姿态里，在一个个貌似洁净的外表下，在包裹着鄙视、嫌弃、厌恶、侮辱的眼神里，无路可逃，却又想夺路而逃。最终，无助着、犹豫着、乞求着、绝望着。

我真想过去拍拍他的肩膀，说一句，兄弟，你只是身体脏了，我们一起进去洗。

然而，我只是那么一想，我不敢冒天下之大不韪。

那位洗浴客收回了游离的目光，呆呆地看着自己的毛衣、裤子、胶鞋、袜子，脸色有羞赧，有自卑，有可怜，接着面如死灰，仿佛正自惭形秽，他停止了一切行动，沉默着，死一般地沉默着。

我不敢再朝他那边看，大伙也好像想到了什么，纷纷进入了洗浴间。我加快了速度，脱得赤条条的，如逃跑般快快地趸进了洗澡间。

打开水龙头，任凭水浇注着我的身体，浇注着丑陋的躯体和这躯体下羞愧的心灵。

然而，在胖子开口调侃之后，澡堂子里的人又都欢快地说起那个也不撒泡尿照照自己影子的洗浴客了。

记忆中的三场雪

1989年的那场雪

拉开窗户，窗外飘飞的雪花闯进屋里，我探出头，呼吸湿润的空气，几片雪花循着我的气流跑过来，调皮地落在我的眉毛上，藏在我的头发里，我伸出手，想俘虏几片回来，但他们只在我手边忽上忽下忽左忽右，就是不肯乖乖就范，然而，我不想再抓时，他们却慢慢地飘落在我平伸的手掌中，我稳稳地端着他们，想拿到眼前，我有事想问问他们。

想问他们，25年前他们可曾飘落在我记忆深处的那个地方？

但，他们已失去了刚才的形状，再也找不到他们的身影了，只有一丁点的湿漉漉还留在我的手心里，成为我手心里的温柔。我怅然若失，只有凝目回望。

隔了25年岁月的迷茫烟尘和高楼林立的几十里的距离，那天下雪的情形早已模糊，是如粉如沙，击打在脸上生疼，冲撞在帽檐上刷刷作响的北方强悍的雪？还是如絮如缕，悄无声息地落在树梢上、屋顶上，芦花里再也寻不见的南方可人的雪？是在风中上下单飞，像群孩子般顽皮地追逐，还是在无风的状态里呆头呆脑地缓缓坠落，我都已记不大清楚了。但那天雪中的人、雪中的路、雪中的故事，都清晰地留在脑海中，挥之不去。

第二天就要放寒假了，这是我上大学第一学期的结束，经历了

273

刚考上后的欣喜若狂，结识了来自不同地方的大学同学，有了住在我下铺的兄弟，领到了一本又一本不同于中学课本的教材，领略了风格迥异的老少讲师、教授的上课，体会了完全自由的上课的作息时间，享受没有了课外作业的清闲，徜徉在图书馆无边的书海里，日子在最初的激情过后渐渐恢复了颓废和无聊。

于是，恋爱了。

于是，时间飞逝，转眼就是寒假了。

放假前的头一个晚上，下雪了。

1989年的那场雪。推开宿舍门，呀，好一个银装素裹的世界，门前宝塔般的松树上落满了积雪，松树边上的柳树枝条上也挂了雪花，地上是洁白无瑕的纯净的白啊，有一串已渐渐模糊的脚印不规则地越远越淡地向着校门口那边。

下雪了，校园里沸腾了，快活的气氛，年轻的身影，清新的空气。

然而，放假了，回家的心情很快弥漫在大家的心头，正堆的雪人成了残缺的维纳斯，正打的雪仗突然偃旗息鼓了，正追逐的脚步突然停顿了，正看雪花片片的目光突然收回了。

家，比一切的风景都要美好啊。

于是，在路上了，在还在飘雪的路上了。

学校门前的8路车停运了。在这个飘雪的日子，路上没有车，只有人，几百学生，背包的，拉着箱子的，留下一地凌乱和一天的喧闹。

我和她，落在大部队的后边，距离拉大、拉大，直到、直到，世界恢复了宁静，我们慢慢地走着。那时刻，世界是多么美好，我一直以为我们会走下去，一直走下去，直到地老天荒，直到岁月沧桑。一路上，有喜鹊成双成对地蹲在高枝上目送我们走近又走远，一路上有麻雀成群结伙的蹦蹦跳跳吵吵闹闹，还有天空飘着的雪花，还有，你和我！

呵，1989年的那场雪。

2008年的那次雪后

2008年年初的那场雪，不知下了多少天，反正天地白茫茫的一片，一脚踩进雪地里，雪直接没过你的脚背，甚至你高腰的靴口里也会钻进一些雪末，让你的脚踝猛地一颤，透心儿凉。

那个寒假迟迟不肯结束，偶尔正常上课期间也会临时放假，自然是真正的因寒而假，那年连湖南郴州电线都被雪压坏了。"雪灾""极寒"是报纸上常用的字眼。好在我们放假了，可以在屋子里成天不出去。只是屋子里也冷，暖气之外，我又安了空调，依然是冷。冷留在我记忆里，直到今天。

那一年，不仅仅是天灾，还有人祸，祸及我身。

都是贪婪惹的祸。

2007年8月份，开学，学校里疯狂了，男老师们几乎人人都在谈股票和基金，课间都会不约而同地聚在一起，说哪只股票又涨停了，谁谁谁又挣了多少钱。起初，我还保持着淡定，这个行当我从未介入过，自然也不动心，然而，气氛越来越炽热，我旁边的办公室里沸反盈天了，我的几个要好的朋友也加入其中，他们每个人的脸上都充满了兴奋和幸福。他们也来劝我，投入一点，只需要极短的时日，财富就会翻番，怎么也比辛辛苦苦干工作来得快，人无横财不富嘛。他们还现身说法，看他们账户上的数额噌噌地朝上跳，我怦然心动。

在内行的指点下，我开了户，我，入市了。

我拿出多年的积蓄，共15万元，本计划买套房。当时，星光华的房价也才2000多元一平方米，支付首付是没什么问题的，但为了更快、更省力地挣钱，最好能一夜暴富，我拼了。

下雪的时候，已是2008年的2月份了，天，太冷了，但比起我内心天算是温和的了。短短4个月，股票里的数字就剩了5万元，而我，要挣回10万元，以我的工资，不吃不喝也需要3年。这时，劝

我入市的朋友都保持了沉默，我也突然想起了一句话，锦上添花处处有，雪中送炭无一人，而股市遭遇就应了一句话，穿西装进去，穿裤衩出来。我，欲哭无泪，更与何人说。

那个下午，有朋友相约，一道去看房子，他是好心，一直惦记着我买房子的事。电话接通，听他热情的声音，我黯然神伤，只不过唯唯诺诺而已，他说，下午5点，你下楼来，我们一起去看。盛情难却，我只好应允。心里却打翻了调料瓶，一时间五味杂陈。还暗暗担忧，一旦房子位置、价格、户型都合适，我该以何种说辞拒绝，头一次，我感到拒绝好意是如此之难。5点前，我下楼了，宅了这么多天，出门就觉寒气逼人，浑身打着战，踩着已经结冰的雪路走向约定的地方。天，早已放晴，雪并未融化，满世界的白色刺人眼目。我裹紧了衣服，穿过了马路，路边是一片平整的土地，大雪覆盖着它们，只有个别足印和鸟的爪印依稀可见，太阳还没有落山，孤零零地斜挂在贺兰山的山顶上，太阳苍白的脸色和山色相呼应，它周边没有祥云朵朵，没有飞鸟成群结队归去，甚至连一片云彩都没有，天空更显寂寥，空荡荡的蓝色也泛着冰凉，山顶上白雪皑皑，山下横着几个萧索的荒村，没有一丝活气。

我在路边漫无边际地走着、等着、看着……"须晴日，看红妆素裹，分外妖娆"只存在于诗词的想象里，在我站立的现实里，已经是晴天，但没有红妆，只有渗入肌骨的素裹。

浑身已经冰凉，我朝路上张望，路上人车稀少，车水马龙的繁华在记忆中闪现。我踩着脚，哈着气，在路上走来走去，黄昏时候，太阳也急着回家，明明刚才还对着你调皮，将脸露一半藏一半，趁着你一扭头的工夫就隐没了。人，还没来，我打电话，不在服务区，想离开，却又怕爽约了不好。直到，天，黑透了，我才拖着快冻僵的身子回家。到家里，我哆嗦着像秋风中的树叶，捂着大被子，很久，身上才渐渐暖和了起来。

朋友没有来电话，我没有再打回去，也说不上什么滋味。

多年后，想起那次雪后，想起朋友的无故爽约，想起那天的冷，想起进入股市的悲凉，我还会打个寒噤。

人生，有时候比天气更寒冷，人，很多时候比天气更寒冷。

2008年那个雪后，金融危机深度爆发。

2014年的第一场雪

2014年的第一场雪，比以往来得更晚一些。

刚到车站时，两辆途经家门的公交车刚刚开动，出租车都去哪里了，一辆也不曾见到。朔风阵阵，吹在湿漉漉的头发上，格外冰冷，铅云密布，天气阴沉，然而并没有下雪，街上行人稀少，小区里鞭炮轰鸣，再凄凉的天空也压不住大年初五接财神的热情。

我没有这等闲心，也没有这份心思。

为了早上8:00的值班交接，我早早起床，冲澡后顶着刺骨的风去了学校，学校里冷冷清清，楼门锁着，校园里空旷荒凉，全无往日的热闹和喧嚣，班是没地方可值了，保安说，回去吧，有事给您打电话。我点点头，转身走进了寒风萧瑟中。

回？不回？

想想租赁的楼上卫生尚未打扫，心里觉得很是对不起它，因为我的外出，让它邋里邋遢过了这样一个美好的年。那就去打扫吧，到楼上，说干就干，先扫后拖，楼上楼下，180多平方米啊，一口气干完，汗流浃背，头发早已湿透，歇了会，口干舌燥，我就下楼奔站台而去，这就是开头发生的一幕。

对于下雪我是没有料到的，因为它发生在我到家之后浑身还在冰凉之时。

那一刻，我正捂了被子在躺椅上玩弄手机，有学生在空间里发了图片，下雪了。自然有其他学生响应，问，哪下了，我怎么没看到？发图片的回复，我老家。我看了，从专业角度默叹了一句，小样，还学会设置悬念了！正慨叹呢，又有人发图片，银川也下雪了。我才扭头去看，果然，雪下起来了。

雪花很曼妙，在空中舞动，在风中跳跃，飘飘荡荡，追逐着，嬉闹着，热烈而浪漫，像个精灵，一次次敲打着我身旁的窗户，我起身，拉开窗户，呀，她飞了进来，落在我的脑门上，凉凉的爽爽的，还有落到我头发里眉毛上，转眼，就没了踪迹，这调皮的精灵啊，抬头看时，漫天一片茫茫，空中是雪的世界，是大自然编排的最美的舞蹈，其美妙之处非常人能够领悟，她们伴着风儿演奏的乐章，翩翩起舞，将诱人的身姿从容不迫地翻滚、舒展、飘下、飞扬。看着她们，情绪渐渐高亢起来，为了这片刻的辉煌，她们从天而降，赢得了许多的赞美和惊奇，在惊艳里缓缓走向死亡。然后，任人践踏，伴随尘土化作污水流入大地，滋润干涸的农田和她所覆盖的原野，然而，有人会在她消亡后，评价一句，雪，是虚假的白。而她不予辩驳，身后千秋功罪任由他人评说。

只是，我还是为她悲哀，你看她落下，无声无息，即使是呐喊，又有何人是知音？同时，我更为自己悲哀，在这下雪的日子掩藏着我死去的青春，还有青春里发生在雪里的心酸。你看，那薄薄的雪竟然埋葬不了我的忧郁和忧伤，在这下雪的日子里，往日一幕幕青涩的记忆化成漫天飘飞的碎片，将青春的残骸带入我的眼睑，每一个舞动的雪花都开放着我的悲哀。往事已然成为往事，就让她和雪花一起结伴随风而逝吧。

再见，曾经的疯狂和迷失；再见，风雪里风花雪月的故事；再见，正发生在雪花飘飞时刻的悲哀！

随想五篇

屠夫

2013年最后一天中午，我从公寓到办公室，几步路，我走得有些纠结，午休没有睡着，神情有些恍惚，等会得喝杯咖啡，一点半要进行国学经典诗文诵读，我作为组织者不去不行。到办公室接了个电话，听声音就知道是李艺萱。以前我称她为萱萱，见面，还来了王一柏。我很高兴，他们也开心。你知道，萱萱就是一枚开心果。

闲聊，萱萱说岁月是把杀猪刀，说她沧桑了。我和王一柏就笑，配合她。我们说老就老罢，还要拍照放到网上吓人，照片也就罢了，还要真人出来，想吓死人啊？我们都笑，办公室里充满了快活的空气。

我到时间了，约他们去看看新食堂，走到门口，他们不进去，告别后，我开始忙了起来，节目即将结束时，出了点状况，和领导争辩了几句，后来顺利，无话可说。

等再坐在办公室里，那句岁月是把杀猪刀突然冒了出来，说不上的一种感觉萦绕心间。2013年就要过去了，同龄人都步入了中年，往者不可追，来者犹可鉴。过好现在每一时刻，任时光雕刻，儒雅和慈祥在额头上。

于是，屠夫就变得温情脉脉，屠杀，成为一种艺术，把我们从青涩转变为成熟。

这与我记忆中的屠夫竟是两样。回忆里，屠夫满脸横肉，带了大小杀猪工具走乡串户，在腊月里为家家户户屠宰牲畜，白刀子进，红刀子出，干净利落，手脚合着节拍，动作炫得你眼花缭乱，直到猪血放进，猪毛褪尽，内脏取出，化整为零，刚才还声嘶力竭垂死挣扎的猪，转眼变成一块块没有一丝活气的残骸，你才倏然心惊，生命就这样由具体变成了抽象，你甚至怀疑，这许多肉怎么才能组合成一头活生生的猪？正如有一天，你在鸡皮鹤发里蓦然回首，你曾经少不更事？你曾经青春叛逆？你曾经貌美如花？你曾经不老男神？你迷茫的感觉让你不辨是梦是幻，慨叹一句，岁月啊！连杀猪刀都没有那么赤裸裸残忍！

回忆里，我还随着追着屠夫去看杀猪景象，有一次做杀猪前的准备，猪突然挣脱了几个大男人的捆绑，发疯般冲将出来，将一干男人吓得面容失色。就见屠夫双眼盯住猪的双眼，一步一步把猪逼到猪圈的死角。说时迟那时快，他大喝一声，一个箭步冲过去，膝盖顶住猪脖子，扑哧一刀，血溅半空，我和大小伙伴顿时惊呆了，惊心动魄的概念深入人心。

还有一次，我们走到一家门口，口渴难耐，敲院门，门开着，院子里有桶从机井里打出了的水，看到水我们更渴了，但院子里边几条狗疯狂地咆哮起来，我们吓得直往后躲。屠夫咳了一声，狗突然停止了叫声，他推开门，拿眼看定了最凶的那只大狗，狗看了他一眼，开始低声呜咽，我听来觉得是哭。屠夫朝院里走去，那条狗开始哆嗦，后爪下湿了一地，它吓尿了，屠夫说去喝吧。

现在想想，屠夫比起时光简直太小儿科了，他消灭的不过是无知无觉的几个有限的生命，再怎么霸气十足，也不过是对着牲畜。人，自然是不怕他的，但面对时光这把杀猪刀，有几人能不惶惶不安呢？

当萱萱感叹，当我记下这些文字时，时光举起他的杀猪刀，冲着我，冲着你，就是温柔一刀，而你，惊觉了吗？

反正，我是惊觉了！

寝

　　我悄无声息地箕踞在床沿上，扭头端详着我的睡姿：睡相不雅。嘴微微半张着，呼噜声连绵不断。然而鼾声并不动听，没有高低变换，也没有深情款款，只是单调的呼呼呼呼。两眉之间深刻的"川"字依然不舒展，鼻梁高耸，占据了脸上最显眼的位置，肤色苍白是主旋律，在温暖的被窝里略显红润，较之儿时、少年、青年都要好了许多。身体呈"大"字形平放在床上。

　　两只苍蝇在我的脸上停留下来，沿着额头散步，我挥手，想为我驱走它们。然而，它们穿过了我的掌心，依然如故。我急了，汗滚滚而下，只是床沿干燥如常。苍蝇飞起来，唱起来了，声音嘤嘤嗡嗡，翅膀薄如蝉翼，花纹明晰可辨，我飞舞起来，听它们唱歌，在寂静的午后，不久单调的寂寞涌进心头，我倦了，一如躺在床上的我。

　　然而，还有许多的事没有完成。

　　我想指引着睡在床上的我静静地进入物我两忘的境界。

　　那里树木繁杂，蝴蝶翩然，成双成对，野花姹紫嫣红遍地都是，一条小径蜿蜒曲折，通向儿时嬉戏的、清澈的小河，微风徐来，我徜徉在河水润滑的肌肤里。白云朵朵簇拥着我，蓝天幽邃覆盖着我。我不思不想无忧无惧，仰面，随波，任时光飞逝，我就想停留在那时那里。

　　我想指引着睡在床上的我去寻找我的双亲。

　　他们相隔了8年之后，团聚了，在地狱或者天堂。但无论在哪里，他们始终不离不弃，相濡以沫。他们终生没有说过一句我爱你，只是在劳动归来，昏黄的灯光下说说白天的事，算算一天的收入，偶尔也说说我，我的兄弟姐妹，絮叨到累了，关灯，躺在一起，天亮了又一起出去，母亲走在前父亲跟在后，就这样过了60年。我想去找他们，在母亲走后的8年，父亲走后的半年，想去看看他们，问问他们，摩挲他们枯槁的手，半蹲在他们面前看看他们

苍老的脸，模糊不清的双眼，忏悔在他们生前的忽略，倾诉对他们的思念。

我想指引着睡在床上的我去看望儿子。

这几天，西班牙下了雪，屋顶上，地面上到处白雪覆盖，我不知道儿子过得怎么样？天冷了，衣服穿的可厚？在我们视线之外，他会不会倚仗着年轻的身体而不注意保暖？西班牙本就蔬菜稀缺，大雪之后，有没有可口的蔬菜，会不会顿顿是肉，东方人的体质能不能承受？还有很多的担心，我想去看看。

我想指引着睡在床上的我去看看几个老友。

他们或者繁忙得不亦乐乎，或者奔波在漫长的路上，或者在商战中心力交瘁，或者作为公务员小心翼翼。但无论怎样，即使是不曾问候和见面，心里依然记得，你们好吗？珍重！

我想指引着睡在床上的我关注那些我曾教过的学生。

你们给我单纯的快乐和积极的支撑，在浩如烟海的世界里相遇，成为师生，共同学习，共同成长。现在虽然各奔东西，但师生情不变。特别是刚刚上了高中的学生，银外大九班、大十班的弟子们，借用梁昊的说说"许多东西从不同的角度看是不同的。比如大家眼中的厕所是苍蝇眼中的餐厅，大家眼中的大瀑布是地球眼中的小水滴，大家眼中的你们是我眼中的整个世界"（略有改动）。

我想指引着睡在床上的我坚持做自己喜欢的事，默默地永不停息地阅读、写作。让他们成为我的定数，成为我的宿命，在我灰飞烟灭之后，还有人穿越在我文字所描绘的世界里微笑默叹以为妙绝。

我想指引着睡在床上的我珍惜现在在身边的人，愿喜乐平安，岁岁年年。

然而，我看着躺在床上的我，我无能为力。只是，我不会放弃，在我从床上起身的那一刻，我将回归，进入躯体，变成强大的丰富灵魂，永驻内心。

暖暖的

犹太人有句老话，帮你的会永远帮你，在最艰难的时间，朋友们验证了这一智慧的箴言。

2014年7月，天气极端燥热，而我的心却转入了酷寒，在蔡女士的多方运作后，我希望能买到一套合适的房子的心愿终于得以实现，这也比我预期在年底完成任务的时间提前了半年多，兴奋和激动让我忽略了一个重要的条件——钱。我冒冒失失地让对方打了定金收条，约定8月4日一把清完34.3万元的首付，收条放入囊中，才觉囊中羞涩。

但，退路已全部封死，小卒子过河，只进不退。挠头，纠结。满脸的旧社会。搓手，抓耳，低头不语。蔡静晖见状，问，是否有困难？我吞吞吐吐，张口求助于我不啻登天。她追问，我断断续续，钱不够。说完，脸滚烫，耳尖火烧。需要多少？5万，声音低的我都听不到。隔几天给你，她没有丝毫犹豫。

其实，我们认识已超过8年，超过了抗战胜利的时长，按说，借钱，不难张口，可是，前几年我没少与她作对，吵架啦，冷言相向啦，有时候气得她七窍生烟，所以……唉，尴尬啊。但，她对于我，却有着无数次的帮助，只是当时已惘然！

不几日，她来电话，已到你家楼下，下来拿钱。我下楼，她在车上，我想应该打个借条吧？摸摸口袋，没带纸笔，想转身。她说，上车啊，我上去，她递袋子给我，5万。我看她，一时不知如何表达。她说，我明天去美国了，给你带点什么回来？我说，随便。她说，我还有事，先走了。我下车。她绝尘而去。

拿着钱，看车远去，心潮澎湃。话说当下，想验证朋友，就开口借钱吧，只一圈下来，定会让你识得庐山真面目，而她，竟连借条都不让我打一张，这是怎样的情意啊！

这事之后，又有许多事都是她鼎力相助，这叫我怎一个感激了得？

　　无独有偶，8月4日办理手续之后，我需要公积金贷款，一路顺风顺水，只在拿到个人征信后，工作人员告诉我，你还有一笔贷款，需要还到10万以内才可办理公积金贷款，听到耳中，感觉一盆冰水当头泼下，我目瞪口呆之时，工作人员已接待下一位顾客了，我茫茫然不知所措，唉，一分钱难倒英雄汉啊，我该如何是好？事到如今，箭在弦上，不得不发啊。

　　长叹一声，拿起电话，拨了过去，郭军老弟，有事相求啊。什么事？是这样的，我准备将来龙去脉一一交代，他听了几句，打断我的话，我心刷的一下，凉了！不，简直就是从头到脚，透心凉！是不是钱的事？他开门见山。是，我嗫嚅着。哦，多少钱？他问。3万。我答。把卡号发来。我愣了，不会吧，我们只是有共同的朋友，算是朋友的朋友。

　　挂了电话，我没有发卡号给他，我不太相信我的耳朵，第二天，他来电话，卡号发来啊，这时候，我才相信不是梦中。

　　事情出乎意料的顺利，但新的问题又出现了。儿子今年的学费还没着落呢，8000到10000欧元。真是祸不单行，这又怎么解决？躺在床上，窗外一片漆黑，我开始后悔自己的冲动，买什么房呀？真是自不量力。但事已至此，夫复何言，搜肠刮肚，也没个头绪，正心烦意乱，偏偏电话响起，这深更半夜的，谁啊，接电话，是曹燕，很久没联系了。你还好吧？她问。不好。我答。怎么啦？声音急切了很多。儿子学费的事，我算是日有所思，想都没想，脱口而出。哦，她应了一声。我问，你现在怎样？我压根没有想过要从她那里寻求借钱事宜，毕竟，她还有生意，需要周转，我不能强人所难。9月份行吗？她答非所问。什么9月份？我十分诧异。儿子的学费啊！她解释。我自己想办法吧，车到山前必有路嘛。我答复。你是不是想挨骂啊，这么见外！她嗔道。没有没有，我怕你周转不灵。哦，她口气舒缓了许多。9月份我把钱打过去，你就不要四面开口啦，你能不假思索地说给我你差钱，已经太难为自己了吧。我突然激动起来，没想到，她是如此知我！谢谢！我说。说什么呢！

又客气了！我心里波澜起伏，嘴里却再也说不出话来。

心里暖暖的，在这凉风习习，蛙声阵阵的秋夜，在经历了学校——一个温文尔雅单纯的、象牙塔里的种种赤裸裸的表演之后，我想起了草莽间的这些朋友，心里，暖暖的！

真的，暖暖的！

无题

酒后口渴难耐，在死寂的秋夜里醒来，没有"大梦谁先觉，平生我自知的智慧"，没有"夜阑卧听风吹雨，铁马冰河入梦来"的惆怅，没有"梦里不知身是客，一晌贪欢"的悲喜，也没有"八月秋高风怒号，卷我屋上三重茅"的忧虑，只剩下浑浑噩噩，头疼不已。

喝水完毕，睡意全无，听窗外犬吠声声，一时不知身在何处！

努力凝神屏气，想想喝酒的前生后世，恍惚得不明所以。

似乎是推杯换盏，似乎是豪情满怀，似乎是胡言乱语，似乎是步伐踉跄，在摇摇晃晃里踏上归来的行程。

路上行人步履稳健，全不似我的东倒西歪，夜色深沉，我的性情上演，并没有迎来行人驻足观赏，在我们这个繁忙的世界上，人们无暇顾及他人的悲欢离合，甚至生死时速，我只能在时间大幕拉开的那一刻，自觉或无意本色出演，但渐入佳境时，会慢慢戴上形态各异色彩斑斓的面具，在自己的戏里扮演主角，在不同场景里惟妙惟肖，只为获得些许掌声，在剧情里再也找不到本初的自己了，蜕变成一个面目模糊貌似一个迷路的小孩。当然这还不是高潮，高潮是我们合演的结果。有意无意间，我们参与了别人的演出，或者扮演路人甲，或者担纲主要配角，陪伴了别人的高大威猛，衬托了别人流光溢彩，也许还激起了别人种种意趣，终不过沾染了满身的尘埃。而结局是早已注定，化作一缕青烟，在广阔的空间里越飘越远，痕迹由浓转淡，最后消失于广袤的空间。于是乎，在时空里独

角戏或合演里落下了帷幕。

然而路途茫茫，我不甘心自己独自行走，在电力即将耗尽的手机里我强行进入了他人的世界，全然不顾别人的感觉，恐怕这是暗夜里的本色出演，在口渴难耐的秋夜，回眸那时的自己，原来面目可憎，原来演技拙劣，如此而已！

喝凉水去吧，天，快亮了。

一切都归于过去，再也回不来了！

明天会更好

毕竟旧历年的年底最像年底。虽然今天是2013年的最后一天，我依然嗅不到新年的快乐气息！

旧历年就不同了，如果是旧历年的今天，大概是年三十。此刻，该是全家聚在一起，吃年夜饭，开着电视等待看春晚时间。

小时候没有电视，只是在旧屋子里摆了八仙桌，母亲在昏黄的灯光下围着灶台转，姐姐在案板上切菜，我坐在灶台口拉风箱，不时地朝灶口里塞柴火。火苗有时候会扑出灶口，温暖极了，偶尔，也会有调皮的火苗蹿了过来，亲一下我的额头，只听刺啦一声，我的眉毛或者头发被燎掉一些。母亲就会停下手中的活从锅里夹块菜给我，笑着说，你着急啥呀，心急吃不了热豆腐。姐姐就扭头，说，妈，你又偏心你的老疙瘩啦。母亲笑笑，大家就各自忙了起来，过了一会儿，父亲和哥哥回来，母亲就会找出托盘，每样菜都会夹一些，盛在不同的碗里，泡一缸子酽酽的茶，倒一杯白酒，让我们父子到路口去给爷爷奶奶和其他先人烧寒衣和纸钱。我们跪在地上，父亲在前我们在后，之后，烧了纸钱、烧了寒衣，将各种菜品一一夹上一点放在纸灰上，然后，绕着纸灰将茶浇上一圈，再倒了酒，敬天地、祖宗，磕头。

回家，我和哥哥随父亲每个屋子走一遍，挨个上香，表达我们的敬意。这时候，天渐渐黑了下来，我们在八仙桌边依照父亲排定的座次逐一安顿下来，父亲举箸说，明天过年，会很好，母亲应和着，就是，过来了就好，明天会更好。我和哥哥互相看看，心照不宣地默默笑了，是啊，明天会更好，明天有新衣服，有压岁钱。

明天如期而至，我们收的压岁钱并不多，到底是几块，我早已忘记，但是，明天会更好却永远流进了血液中。

14岁时，我离开父母，转到城市里的学校读初中。那是我头一次近距离的和城市孩子接触，以前，只存在于赶集时的偶遇。他们穿得整整齐齐，脸上白白净净，男的飒爽英姿，女的婀娜多姿，在我眼里高不可攀，当我进入到那个群体里，我很自卑，除了身边的几个同学，我几乎不和别人说话，我蒙头学习，有时受了欺负，有时被人嘲笑，我咬咬牙挺着，因为，我相信，明天会更好。

饿了两天，肚子里空荡荡的，我抱着书仍然不断翻阅。傍晚的阳光柔和金黄，照在我脸上，我眉头舒展，书里的情节是那么动人，欲罢不能。窗外有炊烟袅袅飘过，带来了新出锅的饭菜的香味，和我肚子里咕咕的叫声应和着，我咽下唾液，集中注意力继续看书，因为我相信明天，会更好！

在暴雨中，人早被淋成了落汤鸡，脚上沾满了泥巴。更要命的是28式自行车圈裹满了厚重的黏土，几乎寸步难行。我拿树枝捅掉泥巴，朝前挪动，不几步又动弹不得，我再捅，再走，如此几十次才上了柏油路。我松口气，心里很高兴，看看后面还有比我艰难的学生挣扎着前行，我会返回去帮帮他们。有时候大雪纷飞，路上积雪过膝，我踩着积雪咯吱咯吱响，吃力地顶风向前，滑倒是家常便饭，摔地鼻青脸肿也不稀奇。遇到雪被压实的地方，会骑上车奋勇前进，看着学校就在前方或者借住的地方就在眼前，我会心情舒畅，今天已近大半，明天还会远吗？明天就好了！

大学，工作，遭遇了各种困难的事。有了儿子，冬天回家看父母，一路风，一路冷，早上出发晚上抵达。进了屋，手脚冰凉，靠着火炉，很久才暖和起来。儿子在裹得严严实实的被子里睡得正香，亲亲他的脸蛋，看看母亲关切的眼神，强忍着浑身的酸痛，告诉她，明天会很好。

2003年又一次独自外出闯荡。孤独是大毒蛇，在每个寂寥的夜晚缠绕着心头，吞噬着瘦弱的身躯和脆弱的灵魂。多少次挣扎，多少次沉沦，多少次后悔，多少次无奈，最终都笑着哭，哭着笑，在丰富的生命体验顽强地度过，只因为——明天会更好！

站起来

眼皮沉重，好像有座山压在上面，让它动弹不得，又像是被强力胶粘住了上下眼皮，让它打开不得，只剩眼球在眼眶里快速转动，仿佛一秒就有几十转，而且还是空转，它无法透过眼皮去看看外面的天色。

额头上渗出细细密密的汗珠，发梢如同桑拿过一般，正有氤氲的水汽弥漫。有一滴眼泪正慢慢地朝耳边滚动，在即将进行的快速滑落和下坠前，它流动的那么游移不定那么凝滞缓慢，难道它在留恋着什么，或是在追忆着什么。而鼻息却是急促无比，每一次吸进新鲜空气和呼出污浊的气流都需要抽动鼻翼，仿佛那丝丝气流有着巨大的体量，卡在鼻孔中进退维谷，需要使出浑身的力气。

耳朵后边湿漉漉的一片，有汗水有泪水，大概还有口水什么的，他们聚集在一起，打湿了枕巾，又透过枕巾粗糙的空隙跌落在枕巾下面的《受益一生的北大国学课》上，我习惯了枕书安眠，那是一本又大又厚的书，里边按经史子集分类，内容我还没有认真拜读，但是在每一个夜晚，我都徜徉在他们博大精深浩瀚的星空和洋流里浑浑噩噩地睡去。很多次都会梦回古代，穿越到他们的时空里管中窥豹。

手臂重于千钧，连手指都酸软的活动不得，只有指尖偶尔颤动，胳膊自然也是重于泰山，只有心思轻于鸿毛，它在混沌的迷糊中轻飘飞扬，直上重霄九，但吴刚并没有捧来桂花酒。它又渐渐落

在尘埃深处，再也寻找不到。在这半梦半醒之间，有一个微弱的声音缥缥缈缈、隐隐约约却又真真切切，该起来了。

凝神侧耳倾听，它不啻惊雷，令耳膜震动不已，就好像一道灵光闪过，大脑瞬间清醒。然而，睁开眼睛依然困难，使劲啊，有一个声音高叫着，爬起来啊，给你自由。我挣扎着，手慢慢伸到床沿边，五指扣住边沿，用劲，身子侧转，两腿伸向床下，另一只手也抓住床沿，两手一起用力，人慢慢滑向床边，再用力，人就在床沿上坐了起来，双脚落地。但眼皮依然沉重，大脑中还有一番言语传递过来，再躺会儿吧，反正你病着呢，需要好好休息。

腾的，人又倒了下去，多么美好的温柔乡啊，暖和，干净，散发着洗衣液淡淡的清香，还有汗渍微微的咸涩，多么惬意，多么舒展啊。浑身有说不出的愉悦，渐渐和这弥散着的清香融合在一起，在温暖的床边沉醉着。

还是要起来，残存的模糊的意识告诉我，还有一些工作等着我，还有许多事要去做，还要看会书，还要走会路，还要想想，时间不能任它这样白白溜走，我要起来。

双手继续抓住床沿，一使劲，又坐了起来。浑身酸疼乏力，还是想躺下去，躺下去是多么舒服，多么容易啊。

但，站起来！

要站起来，无论生活怎样的艰辛，无论道路怎样的曲折，无论身体怎样的病痛，无论精神怎样的倦怠，我都要站起来。站在这天地之间，站在这人生的山巅，任它电闪雷鸣，任它暴风骤雨，我都要站起来，岿然不动。

遐　想

　　终于可以坐在自己的沙发上了。沙发并不昂贵或者舒服，但身子放上去，心也放置的妥妥的了，这是自己的一片天地，可以肆意妄为，可以躺，可以斜倚，可以侧卧，可以仰卧，如果愿意，还可以趴着，卸下在学校的面具，卸下在学校的端重，扔掉喧嚣吵闹，抛下责任和工作，放纵地倾听心跳的声音，对着墙发呆，对着门瞎想，对着窗户无所事事。

　　然后，我坐好，拿出手机，开始完成一天的最后一项活计，写下这样的说说。

　　然后，我就去看书，随意的，不求甚解地看看，也就止于看看。

　　然后，我就喝杯热茶，大口或小口，无论什么茶，去他的泡一泡，去他的品一品，就那么牛饮，就那么不讲究。

　　然后，我要去想一想，在寒流到来前，一些还在树上的叶子，它们面对即将来临的坠落，无可逃避的完结，就要来临的飘零，和终将失去的形态——它们，会是怎样的萧条，会是怎样的悲哀，会是怎样的思考？

　　我还要想一想在我巡视校园时的一群蚊子，它们成群结伙，在你的耳边嗡嗡个没完，它们仗着自己独特的语言，欺负我没有翻译，在明目张胆地阳谋着什么，它们知不知道周末降温的事，它们有没有御寒的冬衣，即使，它们会吵闹我们，会叮咬我们，会吸吮我们的鲜血，我还是想它们能躲过一劫。

　　我还要去听听湖水被风吹过时细碎的声音，我想知道一下，面对水量的减少，它们小伙伴神奇的消失，它们有没有努力地挽留一下，比如它们的小伙伴要渗入地下时，它们有没有拉它一把，它们的小伙伴要升上天空，它们有没有紧紧拽住它，它们面对着天天要离去的伙伴，有没有依依不舍，它们面对自己一天天的消瘦，有没有惴惴不安？

　　我还要去看看你，看看一天忙碌、一天疲惫、一天辛苦、一天闹心、一天奔波的你；看看你皱起的眉头，还有眉间的"川"字；看看你倦怠的神情，还有神情里的恍惚；看看你的眼睛，还有眼睛里忧郁的目光；看看你的走路，看看你走路时的沉重；看看你的呼吸，还有呼吸里的深沉；看看你的离去，还有离去时的背影。

　　我还要去坐一坐，在马路牙子上，让来来往往的车水马龙载着我的思念，一辆一辆一辆奔向你的方向。

　　我想你了。

呱嗒呱嗒想起你

邂逅也罢，不期而遇也罢，在那天中午我遇到了一个人，见到他，我第一时间想起了你。

你的高挑的个头，你的微黑的肤色，你的圆溜溜的眼睛，你的白亮亮的牙齿，你的深深的酒窝，你过去的一颦一笑一举一动瞬间笼罩了我的头脑。

那天纯属巧合，我到市教科所参加了一个冗长压抑的会议，会议结束，我彷徨无措，回学校吧，路途遥远且回去也无处安歇；回家吧，一样的长途跋涉，一样家中的空空荡荡，但，至少还有一张床，可供我肆意翻来覆去。那就回去吧。

途中进饭馆就餐，餐厅门庭冷落，食客寥寥无几，点了小菜和面食，落座。看到了不远处餐桌上的4个人，其中一位，我一眼就认出了他，只是他和同伴谈笑风生。我不便主动，矜持还是需要一些的，虽然风尘仆仆，虽然面色沧桑，虽然衣衫陈旧，虽然精神倦怠。毕竟，我曾经是他的孩子的老师啊，师道尊严，即使，当下家长人走茶凉；即使，现在世风日下，但我还有我的原则。

后来，是强烈地想了解你近况的心思占了上风，我假装突然发现，刻意地、夸张地快走了过去——你好，岳圆爸爸。他抬头，一丝也没犹豫，王老师。看来他也早已发现了我，就这一目了然的几个客人，想不看都不成。只是，出自什么心思，我就不得而知了。

握手之后，我立刻就问，岳圆现在怎样？她挺好的，在天津呢，已经结婚了。

再也没提供更多的信息，他的同伴在外面等待呢。匆匆留了电话号码，匆匆道了别，匆匆离开了。

唉，他乡逢故知啊！

不过，从那一刻起，你就反复浮现在我的眼前。

你心细如发，我的嗓子哑了，你的金嗓子喉宝和清澈的白开水就在讲桌上了。

你责任心超强，作为生活委员，班里杂七杂八的事你都处理的井井有条，我的许多先进奖状里有你很多的汗水。你努力上进，即使许多失败挫折一次一次交相侵袭，你依然咬咬牙一直坚持。

你大方得体，独具匠心，每每组织周会都新颖别致。和同学相处，又落落大方、与人为善。就这样习惯了很多事都依靠你去漂亮地完成，没意识到，似乎一转眼，你们就毕业了。你说，你的名字取自花好月圆之谐音，寓意团团圆圆，但是我们还是得分开，和我3年朝夕相伴的班集体分开，花也不好了，月也不圆了。那段日子啊，心里是何等的煎熬和不舍啊，每天看着你们，想着未来各奔东西，就觉得十分伤感，但最后的时刻还是到了。你拿了一份礼物给我，在众多司空见惯的物品中显得突兀而又怪异，你送的是一双木屐——木纹清晰可见，刷了清漆的木屐正面泛着金色的光芒，两根"人"字皮带套进大脚趾和它兄弟之间，木屐底则是每只上有两根横条。看着礼物，我很惊愕，不明白这有什么讲究。

你笑着对我说，老师，你要老穿着它，当你走起路来，它会呱嗒呱嗒地响，它呱嗒呱嗒响的时候你就会想起我。

我答应了，一直穿了很多年，直到木屐底下的横条磨得光滑，在一次洗澡时，不小心滑倒，摔伤了腰，还落下毛病，我才才恋恋不舍地把它放了起来，收起来时，已距你送我隔了10年之久。

10年，我们彼此都杳无音讯。

但在木屐呱嗒呱嗒响起时我总是想起你。

然后想起你就成了习惯，习惯了想你，想起那时候的生活，想

钢丝上的舞蹈

起了那时候的相处，想起了那时候的你们，想起了那时候的单纯，想起了那时候的苦乐，想起了那时候的难忘。

你们还好吗？你还好吗？

呱嗒呱嗒的声音又响了起来，在耳边，从心间。

出　发

朋友如约开着豪车来送我，我也乐的享受了，在车上看四面影影绰绰，俨然是冬天的图景。渐渐，路灯后面的黑暗变淡，东方天空的星星闪烁的微弱了，有一丝丝亮光引出了更多的光线。我们到机场了。

我好整以暇，胜似闲庭信步，毕竟，几位老师都是操心的人，大概都安排妥帖了吧。

时间快速流逝，我有一点点不安，好像有什么不对头。忽然间灵光一闪，我猛然意识到已经6:50了，但是我的机票还没到手，隐约记得那天在校门口有老师等待航空公司送了什么东西过来，好像是机票吧？

赶紧打电话，她们已经过了安检，我简直诧异得要一屁股坐在地上了，慌忙问机票何在，电话里流淌着惊讶过来，仿佛是篮球从高空落下，在我耳底蹦跳个不停，半晌还余音绕梁。伴随着在自助取票机上取票啊的提醒，我迅速挂了电话——已经顾不上礼节和礼貌用语了。按提示输入身份证号码，取票机温馨提示：您已经过了取票时间，请联系值班主任。

值班主任？何许人也？人在何处？我一时惴惴不安。

好在我是老江湖了，经验还是蛮丰富的，去询问处打听，心里虽然急，脚步却依然稳健，我不能以高龄的躯体奔跑在机场里，体统何在？

运气不错，值班主任就在问询处右手边，她迅速给我办理了出票手续和行李托运，我说声谢谢，淡定地去往安检——谅宁夏这个小小的机场，还不至于耽误了登机。然而，我错了，队伍是长长的一串，我挪动脚步，亦步亦趋，终于到验证口。验证口的小姑娘接过机票，直接就急了，您真能沉住气啊，都开始登机一会儿啦，您还慢慢悠悠的。我看看前边接踵摩肩如过江之鲫的旅客，一脸无奈。那姑娘见我如此，大概和我见到学生中不可救药的学生相仿吧，她也摇摇头说，你从过道边上挤过去，给前边的旅客道声歉就可以了。她就像给少不更事的傻孩子说事一样，其细致耐心程度已经超乎寻常了。我说声谢谢，一路快行，嘴里连说对不起，我来晚了。其实也没来得及等他们同意，我已经挤到了他们的前边。

　　看我匆匆走来，安检员皱了一下眉头，又浮起了职业笑容，示意我拿出口袋里的东西，又指指前面，我乖巧地踏到一个安检台上，随着安检员的指令，抬臂、举手、转身，听刺啦刺啦的声音从上到下，从左到右，从前到后响了一遍，终于结束了。

　　到候机大厅，才发现其他老师都悠闲坐在座位上，东方既白，他们的神态就清清楚楚地呈现在我的眼前。还有一部分旅客正排了队慢慢登机，见我来了，几位老师才起立，一起走向登机口。

　　我赞一句，小地方真好。随着人流，上机、找座、放包、落座、系安全带，透过窗口，一轮又大又圆鲜红的太阳正露出了大半边笑脸，慈祥地照耀着这个世界，这片土地，还有我的脸。

　　关机。

钢丝上的舞蹈

一

　　我出奇地愤怒了。

　　自从将办公室搬入新教学楼一楼后，接地气变得名副其实。每天，熙熙攘攘的人从窗前走过，步履匆匆，或来或往。我透过玻璃，看他们背着沉重的书包，成群结队，说说笑笑，还可以看到楼前的整个广场，下课时，场上的人多了，追逐打闹，踢球跑跳，他们把窗前的世界装扮得热闹非凡，有了孩子，有了广场，有了声音，有了动静，有了阴晴，有了阳光，我的心里就一点也不寂寞。

　　在几个固定的时间会有自己班的学生过来敲敲窗户，有拿周记本的，有送练习册的。等上了课，广场上静了下来，光线便穿过雾霾，挪过楼宇，一点点照进来，在我椅背紧靠的墙上跳舞，我对着阳光，偶尔合了眼，光斑热乎乎地在我的眼皮上调皮。

　　那个冬天里很平常的一个周二下午，有人在敲我办公室的窗户，声音响亮，节奏急切。我推窗一看，是我所教班的几个学生，他们一脸焦急，老师，老师，你有没有出一道阅读题叫《××里的父爱》。我一听，大吃一惊。

　　自从跟学生们说好要进行九年级上册验收考试之后，我一直琢磨着考什么和怎么考的问题，既要顾及教材，避开期中考过的题，又要考虑中考的题型和难易，既要让学生们取得合适的成绩，还要提醒他们学无止境。为此，也算伤透了脑筋吧，总算在近5天的思索后，用了3天的时间把试卷一字一字地敲了出来，昨天下午刚刚交给打印室。并且要求教务处调整了周二下午的课程，请总务处协调餐厅，准备让两个班同时开考，这样，既节省了人力（监考老师），又保障了考试的公正公平。现在，万事齐备，只待明天下午开考。

的确有道阅读题《步伐里的父爱》。

你们怎么知道的？我口气焦急起来。

李惟真说的。他们异口同声。

去把李惟真找来。

学生们腾腾地跑远了。

我的心"嗵嗵"地跳了起来，又仿佛悬在半空中，没着没落的。

万一泄露，这可如何是好？心血白费且不说，明天两个班的考试总不能半途而废了吧，箭在弦上，怎能不发？

也许只是他们随口说说，毕竟，我在班里说过要考有关父爱的一遍文章。

我心神不宁，胡思乱想。

还不如去趟打印室呢，我突然想到。

二

去学校打印室需要出新楼，穿过旧楼门厅，经过花坛——夏天、秋天自然鲜花朵朵，色彩艳丽。但在此刻，北方寒冷的冬季雾霾层层加上在阴沉的天色里，看上去一切都陈旧破烂、死气沉沉。我吊着个脸子就进了打印室，打印室里有两个员工，一男一女，男的胖乎乎的一副憨厚的样子，女的是个生面孔，虽然这是第二次见面，但我并没详细询问她和店主的关系。我进去，一眼就看到试卷放在一捆一捆打印纸摞起来的半人高的纸堆上，卷子孤零零的，很显眼地躺在由牛皮纸包裹成方块的纸堆上，无须处心积虑，只需在

人来人往中漫不经心地去翻一翻，甚至可以轻而易举地顺手拿走几张，都绝对不会有人发现。

我叹息一句：这简直就是慢藏诲盗啊。

想当年，我上初中的时候，老师们期中、期末考试用的都是手刻蜡版，利用雕版印刷的原理，将试题刻在蜡纸上，上好油墨，用辊子来回推，一张一张地印制，每逢考试，我们就在老师宿舍附近的垃圾堆里翻拣，有时候竟然能看到还没彻底毁坏的蜡纸，看到上面只字片言都如获至宝，兴奋地推敲猜测，希望能得知试卷上的个别试题，以便在考试后成绩能高出一些，人同此心心同此理啊，千方百计偷窥试卷，这是学生正常的想法，但试卷这样赤裸裸地躺在众目睽睽之下，诱惑学生来翻看甚至偷盗，简直就是给学生创造条件，提供机会，这种做法，几乎可以等于同谋了嘛。

正好打印室没有学生，我让他们停止工作，把他们叫到放试卷的纸堆边上，板着脸训斥起来：你们是怎么回事？我在印制试卷前是怎么跟你们交代的？我说过要考试用的，你们怎么可以这样不负责任，就这样随随便便朝这上边一扔，这不是引诱学生偷看吗？我已将两个班的课程兴师动众地调在了同一时间，餐厅也安排妥当了，你们竟然把试卷给泄密了，你们说说，该怎么处置？我一口气如连珠炮一般声色俱厉地吼着，他们两人面面相觑，一连声的直道歉。我得理不饶人，道歉有什么用，现在学生反映试题已经有很多学生知道了，你说，我考试还有什么意义？他们唯唯诺诺，我突然觉得自己大发雷霆的面目可憎，叹口气，缓和了一下语气，我只好连夜重新出题，你们明天一定要确保早上就印出来，并且确保安全保密。

他们一迭声地答应了。

我出了打印室。

刮起了风，走了两步，我打了两个寒战，才发现我没有穿外套就出来了。

我跑了起来，太阳穴突突直跳。

还未打开办公室的门，隔着门和窗户就听外面吵吵嚷嚷。开门进去，看到窗户外聚集了一堆人，他们拥作一团，把本已暗黑的光线遮挡得更无一丝光明。

推开窗户，我问，张远翔找来了吗？

他来了。说着，张远翔被推到窗户边，看着他，我想起多日的心血付之东流，不由得怒火中烧，心疯狂地跳起来。

我怒吼道：你给我等着。

三

我是冲出去的。

广场上聚集了很多学生，都是我带的同一个班的，他们上体育课，课快下了，很多人都从操场返回，听说我要收拾张远翔，他们都陆陆续续围了过来，自古及今，爱看热闹的因子已流淌在我们的血液中，从古代在菜市口看杀头，到鲁迅《〈呐喊〉自序》中描述围观日本人砍杀被怀疑做了俄国间谍的中国人，到现在看人吵架、打仗和各种事件的发生，甚至车祸和灾难，并且还不满足于看，还要起哄点火，推波助澜，连虚拟空间里也潜伏着无数的看客，这些国民性早已代代相传，人人概莫能外。

张远翔站在场子中央，脸上没有表情，他头发梳得很整齐，高个头，身材适中，肤色略白，面相清秀，唯独眼角微微下垂，他的眼球有血丝。他目光盯着脚下的方寸之地，并不显得慌张，我很生气，手有些发抖，我控制了一下情绪，但嗓门异乎寻常：你说，你为什么要偷看试卷？他依然不看我，也不吭声。我加重了语气，你到底说不说，你可想好了。

话毕，我不再发问，场子上的人越来越多，几十双眼睛看着我，看着他，鸦雀无声，空气的重压让我喘不过气来。我的心又开始狂跳，血直向脑门冲，刚才煞白的脸瞬间变得红头涨脑——这是后来学生告诉我的。

张远翔是我从初一就开始带的，到现在近3年了。初一时，他除了有时候说话不经大脑，不分场合，不管尊卑之外，譬如，你和一个女生说话，或者拍拍对方的肩膀，他会喊，你非礼人家小女生了之类的话。这些吧，我能理解，青春期的孩子对男女之间的关系很是敏感，又在鲁莽的年龄，说些不得体的话也是正常的。其他方面倒也没有什么不妥。尤其品行方面，一直和一些口是心非、两面三刀的孩子是有区别的。

到初二，情况好像有了些变化，张远翔开始发呆，作业明显完成得不好，头发梳理得一丝不苟，注重装扮比注重学业要多多了，我有些焦急，借着一次家长顺路送我一程的机会，我试图和他谈谈孩子的事，但家长比我话要多得多，他几乎不停地讲他对孩子的严厉管束，说白了就是做错了就打一顿。还经常这个不许，那个不准，我看插话不易，只好见缝插针地暗示家长多鼓励和信任孩子，毕竟他越来越大，自我会觉醒，太多限制会使孩子无所适从或强烈反叛，即使是消极的反叛。然而，我的话并没有引起足够的认同，身为公务员队伍中的一位官员，他对自己的方式充满了自豪，因为孩子在车上，我无法和他探讨，只好安静地倾听。下车说了拜拜，看汽车绝尘而去，我心里隐隐有些担忧，也只是一闪念而已，毕竟不是我的孩子，事不关己，自然无须多费心思。但此刻，当他在我面前摆出一副毫不在乎，甚至无所畏惧的神情时，我却对于我当时的漫不经心充满了后悔。

我看着他，脸上长了很多痘痘，使原本白净的脸上有了许多阴暗。

老师，老师，我来说吧。一个站在他旁边瘦高挑的男生樊须默开了口。

四

樊须默戴着眼镜，雾霾中钻出的一点光线让他的镜片闪闪发光，他留寸头，头发根根直立，额头泛着光亮，鼻子小而挺拔，薄嘴唇，唇上有淡淡的胡须，下巴略尖，喉结突出，上身穿一件方格棉外套，墨绿色上白色线条夹杂着其他颜色，连着帽子。

就是用这件外套，在一次作文课间，他制作了一个造型。

教室的后面有一排储物柜，他将衣服挂在上面，帽子悬空呈立体状，在帽子上架了一只墨镜，还拉上了一半拉链，将袖子搭在拉链上，又用一只手套夹在袖子上，将手套的两根指头直立，三根手指卷曲，在直立与卷曲的手指间插上了一支钢笔，远远看过去，一个很酷的男人戴着墨镜，手指间夹着一支烟。当然，如果不是那支烟，我几乎要鼓掌喝彩了，那支烟太邪性，我不敢恭维。

其实，这之前，我对他也是欲赞又罢，欲夸又止。他在周记里以章节的方式写了一部长文《宝湖村的秘密》，文章情节波澜横生，曲折动人，文章的主人公佟二小遭遇各种奇葩事，其他配角也是有故事的人，所有情节编排得丝丝入扣，天衣无缝，我一方面力挺他的才气，另一方面又隐隐不安，故事的杀马特，血腥，怪异，让我啼笑皆非。

他面上镇定，语调平缓：老师，你错怪张远翔了。

他的话石破天惊。

怎么可能，这么多学生都言之凿凿，尤其我所信任的几个孩子。

无风不起浪。他们盛传的阅读题目《××里的父爱》考卷里肯定是有的。

然而，万一不是张远翔，而是别人呢。我有些迟疑，定定地看着他。

老师，事情是这样的。上节课是政治课，因为准备不足，材料不全，遭到了全班同学的嘲笑，张远翔很生气，冲出了教室，跑到了操场，我和王一丁怕他出事，就追了出去，劝他充实材料，就去了打印室。

我倒吸了口凉气。

我看张远翔，张远翔眼睛通红，脸上有股说不清道不明的神

情，我再看看王一丁，他个头小许多，有两只虎牙，笑的时候脸上有酒窝，爱说，老师你真帅，说的时候嘴角的一颗黑痣会随着脸部肌肉的活动而颤动。没事的时候，他爱捻头顶的头发，有时候会持续半节课之久，他是初二转来的，成绩也靠后，说话犹犹豫豫，给人以信心不足的感觉。

我问他，怎么回事？

他说老师，不是我。他们问我作文题目，我说是《绽放》，张远翔就信了，四面八方瞎传。我一愣，《绽放》是上周的周记题目，今天早读，王一丁夸我帅的时候，捎带着问我考试作文题目，我低声而严肃地告诉他，是《绽放》，原来如此。但是，还是不对，张远翔说他瞎传，樊须默证明张远翔没说，张远翔自证自己没有传。而大家都说阅读题目是《××里的父爱》，何况多数人都说是张远翔说的。

那是怎么回事？

他们中肯定有人在说谎，也有人在避重就轻，故意搅浑水。他们才初三，就这么有心计？

是张远翔、樊须默，还是王一丁？

我看着他们。心慢慢地向下沉。

五

我们面面相觑，只有斜阳里雾霾沉沉的空气和四周围观的人群。

快下体育课了，学生们数量大增，只是被这种怪异的气氛震慑，都不约而同地屏住了呼吸。

但肃穆在一个高个子，留平头，黑脸面，圆眼睛，佩戴近视镜的学生的到来时迅速土崩瓦解。

他是李惟真。

初一时，因为学校安排，我曾经到另一个年级任课，他最是难舍难分，为此还潸然落泪，让我感动得一塌糊涂，也是促使我想方设法快速回归的缘由之一，他爱笑，没个正行，接话茬，上课偷吃东西，喝水，朝前排凑，还和周边同学聊天，常常为此触我之怒，但因为那份情意，还有他非常不错的成绩，我总是原谅，甚至有些迁就，所以，他在我这边很放纵。

他冲进了人群，我呵斥道，你来得正好，刚才正说到去打印室偷看试卷也有你一份，你老老实实地说，你都知道些什么，还跟什么人透题了？

他一脸无辜，没有啊，老王。

如果放在稍前些的时候，我还是信的。但现在……

就在前几日，学校进行了对教师的问卷调查，调查后成绩汇总交到了我手里，无意看了一下——对于这类打分，我历来是无所谓的，我已尽心，仰不愧于天，俯不怍于地，日月昭昭，天地可鉴。但就那一眼，我心忽地就不舒服了起来，两个班都打了分，不算低，但我自觉投入心血最多的他们班，却比另一个班打分要低，我就奇了怪了，你用心浇灌的花却长满了刺，刺得我遍体鳞伤，心隐隐作痛，一方面源于生气，另一方面源于自己的错误判断，还有对另一个班的愧疚。何况，我还听说李惟真背后议论我，出言不逊，言辞激烈，甚至难听。我当时听了，并不相信，但刚才发生的透题事件和他们的死不认账，却让我三观尽毁。

我历来不肯用阴暗的心理来揣度这些孩子，我总相信美好，我也总用我相信的美好来感染他们，但是，事实俱在，我突然觉得极度无力。我无力相信他们，还有刚刚辩白的李惟真。

李惟真继续说着，语速很快，我只见他的上下嘴皮分分合合，但声音却很邈远，人也虚无缥缈。

我定定神。他正说，老王，我真没看，不信你问王一丁，我突然想笑，一丘之貉，心里却恶狠狠地想。

他还在说，我是从王一丁那儿知道作文题目的，他说问过你，你告诉他的，说是《绽放》。我不相信，我们周天的周记题目，不可能考的，所以别人问我，我就顺口说了，谁知道他们就信了。

我突然觉得无聊了，问清楚又能如何，反正这份题是废了，心血也白费了。

但，哪能就此罢休。小时偷针，大了偷心，我小时候懵懵懂懂，只是从家里偷了十块钱，差点叫我父亲一脚踢了几米远，至今思及，依然心有余悸。但从那之后绝无私拿任何东西的毛病，严是爱啊。

你们跟我到打印室去。

六

王一丁听言挪动了脚步，樊须默看看张远翔，李惟真依然大大咧咧，嘻嘻哈哈，没有一丝的收敛，张远翔瓷在当地，眼睛红红的，委屈？愤怒？我无从判断。但我的心头火起，抬起手指，食指伸展，点了几下，你什么意思？

看我动怒，早已在学生群里的班主任赶紧过来。她是个南方女子，冰雪聪明，挽着我的胳膊，低声劝着，您就别生气啦，气坏了身子可不好。我无暇顾及，甚至没有丝毫反应。身子有些发抖，面色赤红。你到底走还是不走？

他盯着我，我盯着他，我知道我的眼里要喷出火来了。倘若真能喷出三昧真火，肯定会火葬了这个充满谎言的世界。

沉默。四周一片死寂。

漫长，几个世纪一样没有尽头。

樊须默拉拉张远翔，大家都动身了。李惟真的表情也凝重了。

我在前，他们在后。人群散了，班主任挥手，大家进班去了。

似乎起风了，我身上有些冷。

手心冰凉湿漉。脚步迟缓。

我突然有些后怕，在我周边，不止一次发生着学生轻生的事件，一条又一条鲜活的生命夭折，一个又一个未来有着无限可能性的希望破灭。而这些，多半源于一时的极端心里或者受到极度的刺激——也许在成人看来只是轻飘飘的压力，却是孩子们生命中无法承受之重。

我的脚步更慢了，我都这把岁数了，跟学生较劲，值得吗？但，这是大是大非，决不可退缩，即使发生激烈对抗，也必须坚持到底。

然而，湖南邵东18岁的龙某杀师案在脑海里浮现，经过媒体报道，细节栩栩如生，场景历历在目。还是邵东，不久前一个老师被学生所杀，而我所在的城市也不时耳闻我的同行们被伤害的事件，这个最被敬畏的职业何时沦落到今天这个地步？

多么危险的职业！仿佛在钢丝上的舞蹈。

这平衡该是如何把握，我又该何去何从？

到了打印室门口，木门紧闭，我敲门，声音砰砰直响，我的怒气在声音里呈现出铿锵的节奏。

门开了，胖胖的打印室店员见我再来，有些惊愕，又有些手足无措，新来的暂时帮忙的女士也惶恐不安。他们看着我，我目光掠过他们的头顶，看着天花板，天花板上有斑驳的污迹，线条随意，图案混乱，我一声不吭。学生们也茫然地把目光投向我的后背，又扫过店员的面部、头部，然后收回目光盯着脚下的方寸之地，他们画地为牢，将目光囚禁在其中，再也不肯出来。

空气难闻而压抑，打印室外紧邻的马路上，车来车往，每一辆都仿佛十万火急，稍遇阻挡就狂按喇叭，鸣笛声连成一片，在雾霾里躁动不安震耳欲聋。

我不明白这个世界怎么了，如此戾气喧嚣。

我置身于这个仿佛要礼崩乐坏的世界，面对这个世界的种种因果，即使是这个洁净的圣殿，也渐渐淹没在当下暗黑的大潮里。

是随波逐流，还是挺身而出？是独善其身，还是知难而上？

这是个问题。

我深深吸了口这个急功近利的世界制造出来的污浊呛人的空气，嗓子立刻发生反应，人不由自主地咳了起来，身子颤动了起

来，如果能咳出个清朗的乾坤，我愿咳到地老天荒。

咳嗽，还是慢慢停了下来。

我面无表情，对着店员又仿佛对着墙壁，就是这几个学生，借着来印资料的机会，偷看了试卷，现在试卷已经让很多学生都知道了，面对我的万事俱备，费尽心血，你们说，该怎么处理？我的口气咄咄逼人。我的肢体气势强劲。

店员低下头，一声不发。

我转身，你们，我提高了声音，敢做却不敢当，算什么男人？

张远翔抬眼看我，眼光依然冰冷或者是茫然。

樊须默一副事不关己、己不劳心的淡然。

李惟真的圆眼、黑脸、高个和镜片，在冰冷里无动于衷。

唯有王一丁欲言又止。

七

我突然觉得意兴阑珊，查出来又如何？能把他们怎么样？就在一周前，旁边一个班级的女老师因为作业问题，比较严肃地在办公室里询问了某个男生。那个男生当场发作，但碍于有男老师在现场，没敢太过分，但第二天这位女性老教师在另外班级上课时，他狠狠推开教室门，携带着一股寒气，旋风般来到讲台前，用手指着那位老教师，并直呼其名。之后，在全班同学的惊愕中扬长而去。留下浑身发抖、脸色惨白的老师，满含眼泪在风中凌乱，等事件报至学校，也不过是劝其转学而已。记住，是劝。人家自然不听劝，三番五次找到学校，说孩子被教师批评伤了自尊；说九年义务教育，未成年人受到法律保护；说孩子当天心情不好，在班里没有得到应有的尊重和关注……理由一条又一条，核心就是我有法律保护，你奈我何。学校坚持不肯让步，家长又多次找来，说孩子心理压力太大，如果有个三长两短，唯学校是问。

后来，还没有下文，据说家长在找上级主管部门。而且，孩子还放出风来：他想问问老师走不走夜路……

但此事总得有个交代，即使只为了自己以后还能在讲台上坚持一点正义，还能表现一份勇敢。

你们进来。我语气严厉。他们这次没有任何叛逆，顺从地鱼贯而入，这个世界不是东风压倒西风，就是西风压倒东风，心虚才是做错事应该的状态。

你在哪个地方看到试卷？张远翔指了一下，第一次开口说话，我看到试卷，只是翻了一下，就赶紧合上了，只看到一道阅读题目《××里的父爱》，当时特别慌张，手心出汗，心跳加速，就没敢再看下去。他这话我信，这些孩子的父母多数都受过良好的教育，对孩子的品行还是非常在意的，孩子也不至于差到那个骂老师、威胁老师和攻击甚至杀害老师的份上，带了他们近3年，这一点判断还是没问题的。

那你为什么不承认？

他又低下头，又一次盯着脚背，又一次保持了沉默。

我突然明白了。

明白了他们顽固地坚守谎言并且一抗到底的缘由了。

归根结底，问题出在我们身上。

譬如，他们小时候，从学校回到家，家长看他不写作业，就问，你怎么不写作？孩子回答，我不想写，家长会怎么说？多数状况下恐怕会喋喋不休教育一番，甚至一顿臭骂或指责打击。但如果孩子说，我已经写完了，在学校就写完了。家长第一反应是不是很高兴，粗心一点可能都没想起来验证一下他说的是真是假，可能还会表扬一番。现在大家该明白孩子为什么撒谎了，因为我们听了真话会生气，而假话则会哄我们高兴。长此以往，撒谎便是家常便饭。

当然，万一谎话被发现，家长追问之下，他会怎么做呢？可能他说了实话，说，我撒谎了，家长的反应会如何呢？会不会又是一番无休止的教育和处罚？但如果他咬紧牙关信誓旦旦斩钉截铁死不认账呢？你会不会心里开始动摇，也许孩子并没有撒谎呢。日久天

长，孩子们早把我们的心理摸得透透的，坦白从严，抗拒从宽，遇着自己做错事自然而然先推卸，先否认，先撒谎，再将假话坚持到底。

那么，老师就没有家长的心态吗？依然拿作业说事。早上学生来校，没交作业，你找学生来询问，他说，我就不想写你布置的作业。这是他真实心理的写照，你会做何反应？会不会觉得很受伤，会不会大发雷霆，会不会善罢甘休？但如果他一脸歉意说，老师，我作业忘家里了，我中午让家长送来，实际他会用课间或上课时间偷着补上，你的心里又是如何呢？

在家里和学校对说谎问题的态度和处理上，我们该明白：有因才有果，有果必有因。

唉，我叹口气说道，你说的我相信，然而你嘴那么死硬，死活不承认自己传播阅读题目吗？这又做何解释？

他看看樊须默，说，我真没说。

问题又回到了起点。难道他是为了保护为他开脱的樊须默吗？或者另有隐情？

我看看樊须默，又看王一丁，再看李惟真。突然问，那么排序题的答案③②①又是怎么回事？

八

除了樊须默，其他3个人都显出一些慌乱，但很快就镇定如常了。我心里深深叹了口气，现在孩子们历练得已经炉火纯青，早已不是我们那个时代能望其项背了，那时候但凡做了错事，心情忐忑不安是再平常不过了，更多的是提心吊胆，好多时候自己就撑不住了，不打自招，将坏事一桩桩、一件件全盘掏出，不敢稍有隐瞒。二元对立的教育，非好即坏的判断，是我们内心的一把尺子，道德至上的社会环境让我们敬畏。人在做天在看，我们相信善有善报、恶有恶报的说法，所以是与非、对与错常常清清爽爽。而此刻，我一时困惑起来，不知该不该到此结束。

呼吸可闻，心跳可感。

还是我说吧。

张远翔一反常态，仿佛壁垒一旦被攻破，立刻不战而降。这倒出乎我的意料。

说。

我们不是来复印嘛，试卷堆放在眼前，答案又在试卷的最上面。其他都是文字，只有③②①三个数字最扎眼，所以……

你倒是挺能自圆其说。问题是谁传播出去的呢？

张远翔看王一丁，王一丁看李惟真。

每到关键时刻就三缄其口，你们，你们真让人佩服，佩服得五体投地，高手啊。我说，《鹿鼎记》里撒谎高手韦小宝总结撒谎经验：细节务必真实，关键所在才可作假，这样的谎言成功概率最大，你们和韦小宝简直有异曲同工之妙啊。

他们都低下了头。

走吧，我说，你们凯旋吧。

他们迟疑着，偷着看我的脸色，我脸上应该没什么明显征兆，他们一时难以吃准。犹豫不决，斟酌进退。他们继续朝我看，看一眼又互相看看——这些孩子早就会察言观色了。平日里，如果见你高兴，他们就口无遮拦，老王、老王，你喜欢谁呀；老王、老王，你重色轻友啊。甚至上课也接话茬。倘若看你心情不好，一脸凝重，他们立马噤若寒蝉，上课也老老实实，一副认真听课的好学生模样。更厉害的是他们超级会来事，看你还端着茶杯朝班里走，他们就迎了过来，老师，老师，我给你端。看你站在讲台边批作业，他们会搬来凳子，老师，你坐着批吧，站着多累。有几个我喜欢的孩子，经常给我喂块薯片或者糖果之类的，也有扑过来说老师来拥抱一下。更多的时候，我相信这些都是出自真心真情，但此刻，我动摇了。

我不确定我还认不认识他们，能不能看清他们的真面目。

借我借我一双慧眼吧，让我把这世界看个明明白白真真切切！

你们走吧。

我摆摆手。

希望我多虑了，也希望他们说的都是真的。

他们这次明确了，如遇大赦，一溜烟走了，在雾霾里，脚步轻盈，只是，没走多远，便传来了笑声。

我想叫停他们。

但，我还有更着急的事要去做，只是生气过后，走路都显得格外吃力，我走了两步，回头，告诉两个店员，明天我要重印试卷，你们早来，还有，吃一堑，长一智，必须注意试卷的保管保密。他们连声答应。

办公室里，一片昏暗。

开灯，端坐在电脑前面，脑子里乱糟糟的，该怎么重出呢？

不知过了多久，还是没理出个头绪。

有人敲门，声音犹犹豫豫，我喊进来。还在敲，我大声喊，进来。还在敲，我只好起身，开门，王一丁站在门口。

九

灯光下，王一丁一双笑眯眯的眼，两颗虎牙，嘴角上黑色的痣，都在光亮里醒目。

老师，你别生气，你最帅了。

说完，他道声再见，在我莫名其妙的感觉还未消失时他转身离开了。

我摇摇头，明白他肯定有一些隐秘的心理活动，比如，忐忑不安，比如愧疚自责，比如有话要说，等等，但是即使真相大白，又能如何呢？

回到座位，我拍拍脑袋，眉头皱成了一个"川"字。重出，还是部分改变？我犹豫不决，全部换掉吧，时间明显不够，部分更换吧，如果答案完全泄漏，考试还有什么意义？

当，当，当，门被轻柔而有节奏地敲响。我略有些厌烦，但知道喊进来是无济于事的，只好起身开门，几个孩子站在门口，有小盖和史妹——我最亲近的两个孩子，李小盖算是我的嫡传弟子，跟随既久，自然知道我的心思，他担心我会气出个什么不好，所以要来看看，我心里热乎乎的。史妹是后来担任课代表的，学习自不必说，和李小盖并驾齐驱不相上下，更了不起且让我始终赞赏有加的是她的品质，正直，善良，诚实可爱。

他们眼巴巴地看着我，我点点头，无须表达，一切尽在不言中。

他们走了，我摒弃了不快的念头，人一过百，形形色色，就算只为了他们，我也该从不良情绪中快速恢复过来，赶紧投入到命题中来。

心思一定，灵台澄澈。

我决定增加一些试题，再更改部分试题，孙子云：虚则实之，实则虚之。

接下来，如同行云流水，一气呵成。待试卷出完，成就感油然而生，敝帚自珍啊，何况是新生的作品，核对完分值，校对完文字，答案也一一出完，我朝起一站，正想引吭高歌，其实，我是五音不全，但自己一个人的世界，跑调又有何妨，但声音只是在心头荡漾了一些，就觉天旋地转，我扶着桌角慢慢坐下。定定神，窗外已是黑沉沉一片，雾霾肯定不会消散，没有风吹，清新的空气怎会到来，看看表，22：16。怪不得头晕目眩呢，生气，着急，劳累，饥饿，一浪一浪袭来，目不暇接。

闭了眼，养养神，慢慢站了起来，关闭电脑，关灯锁门，拖着沉重的腿脚在雾霾里踽踽独行。

到家，上楼，平日里就觉得有些艰难的6楼越发显得高不可攀。有时候和朋友小酌一番，几杯酒下肚，回家时很是平稳，走路也是直线，但上到三楼之后，气喘吁吁，起初以为缺乏锻炼，后来觉得是心脏不好，再后来，觉得就是喝酒了而已。等上到4楼，太

阳穴开始突突地跳；上到5楼，举步维艰，面红耳赤；上到6楼，心简直是要冲出胸腔，耳鸣如雷，头疼如裂，等开门进去，人瘫坐在沙发上，许久动身不得，然后，慢慢困了，睡了，一般一小时后醒来，然后，整夜不睡，即使数羊，即使使劲睡，也不会再睡着。

但今天并没有喝酒，只是累点而已，为什么，腿如灌铅，心如擂鼓，头疼不止？才上到2楼啊。歇息，大口喘气。平息，继续。3楼，浑身湿透，晕晕乎乎。再歇息，歇息。4楼，简直动弹不得，手有些麻木。歇息，歇息，歇息。5楼，生不如死，呼哧呼哧，整个胸腔都被掏空，脚轻飘飘的，头沉甸甸的。歇息，歇息，歇息，歇息。6楼，扶门久立，掏钥匙，手激烈抖动，如狂风中的一片叶子。钥匙落地，声音巨大，震得耳朵轰轰作响。慢慢蹲下，眼冒金花，捡到钥匙，慢慢站起，眼前发黑。许久以后，开门进屋。

屋内空空荡荡。

倒在沙发上，眼皮渐渐沉重。

我看到我在钢丝上舞蹈，身体倾斜，马上要从高空坠落。惊醒，原来南柯一梦。

十

第二天照常起来，上午第一节课是另外一个班的，看着孩子们认真复习的样子，觉得他们格外可爱，但以前我怎么没有发现呢？

上完课前往打印室，打印室老板见面就赶忙道歉，一脸诚恳，我和他接触很久了，不管我的穷与达，进与退，得意与失意，他和他妻子始终如一的谦和，他的道歉反而让我觉得自己气量不够宏大，我笑笑，说，我昨天处理方式也有不妥，你们多担待吧。不过今天还得劳累你们，上午就得印完，并且一定要确保不泄密。一共印152份，答案印上4份吧。哦，卷子也多印10份吧，这群孩子丢三落四，将来讲的时候又没东西了。他们也笑着答应，没问题。

我转身回办公室，心里突然一动，上次泄密的试卷我也让印了

4份答案，他们异口同声说只是看到答案，但会不会顺手牵羊呢？

慌慌忙忙翻箱倒柜，拿到那沓试卷，我突然有了不祥的预感，迟疑了一会儿，昨晚出的那份试卷中保留了泄密试卷的许多题，万一答案外流，岂不是试卷又白出了吗？转念一想，他们应该没有这么大胆吧。正天人交战，手机突然铃声大作，只好先接电话，是主管校长，她语气严厉，你到我办公室里来一趟。她历来如此，我早已适应，只得快快出门而去。

只是一件小事，学校和十二中、长庆初中正在进行的政史地"同课异构"下午要到十二中客场作战了，她准备亲自带队参加，但老师谁会前往参加有没有确定以及有无派车等等。她这么一提，我才想起，只好硬着头皮说，我忘了。说完，我等待着她的批评和指责，但她并没有吭声，沉默了许久，缓缓说道，当主任，这些事是要操心到的。然后，没有了下文，我等待着，靴子不落地，心总是得悬着，在学校从事中层行政工作已经12年了，接受过四位副校长的领导，他们性格迥异，做事风格大相径庭，有和风细雨的，有暴风骤雨的，有循循善诱的，有坦诚相待的，而现任则以细致和严厉著称，常常能发现我工作中种种不是和不足，又能找到合适的时机和角度鞭策我等，所以受到批评和指责已是家常便饭，我只当是历练自己罢了，然而心里很是焦虑，更多的时候就像是在钢丝上的舞蹈，战战兢兢，提心吊胆。好在，她沉吟了一会儿，说，还有时间，你赶紧落实吧。我如遇大赦，起身，说，校长，那我去了。快到门口，她又发话，明天去长庆谁带队？我只好转过身来，说，我。她点点头，说，好。又没了下文，我一时竟不知是走是留。一句你去忙吧，如听天籁之音。

出门就开始找相关老师和部门一一落实主管校长指示，等到全部安排完毕，又把印好的试卷抱到办公室，已是午餐时间。想想吃了12年食堂，我实在是没有胃口，索性外面去改换口味，想到了就行动，便独自乘车去往一家爱吃的饭馆。

饭后回来，组织学生前往学校餐厅2楼，那里可以容纳4个班同

时考试，两个班空间足够开阔，美中不足的是阴霾天里，餐厅又冷又暗，待得久了，浑身冰凉，试卷上的字也显得模糊。

我站在餐厅正中央，看着他们神态专注地在试卷上奋笔疾书，心却跑得老远了。

此刻我无法以忙为借口，再讳疾忌医，自我欺骗了。

泄密试卷的答案到底是不是都在，如果不在是不是被拿出了打印室，如果被拿了出去，那又是谁拿出去的呢，拿出去都给谁看了？

一系列问题纷至沓来。

十一

其实我是在逃避，一直都在逃避。

我知道揭开了那个盖子，会让我五内俱焚，为了残存的那份美好，我潜意识里给自己找了各种理由和借口，甚至选择性遗忘。

然而，考完后，我依然选择了忙，忙着装订试卷并同时发着牢骚。你们瞧瞧，都说了多少遍了，要求把名字写在左上角，还是随意写。对着前来帮忙整理卷子的几个品学兼优的学生，我嘴里不断唠叨着。我反感自己的喋喋不休，又仿佛很享受这种无休无止，仿佛一闲下来，我就会不由自主地想起前面的那些疑虑。

前来帮忙的教务干事和好几个同学的忙碌，终于换来了试卷完全地密封，当然在试卷的边沿上，用胶带粘去姓名的地方满目疮痍，如同，受过伤的伤疤在结痂后又被撕开，触目惊心。

外面灰黑呛人，在这样的天气，什么样的景物看上去都千篇一律的无精打采，叫人没有一丝好心情，好在孩子们和我一起来到办公室，还有一点善后的工作没有做完。我忙碌着，无意义地忙前忙后，忙中添乱。脑子里也茫茫然。

最后的装订终于结束了，我打电话请来了一个我很信任的语文老师，让她帮我客观公正地批阅一下作文。一切根据你的标准，无须考虑太多，我叮嘱她。

她拿着试卷刚走。学生就叫喊了起来，老师，你这样安排批作文，是不是想让我们都考扯啊？

没有啊，我只想看看没有感情因素的状态下，你们最真实的成绩。

切，他们一致鄙视。

我呵呵一笑，对于他们，我是生不起气来的。

老师，该布置作业去了吧。

是。

锁好了办公室的门，我和他们欢快地走向了教室，好像，好像我脑子里从没有过那么多的疑虑；好像，好像什么事都没有发生过似的。

磨蹭到放学，我和大家一起回家了。

第二天，我叫人去拿来了试卷，在临时办公室里一个人流水批阅起来，之后上课，之后午休，之后带队去长庆初中参加地理学科的同课异构。活动中间，我很兴奋，我校老师表现出众。

大课间，我去找一个朋友，抱憾而归。活动尾声，各校领导讲话，我做了几分钟的发言，看底下老师们认真地做着记录，我心里略有些飘飘然之感，仿佛微醺的、陶醉的、晕晕乎乎的感觉。但这种自我感觉良好的状态没有保持多久，我突然想起以前有个老前辈，每次领导讲话他都不抬头地做着笔记。有一回，我挨着他坐了，上面领导滔滔不绝，我只是觉得无聊，都是些无限正确而又毫无意义的废话，但我也没有勇气公然起身拂袖而去，百无聊赖，我侧目看他做着笔记。看了一下，我就忍不住笑出声来，周边老师闻声扭头看我，我还是忍不住，因为他的笔记太有才了，上面明明白白地写着一句接一句的话，有"一句顶一万句"，有"从这点出发，就可以变为大有利于人民的人。一个人能力有大小，但只要有这点精神，就是一个高尚的人，一个纯粹的人，一个有道德的人，一个脱离了低级趣味的人，一个有益于人民的人"，有"宜将剩勇追穷寇，不可沽名学霸王"，还有"人有多大胆，地有多大产"，

等等，而台上，领导正在慷慨激昂，展示美好未来。

那次会后，我问，您笔记上怎么全写那些东西啊？老前辈一脸深沉地说，给自己找点乐子，给领导点面子。听完，我佩服得五体投地。之后，我也学会了这一套，走哪开会，带个笔记本，别人发言，我就煞有介事地在笔记本上记录，这种方法果然疗效神奇，无聊无趣的会议变得不那么漫长压抑了，领导好像对我认真记录也颇为首肯。

现在，我想，恐怕台下的老师们也早已深谙此道了吧。人突然就觉得像泄了气的皮球，一切索然无味，唉，成人的世界啊，即使是学高为师，身正为范的老师们也早已世故圆滑，以致如斯。还有，现在追捧之风也开始在学术单位蔓延，微信里领导网上下载个教育理念，底下一片喝彩之声啊，萌萌哒、点赞的，深有同感地赞扬着，简直数不胜数啊。教师行当里都已是如此的山高水长，如此的高深莫测，如此的讽刺幽默，我差点还傻傻地入戏太深，不可自拔。哈哈哈。突然间，觉得，孩子们偷窥答案，撒谎，死不认账，也不过是这个社会的一个小小的缩影罢了，我又何必耿耿于怀。

活动终于结束，以前的老友，现在已在十二中担任副校长，他笑着说，坐我的车回吧，我们路上聊一聊。

一路的话题全是这些年对教育的担忧和疑惑。说着，两人都只是叹息。

快到一中时，他说本想请我吃顿饭，好好聊聊，无奈家里母亲有病，只得改日再聚。我赶紧说，你快回去吧。他问，你回家？我不想再让他耽误时间，说，你就把我放到这吧，朋友的茶楼在跟前，好久不见了，我去看看他们。下车，分手，各奔东西。

到茶楼，朋友都在，他们是学医出身，转行卖起了茶叶，生意风生水起。见面，说，你怎么脸红成这个样子，是不是血压高？我说，不可能。他们说，好吧，先吃饭去，饭后给你量一量。冬梅（我们共同的朋友）这几天血压高得吓人，天天量，血压计就在这里呢。

我说行。

饭中，冬梅也来了，说起她的高血压，简直是难受至极，我说，我也老感到头痛欲裂，估计是累的，我家的人都是低血压。她说，你可要注意休息啊。

饭后，到店，朋友说，来，量血压。

量就量。

啊，你的血压这么高啊，比我的高多了，冬梅嚷着。大家都凑了过来。

低压116、高压166。

这么危险，你简直太不把生命当回事了。

我的心嘭嘭地狂跳。

如果人突然没了，就是想在钢丝绳上舞蹈恐怕也不可能了。

十二

在朋友的关照下，第二天很快就进行了各种检查，原发性高血压是诊断结果，以后你得按时服药，专家语气肯定。如果血压降下来，是不是就不用服药了？我脸上堆满笑意，试探着问。不能，你得终身服药。专家无视我的笑脸，一副严肃的神态。我脸色刷地灰暗了起来，终身服药！终身服药啊！朋友开导，没事的，想开点。我挤出一丝笑容，想开点，怎么想开啊？

之后又不断地出入医院，见到医院人满为患，我也渐渐适应吃药的现实了，这天朋友问专家，他没啥吧？只是高血压而已。专家说，你让做一下颈部动脉彩超。

朋友马上联系，很快我就躺在检查的仪器之下，仪器是医院最先进的仪器，检查医师是全院最有水平的检查医师，医师是正高职称，朋友和她很熟，边聊着边给我细致检查，她们说起了什么有趣的事，笑了起来，气氛格外的轻松起了，冰凉的探头在涂满液体的颈部一遍遍划过，本来有些不适和紧张的感觉在她们的笑声中冰消

雪融。她们还说起上次一个病人掐着护士的脖子，差点出了人命的事，又是气愤又是叹息，医生也是在钢丝上舞蹈啊，朋友感叹道。我知道她是浏览过我的文章，才有此一说。

终于检查完毕，我站起来擦拭涂在脖颈上的液体，朋友和医师低声嘀咕着，朋友的脸上渐渐僵硬和凝重，等彩图出来，我们走进了熙熙攘攘的病人中，她叹口气，说，早知道我就不用非得让你反反复复来检查了，越查心情越糟糕，还不如糊里糊涂的好。我心里咯噔一下，意识到情况不妙，但这么多次的来医院，见惯了各种各样拥挤在走廊大厅、诊断室门口的病人，思想上已比刚刚发现血压高且要终身服药时坦然淡定多了，我安慰她，兵来将挡水来土掩，有病看病，不必讳疾忌医。她笑了一下，笑得很勉强，说，你先回吧，按时服药，我找专家看完片子再说。

靴子落地了，我心里反倒轻松了许多，就像阿Q挨完假洋鬼子"文明棍"击打后的踏实一般，我回到学校，继续着每天繁琐而辛劳的工作。

考完的卷子不能再拖了，孩子们打问成绩的情况时时发生，我开始加班加点地投入到一个人的流水作业中。作文，那位老师已经帮我批完了，分数超乎想象的低，简直惨不忍睹，其他我正批阅的部分也常常触我之怒，好几回都气得扔掉了红笔。后来，才渐渐地好了起来，有几摞卷子貌似还能给我以安慰，特别是和泄密卷重合的那部分题，有不少学生回答得值得称道，但批阅之时，我并没有意识到里面是否暗含玄机。

终于批阅试卷接近尾声了，焦虑感慢慢消失，我进班脸上也有了喜庆，见到张远翔，我还冲着他笑了笑，对于李惟真的接话茬也没有前几日的不耐烦。一次课间，我把张远翔叫到跟前，缓缓地说道，现在已经时过境迁，我也没有再打算追究到底，但是我很好奇，你们那次在打印室到底干了什么？看着我，他比我高，所以略微低了头，我是稍稍抬着头，他说，当时，我和樊须默，还有王一丁3个人去复印资料，一不小心就看到了试题和答案，因为紧张，只看到一点内容和答案，出来我不记得我有没有和很多人说，体育课嘛，大家三五成群，好像我炫耀过吧。我看他神情，很诚恳的样子。觉得没必要再问什么了，准备离开时，他却突然说，老王，其实，后来王一丁和李惟真还有陶远之，又去了一趟打印室，是王一丁告诉李惟真说试卷和答案就在印刷纸上随便放着呢。

陶远之？我的心忽悠一下提到了嗓子眼，血又冲向了大脑，脸上如同苫了块红布。

十三

陶远之的个性很是混沌，应该属于混合型的。说他细腻但又豪放，说他正义却又痞气，说他热情却很冷淡，说他卑微却显高傲，说他成熟但又幼稚，说他仗义但又鲁莽。

他个头不高，身子结实，眼睛小而亮，配黑框白腿眼镜，颔下有须，颇显成熟。最早出现在我的视线里的是他的一篇作文，写家中老人去世，他和父亲奔丧回家，进村时，天色向晚，背景灰暗，寒风阵阵，哀乐悲怆，人物内心百转千回，往事历历在目，细腻低沉的情感荡气回肠，令我唏嘘不止。于是在班内高度推崇，但之后再无佳作出现，成绩也不尽如人意，倒是用拳脚赢得不少喝彩，对异性很是上心，明显早熟。

对我还算尊敬，但大家都知道，在以成绩为重要尺度的团队中，他属于容易被忽略的一个，能记住的多数是课间的油嘴滑舌。

陶远之的加入将会使事件发展的方向变得越来越模糊不清。

当然，陶远之不是好的突破口。

只好沉默。观察。此时，我已经翻检了泄密试卷，数了份数，核对了印数，两者不差分毫，我松了口气，还好，卷子没有被私自带出打印室，只是得意了没有几秒钟，我发现答案少了两份。绳从细处断，最担心的后果还是出现了。讳疾忌医终归也难逃一劫，我叹息着，只是心里还有一角，依然残存着一份侥幸。

那天早读，我装作不经意的样子，来到王一丁跟前，他喜欢捻自己的头发，此刻依然。我拍拍他的头，仿佛很随意地说了句，考试也结束了，你是不是该告诉我那天你们重返打印室都干了些什么？他闻言一惊，老师，你都知道啦？我不置可否，一脸洞若观火的神情。他低下了头，声音细不可闻，我弯腰倾听，他咕哝了两句，我们一起进去，我去复印，他们拿了答案。我的情绪差点再次失控，我深深呼吸了两口，停顿了一会儿，从他身边走开，不用问，3个人事先早有分工，王一丁负责引开注意力，陶远之或者李惟真负责阻挡视线或进行掩护，李惟真或陶远之顺走了答案。

我摇摇头，身体倦怠得没有了丝毫的气力，我想坐下来，我不想再看到他们，小小年纪，接受了这么多年的教育，却成了这样胆大妄为、死不认账、谎话连篇的模样，是他们的混蛋，还是我们的无能，甚至，是教育的失败？我捋不清楚，也道不明白。我知道，我的脸色肯定是红彤彤的，如同苫上了红布。

拖着沉重的腿脚，我出了教室门。这一天，没有雾霾，在昨晚一场大风的飞扬里，雾霾灰飞烟灭，看来，治理雾霾也只能靠吹了，这近乎我们的教育，推行了几十年的素质教育之后，我们用考试成绩去衡量学生的一切素质，终于得到这样的素质，长歌当哭却欲哭无泪。

风吹来，人渐渐冷却了下来，我只是一介小民，鬼使神差从事了教育工作，这也无非就是一份职业，用以养家糊口，但偏偏自觉伟大，抱着传道、授业、解惑的教条死不放手，还天真地想潜移默化地影响他们。现在想想，简直就是自不量力，就是一个可笑、可悲、可叹、可怜的嘲讽。教育不是万能的，教师也不过就是一个老师，如此而已，我何必折磨自己。就这样在风中，在教室外，我呆呆地站着，远处有钢筋混凝土浇筑的高楼拔地而起，在北方寒冷的冬天里裸露着，它阻挡了我的视线，也挡住了我天马行空的胡思乱想。

下早读了。

我喊李惟真，心里还是残存着一丝幻想。

李惟真，你说，那天你们顺走的答案在哪里，你说出来，我答应你不再追究。

被陶远之撕了呀！李惟真脱口而出。

十四

咣当一声，心落入胸腔。

赞一声，好小子，陶远之。

真是以小人之心度君子之腹。接着我暗暗责怪自己。但心里还是相当高兴的，我宁愿自己被嘲笑，被指责为小肚鸡肠，也不愿他们满嘴谎话。

该看病去喽。

事情了结，一身轻松，我迈开大步奔向公交车站。

朋友依然在医院等候，医院里人头攒动，只是我早已轻车熟路，很快找到了忙忙碌碌的朋友，朋友安排了一下手头的活计，便陪我去专家门诊，专家室门口有专门叫号的，是一个慈祥的老大姐，因为来的次数多了，我知道她和朋友情深义厚，我们自然无须等待，径直进了测血压的房间。简单测试后，从后门进入了专家室，专家正给病人诊断，见我们在旁，和朋友说笑了几句，安顿完病人，开了诊断书，示意我坐下。已经看过我颈部彩超的片子了，他顿了顿，被口罩遮蔽的大半部面孔上自是没有什么表情，只有亮晶晶的额头和闪烁着斑斑点点光芒的眼镜片在我的瞳孔中成像。他平静地说，你颈部动脉上的软斑块是个麻烦，需要足够重视，虽然他的口气只有些许的变化，我还是捕捉到了，心慢慢地往下沉，我愣愣地看着专家，脑子里一片空白。

无知无觉的情形持续了片刻，朋友说，我们走吧，我顺从地站起来，含糊地向专家道了谢，和朋友从专家室出来，朋友说，没什么，我去开药，以后我给你当专业管理员，你只需遵守管理，一切

就没问题啦。她说得轻松，我心里也明白这是一种安慰，但我仍然非常感动，在这心里没着没落的特殊时刻，何况，她做了太多，我早已铭记在心，只是我常常在关键时刻口中木讷，脸上死板，即使心中洪水滔天，脸上也是这么一副让人生厌的蠢笨，我嗯了一声，算是回答。她说，你先回吧，我去开药，回头给你送过去，我说，好吧。心里却有太多的难为情，多少次以来，诸事麻烦她，还要她花大笔费用给我买药，还要天天面对我的不断唠唠叨叨的询问和打探，还有，这张死气沉沉的老脸，想想，真是汗颜。

回校的公交车上站满了老人，司机却将车开得疯疯癫癫，有几次差点摔倒了老人，我想喊一嗓子，你就不能开稳点啊。然而，话只是在腹中转了一圈，唉，多一事不如少一事吧，面对这个充满戾气的环境，我感到了无力和渺小，再想想自己在医院，借助朋友的人脉，只为省掉麻烦和时间，却破坏了多少制度和公平，自己也不过是个爱钻空子甚至是爱占便宜的庸俗的小市民罢了，有什么资格站在道德的至高点上指手画脚呢。

这个想法，让我羞愧不已。突然想起了偷窥试卷的孩子们，突然觉得我和他们也一般高低，至少，在道德上。

接下来的一段日子，我再也没有提及试卷泄密的事，每天在吃药，测血压，上课，批作业，安排学校的一些杂事，开会，批周记，给孩子辅导中度过。其间，听说初二一个女老师，也是班主任，因为学校举办国学经典诗文诵读时，本班的一个男生在二楼会场拍打篮球，她喊着制止，但人多嘈杂，她只好冲了过去，朝他的脖颈给了一巴掌。就是这一巴掌，惹了孩子的表哥，表哥是这位女老师上届的一个学生的朋友，在他上学的时候经常问候这位女老师，很礼貌很有教养，但这次找到学校，却冲着这位女老师口出狂言，满嘴污言秽语，几乎不堪入耳，他还搬出各种法规，振振有词。这位女老师眼圈发红，含泪道歉，第二日，病倒在家，直到现在依然没有返校，其他家长闻之，焦虑不安，联合起来要兴师问罪，但我们的女老师通过各种讯息渠道反复劝解，事情最终不了了之。

当听到此事之后，兔死狐悲物伤其类的感觉一直弥漫心头，我看看脚下无形的钢丝绳，不知还能在上面舞蹈多久。人就禁不住悲凉起来，为自己，为同行，也为家长，更为孩子，他们生活在巨大的焦虑和压力下，不敢稍有差池，只是事与愿违居多，呵护变成溺爱，溺爱变成放纵，放纵变为不羁，不羁变为狂妄。于是，敬畏之心全无，老子天下第一，为所欲为，终成如今这般状况。

唉！读书人一声长叹。

然而，叹息声还未落，事情就摊在了我的身上。

十五

事情发生在我的语文课上，是我从教25年里的头一次。

临近期末，我安排学生复习文言文，我在教室里巡视，偶尔有孩子问题，我便做些解答，也有冲我笑笑，又继续背书的学生，看着他们觉得心里很是受用，这个学期异常艰难，很多学生因为呼吸道感染而发烧，上课时学生很少齐全过，疾病、劳累和漫长的学期，已经使他们筋疲力尽，易暴易怒了。而老师也是接二连三地倒下，我虽咬牙坚持，实际上每一天都动着请假的心思，只是于心不忍，只好在要拨电话或者编好短信之际停下了进程，我管教务，自然明白此刻已无可用之人，何况152名学生，扔下他们自己休养，我做不到啊。

前两天隔壁班里的学生三番五次的惹是生非，班主任不堪承受，连急带气，已是一病不起，为了安排她的课，教务上是磨破嘴皮，跑细了小腿，煞费苦心才换得了两个班有临时顶替的老师。

事发突然，我当时正和后排的学生说话，就听最前排噼里啪啦响了起来。回头，李惟真和一个常要我拥抱拥抱的小男孩打了起来。李惟真人高马大，瘦小的对手不堪一击，正被他打得没有还手之力，只是还在挣扎着，旁边的人目瞪口呆，一脸茫然。我喝一

声，住手，人也迅速朝前紧跑，我的心轻飘飘的，身体轻飘飘的，浑身使不出半分力来，我感觉我快要倒下时，人才到了他们跟前，住手，我又喊道。这时其他学生也反应过来，起身拉架，4只还在厮打的手才渐渐松开，瘦小的双手已经落下，嘴里还骂骂咧咧，李惟真啪地就是一个嘴巴，力度强大，声音浑厚，瘦小的学生顿时满嘴是血，我浑身抖如筛糠，连话也说不出，半响，我指指外面，滚出去，找你们班主任去。不知是不是我的神情吓到了他们，还是他们自己意识到了什么，反正他们顺从地离开了。我一手扶着桌角，一边大口呼吸，班里静得如同亘古荒凉的死寂。感觉有些力气时，我蹒跚地走出了教室，室外是个好天地，风清气扬，蓝天深邃，是雾霾围城多日后难得的干干净净。我站在台阶上，一时不知何去何从，任凭冷风吹拂我凌乱的头发，任凭冷风掠过我的面颊，任凭冰冷蔓延到我的全身。我打了个激灵，才惶惶惑惑地意识到刚才不是在梦中。清醒过来，心里更是拔凉拔凉的，堂堂教务主任，课堂上学生打架，传出去，以后，还怎么在台上侃侃而谈、大言不惭？

心乱如麻，不知所措。

不如就这样吧，这样在风中。

不如就这样吧，这样在冰冷中。

然而，终究还得面对。

我缓缓地进了临时办公室里，他们的班主任正坐在我的座位上，情绪沮丧。见我进来，站了起来，带着哭腔，主任对不起，都是我没把孩子教育好。看她模样，我不知该说些什么。她怀孕几个月了，妊娠反应很强烈，还要为发生在我课堂上的事而操心，而我，一个大老爷们却让一个弱小的女子接下烫手的山芋，于心何忍啊！

我摆摆手，不是你的错，你回自己办公室吧，我来处理。她担心地看看我，冲着那两个肇事者说，你们瞧瞧，你们最爱的老师，你们就这样气他。说完，她一步一步走了出去。

我看着她出去，坐了下来，目光茫然而空洞，我仿佛看了他们一眼，又仿佛一眼没看，我一句话也没说，时间和空气都凝固了。

不知过了多久，我叹口气，说吧。

他俩争先恐后说起了事情的原委，我看着他们，眼前一片缥缈和虚无，只见两张嘴，红色的嘴唇，白色的牙齿，在开合着、开合着，耳朵嗡嗡响个不停，而他们在说什么呢？

终于停了。

你们认识到错了？我问。

我们错了。

错了，去写检查吧，互相道歉，给全班同学道歉，给我道歉。

他们答应得飞快。

去吧，我挥挥手，仿佛对着空气。

许久，我自言自语了一句：名校的学生啊。

事情就这样无声无息地过去了，只有两份检查还在我的桌上。

能怎样？还能怎么样？

只是进他们班的次数少了许多。

之后，一个不经意的时刻，试卷泄密后两份答案去向的真相被揭穿了。

陶远之，只撕了一份答案，另一份，李惟真并没有拿出来，或者拿出来陶远之没有撕，总之，这份答案肯定保留在他们手中，甚至，还拍了照片，传给了他们自认最铁的同学。于是，部分改变并进行的考试后，班里出现了好几匹黑马，他们脱颖而出，公布分数时，他们获得了阵阵掌声。

听着他们的掌声，看着自己脚下无形的钢丝，我知道我还要表演下去，舞蹈下去。脑子里盘旋着一首歌的旋律：你不懂得我伤悲，就像白天不懂夜的黑。

滋　味

一桩发生在二十年前一个厂办学校的故事……

一

　　走过长长的幽暗楼道，一步一个台阶地上到二楼进了办公室，肖乐长出了口气，现在好了，这片天地就属于自己一个人了，倘在白天，这里总是人声鼎沸，难得有半点清静。昨天开会，整整一个下午，头昏脑涨紧张兮兮，还耽误了写教案。

　　不知多久，外面传来吵吵嚷嚷的声音，一会儿越发大了，好像到带学生跑步的时间了。合上书本，肖乐揉揉发涩的眼睛，正要往外走，就听门外报告声突起，这么早，肖乐心里一惊，急走两步拉开门，果然是自己的学生，原来班里有人打架。

　　沿着楼梯跑下去，到了班里，一大群学生正围在靠后墙一片空隙较大的地方兴奋地喊着。有见肖乐进来的，就扯扯同伴，声音迅速地消失，那两个被围在中间的学生似乎也感觉到了什么，互相松开了扭住对方的手，回头向门口瞧，见肖乐寒了脸站着，两个人就垂下头去。肖乐走到跟前，抬起了手，又轻轻地落了下来，叹了口气说，跟我到办公室来。又冲着其他学生吼，还不快跑操去！学生们三三两两出了教室，涌向楼门口，消失在黎明前的暗黑里。

　　回到办公室，先前空荡荡的屋里，几乎每张桌前都坐了人，仿佛一下子从地里冒出来的。肖乐心说，又让某些人看笑话了，便板了脸，冲着那两个学生说了句"快点"。余光所及，便见马林正似窥测着什么盯着这边，转头，又见张霞朝他投来关切询问的目光，一喜一怒两相扯平，心里忽地就平静了许多。

原来为了一句"你是破烂王"两个人打了起来。稍高且瘦些叫马鑫的，抬起头说，老师，都怪我嘴臭，下次不敢了。略矮且胖的是班里成绩相当不错的李玉杰，也抬起头说，老师，对不起。肖乐就有些感慨——孩子毕竟是孩子。他对着李玉杰语重心长地说，你呀，可别辜负了老师的一片心啊！冲着马鑫提高了声音说，你们这些姓马的，怎么都这样啊！眼睛却看着马林。马林抬头看了他一眼，低头仿佛很专心似的系着鞋带。肖乐心里就有些欢畅，脸上也浮上了笑容，转身欲对张霞说点什么，却见张霞正板了脸，一怔，笑就僵在了脸上。

下午，上厕所时，谢民神秘兮兮地对肖乐说，刘校长、张副校长要外出学习3个月。肖乐说，他们倒会选日子享受。又不解地问，领导外出学习关我们啥事呢？谢民说，那可就难讲喽。进了厕所就听隔壁女厕里也有说话声，只隐隐约约听到一句，他们走了，我们就可以松动一段时间了。便扭头看谢民，谢民冲他嘿嘿一笑。回到办公室，发现每个人都过节似的快乐，有说有笑，大异于平日，肖乐想想也觉着快乐。平时弄得太紧了，还真需要喘口气，就冲着对面的张霞一笑说，今儿个天气真好。张霞一愣，是吗？说时对肖乐也是一笑，竟灿若桃花，你是不是想出去走走？肖乐点点头，两人就一前一后朝门外走。楼道里四下里静悄悄的，声音仿佛也被关在门里似的，只有两人的鞋敲击着楼板，发出咔嚓咔嚓的响声。路过政教处，听到里边有人在说话，门虚掩着，有话便从门缝里钻出来，你要抓紧办啊，只有3个月的时间。3个月？不是校长们外出的时间吗？跟着张霞出了门，天却有些变了，微微地刮起了风，眯着眼看了看天，肖乐说，真是天有不测风云。张霞接了句，人有旦夕祸福。

此时两人哪里料到，这两句对话竟成了他们日后的生活写照。

二

晚上，肖乐去张霞公寓里，张霞正用液化炉炒菜。肖乐吸着鼻子嗅嗅说，好香啊。张霞说，肯定是没吃饭吧？肖乐点点头却说，不知将来谁能有福吃这么香的菜。抬头盯着张霞的脸补充道，欣赏如此美的秀色。张霞脸一红，有些娇嗔地说，你这不是来尝了吗？肖乐看着她的眼睛说，那我可就天天来尝了。张霞一笑，做梦娶媳妇——想得美。说完自己的脸倒先羞得像块大红布，连耳根都变红了。肖乐也不再吭声，许久才说了起来。吃完饭，肖乐请张霞去跳舞，张霞推辞一下答应了，只是临走之前又在镜前化了半天妆，肖乐就逗她，为谁化妆为谁容？

街上路灯昏暗，只有不远处厂子门口的大字招牌金碧辉煌，加上四周霓虹闪烁明灭，更是格外耀眼。肖乐说，你看，咱厂就是有钱吧。张霞也仰头看了看，但愿能长久地辉煌下去吧。舞厅很大，里面人却不多，萨克斯里传来缠绵悱恻的《你是最完美的》，肖乐就有些沉醉的感觉，侧脸对张霞说，好听！张霞未置可否，只是随着肖乐款款步入舞池。半搂着张霞的杨柳细腰，肖乐有一种似梦非梦的感觉。已是暮春时节，着单衣的张霞也似将体温一浪一浪地袭来，肖乐的心便轻轻地跳，又有难以抑制的激动隐隐躁动，手上的劲就用得稍足些，张霞便紧紧地贴在他怀里，一缕长发随着舞步轻轻飘动，落在肖乐的脸上，痒痒的。

跳完舞回去，快到公寓楼旁，肖乐轻轻在张霞的额上亲了一下，好梦！张霞笑笑，十分乖巧的样子，临走攥了一下肖乐的手，明天到我这儿吃饭。

三

睁开眼天已大亮，腾地从床上弹起，肖乐胡乱刷牙洗了脸，披上衣服就向学校跑。快到校门口，遇到了好多同事，都慢悠悠地骑着自行车朝大门进，互相打了招呼。谢民过来时，还冲他笑了一下，说，又没人考勤，你着什么急，跑得满头大汗的。肖乐才想起两位校长已出差了好几天，心说自己真是个劳碌命。

直接进了班，一低头，发现地上有血，心里就有些发慌，生出一股邪火，这帮家伙，一天就拣软柿子捏，硬把个乱班塞给我。学生们跑步去了，只两个值日生在扫地，他喊一声，齐燕。头上扎着小辫的一个女生就扔下扫帚，一步三晃地慢慢朝过走。肖乐心里的气不由冒上来，喝一声，快点！齐燕才一惊，快走了两步。讲台上怎么有血？齐燕一脸茫然，问，哪儿？我咋没看到。脸上就变出一种兴奋的神情来。肖乐一听，就晓得她肯定不知道，心里直嘀咕，还真邪门，又顺口问了句，你啥时候来的？齐燕抬头看了他一眼，低头说，我刚到。

肖乐跑到操场，学生很多，乱糟糟地跑着步，好半天才在人群里看到班长张玉，一问，又是李玉杰和马鑫。李玉杰把马鑫的鼻子打出了血，不过现在没事了，都跑步呢。待会跑完让他俩上办公室。

气呼呼地坐在椅子上，肖乐拿了支粉笔，一掰，成两段，又一掰，成四段，还不解气，扔了粉笔，端起杯子咕嘟咕嘟灌了两口凉开水，心里才稍稍平静些。李玉杰和马鑫过了一阵一前一后低着脑袋来到跟前，肖乐不吭声，只上下打量着他俩。李玉杰偷偷抬眼看了他一下，又低下头；马鑫头上直冒汗，眼一直望着脚背。肖乐站起来，伸手揪住马鑫的耳朵，拉了过来，伸手拽住李玉杰的耳朵也拉了过来，拿手指一戳李玉杰的脑袋，又戳一下马鑫的脑袋，说，你们还有完没完，嗯，到底怎么回事？马鑫抬了头，我一不小心说他一句"破烂王"，他跳起抓住我就打。李玉杰没有反驳。肖乐再也没觉得好笑，质问李玉杰，你前几天咋说的？你说。李玉杰不吭声，脖子上的青筋却一根根直跳，半天才气哼哼地说了句，谁叫他污辱我。肖乐训，他喊你一句，你就上手打人呀，你怎么这么蛮横，你简直是个混球，说完又觉语气太重，把马鑫拉过来问，你前几天咋保证的？马鑫低了头也不吭声。早读铃响起，肖乐说，你

俩好好反省反省，说完夹着教案本匆匆下楼。早读上完后，由于拖堂肖乐就没上楼，直到第一节课后回来，见数学老师韩书芬正在问李玉杰和马鑫。看肖乐来了，就向上推推眼镜说，肖老师，以后有啥事，也别耽误课呀。肖乐勉强笑笑说，下不为例，下不为例。话头一转却感慨地说，如果这些孩子心思不用在学习上，成天惹是生非，就算节节不落又能咋样呢？韩书芬听了说，话是不错，只是我们吃良心饭的，只可以尽心尽力，做得让他们心服口服才行啊。肖乐嗯了声，您说得对。摆摆手对李玉杰和马鑫说，古人云，大丈夫在世，一诺千金，可你们呢？正欲再说，马林推门进来喊，肖乐，赵主任叫你去。说话时脸上就有些不可名状的神情。

四

赵主任是政教主任，专管班主任，尤其对班主任体罚或变相体罚学生更是常抓不懈，像这次让学生在办公室反省，按常态已属变相体罚，所以肖乐心里有些不安。敲门进去，赵主任马上站了起来，笑着说，来，来，坐。拉了把椅子让肖乐坐了，又把门关了，才走过来。这样的待遇可谓百年不遇，肖乐有些莫名其妙。

赵主任摸摸鼻子，鼻子油光铮亮，问，你现在这个班好带吗？肖乐心里一动，长长叹口气说，唉，一言难尽呀！赵主任就拍拍肖乐的肩膀，是呀，这是个公认的差班，你身上的担子不轻啊，当初我曾经强烈反对由你来接这个班，但胳膊拧不过大腿，最终还是无济于事，这事还是希望你要想得开，可不能对校长心存不满！肖乐听了，低低说了句，算我倒霉，接上这么个乱班，又费劲又不出成绩。赵主任脸上露出笑容，小肖啊，这是个乱班，想必大家都明白，好在你年轻，加上上届学生被你带得顶呱呱，有目共睹嘛，我想大家还是信得过你的，至少我是明白的，要不然……话说到这儿突然停了下来。肖乐心里一悬，眼睛就急切地看着赵主任，赵主任才又接着说，要不然刚开学的校委会上我也不会提议让你担任年级组长了。带这么个受气班已一学期了，眼看快毕业了，总算有人肯说句公道话了，肖乐心里就有一股热流在翻滚、涌动，多谢主任鼎力相助，今后有用得着我的地方，您尽管吩咐。话落又觉得有些后悔，话说得似乎有些太满，正想再怎么修饰修饰，却见赵主任高兴地站了起来，连说，好，好，我就喜欢你这样的爽快人。然后才又坐下，将脸上的笑收了，压低了声音说，正有一件事请你帮忙。肖乐心咚地一跳，有些慌张，接了话茬说，只要我能做到的，您就直说。赵主任又摸了下鼻子，其实也没啥大事，我只想问你几个问题。肖乐的心咚的一下落回了肚里，您只管问吧，知无不言，言无不尽。赵主任点点头，你觉得我这个人咋样？肖乐一愣，却答，有能力，有远见，敢于仗义执言，待人热情诚恳。赵主任脸上显出很惬意的样子，你觉得校长这个人怎么样？肖乐想也没想就说，他呀，人倒蛮不错，水平嘛……说到这里心里突然一动，赶紧打个哈哈，脸上现出这还用说的神情。赵主任脸上就笑得更加欢愉，拍拍肖乐的肩膀说，老弟，我早说过你是个能耐人，有远见。今晚去我家聊聊……门突然被笃笃敲响，肖乐一怔，两人就收了话题。

出门时，发现是总务吴主任，点点头，算是打个招呼。

下午放学出教学楼，肖乐便三步并作两步朝张霞公寓走，到了门口，碰着铁将军把门，站了一会儿，想自己饭也没得吃，返身沿着昏暗的楼道朝前走，突然脚下一滑，人就向前一扑，耳中听着啊的一声，吓了一大跳，是张霞。张霞抬手拍拍胸口，一指肖乐嗔道，死肖乐，吓死我了。你干什么去了，找你好几趟。肖乐如实说了，张霞一拍手，看，我猜对了，你果然没吃，到我那去吃吧。肖乐眼圈一热，离开父母这么久，几经周折，调到这儿，人生地不熟，何曾被人如此关心，声音便有些沙哑，张霞。张霞嗯了声。肖乐抓住了她的手，你真好，便没了下文。张霞转脸冲他笑，你知道就好。说着话就到了公寓，开灯就见桌子上摆了几个菜，饥饿感一阵阵涌了上来。张霞看一眼他，饿坏了吧，赶紧吃吧。肖乐也不客气，抓起筷子猛吃了一阵才放慢了速度，又想起早晨的事，对张霞说，你今天跑哪去了，整个下午都没见你。张霞坐在床沿上正看他吃饭，愣了一下答，教研活动，你不知道？你看我这记性。你听我跟你说个事，听完你得给我拿个主意。张霞看肖乐一脸郑重，那你倒是快说呀。肖乐就一五一十地把赵主任的话全说了。你看我是去还是不去？沉吟了一会，张霞说，我看你还是去吧，不过还得留心些，这里面不定有什么事呢，再说校长对你也算不错，你调来那阵他可没少给你帮忙，末了，给你安排个好班，你才有今日，你可不能……肖乐一拍脑袋说，多亏你提醒，仔细想想，校长对我还真不错。可不是嘛，所以呀，你要慎重，去了，也别胡说，省得将来传到校长耳朵里不好听，况且对你也没好处。

<h2 style="text-align:center">五</h2>

进赵主任家，肖乐抬头，见总务吴主任也在座，一怔。吴主任可说是个人物，会吹拉弹唱外带指挥，集团公司所属十家分厂，每年搞文化节或文艺节目什么的，包括歌咏比赛，从组织、练习到指挥，都少不了他。一来二去，就跟各家的领导混得熟稔，办个啥事，有时只需打个电话，譬如冬天学校暖气漏水了，雇人来修得花五六百，他却打个招呼一盒烟钱就轻轻松松搞定；诸如学校用车之类的求人事，他都能不花钱解决，倒给学校节省了许多开支，当然，他用学校的东西如乐器服装等等的也就小事一桩了。肖乐到了跟前，吴主任也站了起来，让座、招呼上茶，俨然主人一般。三人落座后，赵主任给端茶进来的女人说，这是学校的肖乐老师。女人40来岁，保养得极好，只微笑着打个招呼，赵主任没有介绍她的姓氏，肖乐只好喊声嫂子。聊了几句，赵主任对着妻子喊，你快去收拾收拾啊。肖乐一摆手诚恳地说，赵主任，我刚吃过饭，不必了。赵主任打个哈哈，小肖啊，别客气啦，今天这可是吴主任亲自下厨。肖乐扭头看看吴主任，吴主任说，这可是我的拿手好戏，也是我最得意的本事，如果不是在学校干，我早就当了厨师啦，你要

不尝尝，那可真是太遗憾了。肖乐连连说，没想到，没想到，真是真人不露相，我以为您只爱吹拉弹唱，没想到竟是雅俗共赏、文武双全啊。吴主任一摆手，过奖了。脸上还是蛮高兴的。赵主任插了话，小肖会说话，好一句文武双全，我听着都替老吴高兴。又对吴主任说，老吴，你索性去把你的保留节目也演出来吧。吴主任哈哈一笑，行啊，那你给我打个下手。

两人朝厨房走去。

趁这时，肖乐打量了一下房间，两室一厅，看得出曾经装修过，只是日子久了，显出一些寒碜来，沙发更是式样落后、颜色陈旧，电视机也略显小了些……正四面瞧着，就听厨房里有嘶嘶的声音响起来，不久，赵主任的妻子就端着一道菜出来，一摇三晃的姿势让肖乐觉着十分眼熟，猛然间想不起来在哪见过。菜放在桌子上，赵主任的妻子冲他一笑，肖乐抬头，觉着这笑也有些似曾相识。看桌子上的菜，是一盘清水煮对虾，又稍加修饰，青的青，绿的绿，白的白，红的红，色彩和谐悦目。这当儿，菜就一道一道地上了桌，有凉有热，有荤有素，且均是色香俱佳诱人无比。

菜上完了，赵主任斟满三杯酒，吴主任端起杯子，声音很是洪亮地说，相聚即是有缘，为我们的相聚干杯。一杯酒下肚，肚里暖烘烘，二杯酒下肚，脸上红扑扑，三杯酒下肚，鼻尖亮晶晶。赵主任看一眼肖乐，好，真爽快，来，吃几口菜尝尝。肖乐拿起筷子，尝了一口鱼块，滑嫩脆爽，伸出大拇指赞一声，吴主任果然好手艺。酒过三巡，肖乐的脑袋就有些眩晕，赵主任先打个哈哈，说咱随意喝喝，再聊聊吧。便东长西短海阔天空地扯了起来，话倒也谈得投机，气氛很是融洽。说到学校，赵主任就有些慷慨激昂，有些领导真没水平，该管的不管，不该管的抢着管，还不放心群众，三天两头地检查，三天两头地开会，弄得人疲于应付，忙于奔波，哪有空去研究学问和学生。肖乐一时听得心服口服，眯着眼，竖起大拇指，赵主任看问题洞若观火，真是火眼金睛啊。赵主任就感叹，可惜生不逢时，群鸦登高枝，英俊沉下僚。吴主任接了话，是啊是

啊，就以老赵的水平，给个厂长干干也照样玩得转。菜过五味，赵主任的妻子过来续了开水，拍着赵主任的肩说，我们老赵啊，一心想着学校，想把学校搞得声名响亮红红火火。经常对我说，小肖一伙年轻人如何如何有本事，一心想扶持你们做栋梁，让学校充满朝气，只可惜权小位卑，没办法呀。一席话说得肖乐血脉贲张，早把张霞的叮嘱忘到九霄云外，接了话说，嫂子，一帮老人管学校，可不就是四平八稳死气沉沉吗？要是赵主任能当校长，我们肯定衷心拥护。话刚落，吴主任一拍手说，说得好小肖，要是老赵能当校长，肯定不会像那几个老头，拿着公家的钱游山玩水去。赵主任一拍吴主任的肩膀，话可不能这么说，那是工作，是学习。肖乐脸上的青筋就嘣嘣直跳，那也叫工作？那也叫学习？吴主任一拍肖乐的肩膀，小老弟，你这话可就错了，厂领导可是心知肚明，上次我跟管人事的李副厂长喝酒，还说有心提拔老赵呢，只可惜呀——夹了口菜，嚼了两下，才声调沉痛地说，可惜校长和王副厂长都是内蒙古老乡，要没什么差错也动不了他。肖乐睁大了眼反问，学校都搞成这样还没错呀？吴主任说，这当然不是错了。那在领导眼中，什么才是错？如果学校的老师有很多都不尽心尽力教学，那才是错呢。肖乐听了，愣了一下。又喝了一阵，吴主任又提起了刚才的话题，但仿佛自言自语，要他们不尽心也容易，只需在他们面前多发发牢骚。肖乐又一愣，发牢骚？赵主任摸了一下鼻子，消极是瓦解上进最有效的方法。赵主任的妻子又过来续茶，听了之后笑笑说，这话有道理，牢骚就像打毛衣的针，你一抽，毛衣就散架了。赵主任看一眼妻子，没吭声，吴主任打个哈哈，叹口气说，如果老赵当了校长，这政教主任的位子可就空了，按惯例都是从年级组长中提拔上来的。听了这话，肖乐的心怦怦直跳，定了一下神，吴主任，喝酒时说的话，有些是不作数的，那李厂长也可能只是一句玩笑呢？小老弟，你可真是嫩啊！你不知道老赵每天给李厂长的女儿补习数学，小孩的成绩突飞猛进了吗？人心都是肉长的，这成绩提高了，李厂长脸上有光了，你说他能让老赵白补吗？赵主任听了，只是笑笑，老吴，怎么扯起这档子事呢，对学生尽职尽责是我们的天职嘛，李厂长这么说，只能说他人心地好。肖乐听完，明白了一个事实，那就是吴主任的话绝不是空穴来风，也就明白了今天晚上喝酒的真正目的。端起一杯酒来说，咱们干！一杯干了！承蒙两位主任器重，咱把话可就像这酒一样一句都不剩地掏出来了，该咋干就咋干，初三我包了，至于其他组……赵主任说，其他组你放心，会有反应的。

夜阑人静，肖乐一人踉踉跄跄地在街上走。新月如钩，斜挂天际，清风徐来，酒意上涌，一时豪情纷飞，不觉放开喉咙吼了几句：酒酣胸胆尚开张，鬓微霜，又何妨，持节云中，何日遣冯唐？会挽雕弓如满月，西北望，射天狼……

六

之后的几日，肖乐只觉一份希望，甚至是渴望就在心中潜滋暗长了，只是心中还有些不踏实，说与张霞。按张霞的本意，最好是一推六二五，不要介入这种权力之争。说时，张霞眼光灼灼，又补充了一句，咱们老百姓，还是过平平淡淡的日子才好，说得肖乐怦然心动，但显然有别于赵主任暗示时的那种心态。沉默良久，肖乐碰碰张霞的手苦笑一下，我听你的，尽量别介入，或者走一步看一步，随机应变，只是当时我拍胸脯答应的，我只怕被人发现，恐怕……张霞说，那好办，该瞎侃神吹时就瞎侃神吹，该发发牢骚就发发牢骚，也算是尽力了。肖乐一睁眼睛，复又眯着说，你倒真是个贤内助啊！张霞的脸刷地一红。

其实，自刘校长、张副校长走后，才不过几周，学校已有些松松垮垮了，留守的马副校长已快退休，每天笑哈哈地来上班，笑哈哈地下班，对很多事情都是睁一只眼闭一只眼，老师自然也不怕他，故而管理散漫了许多，迟到的、早退的，不写教案上课的，让学生批作业的，也让肖乐松了一口气，心想，看来，不用我活动

了。每日里只管稀里糊涂地上班下班，班里的纪律也大不如前了，有一句话叫，心如平原跑马——易放难收，果是不假，学生们散乱多了，作业不按时完成，上课不专心听讲，卫生也做得差了，但是在班主任例会上，赵主任还表扬了肖乐，说他及时将打架消灭在萌芽状态，好多班主任就朝肖乐看，肖乐的脸红红的。这样持续了一段时间，其他各班也大不如前了，整日里乱纷纷的，有一部分家长就将事情捅到了厂里，厂领导也找过马副校长，马副校长有些急眼，召开了一次全校大会，只是到最终也回天乏力，效果不大。

一天晚上，和张霞散步时，路过一家饭店，灯光里，赵主任、吴主任正和高三的年级组长李国庆举杯同饮。肖乐碰碰张霞的胳膊，一努嘴。张霞扭头看看，朝前走了几步，在一处稍暗的地方停了下来，才说，看来学校可能真会有些变动了，唉，可怜这些学生了，反正你别做得太过。肖乐点点头嗯了一声。

临分手时，肖乐拉着张霞的手，张霞向回抽了抽，便不再动。肖乐心里轻轻地颤个不停，又把那手朝自己跟前拉，张霞身子微微地向前倾斜，两人互相对视，一时间，感觉天地之间仿佛只剩了他们。过了一会儿，张霞将眼睑轻轻地合上，长长的睫毛便密密地交叉在一块儿了。肖乐低了头，放了张霞的手，缓缓地将她揽入怀中，向张霞热热的唇上慢慢印去，张霞的身子就颤了两下，又颤了一下，双手反搂住了肖乐的腰……

七

再上班，肖乐就提前了许多，到班里见好几个学生在认认真真地做题，看是老师，有的学生抬头看看，有的继续做着，只有齐燕在后边对着果皮箱吃瓜子。路过马鑫座位时，马鑫问了一道题，他看看，倒不难，就仔仔细细给讲了一遍。继续朝后走，刚走了两步，就有人喊，老师，老师，给我讲道题。他赶紧过去，审题、分析、讲解，好几个学生围了过来看他在纸上画，讲完他问，听明白了没有？在场的同学几乎异口同声地回答，听明白了——声音很大，肖乐笑说，吓死我了。就这样，讲了一道又一道，直到上课铃响，他才从后门出去。预备关门时，就听里边不知谁说了句，肖老师题讲得这么好，真是有水平。他稍愣了一下，又听另一个学生说，不过肖老师管我们不如以前了，但愿他以后能像今天多费些心，那咱们班肯定大有希望……他愣住了，把门关好，踩着楼梯缓缓朝楼下走，心里乱糟糟沉甸甸的。

推办公室门进去，四面看看，人都到齐了，除了张霞、韩书芬在批作业，其他人正三三两两围在一起不知聊些什么，还不时咯咯地笑出声来。肖乐板着脸走到办公桌前，有几人抬头看了看，又继续聊了起来，仿佛没看到他一样。在办公桌前站了一会儿，肖乐拿起一本书，狠狠地摔在桌子上。韩书芬抬头朝他看看，脸上露出赞许的表情，张霞也抬头看着他，明显地显出担心来。办公室一下子静下来，半晌，大家陆陆续续回到自己办公桌前。听到上课铃响，有课的老师拿起教案本朝班里走，刚出办公室，就有一个很大的声音传过来，吃错了什么药，发什么神经？另一个也高声说，才当个组长，就不知姓什么了。办公室里的几个脸上就带了不明言状的笑。攥攥拳，肖乐颓然坐下，气呼呼拿出教案和书，过了一会儿才平静了些。一节课快下时，韩书芬走过来，站在他的桌旁，摘了眼镜说，这些天来，就今天能静下心来批作业。小肖啊，干什么就把什么干好，这是你的职责，别管别人怎么说。肖乐心里一阵阵温暖，半晌说，谢谢您，韩老师。韩书芬摆摆手，去了自己的办公桌前。

快下班时，来了个收废纸的，面目苍老，穿着破烂。韩书芬、张霞及另一个老师帮着把废纸卖了。那人给了钱，提着纸步履艰难地走了。韩书芬指着说，那是李玉杰的父亲。肖乐一听，吃惊地愣了半晌。韩书芬又说，家长如此苦，都把孩子送到学校，咱可不能昧着良心啊！

下班后，肖乐到班里看看，没事了，才走出楼门。刚走了几

步，就听有人喊，小肖，小肖，是吴主任。吴主任走到他跟前，拍拍他的肩膀，语重心长地说，小肖啊，可不能只管低头拉车，不管抬头看路，要看看啥时候嘛。肖乐一时有些发懵，思忖了一会儿，方才明白，便不语，两人默默地走到大门口，分手后各自走了。

八

进了公寓还没几分钟，张霞风风火火地推门进来，看着肖乐劈头就来了句，我说你今天怎么啦，你也知道咱这学校放个屁领导都知道呀，你那么一耷拉脸，别人还以为你想干啥呢，这不明摆着给自己找不自在吗？肖乐冲她苦笑道，这不，下午放学吴主任已经暗示我了。他说啥了？肖乐便把那句话说给张霞听了，张霞稍加思索，人家这是警告你呢。肖乐点点头，你真聪明，我当时愣是没反应过来，那你说咱们以后咋办呢？张霞一指肖乐的脑袋，可别把我扯进去，以后你就夹着尾巴做人，在人屋檐下，怎能不低头？肖乐也拿手点了一下张霞，我说你呀，怎么这么多想法啊。我这还不是都为了你好吗？现在局势已经趋于明朗，明摆着赵吴二人对校长的职位志在必得，你要不顺着，人家还不把你当叛徒看，以后还有你的好日子吗？肖乐边听边笑，别说得那么吓人，我胆小。张霞一听就气了，你嬉皮笑脸的，我这可是给你说正经事呢！肖乐手搭眉梢做敬礼状——Yes, madam. 吃完饭，张霞忙着收拾完碗筷，打扫了屋子，看你这都乱成啥样子了？肖乐走到她身后，双手扳了她肩膀说，这样看来，是得赶紧找个人了。哇，找人给你当保姆呀。肖乐一笑，一双眼睛就亮晶晶地看着张霞，张霞眼里也渐渐有了别样的东西在跳……

这夜，肖乐久久不能入睡，朦胧中见张霞走了过来，坐在他的对面，有一句没一句地跟他聊天，正聊得起兴地却突然起身走了。他想喊，没喊出声来。接着是赵主任和吴主任结伴来了，他们坐在他的床边，赵主任鼻子亮晶晶的，眼睛瞪得大大的，小肖啊，我待你不薄，你为什么不按你说的去做呢？吴主任也把头凑了过来，用手指着肖乐的脑袋，我说你个不开窍的榆木脑瓜，以后等着我们收拾你，叛徒！肖乐心里一惊，就醒了。转头，窗外，太阳刚露了半张脸，几只麻雀蹲在柳枝上喳喳地叫，原来只是南柯一梦。

星期六，肖乐有事准备回家一趟，张霞送他去车站，两人均觉分别竟是别样沉重。车启动，肖乐望着窗外，天空一洗如碧，大地一片青翠，正是一年好时节，脑海里，张霞的眼际眉梢、一举一动缓缓飘过。此刻，肖乐明白，自己其实对张霞的爱恋很深。一会儿，车速忽然慢了下来，司机却没有停车的意思，只是往外直瞧。果然，到跟前看得很清楚，一辆小车钻进了一辆东风新五吨的屁股底下。车里的人骚动起来，都伸头去看，一边还发着议论。肖乐听到后座有人说，小车撞大车，小车里的人必死无疑。另一位说，多漂亮的小车，值好多钱吧，就这么一下报销了。原先那位说话的又接了话茬，那还用说嘛，只是可怜车里的人了，全完了。另一个说，可怜啥？撞死一个少一个，现在坐小车的，有几个是好东西……肖乐听了，心里还是有些悲凉，人的生命果真如此的脆弱吗？

第二日返回，下了车，朝公寓方向走时，看到马路边上有一家搭了灵棚，很多花圈、纸人、纸马、纸彩电、纸冰箱等摆在两旁，一副巨大的挽联显眼地贴在灵棚两侧，哀乐阵阵传来，低沉压抑，黑压压的一群人在灵棚里出出进进，不知是哪户人家，竟有如此排场？肖乐脚不停留，快步走了过去。

一日不见，如隔三秋，见了张霞才明白了此话的含义。张霞见了他就飞过来，两人说不尽的别后思念，久了，才发现窗外暮色沉沉，不知不觉已是傍晚。静下来，便隐隐听到了似有若无的哀乐传来。不知是谁死了？肖乐顺口问。李厂长的小舅子。怪不得那么多人呢。气氛略有些沉闷，肖乐一拍脑袋说，嗨，管他谁的小舅子，与咱无关。可心里却莫名其妙感到，这不搭扯的事似乎与自己的今后并不是无关。

第二日上班，才发现李厂长的小舅子死了是何等重大的新闻

啊，大家都在议论，以致上课铃响还在叽叽喳喳。韩书芬看一眼肖乐，肖乐欲言又止，韩书芬只得喊，上课了！肖乐也跟着说，上课了。声音底气有些不足。马林看了一眼他说，反正学校所有的头都参加丧礼去了，晚几分钟也没事。

以后的几天黄昏里，肖乐和张霞散步时，总能发现赵主任正陪着一个憔悴的妇人在散步。赵主任有时是低声说着什么，有时是搀扶着那妇人，很专注，很小心翼翼，没有发现路旁走过的肖乐和张霞。待他们走得远了，肖乐问张霞，才知道那妇人是李厂长的夫人、车祸死去者的亲姐姐。

九

这时候，学校校风愈加散漫了起来，尤其是高三的老师们，经常三三两两结伴外出，而这些都是好多年未曾见过的事。学生毕竟是学生，就松散了那份考学的心，反而有打架斗殴、找对象谈恋爱的事出来。肖乐偶尔听到或看到，就觉着很窝火，却又无奈。而他和张霞的关系，似也进入了一种情绪波动区。

由爱情走向婚姻，很像由浪漫主义转向现实主义，抛开了花前月下的卿卿我我，进入了没完没了的世俗琐屑，申请要房，商量买床，考虑新房的布置，等等，大大分散了肖乐的精力。而张霞母亲对他也不大满意，有时候也给一些为难，肖乐的心情就一天天坏了起来。有时候冲着张霞发通火，张霞也总是宽容地一笑；有时候也冲着学生发火，学生们静静地看着他，仿佛也很理解似的，这让肖乐心里的那股气来了消，消了再来，时不时处在这种恶性循环里。

忽一日，偶感风寒，起初也没在意，没想到夜里竟发起烧来，挨到第二日请了病假头重脚轻地就去了医院，医生开了针药，让肖乐到病房去输液。昏昏沉沉、朦朦胧胧地瞧着白白的天花板，肖乐无端生出许多悲伤和凄凉，扭头看窗外，天色阴沉沉的，似乎要下雨了。一瓶输完，又挂了一瓶，看着药水从长长的滴管里一滴一滴流进血管，肖乐长长地叹了口气，闭了眼。待再睁开时，就见床前凳子上静静地坐了一个人，正低头不知想些什么。窗外已开始下雨，肖乐又叹口气，那人便抬起头，喊一声老师，你醒了。再看，是自己班里的肖青青，平素文文静静的一个女孩，成绩也平平常常，很少引他注意。此刻，心里竟生出一些热乎乎的感觉。下雨了，没淋着你吧？没。你来多久了？有一会儿了。你咋知道我病了？肖青青一笑，老师您平常总是按时上班，今天您的课英语老师上了，我们就觉着您肯定病了，就来了医院，他们都去买东西了。肖乐眼里有些酸，你们呀——欲要再说些什么，就听楼道里沸沸扬扬，肖青青腾地站了起来，他们来了。说完疾步走到门口，喊一声，在这呢。就听咚咚的声响从长长的楼道里传过来，一会儿，床前便挤满了人。肖乐想坐起来，肖青青说，老师，您手上有针。肖乐只得作罢。张玉拿了香蕉等物挤进人群，说，老师，您吃点吧。说完双手捧上，肖青青从张玉手里接过香蕉说，也不剥了皮，看不见老师右手用不成？边说边麻利地剥了皮，递给了肖乐。又说了一会话，有学生便说，老师您快点好吧；也有的说，您好好休息，等完全好了再上班。张玉说，别吵老师了，让老师休息，我们走吧。咚咚的脚步声渐行渐远，终不可闻，病房里顿时静了下来，肖乐闭了眼，长长出了口气，在近一年里，他居然是第一次感到了学生们的可爱。

十

病上班，肖乐明显的说话少了，到班里的次数多了，有空闲时，便认真备课，看看书，下班后，有时在街上或张霞那里吃饭，有时候自己凑合一顿。饭后，按学生住的地址摸黑去家访。一个月后期中考试，肖乐班里各科成绩均有提高，韩书芬笑得合不拢嘴，而肖乐的语文更是远远高出了马林带的另外两个班。马林看了成绩后灰了脸出去，过了一阵又转回来看，看完回座位趴在桌子上。其

他老师也看了成绩，多半都是抱怨。但期中考试后，初三组的老师们到班里辅导的次数多多了，甚至有自习课撞车的现象。马林有时候发牢骚说，肖乐，将来你别把我们落得太远了，有钱大家挣嘛，干吗那么拼命呢？肖乐笑笑，我得多挣点娶媳妇。

这期间，肖乐被赵主任找过两次，大多是听他们讲，肖乐则许庶进曹营——一言不发。有一次，吴主任下班后来办公室，肖乐正在批作业，吴主任说，你这人怎么出尔反尔，你这么做，对得起赵主任吗？肖乐抬眼冷冷看他一眼，我总得对得起良心吧。吴主任一愣，摔门出去了。

周一，全校纪律卫生评比，分数栏里，肖乐班的分数触目惊心的低，已超过了历史最低分。班里有东西坏了，需要到后勤领时，他去了，吴主任笑哈哈地说，不巧啊，库房里没了。月底开班主任例会时，肖乐因为一些所谓的工作失误而被赵主任严肃点名批评，其他班主任就一脸不解地看着肖乐，肖乐苦笑一下。散会后，谢民走在肖乐旁边，捅捅肖乐，你啥时候得罪他们了？肖乐双手一摊，我哪知道呀。谢民就拍拍肖乐的肩膀，老弟，你可提防点，那个可不是个好主啊！谢谢，我会小心的。

下班后，碰到张霞，听说你又被政教处点名批评了，为啥？肖乐苦笑，为啥？不明摆着吗？张霞就不吱声，半晌才说，听说高三年级学生反应强烈，说校领导领导无方，老师积极性不高，已经闹到厂里去了，你可考虑清楚啊，咱们没权没势，只怕胳膊拧不过大腿。这我也知道，只是骑虎难下，再说也不能对不起学生和良心啊。张霞也叹口气，看来也只能走一步看一步了，也许会有转机的。

十一

转机终是没有光顾。自班主任例会挨了批评后，肖乐一直有些压抑，相反，马林却显出了不一般的快乐和兴奋，估计赵主任找过他，这更让肖乐多了些烦躁，只有和学生在一起时，心里才轻松一些。

一天中午，上班早，办公室里静悄悄的，肖乐懒洋洋地靠在椅子上闭目养神，听到有声音轻喊，老师！睁眼，是张玉，正满脸焦急地站在旁边。怎么啦？张玉拉拉肖乐的袖子，老师，快跟我走。快到楼梯口时，张玉说，老师，齐燕在楼门口和一个女生打架。肖乐下意识地攥攥拳头，几乎是跑一般地朝下走，刚到楼门口，就见一群学生围成一个大圈，兴奋地喊着，挤进人群，正好看见齐燕对着个女生一耳光记扇去，那女生也不示弱，反手还击。肖乐低喝一声，齐燕闻声停下，扭头看了一眼肖乐，这当儿，那女生又一耳光扇来。齐燕扭过头骂一句，就双手开弓，巴掌迅速朝那女生落去，肖乐又喝一声，还不住手，人也挤到了跟前，那个女生还朝前扑，肖乐吼一声，你哪个班的？这么猖狂。那女生愣了一下，站住打量了一下肖乐，挤出人群。最后离开的几个学生对着肖乐指指点点，似乎还说些什么，肖乐无暇理会，只冲着齐燕说，到办公室去。齐燕脸上清晰地有着纵横交错的红道儿，但她并没哭，且将头一摆，一副满不在乎的样子。肖乐怒火上升，伸手一推齐燕，快点。齐燕扭头瞪他一眼，依旧一摇三晃地悠着走。

　　到了办公室，肖乐先让齐燕在一旁站着，自己去倒了一杯水，倒水时手不停地颤抖，盖了壶塞，端着杯子喝了口水，被烫得哇的一声吐掉，回到座位上，长长吸了几口气，吹了几次水，喝了两口，心情才渐渐平静。他尽量让自己语气变得平和，问，你爸妈的工作环境怎样？齐燕愣了一下，不怎样。让你像他们那样在厂里当个工人，你愿意吗？齐燕疑惑地看着肖乐，不愿意。沉默了一会儿，肖乐说，你不愿意像他们那样辛辛苦苦地活着，那你这样对待学习，这样做人，恐怕将来连他们都不如。你还在楼门口当众打架，哪里还有点女孩子的样啊！齐燕抬头看看他，不做声，又低头看着自己的脚背。肖乐看她的神态，知道再讲也没用，就说，你去，把事情的经过详详细细写了，放学之前交上来。

　　下午放学，肖乐低着头闷闷不乐地向外走，听后面有人喊，回头，张霞笑吟吟地快步走过来，手里还拿着一封信，到跟前和肖

乐并肩，用胳膊碰一下肖乐说，告诉你一个好消息，我有个十分要好的朋友从广州写来信，说她在那里给我联系了一所学校，待遇蛮优厚的，问我要相关材料，你给我拿个主意。说完侧脸看着肖乐，肖乐心里一动，不动声色地问一句，那你是想去呢还是不想？我当然想去，只是我最终还是听你的，你说去，我就去，你说不去，我就不去。肖乐心里稍稍好受些，脸上就有了笑意，按说这么好的机会，是不应该放弃的，只是我们两人……话没说完，张霞就伸手抓住了肖乐的胳膊，那我就不去了。

到了张霞的公寓，肖乐说，我来做饭。张霞拿了一把小白菜，倚在门框上，认认真真地拣。和好面，肖乐打开了煤油炉，搭上锅，找出了西红柿酱，打开，让张霞拿了些肉，放在菜板上，刀功娴熟地切成细细的丝。张霞在门口停了拣菜，脚轻轻一磕，门悄无声息地合上了。她走到肖乐的背后，双手搂了他的腰，将脸贴在背上，咱俩结婚吧！肖乐就觉眼眶发涩，我现在如此不顺，那两个王八蛋还在找茬收拾我，跟了我，你以后在学校还有立足之地吗？你别这么说，你是得意也罢，失意也罢，我都不在乎，我爱上的是你这个人，是祸是福我都会和你一同承担的。肖乐听完，刀落在案板上，转身搂了张霞，只心里有一个声音，你如此待我，我决不拖累你，眼里却几乎落下泪来。

十二

星期天，张霞硬拉着肖乐去她家。张霞的母亲面色不悦，张霞也看出了肖乐的为难，说，你越是这样，我越明白了你对我的感情，我越要嫁给你。想起学校种种，肖乐突然感到无力，一板脸，我对你的感情？嘿嘿冷笑了两下。张霞一愣，肖乐借机转身走了。待张霞再追到公寓时，他又找借口躲了出去。

之后，逢张霞找他，在学校实在无法躲避时，他会嬉皮笑脸地说，算了吧，我这人只爱自己。张霞说，你怎么了？不相信的话，现在我就去开结婚证明。结婚？和我？张霞眼圈一红，你现在咋成了这样啊？

有时候被张霞堵在公寓里实在无法出去，他便把张霞狠狠朝怀里一拉，说，你爱我是不是？张霞眼圈红红的，却不由自主地点点头。肖乐说，好，便拉着她朝床边走，张霞似乎明白他要做什么，只不言不语地看着他，任凭他粗暴地吻她，解她衣扣，解到中途，肖乐便猛地一推张霞，转身跑了出去，夜色中，任由自己满脸是泪。

月末的班主任例会上，肖乐又一次挨了批评，起因是齐燕打架事件，被批评的原因是教育学生的方式太过简单粗暴，平时疏于教导，等到事情发生了才整治学生。肖乐只低头不语。会后，谢民关切地问事情原委，肖乐摇摇头苦笑一声，欲加之罪，何患无辞？

这之后，肖乐便觉精神差了许多，想见又怕见张霞，怕见她那张充满痛苦的脸和那双柔情似水的眼，他心里明白，绝不能让她跟着自己受累。为了逃避，他每天在班里个别辅导直到很晚，才满身疲惫地跨出楼门，在满天星星里缓缓朝回走。昏暗的路灯下，影子孤单单地一阵被拉长，一阵又被缩短，心里就生出许多寂寞和悲凉，这时，张霞的笑脸便会不期而至，肖乐摇摇头，仿佛要摆脱那笑脸的诱惑。有几回，还没走到楼门口，心就咚咚地直跳，公寓楼的门口，张霞正四面张望着，想起上班时看到她的憔悴，几次肖乐都差点忍不住走了过去。

十三

家访李玉杰是因为他两天没来学校，请假条上又语焉不详，只含糊写了家中有事。黄昏时分，太阳正向山后隐去，晚霞映着远山，很是艳丽，肖乐按地址快到李玉杰家时，就隐隐听到了哭声。心里突地生出了一种不安，紧走一阵，哭声愈大了，清晰可闻，含着一种万念俱灰和伤心欲绝的滋味。按门牌号拐过弯就是李玉杰家，肖乐放慢了脚步，有些踌躇，想不会这么巧吧。转过弯，一个

灵棚赫然搭在院门口，是李玉杰家。肖乐心里一怔，呆呆地站在那里不动了，眼前一群人正围着一副棺木缓缓转着，哭声震天，一妇人在合棺的那一瞬间，尽力向棺木扑去，老李，你不要走啊，丢下我们孤儿寡母，让我们怎么活呀，你睁开眼睛再看看我们吧……棺木缓缓合上，那妇人也昏厥过去，几个人搀扶着她进屋去了。肖乐抹抹泪，走到李玉杰跟前，李玉杰发现是老师，就冲着他叩头，和他一道叩头的，还有一个小男孩。肖乐默默地受了他们的礼，却不知说句什么，半晌才低低地说，节哀顺变。又站了一会儿，才慢慢地走了，心里却突地冒出一句话，但觉眼前生意满，须知世上苦人多。和这些苦人相比，自己的遭遇又算得了什么呢？况且有这么多学生正等着自己去培养他们、教育他们，有张霞爱着自己，有韩书芬支持自己，还有谢民关心自己呢。想到张霞，他心里突然涌起了万种柔情，加快了步伐往回走。他想，应该告诉她，自己爱她，有什么风雨都能替她抵挡，还要告诉她，哪怕困难再大，自己也一定能克服……

到了张霞公寓门口，肖乐有些胆怯，隔了一阵，才轻轻敲门，无人应，加大力气再敲，依旧无人开门。

第二天去学校，张霞没来，肖乐中间抽空去了趟公寓，依旧没人。回到办公室，肖乐找马副校长问，张霞是不是请假了？马校长说，她办了离职手续，要去广州，说是今天7：40的火车。肖乐听完，觉得心中忽地没了半分力量，他不知自己是怎么回到办公室的，只心里反复说，她走了，真的走了。直到课代表来喊，他才傻傻地跟着课代表去了班里，站在讲台上，呆呆地看着学生，心里却一个劲地想，为什么，为什么走也不告诉我一声？学生们静静地看着他，他突然泪流满面，课代表站起来说，同学们，咱们自己复习吧。肖乐摆摆手，擦了擦眼泪，我领大家吧。

十四

这场别离，肖乐虽瘦得不成样子，但人也平静了，他把全部精力都投入到学生身上，辅导、家访、谈话，每天把自己都累得筋疲力尽，回公寓倒头就睡。只是好多次半夜醒来，想起张霞，又想起几句词，从别后，忆相逢，几回魂梦与君同，今晚剩把银缸照，犹恐相逢是梦中。而自己竟连梦中也不能和张霞相逢，更觉心如针扎刀割，就呆呆地看着天花板，直到东方泛白，才爬起来，去了学校。

有一次和谢民一道上厕所，谢民拍拍他的肩膀说，小肖啊，可不能只管低头拉车，不管抬头看路啊，高三已乱得不成样子，家长强烈地向厂里反映，要求学校换领导，看来学校不久就会易主，你可不能不顾将来，免得被算计。肖乐听了，淡淡一笑，现在一切都已经无所谓了，我只想把这届学生送出去，让他们多考上几个。

果如谢民所言，局面在刘校长、张副校长回来的第二天趋于明朗化。那天，刘校长面带微笑地召集全体教师开会，向大家讲述外面学习的感受，说，看着外面翻天覆地的变化，促使我思考一个问题，为什么别的学校充满活力，而我们的学校却死气沉沉。在深入研究的基础上，我感觉到我们的学校应该进行全面的改革，经过全盘考虑并结合外地学校的经验，我已有了基本成熟的打算。昨天刚一回来，也向王厂长汇报过了。有鉴于此，我搞了个初步方案。说着转身来到大黑板前，拿起一根粉笔写下，实施教育改革的要点，一是工资奖金发放办法改革，二是人事制度改革。这时，全场响起了嗡嗡声，且越响越大，刘校长摆摆手，喊了几句肃静，大家才渐渐安静了。他又转身在黑板上写了一个数学公式，说是工资奖金发放制度办法的公式。公式倒也不很复杂，一举例讲解，大家都明白了，于是每个人都结合自己的情况算了算，就有人喊，怎么工资奖金下降了。其他人算完，发现也是降得多，只有个别人有大幅度的提高。嗡嗡声又响，且更大，这次刘校长喊也无济于事。

许久，赵主任在第一排站了起来，面对大家，声音温和地笑着喊，请大家安静一下，听校长讲完后，有疑问再当面提也不迟。他这一起来，很是突然，很多老师都停了话看他。吴主任附和着说，赵主任讲得很有道理，听完了再说也不迟。老师们才慢慢静了下来，刘校长显然没了刚才的意气风发，有些尴尬地站在台上，对，听我讲完，有问题咱们再商量嘛，这毕竟只是个初步意向嘛。说完又讲了人事制度改革的一些设想，肖乐听了几句，便明白其实质不过是把冗员裁减下去，心里就意识到刘校长在学校的日子算是过完了，而自己竟也有些兔死狐悲的感觉在心里一圈一圈地荡漾开来，以致于连会议室里震天的吵闹声也充耳不闻。许久，抬眼才发现刘校长面如土色，正在接受赵主任的诘问。赵主任很客气，也很温和，只是话里却有着很强的火力，请问校长，我们所有的改革目的，是不是让教职员工的生活水平更上一层楼？刘校长回答，是，可是……他的话被打断，赵主任又问，我再请问校长，那么我们经过改革后工资、奖金是涨了还是降了？刘校长不语。赵主任又问，我再请问校长，如果我们裁员，把他们推到哪里去？如果这些被裁人员到了工厂，由于专业不对口，他们的作用发挥不出来，或者说将会得不到用武之地；如果厂里再裁员，他们就会首当其冲，这些人一旦最终失去了工作，他们将怎样生活？你有没有替他们家里想想，他们也是上有老下有小啊！刘校长一脸恼怒，只连声说，你，你……就没了下文。会议室里突然静了下来，大家看着赵主任，又看看刘校长，刘校长挥挥手，散会！夹起文件夹，一步一步朝外走，鞋跟击在地面咚咚地响。待走出会议室，肖乐分明听到一个声音在说，赵主任真是不畏强权，为民请命啊！

这以后的一段时间里，学校先后来了两拨厂办人员，前一拨拿着表格对刘校长进行民意测验；肖乐在各个栏里均打的"较好"，而斜眼看去，临近的老师打的均是"差"。收回目光，肖乐知是大势不可挽回，心里多少有了些惶恐不安的滋味。后一拨是来考察赵主任工作能力的，这次采用的是个别询问的方式，因为肖乐是年级组长，便被叫到一个空闲的办公室。问及能力，肖乐说，赵主任能力的确强，只是……话到嘴边却没有说出来，来人就鼓励，有什么话就大胆地讲，我们绝不会泄漏出去。肖乐鼓鼓勇气，说，我想表明这样一个观点，一个人如果心术不正，那么能力越大，对我们的事业危害就越大。因此，我觉得不能也不应该把一个心术不正的人提拔到领导岗位上来。来人略作沉思说，你的意见我们明白，有没有什么确凿的证据。肖乐不语，再问，也不做声。

十五

周末，肖乐刚刚回到公寓准备做饭，听有人敲门，打开一看，是齐燕，身后还站着两个人。肖乐一怔，找我有事吗？齐燕脸上挂着泪水，说，老师，我在校门口被人打了。肖乐拍拍手上的面粉说，先进来吧。后面两个也跟着进来，肖乐看着齐燕，齐燕说，是我爸我妈。肖乐说，请坐请坐，只是觉得那男的面熟，也没有细看，问齐燕，你把事情的详细经过说给我听。齐燕就抽抽搭搭地边哭边说，下午放学，我骑着车子刚出校门口，听有人喊我的名字，应了一声，转头看不认识，就有4个人跑了过来，一个高个子一把揪住我的头发，把我从车子上拽了下来，另外3人就没头没脑地向我拳打脚踢，你看，我胳膊上还青一块紫一块的。说着伸出胳膊挽起袖子，肖乐看时，果然触目惊心。齐燕的父母站了起来说，肖老师，请您一定得给我们管管，不然孩子都吓得不敢上学了。肖乐点点头，你们放心，既然是发生在校门口的事情，学校一定会负责的。转头又问齐燕，你认识他们是谁吗？齐燕摇摇头说，不认识。那你有没有看到四周有什么熟人吗？对了，我记得他们打完我以后，马老师班里的牛文明和他们一道走的。那就好办多了，你能肯定吗？能。肖乐对齐燕父母说，事情已经明白了，只能等下周一上班后跟马老师协商处理了，现在，我也不留你们吃饭了，赶紧把齐燕带到医院，检查检查，看有没有什么大问题。

　　临出门，齐燕回头看看肖乐，眼里充满了感激之情，待她父母走得稍远，才对肖乐说，肖老师，谢谢您，以后我再也不把班里的事告诉我姑父了。肖乐愣了一下，张了张口想问，你姑父是谁？话还没出口，那边齐燕的爸爸已经喊了。

　　吃完饭天色已经很黑了，肖乐想去家访，出了楼一看，起风了，转身又回到公寓，躺在床上，脑子里就清晰地跳出一个人来。似乎一会儿，又似乎很久，肖乐被一阵时断时续的敲门声惊醒，定了定神问，谁？外边没人吭声。下床开了灯，走到门口，灯光便唰地扑了出去，肖青青站在那儿。肖乐一愣，肖青青，有事吗？肖青青不吭声，手捏着衣角，想哭的样子。

　　进屋，肖青青顺从地坐了。肖乐问，怎么啦？话刚落，肖青青的眼泪就落了下来，如断线的珍珠。肖乐就有些手足无措，拿了手巾递给肖青青。过了一会儿，肖青青停了哭泣，低着头说，老师，您能不能给我找间宿舍，我想搬出来住。怎么了？我不想拖累我姑姑。肖乐一愣，你姑姑？肖青青点点头。你跟你姑姑住吗？那你父母呢？他们早就不要我了，要不是我姑姑，我早就死了。肖乐心里一沉，拍拍肖青青的肩膀说，别哭别哭，你给老师仔细说说到底怎么回事。肖青青抽泣了一阵，停了下来说，我很小的时候，我爸和我妈就离了婚，不久，他们又都结婚了，只是谁也不要我，你推给他，他推给你，我就跟皮球一样，被他们踢来踢去，姑姑看不过去，就把我要了过去。当时她才16岁，在爷爷奶奶帮衬下，又当妈又当爸，把我拉扯了这么大。可是因为有了我，姑姑找了几个对象都吹了，有好几个都说，只要没这个孩子，他们就结婚，姑姑却说，要是不要孩子，我们就免谈，就一直拖了下来。前两年，我爷爷奶奶都去世了，剩下姑姑带着我一个人孤零零地过。今晚，姑姑不知为什么回家就哭，还喝了酒，我过去劝，不料，姑姑指着我说，还不都是因为你。我不怪姑姑，她都27了，我不能再拖累她。肖乐听得眼圈发酸，不知该说些什么。过了一会儿才说，肖青青，你别哭，你姑姑好心会有好报的，走，我跟你去看看你姑姑，也许能帮上她……

外面风还是有些大，两人顶风到了肖青青姑姑家。肖青青姑姑住在二楼，到了门口，肖青青摸摸口袋说，我忘了带钥匙。就敲门，很久，传来窸窸窣窣的声音，青青，你跑哪去了？门开了，一个只穿着短裤背心的女人站在了门口，肖乐不好意思地别过头去，那女人啊一声，啪，把门关了。一阵儿才又开门，青青，他是谁？我们肖老师。肖乐也点点头。肖青青姑姑把肖乐让进了客厅，说是客厅，其实是兼做卧室的，只不过摆了两张单人沙发、一个小小的茶几，屋里明显有酒味，但收拾得还整洁、雅致。

肖青青姑姑去卫生间擦了把脸才出来，肖乐打量了一下，发现她五官搭配得很好，清秀可人，只是灯光之下眼角有些极细的鱼尾纹。见肖乐看她，肖青青姑姑便不好意思地坐在沙发上，面色酡然，说，肖老师，青青是不是给你添麻烦了？哪里，肖青青是个好孩子，学习也不错，心地善良，你家的事我听说了，倒是让你受累了。肖青青姑姑的眼圈就有些发红，多少年没听人说这样的话了，她下意识地摇摇头，谁叫我是她姑姑呢。说完就抹一下眼泪。肖乐心里也有些酸酸的，是啊，人人都有本难念的经，都不容易。

肖青青姑姑又抹了一下眼泪，冲着肖青青说，青青去睡吧，不早了，没事的。肖青青顺从地走了。肖青青姑姑对肖乐说，有时候，真想找个人聊聊说说，可从来都没人愿意听，只说是我自找的，我总不能眼睁睁地看着青青受罪没人管吧？肖乐附和，是啊，好人难做，真难为你了。肖青青姑姑脸上便显出激动的神色，话就多了起来，不知不觉一杯又一杯茶喝进肚子里去了，两人都没有睡意，看看肖青青的房间早熄灯了，四周静悄悄的，肖乐就有一种特别的感觉，这是张霞走后再没有遇到过的。肖青青姑姑说，听青青说，你教得非常好，学生们都非常尊敬你。

许是觉得说话还投缘，肖乐就把学校的事大致说了说。肖青青姑姑听了，安慰道，你想开点，好人一定会有好报的，再说，也不用担心，大不了将来回厂里去，不再受他们的气也就是了。

十六

　　周一是学校最忙的日子，升国旗，备课上课，批改作业，开周会，再加上办公室传闻不断，弄得人心惶惶，肖乐竟把找马林核实齐燕挨打的事给忘了。晚上回到公寓肖乐才想了起来，心想，明天一定要处理，就找了本书看，看了一会儿，静不下心来，一忽儿想起张霞，一忽儿想到肖青青姑姑，一忽儿又想着学校的事。

　　周二去上班，早读后去找齐燕，齐燕不在，问张玉，说没来。肖乐就感到不妙，回到办公室去找马林，欲问有关上周末的事情。

　　刚进办公室，门被很响地敲开，呼啦进来一堆人，为首的指着肖乐说，就是他，其他人围了上来。肖乐心里一惊，有些慌，才看到为首的那个人是齐燕的父亲，心便稍稍镇静了些。办公室里其他老师很是愕然，齐燕父亲似是换了一个人，口气很硬，你们这些当老师的，一天他妈都是干啥吃的，我女儿挨了打，让你去问问，你竟一天都没个回音，害得我女儿不敢上学，说要离家出走，她要真的离家出走，出了什么事，你负得起责任吗？话如连珠炮，肖乐不知答什么才好，长长吸了口气，正欲张口，就听齐燕的父亲又说，你现在赶紧把打人的找出来，我倒要看看是哪个王八蛋打我女儿，要让他看看，我们齐家不是好惹的。肖乐突然觉着很好笑，人也镇静多了，冲着齐燕父亲说，齐师傅，你的心情我能理解，但事情总得有个过程。况且打人的还不是本校的学生。再说，仅凭齐燕的一面之词，不加核实就把马老师班的那个牛文明拉出来收拾一顿，恐怕也是不可能的吧。而且齐燕在家，并没有离家出走，你带这么多人来办公室，影响老师们的办公，又给出出进进的学生留下多坏的影响！

　　齐燕父亲一听，怔了一下，口气稍稍平和，但没两句话，又变得硬邦邦的，你别拿这话来吓唬我，我管不了这么多，你这个不负责任的老师可以不管我的女儿，可我不能不管。说话时还把"不负责任"这几个字加大了音量，把进来抱本子的几个学生吓了一跳，一齐转头朝这边看。肖乐的火腾地冒了上来，你最好给我说清楚，谁不负责任了。欲待再说，上课铃响了，肖乐气呼呼地拿起书本，我要上课去了，没空跟你这种胡搅蛮缠的人磨牙，你愿意等就等着，不愿意等就自便，想找谁就找谁去。

上着课，肖乐心里就生出许多后怕，在这个时候出了这档子事，光是大会、小会上点名就让自己受不了。再说，经他们这一闹，不知底的老师还不知咋想呢？但心里又隐隐觉着这事有些不对劲，按那天见这两口子的情形看，这么个闹法似乎不合情理呀。越想越觉着有问题，偏偏又没个头绪，弄得心里乱糟糟的，课也自然上得稀里糊涂的。下了课，那些人已经走了，听老师们说，他们去找政教处了。

肖乐心说糟了，人就坐在椅子上半天没起来。一直烦到下午下班，犹豫了半天，去了肖青青姑姑家，敲开了门，肖青青高兴地喊了声，老师。肖青青姑姑从里屋出来，一脸喜色，说，肖老师你坐，我去做饭，今天就在这吃吧。肖乐点点头。吃饭时，肖青青也显得很高兴，老师，您那天来过后，我姑姑的心情一直可好了，要是您经常能来，那该多好哇。肖青青姑姑瞪一眼肖青青，别胡说，脸上却倏地红了一片。肖乐看看肖青青说，那我以后可有混饭的地方了。三人就笑。吃完饭，跟肖青青姑姑说了白天的事，肖青青姑姑说，这事肯定有问题，不过你也别担心，大不了回厂，我会找人帮你的。肖乐听了就有些感动。聊了好久，肖乐告辞出门，肖青青姑姑对肖青青说，你在家里学习，我去送送肖老师。两人一块下楼，走了一阵，肖乐说，你回去吧。肖青青姑姑不吭声，又送出了一截，肖乐又说，别送了。肖青青姑姑一低头，你是不是不喜欢和我在一块儿？肖乐一愣，没有啊。真的？那还有假。

这之后的一段日子，好像一切都沉静了许多。课余，肖乐除了给学生补课、家访，去肖青青家的次数也多了起来。一天，肖青青已睡，聊天晚了，肖乐正欲走，肖青青姑姑说，稍等，我去趟卫生

间。从卫生间里传出的声音，如清泉在石上流淌，又如瀑布从山涧轻轻泻出，在静静的夜里，格外的清晰。肖乐就有些尴尬。许久，肖青青姑姑从卫生间里出来，似乎浅浅地化了妆，有些不胜娇羞的样子。两人就互相看着，房里更是静了，不知何时，两人的手拉在了一起。

十七

出乎肖乐意料的是，学校很快易主，据说从来没这样迅速地有过人事变动；出乎老师们意料的是，肖乐闪电般地结了婚，据说学校里从来没有人这样事先毫无征兆地结婚。

一切如预料，新校长是原来的政教主任赵主任，副校长是原先的总务吴主任，马副校长不变，政教主任由原先高三组组长李国庆担任。他们上任时正值学校期末考试前夕，在经过一个极短的酝酿之后，学校进行了大刀阔斧的改革，采用的还是前任刘校长的那个方案，只是新校长说，任何改革都是有阵痛的，虽然很多教师工资、奖金降了，但大家摸摸心口想想，自己是如何干工作的。有人要被裁到厂里去，当然只是把不适合当人民教师这一神圣而光荣职业的人换一个地方，从而使我们的队伍更积极向上。

几天后，被裁人员就要到厂里报到了，肖乐也是其中一个，原因是责任心不强，不适合教书育人。同时被裁的有几个哭着闹着不去，肖乐看看他们，默默地收拾东西，妻子已在厂里给他谋到了一个清闲的工作，然而想想自己多年的心血和专长，还是有些黯然神伤。走到校门口，听到有人喊肖老师，他停下来，是齐燕。齐燕跑到跟前说，老师，对不起，那件事是我姑父让我爸那么干的。肖乐一时没想起来，说算了，一切都过去了。齐燕看看肖乐又说，老师，同学们说这次考试大家都感觉考得很好，我也是，我们非常感激您，不管您在什么地方，都是我们最好的老师。话还未说完，眼圈已经红了，说了声老师再见转身跑了，肩膀一耸一耸的，似乎在哭。肖乐心里难受，呆呆地目送她离去，过了很久才缓过神来，脑中却突然一闪，怪不得以前在赵主任家喝酒时，觉得赵主任的妻子那么面熟呢，原来……

　　后面有人喊，回头一看，是马林。马林扬着手中的东西，肖乐，信！肖乐木木地接了过来，定神细看，信封上的字极为熟悉，心就咚咚地狂跳起来，一个人的影子从眼前飘过，一颦一笑一嗔一哭，他伸出手去，却再也抓不到了。心里一酸，一行眼泪就滚落了下来，打在信封上，模糊了发信人地址上的"广州"二字。肖乐撕开了信封，纸上只有两句话：日日思君不见君；工作已联系妥当，速来。

跋

　　如果追溯这部作品集成书的心路历程，方方的中篇小说《定数》可谓诱因，这篇小说我读过不止3次，每次都会被深深打动且热血沸腾。

　　小说主人公肖济东是一个"哪怕心里活动得惊涛拍岸，可是他脸上还是那么水波不兴的样子"。就是这样一个人，先是在公交车上当司机，有一天他开的车在半路上坏了，在不绝于耳的叫骂声中，肖济东想何必，不如去考大学吧。于是就考了，还上了名牌，毕业后留校，教了10年书，因为职称问题，心里一下子便索然了。上课铃响时，"他心说归去来兮归去来兮，前程乏味胡不归，课间便写了报告，课一上完，他就交给了系主任"。因为他的闷声不响，出人意料，所以每次变动都会让人大跌眼镜，引发的议论热烈而又长久。离开讲台开了出租车的肖济东，在最初的激动过后，肖济东遭遇到了做好事却惹事上身的一次意外，由此引起了连锁反应，烦心不已之时，收到了自己论文发表和要求作者参加学术会议的邀请函。于是，"肖济东开始怀念那些数字的公式，怀念坐在桌前苦苦思索和反复推论的日子，怀念机房里计算机哒哒哒哒敲击键盘的声音，怀念试验室里的静谧，怀念学生，在讲台上叱咤风云的感觉，怀念训导学生时的风度，怀念黑板，怀念将粉笔扔进粉笔盒时的弧线，怀念抽象，怀念思索时的苦恼，怀念崇高"。

　　当他听到同事大钱因为癌症住院，在和系领导一起探望后，自己又单独去了第二次。两人心有灵犀，大钱也正盼望肖济东，简单的问候过后，大钱问："开'的士'真的很令你自在吗？"肖济东没有回答。大钱说："显然是假的。这不是一个读了许多年书的人想要做的事。实在做了，也至多是一种无奈，而不是一种真正的选择。"大钱后来劝说肖济东回到系里去，并请肖济东帮助自己完成论文。大钱说："大意是这样，但当然也不会让你白做。你如果替我做完了，所有的文章，你都署第一作者，我排第二就行。有了这个名字，等于就是在这个时空中划下了一点痕迹，也等于向我以前和我以后的人类宣布，我在这个世界上活过一次，并且有过一点创造。"就是这段话，经久不息地盘踞在我的脑海里，它孕育着、发酵着、成长着、壮大着，只为了等待一个时机，一个造成山崩地裂，面目皆非，一个改变人生轨迹的时机。

小说之后的情节是肖济东下定了决心，在解决了开出租车惹上的麻烦事之后，"肖济东就这么又回到了系里，又开始按部就班地备课、讲课，行色匆匆地在教研室到教室、教室到家、家到教研室这样一个三角路线上。只是他的脚步比以前要快了一些。"

之所以对着《定数》一文絮絮叨叨不止，就是因为这篇20世纪90年代的作品，20多年来一直使我念念不忘，在经历了生活和工作的诸多起伏之后，在某个身心疲惫的晚上，我重温了《定数》，一瞬间，我激动了起来——它是知识分子无处可逃的宿命，是多年苦苦思索人生意义后的终极归宿——我要证明，证明我来过这个世界，除了儿子绵延了我的血脉，我还希望能有人看过我的文章，因为对文字的兴趣，转而想了解作者，当他看到我的名字的时候，他为我做了强有力的证明，这个世界上曾经存活过一个人，这个人就是我。这就是我人生的意义！

就在那一天晚上，我的世界打开了一扇窗，我的眼前蜿蜒着一条路。从此，我开始了一字一字地回顾和记录我的生命历程，我没有考虑它的形式，无论小说、散文、随笔或其他，只是写啊写，没有太久，竟然也集合了这么许多文字。我将它胡乱拼凑在一起，

没有改动，没有修订，原汁原味地呈现出来，就有了这么一部作品集——《钢丝上的舞蹈》。

　　为了这部作品集，朋友们的鼓励，学生们的期待，以及银川市金凤区青鸟教育培训学校的大力支持，中房董事长方陆先生撰写序（《朴素的温暖》），还有黄河出版传媒集团宁夏人民出版社责任编辑贺飞雁、姚小云老师一丝不苟的编辑、校对，都让这部作品集具有了情意绵绵的内涵，他们的大力支持和所付出的心血为作品大大增色，在此衷心感谢！

2016年12月